Kriminalkomödie
von Kurt Koch

*Dein Junge gegen
2 Millionen*

Bibliografische Information der Deutschen Nationalbibliothek: Die Deutsche Nationalbibliothek verzeichnet diese Publikation in der Deutschen Nationalbibliografie; detaillierte bibliografische Daten sind im Internet über dnb.dnb.de abrufbar.

Die automatisierte Analyse des Werkes, um daraus Informationen insbesondere über Muster, Trends und Korrelationen gemäß §44b UrhG („Text und Data Mining") zu gewinnen, ist untersagt.

Veröffentlicht durch: Klar Web Services (www.klar.ws)

Verlag: BoD · Books on Demand GmbH, Überseering 33, 22297 Hamburg, bod@bod.de
Druck: Libri Plureos GmbH, Friedensallee 273, 22763 Hamburg

ISBN: 978-3-7597-7855-0

Die Textaufteilung

Der Inhalt - ein Geständnis
Ich gestehe und versichere jeder verehrten Leserin und jedem geehrten Leser, dass mich mein Textaufbau als auch meine Ausdrucksweise als echten Pfälzer ausweisen.

Der Autor Kurt Koch

Die Vorbereitungen im Folterkeller

„Vielleicht hätten wir doch die teurere Farbe nehmen sollen."

„Frau, hör doch mit deiner Nörgelei auf. Die ist gut genug für den Keller."

„Aber sie färbt ab, die hält auch nicht lange."

„Soll sie ja auch nicht. In ein paar Tagen sind wir sowieso reich. Dann leisten wir uns in Mexiko oder Brasilien jede Farbe, die dir recht ist. Dann kannst du deine gesamte Umgebung nach deinem Geschmack einfärben. Oder anmalen lassen. Wir malen dann nicht mehr selbst. Kapiert? Das musst du doch endlich einmal verinnerlichen. Wir haben doch schon so oft von einem neuen Leben gesprochen."

„Wenn wir doch bald Geld genug bekommen, hätten wir es doch gleich anständig machen können. Der Vermieter hätte uns das doch sicher angerechnet, wenn wir die rückständige Miete auf den Tisch gelegt hätten."

„Trotz allem, ich sage, dass die Farbe gut genug ist."

„Wenn wir dann den Jungen hier anbinden" ... -

„Fesseln! - Fesseln und nicht einfach anbinden."

„Gut, dann eben fesseln, dann versaut sich der Arme doch mit dieser Farbe. Weiße Farbe bleibt in seinen Klamotten hängen."

„Frau, was meinst du, wie mich das juckt? Wenn wir den Zaster haben, verschwinden wir sowieso. Vermieter hin, Vermieter her. Oder glaubst du, ich gehe zu dem Großkotz und schiebe ihm gute, schöne Geldscheine sonst wo hin? Scheißkerl mit seinen Scheißforderungen. Ist doch so! Oder? Können wir uns wenigstens in diesem Punkt einig werden?"

„Reicht die Farbe auch?"

„Ich habe es ausgerechnet. Also beruhige dich. Das stimmt schon so."

„Hätte es nicht doch auch *ein* Handy getan? Warum mussten es denn gleich drei sein?"

„Frau, Gerlinde, ich habe es dir doch schon so oft erklärt. Das ist strategische Planung. Das sind alles Investitionen für einen erfolgreichen Geschäftsaufbau. Da muss man halt etwas reinstecken, wenn man Erfolg haben will. Und wir kriegen das doch alles wieder, wie man so schön sagt, ordentlich verzinst, mit Gewinn. Aber davon verstehst du ja nichts."

.....

„Glaubst du, dass, wenn wir den Jungen an die Wasserleitung festmachen ...."

„...Anketten - anketten!"

„Also anketten, dass das die Rohre aushalten? Der könnte ja anfangen an seinen Fesseln zu zerren, versuchen sich selbst zu befreien. Stell dir mal vor die Rohre reißen ab, gehen kaputt. Das Wasser...!"

„Frau ... Gerlinde, worauf du dich verlassen kannst. Die Rohre halten Gewalt aus. Sowas sieht eben ein Mann ganz anders. Das spürt man einfach. Aber ihr Frauen habt ja von sowas keine Ahnung."

„Aber ..."

„ ...Schluss jetzt - Schluss jetzt mit deinem Aber. Ich werd's dir zeigen. Wenn es mich aushält, wird es auch einen Jungen aushalten, der sieben Jahre alt ist. Gehst Du in diesem Punkt mit mir einig?"

„Bald sieben wird."

„Nun gut, also dann eben bald sieben wird. Überzeugt dich das?"

„Ich will mir halt nichts vormachen."

„Wir haben das doch bereits so oft besprochen. Willst du denn immer das letzte Wort haben? Hier, ich zieh jetzt daran, an diesem Rohr, mit aller Kraft...."

„Uh - Uhh - Uhhhh --- !"

„Äh - Ähh - Ähhhh!"

....

„Tu was - so tu doch was...!"

„Scheeeeißeee!"

„Ist ... hupps ... ist das alles, was dir einfällt. Ich bin schon ganz durchnässt."

„Dann geh doch wenigstens aus der Ecke, geh hierher. Scheeeeiße!"

„Was machen wir jetzt? Rufen wir die Feuerwehr?"

„Sicher doch. Und auch die Polizei. Dann erklären wir denen, dass wir eine Entführung vorhaben. Geld von einem stinkreichen, und nebenbei auch noch hoch angesehenen Bürger dieser Stadt absaugen wollen. Dass wir das Opfer hier an dem Rohr anbinden ... äh, fesseln wollten. Dass es aber bei einer Belastungsprobe auseinandergerissen ist? Ob sie uns wohl helfen könnten? Ist das deine ganze großartige Idee, um dieses Problem gelöst zu bekommen?" Seine Lautstärke wuchs mit jedem Wort an. Seine Stimme hatte sich jetzt beinahe überschlagen.

„Weshalb hast du dich auch mit deiner ganzen Kraft drangehängt. Hättest du es nicht mit der Kraft eines siebenjährigen Jungen probieren können?"

„Gerlinde .... Gerliiinde, sei jetzt besser still. Ich hätte den Blödsinn ja auch sein lassen können. Aber du mit deinen Zweifeln..."

„...die doch offenbar nur allzu berechtigt waren. Geht gleich mit der Kraft eines Ochsen ran, wo doch nur ein siebenjähriger ..."

Gerlinde sah ihren Mann an und schwieg jetzt lieber. Fürs Erste. Sie kannte diesen Ausdruck in seinem Gesicht. Gleich würde er explodieren. Richtig explodieren. Dann wechselte sie das Thema. Aber so ganz ohne den Unterton eines Protestes wollte sie jetzt doch noch nicht dastehen.

„Wie sehe ich denn aus? Meine Jeans sind ruiniert. Die ganze Farbe kommt von der Wand."

„Noch was? - Meine Fresse. Sonst könnt ihr Weiber nicht genug beschissene Flecken in Eure Jeans bekommen. Ausgebleicht sollen sie aussehen. Und jetzt beschwerst du dich, dass du ganz nebenbei eine Gratisbleiche oder überraschende Einfärbung bekommst."

Gerne hätte er sich weiter in seinem Zorn gesteigert, es wäre auch ganz normal bei ihm gewesen. Aber er durfte es diesmal nicht auf die Spitze treiben. Für diese Operation Entführung brauchte er sie. Er wollte sie nicht verprellen.

„Ich glaube, dass ich mich erkälten werde."

„Und einlaufen wird die Hose auch. Dann wird sie deine Figur besser zum Ausdruck bringen. Wenn du dann überhaupt noch in sie einsteigen kannst."

„Aber ich denke ..."

„Bitte, Gerlinde, tu mir einen Gefallen. Hör auf zu denken. Hör einfach auf damit."

Ewige Freundschaft

„Ferien, endlich die großen Ferien!"
„Wann werden wir uns wiedersehen?
„Mein Dad hat mir volle fünf Wochen aufgebrummt. In einem Abenteuercamp. Ich hab` keine Ahnung, was auf mich zukommt."
„Hört sich klasse an. Mensch, wenn ich nur auch dabeis ein könnte. So aber muss ich zu meiner Oma auf die Farm. Zu Kühen, Schweinen, Pferden ... tierisch, wie ich mich darauf freue." Es folgte eine Grimasse und Geste der Hilflosigkeit.
„Ich muss - muss - muss, ich höre nur immer wieder - *muss*. Hör mal Sportsfreund. Ich würde sofort mit dir tauschen. Reiten, Cowboyromantik, im Freien schlafen und die Sterne zählen, Geschichten und Countrymusik hören - was willst du noch?"
„Na gut, dann tauschen wir doch. Wir beide werden gleich abgeholt. Namensvettern sind wir doch schon. Das Tauschgeschäft Jeremy gegen Jeremy. Wow, da würden wir aber unseren Haushaltsvorständen ganz schöne Rätsel aufgeben."
„Ich würde sofort einschlagen. Aber, wenn das rauskäme, würde die Welt Kopf stehen. Außerdem würde man

uns an unseren Baseballmützen erkennen."

„Komm, zum Träumen haben wir noch genug Zeit in den Sommerferien."

„Hey, ich hab´ so ´ne Idee. Wir tauschen die Mützen. Die haben wir immer bei uns. Jedes Mal, wenn wir sie aufsetzen, versetzen wir uns in den anderen von uns, denken wir an den Freund."

„Du bist ein echter Freund. Das würdest du wirklich machen? Meine von den *New York Yankees* gegen deine *Regenbogenmütze?*"

„Du fragst auch noch?"

Passt wie angegossen, bist doch kein Dickkopf."

„Oh-oh, der sieht nach Abholer aus, wieder ein Neuer. Ob das von Daddy gut überlegt ist?"

„Jeremy sah seinen Freund Jeremy davonfahren. Er winkte mit seiner Regenbogenmütze, schwenkte sie seinem Freund hinterher."

Die Gastgeber Gerlinde und Hermy

„Hallo Jeremy? Ich bin ein Abteilungsleiter bei der Werkssicherheit im Betrieb Deines Vaters. Hier ist mein Ausweis. Dein Vater schickt mich höchstpersönlich, weil er um Deine Sicherheit besorgt ist. Komm steig´ ein."

„Darf ich Ihren Ausweis noch einmal sehen?"

„Aber bitte. So ist es recht. Keinem Fremden vertrauen. Dein Vater ist besorgt. Heute in der Früh hat man versucht deine Mutter zu entführen. Du sollst dich ein paar Tage - zwei oder drei - bei mir verstecken. Unterdessen bringt er Deine Mutter an einen sicheren Platz. Mach es dir bequem."

Es war nur folgerichtig, dass der Abholer, das bescheidene Einfamilienhaus, Jeremys Zuflucht, sorgfältig verrammelte. Die Fensterläden wurden so weit geschlossen, dass es nicht einmal möglich war die Blumen im Garten zu bewundern.

„Haben *Sie* die Blumen draußen selbst so schön gepflegt?"

„Nein, das macht meine Frau. Ich bin sehr beschäftigt. Mit Überstunden. Ich habe ja keine feste Arbeitszeit. Die Sicherheit im Betrieb geht vor meinen Privatinteressen. Du

kannst mich Hermy nennen. Mein voller Name ist Hermenegildo. Ist ein bisschen umständlich."

„Und ich bin die Gerlinde, Hermys Frau. Ich darf Dich
doch Jeremy nennen?"

„Wird auch einfacher sein, wenn wir schon ein paar Tage
miteinander auskommen müssen. Ich frag mich nur, was
aus meinen Ferien wird?"

„Die Zeit wirst Du verschmerzen können. Es sind nur
ein paar Tage."

„Aber die Reise war doch schon fest gebucht."

„Dein Vater wird schon wissen, was richtig ist. Ich rich-
te mich ganz nach den Anweisungen Deines Vaters. Ich bin
ein Mitarbeiter und tue was mir angeordnet wird. Er ist ein
prima Chef. Jetzt bin ich für Deine Sicherheit verantwort-
lich. Das ist Vertrauenssache. Das kann ich Deinem Vater
gar nicht hoch genug anrechnen, dass er mich dafür ausgewählt hat. Und noch etwas: Um für potenzielle Entführer
keine Anhaltspunkte zu liefern, um nicht verdächtig zu sein,
werde ich meiner Arbeit wie üblich nachgehen. Gerlinde
wird für Dich da sein und dafür sorgen, dass es Dir an nichts
fehlt."

„Ich will keine Umstände machen."

„Ich sage es nochmals, ich fühle mich geehrt, dass Dein
Vater mich für Deinen besonderen Schutz ausgewählt hat.
Ich bin auch der Einzige, der in seinen Plan eingeweiht ist.
Du darfst natürlich in den nächsten Tagen nicht vor die Tür.
Versprich es mir, dass Du Dich daran hältst. Ich würde sonst
meinen Job verlieren, wenn Dein Vater davon erführe."

„Sie können - äh, ich meine, Du kannst Dich auf mich
verlassen. Wie war nochmal dein Name?"

„Hermenegildo. Du kannst mich Hermy rufen. Freut
mich Dich hier bei mir, ich meine, bei uns zu Hause zu
haben. Stimmt doch Gerlinde? Oder? Nun sag schon et-

was. Du hast bisher noch nichts gesagt."

„Du hast alles so schön erklärt. Was hätte ich da noch sagen sollen?" Sie hatte so viel Vertraulichkeit in ihre Stimme gelegt, wie es ihr nur möglich war. Ihr Mann schaute sie überrascht an. So hatte er sie schon lange nicht mehr erlebt.

„War ja nur so eine Frage. Nun mach´ uns was Schönes zu Essen. Ich werde mit Jeremy besprechen, was wir so zusammen unternehmen könnten. Ich habe ja noch bis gegen zwei Uhr frei. Danach muss ich wieder in den Dienst."

„Was würde der junge Mann denn gerne essen. Hast Du einen Wunsch?"

„Ach, Mutter sagt immer, dass ich pflegeleicht sei. Ich glaube sie ist froh darüber, denn eine gute Köchin ist sie nicht. Und von unserer Küchenhilfe halte ich sowieso nicht viel. Aber Spaghetti oder eine Pizza wäre schon eine Wucht. So mit Salame, Pilzen, Tomaten, Peperoni und das alles mit Käse überbacken."

Als Jeremy wieder in die Richtung Hermenegildos schaute, rümpfte Gerlinde hinter seinem Rücken die Nase. Sie machte eine hilflose Bewegung mit beiden Händen. Ob das nun bedeutete, dass sie nicht wisse, wo man so etwas kauft oder ob es bedeutete, dass sie dazu kein Geld habe, oder dass sie es nicht selbst zubereiten kann, bekam Hermenegildo nicht mehr mit.

Das Hobby

„Weißt du Jeremy, ich habe ein Hobby. Ich komme leider nicht oft dazu es zu praktizieren. Aber, wenn es Dich interessiert, bin ich gerne bereit Dich in ein paar Geheimnisse des Filmemachens und des Hörspielkomponierens einzuweihen. Zudem vergeht auf diese Art und Weise die Zeit viel schneller. Du langweilst Dich nicht und wir tun etwas Unterhaltsames."

„Klingt interessant. Wenn es Ihnen ..., wenn es Dir Hermy, nichts ausmacht. Ich bin dabei."

„Also wir suchen uns zunächst ein Thema. Alles, was dazu Aufnahmen in freier Natur bedarf, ist ausgeschlossen. Ich überlasse es Dir einen Vorschlag zu machen."

„Hoppla, da habe ich aber gar keine Erfahrung."

„Nun, dann würde ich sagen, wenden wir uns doch dem Nächstliegenden zu. Vielleicht sollten wir Aufnahmen machen und Begleitgeräusche produzieren, die zu einer Entführung gehören. Das Thema ist aktuell und beschäftigt mich, seit mir Dein Vater davon erzählt hat. Seiner Entschlusskraft ist es zu verdanken, dass die Kidnapper die Tat nicht ausführen und Deine Mutter nicht entführen konnten. Was hältst Du davon? Machen wir etwas in dieser Richtung?"

„Ich habe noch nie eine Entführung erlebt. Ich weiß

darüber nichts. Krimis dieser Art darf ich nicht anschauen. Ganz besonders mein Vater hat etwas dagegen. Dabei bin ich doch beinahe sieben."

„Ach ich glaube, dass da Dein Vater Recht hat. Du hast ja noch ein ganzes Leben vor Dir und die Zeit Dir solche Filme anzusehen. Wenn sie dir gefallen. Aber zu einer Entführung gehört oft, dass der oder die entführte Person gefoltert wird. Eine dem Opfer nahestehende Person soll ja erpresst werden. Diese soll in Angst und Schrecken versetzt werden, damit sie die Forderungen der Entführer so schnell wie möglich erfüllt. Die entführte Person soll schreien, Schmerzensschreie von sich geben. Die sollen dann den Erpressten, oder auch die Erpresste überzeugen, schnell die Bedingungen der Erpresser und Entführer zu erfüllen. Dazu bekommen dann die Angehörigen den Originalton per Telefon oder auch schon mal per CD. Verstehst du? Je schlimmer die Schmerzensschreie, desto schneller sind die Erpressten bereit zu bezahlen. Erpresser sind ja schlimme Verbrecher und sie wissen genau, was sie tun müssen, um schnell und möglichst sicher an das erpresste Geld zu kommen."

„Klar doch. Das Thema gehört sicherlich zur Ausbildung für ihren ... für deinen Beruf."

Für was für einen Beruf? -- Ach so, klar, Du hast recht. Bevor man in den Sicherheitsberuf einsteigt, muss man natürlich eine Ausbildung durchlaufen. So wie jeder Polizist. Und dabei wird auch das Thema Entführung und Erpressung behandelt. Das heißt, das ist ein ganz großes Thema. Und genau das ist dann auch Teil einer Abschlussprüfung."

„Wird da jeder genommen oder muss man besondere Eigenschaften mitbringen?"

„Es gehört schon etwas dazu. Man muss vor allem vollkommen vom Wert der Gesetze überzeugt sein. Man muss einen starken Charakter haben und keinesfalls kriminelle Neigungen. Die schauen da ganz genau hin."

„Wer schaut da genau hin?"

„Nun, die Ausbilder, die Lehrer und Professoren."

„Richtige Professoren sind da auch dabei? So wie bei uns in der Schule?"

„Ja, klar doch. Noch nie etwas von Krimini - äh, Krimialo - also den Spezialisten gehört, die sich mit der Kri-mi-na-li-tät beschäftigen? Da ist manches hohe Tier darunter."

„Wie soll ich das verstehen? Das mit den hohen Tieren?"

„Ach so. Das sagt man so. Das haben wir in unserer Ausbildungszeit so daher gesagt. Diese Professoren waren uns so haushoch überlegen, die wussten einfach auf alles eine Antwort. Auf einmal haben wir von denen nur so von hohen Tieren gesprochen. Ihr habt doch sicher auch solche oder ähnliche Bezeichnungen für Eure Professoren, wenn Ihr über sie spricht."

„Unsere Profs sagen uns immer wieder, dass wir weniger über sie aber mehr mit ihnen sprechen sollen."

„Auf jeden Fall ließen wir es niemals an unserem Respekt für diese Lehrer fehlen. Auch wenn wir sie mal so flapsig als hohe Tiere bezeichneten. Es war ja niemals böse gemeint. Irgendwie bezeugten wir ihnen damit auch unseren Respekt. Doch wir kommen ganz vom Thema ab. Wir wollten uns einmal besprechen, ob und wie wir die Begleitumstände einer Entführung auf Video oder Tonband festhalten könnten. Stimmt's?"

„Würde mich schon interessieren. Vielleicht hätte ich

da ganz schöne Geschichten mit meinen Kumpels auszutauschen - wenn die Schule wieder anfängt. Jetzt sind sie ja alle in Ferien. Der eine hier, der andere dort. Sozusagen in alle Winde zerstreut."

„Also, Jeremy. Eine Entführung ist ein schwerer krimineller Akt. Ein sehr schweres Verbrechen. Eine Person wird entführt, um Angehörige dieser Person zu zwingen Forderungen zu erfüllen, so zum Beispiel Lösegeld zu bezahlen. Meist ist es so, es geht ums Geld. Es kann aber auch einmal etwas Anderes verlangt werden. Das kann alles Mögliche sein, wenn man damit einen eigenen großen Vorteil erzielen will, und die erpresste Person das Verlangte niemals freiwillig leisten würde. Das nennt man Erpressung. Wenn ein solcher Erpresser erwischt wird, wird er hart bestraft. In Amerika sogar mit dem Tod, wenn er dafür ein Kind entführt. Manchmal bringen aber auch die Entführer die entführte Person ... aber das brauchen wir ja hier nicht zu erwähnen."

„S ... du meinst die Entführer töten manchmal die entführte Person?"

„Das ist schon vorgekommen. Das machen die dann, damit sie nicht als Entführer wiedererkannt werden. Es könnte ja sein, dass sie unvorsichtig waren und die entführte Person ... Äh, die Entführer haben zwei wichtige Ziele: Sie wollen nicht erkannt und damit nicht erwischt werden. Und dann wollen sie, dass alles möglichst schnell über die Bühne geht. Dafür verlangen sie dann auch noch, dass keine Polizei eingeschaltet wird. Es gab auch Fälle, wo ein Opfer monatelang festgehalten wurde, also verschwunden war."

„Aber dann ...."

„Also der Entführer will schnell an sein ... ich meine an das Erpressergeld kommen. Je länger sich die ... die Geschichte hinzieht, desto größer wird die Gefahr von der Polizei entdeckt und verhaftet zu werden. Der Erpresste zahlt natürlich nicht gern, es kommt ... Also, das ist so: Der Entführer quält dann sein Opfer, damit es laut schreit oder vor Schmerzen schreit. Aufnahmen mit diesen möglichen Schmerzensschreien spielt dann der Entführer per Telefon oder Tonband dem Erpressten vor. Der ist dann schneller bereit zu zahlen. Er hört ja die Schmerzensschreie und ... äh ... manchmal schickt er dem Erpressten auch einen Film, auf dem zu sehen ist, wie das Entführungsopfer gequält wird. Das soll halt helfen schneller an den Zaster - ich meine, das soll helfen den Erpressten schneller ... zu ... ich meine er soll schnell zahlen."

„Das scheint Dir auch an die Nieren zu gehen? Du kommst ja ins Stottern."

„Ja weißt Du. Schon in meiner Ausbildungszeit, wenn ein solches Thema behandelt wurde, da ging es mir an die Nerven. Ich ... ich denke, dass ich da sensibel bin. Aber jeder Mensch, der ein Gerechtigkeitsempfinden hat, jeder fühlt sich dann, ich meine er fühlt mit und ... na ja, es schmerzt ihn, wenn derart grob gegen das Gesetz verstoßen wird. Und besonders, wenn Menschen darunter zu leiden haben. Wenn Menschen, mit dem Ziel Geld zu erpressen, gequält werden, misshandelt werden. Ich ... ich spüre dann eine innere Wut. Ich ..."

„ ...Du hättest einen guten Polizisten abgegeben."

„Werkschutz ist interessanter. Da hat man nicht mit so viel Papierkram zu tun, wie die Polizisten."

„Ich werde mal kein Polizist."

„Also, was unser Film- und Tonprojekt angeht. Ich hatte mir gedacht, dass wir einmal eine solche Entführung mit extremer Behandlung nachspielen sollten ... oder auch könnten. Das ergäbe ein Gefühl für die Sorgen und Nöte eines Opfers. Natürlich ohne, dass das Opfer, oder in diesem Fall der Darsteller wirklich gequält wird. Hättest du Interesse?"

„Ich sagte doch schon, ja. Ich könnte mir nicht vorstellen die ganzen Tage Mensch-ärgere-dich-nicht zu spielen. Obgleich ich auch da nichts dagegen hätte, wenn es nur nicht jeden Tag und die ganze Zeit ist."

„Also, ich stelle mir vor - pass auf: Ich, äh ... wir haben da einen Keller. Der wäre als Kulisse brauchbar - stelle ich mir einmal so vor. Die meisten Opfer werden ja an solch einem Platz gefangen gehalten ... äh, das habe ich so zumindest in Filmen gesehen. Also an einem unbekannten Ort, an einer Stelle, die allgemein anderen Menschen nicht bekannt ist. Ach so, ja, auch in den Lehrgängen kriegen wir das immer wieder gezeigt."

„In einem Keller?"

„Nun ja, wie du Dir vorstellen kannst, erzeugen die dem Opfer zugefügten Schmerzen Geschrei. Das Opfer schreit ... äh, vor Schmerzen. Das soll keiner, der damit nichts zu tun hat, mitbekommen. Nachbarn könnten dann die Polizei rufen oder ... nun ja, aus einem Keller dringen so leicht keine Schreie nach draußen. Denke ich mir. Deshalb ... äh, ich nehme mal an, dass dies der Grund ist in einem Keller zu ... sagen wir mal ... zu foltern."

„Das erscheint logisch, ich würde dann auch den Keller wählen. Also, worauf warten wir noch? Ich bin mal gespannt, wie du das machst."

„Du brauchst keine Angst zu haben, das ist ein schöner ... unser Keller ist ein sauberer Keller. Ohne Mäuse und Ratten. Sogar Spinnweben gibt es keine. Wir haben erst vor ein paar Wochen renoviert."

„Interessant."

Die Folterkammer im Keller

„Ach so, wir hatten vor ein paar Tagen einen Wasserrohrbruch. Daher diese ... diese komischen Einfärbungen an
den Wänden. War ´ne ganz schöne Sauerei.“

„Habt ihr denn gar nichts im Keller? Da ist alles so
leer. Unser Keller zu Hause steht voll mit allem möglichen Krempel. Vom Rasenmäher, meinem Fahrrad, einem
alten Hasenstall bis auch zur Giftspritze gegen Unkraut.“

„Ach ... äh, ja ... ja, ja, ich hatte doch erwähnt, dass wir
vor Kurzem renoviert haben, wegen dem Wasserrohrbruch
renovieren mussten. Da mussten wir alles rausschaffen.
Sonst sieht es auch nicht so aus. Aber jetzt haben wir die
ideale Kulisse für Aufnahmen rund um einen Entführungsfall. Wir können da ohne weiteren Umstände improvisieren.“

„Und Du wirst mich dann anketten - aber quälen wirst
du mich doch nicht echt?“

„Aber wo denkst du hin? Hab´ ich doch schon gesagt.
Neeein! Im Film läuft das ganz anders ab. Da soll es zwar so
aussehen, echt nach Quälereien. Aber Film ist ja mehr Illusion. Da läuft alles ab, so als ob ...“

„... du meinst, da wird getäuscht und getrickst?“

„Genau. Man kann zum Beispiel ein blutiges Schauspiel

geben und dazu Ketchup verwenden. Jede Menge billigen Ketchup. Da glaubt jeder Zuschauer an echtes Blutvergießen. Das lässt keinen Menschen unbeeindruckt. Wenn man das richtig macht, kann einem schon das Gruseln kommen."

„Mann, was für eine praktische Idee. Da bin ich mal echt gespannt. Können wir das auch machen? Ich würde das nach den Ferien gerne meinen Freunden zeigen. Und echten Ketchup kann man danach auch auflecken."

„Ja, sicher. Nur weiß ich nicht, ob wir gerade Ketchup im Haus haben. Aber, wenn nicht, kann es Gerlinde ja schnell besorgen." (!*Der Junge bringt mich auf Ideen*!!)

„Folteropfer werden immer in Ketten gelegt. Das sieht alles viel brutaler aus. So sah ich das letzthin in einem Historienfilm. Da spielte sich auch die Quälerei in einem Keller ab. Sie nannten es damals Verlies oder schauerliches Gewölbe. Du weißt, dass sie solche Dinger unter ihren Burgen und Schlössern eingerichtet hatten."

„Wir können das ja auch nachspielen."

„Aber, wo sind die Eisenringe oder Haken, an denen Opfer aufgehängt werden? Also, das sage ich schon im Voraus. An einen Haken hänge ich mich nicht."

„So weit wollen wir ja auch nicht mit der Realität gehen. Es genügt, wenn du an der Wasserleitung angekettet bist ... nur so zum Schein natürlich. In Wirklichkeit brauchen die Zuschauer ja nicht zu sehen, dass wir nur so tun, als ob. Alles, was wir machen, soll nur schlimm aussehen. Es muss aber den Erpressten beeindrucken, denn, wie gesagt, die Vorführung im Film soll ja bewirken, dass die gestellten Forderungen erfüllt werden. Je realistischer und grausamer die Vorführung, desto schneller rückt der mit ... ich meine ... ist er bereit zu ... ich meine natürlich, die gestellten Forderungen zu erfüllen. Kannst du mir folgen?"

„Ich bin ja nicht von gestern. Aber, nöö. Anketten kannst du mich schon. Meine Kumpels sollen schon sehen, dass es echt ist, dass es aussieht, als wäre es echt."

„Na gut. Also anketten. Zufällig habe ich da so eine Kette. Na ja. Wir haben sie woanders hingelegt. Zusammen mit dem ganzen Kellerkram, den wir ausräumen mussten. Wegen dem Wasserrohrbruch. Aber ... nun ja, ich werde sie finden. Zunächst sage ich Gerlinde wegen dem Ketchup Bescheid."

„Wo es tiefgefrorene Pizza gibt, da gibt es auch Ketchup."
„So. Ist es so recht? Sitzt die Kette nicht zu stramm?"
„Geht. Mach Dir doch nicht so große Sorgen. Ich sage schon, wenn mir etwas nicht passt."

„Ich will halt keine Probleme kriegen mit Deinem Vater, deinem Daddy. Meinem Boss. Wenn der den Film zu sehen bekommen würde und ... na ja, es könnte ihm so vorkommen, als ob ich Dich misshandelt hätte. Das wäre das Ende meiner Karriere. Ich würde arbeitslos werden."

„Mann, ich will doch auch ein bisschen Abenteuer. Mein Kumpel ist gerade in solch einem Camp. Abenteuerferien macht der. Der heißt übrigens au..."

„...Also, das kann ich dir versprechen. Wir machen einen guten Film. Der wird echt aussehen. Es kommt halt immer auch auf den Schauspieler an. Da scheinst Du ein Naturtalent zu sein. Den Rest macht der Regisseur. Und beim Schneiden kommt die richtige Würze dazu."

„Hast Du auch so etwas wie ein Drehbuch?"
„Nun, ich dachte, ... ich dachte mir, dass wir ... ich dachte, wenn wir das zusammen angehen. Aufschreiben, was wir zu tun gedenken. Das ist immer besser, wenn der Schauspieler genau mitdenkt und mitentscheidet. Gut im Bilde ist."

„Mann das passt, das mit dem <gut im Bilde>. Dann

mach´ mich wieder los. Machen wir eine Liste der Taten, die vollbracht werden sollen. Ich bin dabei."

„O.k."

„Es läuft ja alles wie geschmiert. Ein Opfer, das kooperiert, was kann man sich besseres wünschen?" Hermenegildo setzte ein etwas zu schief geratenes Lächeln auf. Er hatte das angenehme Gefühl, dass die gesamte Operation ein voller Erfolg werden würde. Musste. Nein, er war jetzt mehr denn je von seinem Erfolg überzeugt.

„In Wirklichkeit wäre ich ja ganz schön beschissen. Ich meine, wenn ich in Wirklichkeit ein Entführungsopfer wäre. Das mit den Ketten, wäre ganz schön umständlich. Ich hätte da wirklich keine Chance mich selbst zu befreien."

„Nun, das ist ja auch der Sinn der Sache ... ich meine, das wäre der Sinn der Sache. Ein Entführter muss in sicherem Gewahrsam sein. Weder die Polizei noch Nachbarn oder zufällig vorbeikommende Personen dürfen auch nur eine Ahnung von einem Verbrechensopfer bekommen.

Ein Entführungsopfer, das entkommt, ist eine tödliche Gefahr für den Entführer. Es kennt dann die Örtlichkeit und meist auch den Entführer, wenn er nicht maskiert war. Das ... Ich will damit sagen, dass wir das alles bei den Lehrgängen beigebracht bekommen ... haben. Wir sind dann angehalten ... wir wurden dann aufgefordert, uns in die Position des oder der Entführten zu versetzen. Und ich kann mir gut vorstellen, dass Ketten schon von sich aus Folterwerkzeuge sind. Schon vom reinen Anschauen. Das sieht so nach Mittelalter aus, da scheinen sie ja das Foltern als Volkssport betrieben zu haben."

„Übertreibst Du da nicht ein wenig?"

„Also ich möchte nicht als Opfer in einem Keller angekettet sein."

„Los, kommen wir zur Sache. Ich beginne meinen Hunger zu spüren. Und vor dem Mittagessen wollen wir noch einen ungefähren Plan für die Aktionen aufzustellen. Mit was fangen wir an?"

„Also, ich habe mir gedacht, dass ich Dich in Großaufnahme zeige, wie du vor Schmerzen ... großen Schmerzen ... schreist. Das Gesicht verzerrst. Das muss für einen Betrachter des Films herzerweichend aussehen ..."

„... du meinst, das muss ihn gefügig machen."

„Richtig. Ganz richtig."

„Also, das ist eine der leichteren Übungen. Das kann ich. Ich war sogar schon imstande das Geschrei zwischen meiner Mutter und meiner Tante zu übertönen."

„Haben die dich auch schon gequält?"

„Nein, aber die quälen sich gegenseitig, und zwar meist sehr laut. So richtig angriffslustig."

„In unserem Film, weißt du ... ich muss dazu natürlich entsprechende Handlungen an dir vornehmen ... äh, am Opfer. Ich muss Sachen tun, so machen, als ob, Sachen, die die gezeigten Schmerzen rechtfertigen ... zeigen, dass da etwas getan wird, was ..."

„Ist ja gut, das hatten wir doch schon."

„Du würdest Dir vorstellen müssen, wie Du ...."

„Also, das kapiere ich schon. Ich muss mir denken, dass mir gerade ein Finger abgeschnitten wird, oder ein Zehennagel ausgerissen wird, oder ich mit einem glühenden Eisen geblendet werde, oder ..."

„... Du wirst mir doch nicht erzählen, dass du noch keinen Film, in dem Folter vorkommt, gesehen hast?"

„Nun gut, aber kein Wort zu meinem Daddy ... oder auch meiner Mutter. Versprochen?"

„Ich werde mich beherrschen können."

„Freundesehrenwort?"

„Freundesehrenwort!"

„Du sollst mir bei deinem Ehrenwort versprechen, dass Du nichts darüber weitererzählst."

„Versprochen, großes Ehrenwort!"

„Ich habe den Film *<der Kurier des Zaren gesehen>*. Und wie man dem Kerl mit einem glühenden Eisen die Augen verbrannt hat."

„Also, so weit werden wir nicht gehen. Drehbuch hin oder her. Sicher, ich könnte Trickaufnahmen machen. Aber ich glaube, dass es praktischer ist, wenn ich Dir ... ich meine, wenn ich dem Opfer ... nun ja, bei einem glühenden Eisen kann es ja bleiben. Aber ich könnte dir zum Beispiel eine Fingerspitze verbrennen, also im Film ... nicht wirklich, nicht wirklich deinen Finger verbrennen."

„Mit Knochen und allem? Ich meine, eine Fingerspitze mit Knochen. Kann man die Knochen auch verbrennen? Ich meine, wenn das in der Wirklichkeit nicht geht, dann macht das auch in einem Film keinen Sinn."

„In einem Film kann man einen Menschen so denken und fühlen lassen, wie man es selbst wünscht, dass es so sein ... so aussieht, als ... nun ja, er soll als Wirklichkeit das glauben, was man ihm aber nur scheinbar vorspielt. So hat man dem Kerl in dem Film, den du gesehen hast, dem Kurier des Zaren, nicht auch wirklich die Augen verbrannt. Aber du hast es geglaubt. Andere Menschen auch. Also, so soll das ja auch ablaufen. Man trickst und beeinflusst das, was der Zuschauer sehen soll."

„Schreib auf. Das gefällt mir."

„Wenn ich ein richtig glühendes Eisen nehme, dann ... dann ... ist der Knochen auch weg. Dann verbrennt auch der Knochen wie ein Stück Holz. Das könnten wir wirklichkeitsnah spielen. Und wenn Du daran denkst, glaube ich, dass Du auch wirklich schauerliche Schmerzensschreie ausstoßen kannst. Was hältst Du davon?"

„Find´ ich ´ne gute Idee. Aber ich sagte Dir doch bereits, dass ich das ganz gut kann. Muss das nicht auch ins Drehbuch?"

„Das schreiben wir auf. Du musst Dir dann, wenn es so weit ist, auch wirklich vorstellen, wie deine Fingerspitze brutzelt und verdampft."

„Wenn ich dich so höre, erweckst du den Anschein, als hättest du das schon einmal gemacht."

„Nun ja, bei den ..."

„... Lehrgängen, werden auch solche Lösungen und Möglichkeiten durchgespielt. Habe ich Recht?"

„Das wollte ich eigentlich sagen."

„Und wie sieht es mit Blut aus?"

„Nun, dann verschmieren wir deine Hand mit Ketchup. Wenn die Aufnahmen gemacht sind, kannst du ihn dann ablecken."

„Wie ein echter Vampir. Blut lecken - huahuahuaaa."

„Also hätten wir schon einmal ein Thema und einen Anfang..."

„Schreib auf. Nicht dass wir etwas vergessen."

„Man muss ja, um einen Film zu drehen, nicht der Reihe nach ein Drehbuch durcharbeiten. Die einzelnen Aufnahmen kann man dann in beliebiger Reihenfolge beim Schneiden zusammensetzen. Das zeige ich dir dann am Computer."

„Und das kannst Du selbst machen? Und ich kann es auch lernen? Glaubst Du?"

„Das begreifst du im Handumdrehen. Also ein glühendes Eisen. Wie bringe ich es zum Glühen? Man wird natürlich sehen müssen, dass das Eisen wirklich glüht. Das kann ich nicht mit Trickaufnahmen allein machen. Das ist hier die erste Frage, die wir lösen müssen."

„Hast du keinen Gasbrenner?"

„Zufällig, ja."

„Na siehst Du. Das ist doch schon mal etwas."

„Dann brauche ich also ein Stück Eisen ... und zufällig habe ich beim Ausräumen des Kellers ein Stück Moniereisen gefunden. So wie es beim Bauen im Beton verwendet wird. Das wird Eindruck genug machen."

„Du machst, als würdest Du mit dem Eisen langsam zu meinem Finger kommen, dann beginne ich zu schreien. Wie wäre es, wenn Du, anstatt meinen Finger zu verbrennen, ein Stückchen Holz oder Holzwolle nehmen würdest. Vielleicht einen Zweig oder so etwas. Wenn der verkohlt, gibt es ebenfalls ganz schön Qualm."

„Ich glaube, dass ich mit Dir als Schauspieler einen ganz großen Fang gemacht habe."

„ ... und während es qualmt, Großaufnahme von meinem schmerzverzerrten Gesicht. Und der Qualm zieht vor meinem Gesicht vorbei."

„Und ich sage dann noch laut, damit es deine Schreie übertönt: <Nun mach schon endlich die Lüftung an, das stinkt ja hier ganz bestialisch>."

„Dann sagt Gerlinde, die natürlich deine Assistentin ist, <wird gemacht Boss>."

„Du hast doch schon mehr Filme gesehen als nur den <Kurier des Zaren>. Das, ... aber ... ich werde schweigen wie ein Grab."

Beide Protagonisten lachten, als wäre ihnen ein herzerfrischender Scherz gelungen.

Hermenegildo Pizarro beglückwünschte sich insgeheim. So, oder so ähnlich war sein Plan gewesen. Nun hatte der Bengel noch mitgeholfen ihn zu verfeinern. Er würde mit diesen Vorgaben ein Tonband erstellen, das jedes Elternteil, auch das Hartgesottenste, kirre machen musste. Wenn sie denn nur einen kleinen Funken Liebe für ihren Sprössling empfinden würden.

Und, er würde einen Film machen, der so überzeugend wirken musste, dass er jede gewünschte Geldsumme verlangen, erpressen und erhalten konnte. Im Handumdrehen. Sozusagen spielerisch.

Noch vor dem Mittagessen zelebrierten die beiden das Werk. Der Hunger war vergessen oder in die zweite Linie zurückversetzt worden. Die eine Aufnahme reichte ja aus, zumindest vorläufig. Sie würden dann, damit keine unerwünschte Hektik aufkam, für das Mittagessen unterbrechen. Und am Nachmittag würde er dann Dienst schieben müssen, im Werk. Leider. Jeremy würde es begreifen ... äh, schlucken ... schlucken müssen. Man werde dann ein andermal weitermachen. Wann, das würde er mit seinen Dienstpflichten in Einklang bringen müssen. Genauso würde er es dem Kleinen erklären. Man müsste die weiteren Aufnahmen dann eben verschieben. Das heißt, die würden nicht mehr erforderlich werden, denn bis dahin - ja bis wann? - müsste er sein Geld haben. Die Aktion könnte beendet werden. Dank blutiger Ereignisse mit Ketchup und dem Gestank oder Gequalme von verkohlendem Holz. Billig, aber absolut überzeugend und wirkungsvoll.

Apropos Aktion beenden. Es beschlich Hermenegildo ein etwas mulmiges Gefühl bei diesem Gedanken. Der Junge könnte ihn ja identifizieren und dann ... „Nein, ich glaube nicht, dass ich diesen netten Jungen umbringen könnte", sagte er sich leise und biss sich auf die Zunge. Er würde halt mit dem Geld und Gerlinde rasch von der Bildfläche verschwinden müssen. Untertauchen. Ein anderer Mensch werden. In einem neuen Land. Unerreichbar für das Gesetz und jeden Bullen. Zunächst einmal für jeden deutschen Bullen.

Hermenegildo hatte Mexiko im Blick. Das kam doch öfters als Wunschziel für Ganoven in den entsprechenden Filmen aus Hollywood vor. Offenbar lieferten die mexikanischen Behörden nicht aus. Er würde für sich und Gerlinde neue Papiere, eine neue Identität beschaffen. Dann konnten ihm Behörden, gleich welcher Nationalität, den Hobel ausblasen. Ach, da machte er sich keine Sorgen. Mit Geld würde auch er alles erreichen können. Für alles brauchte man Geld. Und für viel Geld bekam man viel - oder auch alles.

Gerade in den lateinamerikanischen Ländern.

Jeremy spielte seine Rolle wirklich perfekt. Er konnte sich offensichtlich perfekt in die Rollen hineindenken, wie Hermenegildo fand. Er schrie steinerweichend. Sein Gesichtsausdruck ließ keinen Zweifel an der Echtheit der Tortur aufkommen. Aus einem nassen Schwamm drückte ihm Hermenegildo Wasser so in sein Gesicht, dass es nach reichlich Tränenfluss aussah.

Der beißende Qualm des verkohlenden Holzstückchens, der an seinem Gesicht vorbeizog, half effektiv bei der Fratzenbildung. Den Hustenanfall, der darauf folgte und sogar echt war, schnitt Hermenegildo nur zum Teil heraus.

In der folgenden Nacht schnitt und montierte Hermenegildo den Film und bereitete das Tonband auf. Er war endlich recht zufrieden mit der Arbeit. Etwas störte ihn, dass die Nahaufnahmen des schreienden Jeremy unklar wirkten. Da hatte er offenbar gepfuscht, irgendeine Unachtsamkeit war ihm da untergekommen.

Klar, man konnte das vor Schmerz entstellte Gesicht sehen. Aber, wenn er sich unvoreingenommen den Film anschauen müsste, würde er dann auch eben diesen Jungen wiedererkennen? Der Fehler konnte auch von Vorteil sein. Er belegte, dass hier ein Amateur am Werk war. Ein brutaler Entführer zwar, dem es aber nicht so sehr auf die professionelle Qualität des Filmes ankam, sondern nur auf dessen Wirkung. Da hatte ein hartgesottener Verbrecher einen Film gedreht, einer, dem es scheißegal war, wie eine Jury bei einem Wettbewerb darüber urteilen würde.

Hermenegildo wischte somit seine Bedenken beiseite. Mehr noch, er war mit sich und seiner bisherigen Arbeit zufrieden.

Dann machte er noch einige Tonaufnahmen, bei denen er mit verfälschter Stimme Drohungen ausstieß. Die kamen dann aus dem Hintergrund. Er musste einige Male <*seine* Szene> wiederholen, bis er mit *seiner* Stimme wirklich zufrieden sein konnte. Die aber nicht mehr als seine Stimme identifiziert werden konnte. Rau, kehlig, brutal, unerbittlich oder gnadenlos hart musste sie klingen. Die Tonaufnahmen würden den fürchterlichen Eindruck, den der Film über die laufenden Bilder hinterlassen musste, noch verstärken. Das war auch der Sinn der Sache. Video war eine fantastische Erfindung.

Unterdessen, im Bett des abgeschlossenen Zimmers, grübelte derweil Jeremy darüber, ob und wenn ja, wo er diesen Mann denn schon einmal gesehen hatte. Er kam nicht darauf. Wenigstens vorläufig nicht.

Sein Bett zu Hause war besser. Aber es waren ja Ferien. Wenn er schlecht schlafen sollte, würde er sich in der Früh entschuldigen und etwas weiter pennen.

Tag 2 der Entführung

Hermenegildo Pizarro musste arbeiten, würde zur Arbeit gehen. Er hatte es sich jedenfalls als eine Vorsichtsmaßnahme für das vorgebliche potenzielle Entführungsopfer Jeremy ausgedacht und eingeplant. Demnach hatte Jeremys Vater es bestimmt, dass dies so sein müsse, damit nicht der geringste Verdacht auf den Aufenthaltsort seines Sohnes aufkommen könne. Potenzielle und investigative Entführer sollten nicht durch veränderte sicherheitsrelevante oder innerbetriebliche Veränderungen auf eine Spur zum Aufenthaltsort des Sohnes führen.

Hermenegildo würde das, so sein Plan, seinem Schützling in dieser Form erklären: Sollten potenzielle Entführer entsprechende Beobachtungen anstellen, dann durften sie keine Schlüsse aus veränderten und somit verdächtigen personellen Bewegungen ziehen können. Verbrechern sollte ein ganz normaler Tagesablauf vorgelebt werden. Ohne jegliche Verdachtsmomente. Ohne jeden Anhaltspunkt. Soweit die Überlegungen Hermenegildos. Das war plausibel und von Jeremy geschluckt werden - müssen. Hermenegildo klopfte sich selbst auf die Schulter für diese, aus seiner Sicht, perfekte Planung und glänzende Kombination.

Jeremy sollte so weit wie möglich pflegeleicht sein und bleiben.

Gerlinde musste tatsächlich nach dem Frühstück *Mensch-ärgere-dich-nicht* mit Jeremy spielen.

Der Fernseher war leider kaputt und der Techniker hatte gesagt, dass es noch ein oder zwei Tage dauern würde, bis das erforderliche Ersatzteil zur Verfügung stehe. Das hatte Gerlinde Jeremy erzählt und ihr Bedauern ausgedrückt. Es konnte also keine Unterhaltung per TV geben. Und so konnte die Familie Pizarro vermeiden, dass Jeremy möglicherweise aus den Nachrichten über seine wirkliche Entführung erfahren konnte. Wer konnte schon wissen, ob nicht die Polizei eine Aktion in den Medien, inklusive Fernsehen, starten würde, um die Bevölkerung dazu aufzurufen, bei der Suche nach den Entführern oder auch dem Entführten mitzuhelfen. Am Ende würden sich Zeugen melden, die das Abholen Jeremys vor der Schule beobachteten, den Wagen beschreiben konnten oder gar das Nummernschild notiert hatten.

Gerlinde hatte höchstpersönlich diesen Einfall gehabt. Der Fernseher musste kaputt sein. Denn was wäre, wenn in den Nachrichten plötzlich über einen Entführungsfall berichtet werden würde? Und Jeremy rein zufällig Zuschauer wäre? Also *musste* der Fernseher kaputt sein. Dass man keinen habe, wäre unglaubwürdiger gewesen. Jeder hat eben einen Fernseher. Der aber auch mal das Recht hatte kaputt zu gehen.

Die Angelegenheit konnte dann, wenn Jeremy über seine wirkliche Situation Bescheid wissen würde, viel komplizierter werden. Es würde eine völlig neue Lage entstehen können. Am Ende würden sie wirklich den Jungen anketten müssen, mit all den folgenden, unwägbaren Konsequenzen. Vor allem Probleme und Folgeerscheinungen.

Hermenegildo hatte in dieser Richtung die Reaktion seiner Frau richtig eingeschätzt. Sie wäre es, die den Jungen ernähren müsste, die mit ihm direkt zu tun haben würde und letztendlich müsste er mit dem umgekehrten Stockholmsyndrom rechnen. Seine nicht maskierte Frau würde sich mit dem Jungen solidarisch fühlen, sich familiarisieren. Sie würden, weil sie nicht maskiert arbeiteten, den Jungen nach der Lösegeldzahlung, beseitigen müssen. Und seine Frau würde unter diesen Voraussetzungen dem bestimmt nicht zustimmen.

Jeremy hatte bemerkt, dass in der Wohnung ein Telefon fehlte. Doch Hermenegildo argumentierte dazu sachlich korrekt. Alle Welt habe heutzutage ein Handy. Weshalb dann noch einer veralteten Telefongesellschaft Geld für einen Anschluss in den Rachen werfen. Also habe man es abgeschaltet oder abgemeldet. Da Gerlinde ebenfalls ihr Handy habe, könne man sich von überall, ganz gleich wo man sei, anrufen, jeder sei eben immer erreichbar. Und noch etwas, ja das war auch ein gutes Argument, wenngleich in Anbetracht der Akzeptanz des ersten, kein weiteres mehr erforderlich gewesen wäre. Denn als Leiter eines Sicherheitsapparates bei der Firma müsse er stets erreichbar sein, was man im Besitz eines Handys erwarten konnte. Bei einem Festnetzanschluss war dies problematischer und nicht so lückenlos. Nicht einmal Einkäufe würde er so mit Gerlinde gemeinsam machen können. Scherzte Hermenegildo.

Und war sich jetzt nicht mehr so sicher, dass diese zusätzliche Argumentation gegen einen Festnetzanschluss überhaupt vonnöten war.

Fazit, nach all diesen Überlegungen und Vorkehrungen war, wenn Zeit totzuschlagen war, dann sollte es mit *Mensch-ärgere-Dich-nicht* geschehen. Mit Gerlinde. Das war nichts für den Mann Hermenegildo.

Soweit die Überlegungen Hermenegildos, die er bereits frühzeitig in seine Planungen mit einbezogen hatte.

Charlotte und Christine

Charlotte rief ihre Schwester früh am Morgen an.

„Bei mir ist er nicht!" Das war noch eine recht normale Tonlage.

„Was?" Das war schon wie ein schriller, spitzer, unter die Haut gehender Schrei.

„Ich habe fast eine halbe Stunde an der Schule gewartet. Dann bin ich weggefahren." Es klang vorwurfsvoll aber auch besonders laut. Die verbale Eskalation nahm ihren Lauf.

„Ohne Jeremy?"

„Ohne Jeremy."

„Du solltest ihn aber doch abholen. Du warst sicher wieder einmal zu spät ... wie immer. Warst du überhaupt jemals in deinem Leben pünktlich." Charlottes Stimme steigerte sich rasch vom mehr grummelnden Tremolo zur Hysterie. „Das ist doch der Gipfel. Lässt Jeremy einfach allein." Charlottes Stimme überschlug sich jetzt.

„Hör mal, liebes Schwesterchen. Du hast mich gebeten ihn abzuholen, weil Du Dich beim Friseur fein machen ließest. Und es war doch logisch, dass Du, wenn Du schon einmal dabei bist, immer weitere Sonderwünsche äußern würdest, immer noch schöner ... eingebildete Zicke. Es wird halt immer aufwendiger jede neu entdeckte Verfallserscheinung zu kaschieren. Auch du kannst deinen Verfall nicht aufhalten. Auch du wirst in der Mühle der Zeit durchgewalkt, so lange, bis nichts mehr da ist zum Verschönern. Bis dann eines Tages kein Spachteln mehr hilft, dann ..."

„...Es geht um Jeremy, nicht um mich. Hast Du das vergessen?" Charlotte war in der Lage für ihre Aussprache, Tonlage und Lautstärke noch eine Schippe draufzulegen. „Und ich hatte *Dich* um einen Gefallen gebeten. Du hättest nein sagen können. Stattdessen ..."

„...Dass Du auf dem Holzweg bist, merkst Du offenbar gar nicht mehr. Du hattest gesagt, dass, wenn Du nicht mehr anrufen würdest, dass Du dann Jeremy selbst abholen würdest."

„Was redest Du da für einen Stuss? Im Gegenteil, ich habe dir gesagt, dass ich anrufen würde, wenn ich es doch noch schaffen sollte. Alles andere ist Schwachsinn. Merkst Du das nicht?"

„Schwesterchen, Du bist mal wieder in Deinem Element. Wenn es nach Dir ginge, hätte ich Tag und Nacht für Dich auf der Matte zu stehen. Nur auf deinen Anruf wartend und um deine Wünsche ... nein, nicht Wünsche, sondern Befehle entgegenzunehmen. Dass ich aber auch ein Leben habe übersiehst Du. Ja ich habe auch ein Recht darauf."

„Das bestreite ich doch nicht, aber was hat das mit Deinem Fehlverhalten wegen Jeremy zu tun? Ich bin verheiratet und Du nicht. Ich habe..."

„Fehlverhalten? Mein Fehlverhalten? Du, ausgerechnet Du redest von Fehlverhalten?" Christine war jetzt auch richtig in Fahrt und ihre Stimmlage stand der Charlottes in nichts nach. „Bleib mal auf dem Teppich. Eine Situation, die Du versaut hast, kannst Du mir nicht anhängen. Mit deiner Scheißschönheitskur mit deinem Scheißschönheitswahn hättest Du warten können. Ja, warten können. Du hättest einen anderen Termin nehmen können. Wegen ein paar Stunden hätte dein werter Hintern auch nicht mehr Falten angesetzt...Und dass ich nicht verheiratet bin, kannst Du mir nicht als Charakterschwäche auslegen, Du solltest mich beglückwünschen, zumindest beneiden, wenn ich Dein Leben so betrachte."

„Dich beglückwünschen? Vieleicht den Mann, der jetzt glücklich ist, weil er eben nicht mit Dir verheiratet ist."

„...Halt deine Klappe, Dein ungewaschenes Mundwerk. Es ist doch auch so, dass, wenn ich Dich brauche, dass Du dann immer ..."

„...Jetzt hör endlich auf mit deinem <immer, wenn ich dich brauche>. Wo ist Jeremy?"

„Jeremy ist nicht nach Hause gekommen." Die Tonlage war mit einem Schlag moderater. Ja beinahe menschlich erträglich, ziemlich normal. Den Umständen mehr angepasst.

„Was! Heißt das, dass du Jeremy nicht abgeholt hast?" Hier war die Hysterie noch nicht verklungen.

„Das ist genau das, was ich die ganze Zeit versuche Dir klarzumachen. Jeremy ist verschwunden - *verschwunden*." Sie schrie jetzt das letzte Wort wieder. Sie wollte sich damit leichter fühlen, aber es schien nur noch schlimmer zu werden.

Offenbar war die Leitung jetzt tot. Bis dann doch eine zögerliche Frage an Charlotte kam: „Hast Du, ich meine sollte man, ich würde darüber nachdenken, die Polizei zu verständigen."

„Nun, da ja alle Klarheiten beseitigt zu sein scheinen. Jetzt - ich glaube, ich muss zur Polizei gehen. Wirklich." Charlotte hatte wieder ihre Tonlage geändert. Sie hörte sich jetzt mehr weinerlich an. Obwohl Christine diese Volten bis zur Genüge kannte, steuerte auch sie einen Teil ihrer Schauspielkunst bei.

„Soll ich dich begleiten", sagte sie in einem zutiefst mitfühlenden Tonfall, ja beinahe flüsternd oder hauchend.

„Wäre nett von dir." Auch hier war der Ton wieder sehr versöhnlich, die paar Worte ebenfalls nur hingehaucht. Dieser Zick-Zack der innerfamiliären Kommunikation hatte Tradition und waren den Schwestern seit ihrer Kindheit vertraut. Es war ein Ritual, an das sich beide durchgehend hielten. So glaubten sie ihr Elternhaus nicht vermissen zu müssen. Es war, wie es schon immer war. Gezeter und Streicheleinheiten lagen sehr dicht beieinander. Oder: <Pack schlägt sich, Pack verträgt sich.>.

„Ich komme sofort. Ich ziehe nur noch etwas an."

Jeremy vermisst

Der Polizist hinter dem Tresen versuchte die beiden erregt durcheinanderredenden und manchmal auch schreienden Damen zu beruhigen.

„Also Ihr Junge ist verschwunden. Wer ist die Mutter?"

„Ich!"

Seit wann war er nicht mehr zu Hause?"

„Seit gestern. Nach der Schule sollte ihn meine Schwester" - sie zeigte auf Christine - „abholen. Aber ..."

„ ...Sie hat alles verkehrt gemacht. Ich wartete auf einen Anruf, in Wirklichkeit sollte sie gar nicht anrufen und so wartete ich lange an der Schule, aber Jeremy kam nicht."

„Was redest Du schon wieder für einen unglaublichen Stuss?" Charlottes Stimme entgleiste schon wieder. „Es war doch abgemacht ..."

„ ...Meine Damen", fuhr der Beamte mit energischer Stimme dazwischen. Dann räusperte er sich geräuschvoll. „Wenn Ihre Aussagen relevant sind, dann möchte *ich* die Fragen stellen und *Sie* antworten *nur,* wenn Sie gefragt werden. Bitte bleiben wir bei dieser Regelung." Er hatte dreimal eine besondere Betonung in seine Ansprache eingebracht.

Dass ein Kerl, wenn auch ein uniformierter, sich in ihre Lebensart einzumischen wagte, das hatte zumindest Seltenheitswert. Das letzte Mal lag schon recht lange zurück. Das hatte den beiden eine Anzeige und ein Bußgeld wegen Beleidigung eingebracht. Charlottes Mann, die einzig verbliebene, und im Familienverbund verankerte männliche Person, ging mehr geräuschlos seiner Wege. Er hatte gelernt im richtigen Moment zu schweigen und es waren diese Momente, die den Schein einer harmonischen Familie wahrten.

Dort, wo sie in ihren Kreisen verkehrten, war auch ihre besondere Streitkultur bekannt und man hielt sich allgemein vornehm zurück.

Charlottes Mann hatte bald nach seiner Heirat, nach erbitterten Auseinandersetzungen, Lehrgeld bezahlen müssen. Das war nun, wie bereits erwähnt, vorbei. Die Schwestern waren sich bei jeder aufkommenden Meinungsverschiedenheit zwischen den Eheleuten - und Anlass gab es mehr als genug - stets sofort einig und beendeten umgehend selbst jede Streiterei. Sie verbündeten sich dann umgehend zu des Hausherrn Nachteil. Gegenüber den beiden Furien, zog er immer den Kürzeren, wenn sie sich einig waren. Und im Zweifelsfalle waren sich eben die beiden Schwestern immer einig. Mit der Absicht Frieden zu stiften, hatte er es sogar ein paarmal gewagt mannhaft einzuschreiten, was aber total misslang. Beide Frauen hatten daraufhin ihr Sperrfeuer mit aller Wucht allein auf ihn ausgerichtet.

Das Schwesternpaar schaute jetzt den Polizisten verdutzt an.

Hatte der Herr ihnen den Mund verboten? Oder hatte er eine Frage gestellt? Vielleicht eine behördliche Anweisung ausgesprochen?

„Zuerst Sie. Sie sind also die Mutter. Wann haben Sie

ihren Sohn zuletzt gesehen?"

„Als ich ihn gestern Vormittag an der Schule vor Unterrichtsbeginn absetzte. Er gab mir noch, wie immer, einen Abschiedskuss auf ..."

Der Beamte wusste aus Erfahrung, dass er diesen Redefluss ausbremsen und das Verfahren in seinem Sinne lenken musste. „Wann hätte er wieder zu Hause sein sollen?"

„Wir hatten seine Reise zu meiner Mutter auf deren Farm geplant. Wir wollten dann heute in der Früh wegfahren. Das Auto war bereits aufgetankt, das hatte ich nämlich gestern ..."

Der Polizist unterbrach diesmal mit einer energischen Handbewegung und legte einige Dezibel in seiner Stimme drauf. „Ich hatte gefragt, wann der Junge wieder zu Hause sein sollte."

„Nach der Schule sollte ihn meine Schwester abholen und nach Hause bringen." Charlotte schaute ihre Schwester an - „aber just, wenn ich mich einmal auf sie verlassen will, ..."

„...Manchmal nehme ich ihn, wenn ich ihn abhole und das mache ich öfters, dann nehme ich ihn mit zu mir nach Hause und bringe ihn später zu meiner Schwester. Oder sie holt ihn bei mir ab. Wir sind da wie eine Familie, da helfen wir uns aus Tradition, aber ..."

„...Was aber ...?"

Wieder machte der Polizist eine unmissverständliche Hand- und Armbewegung. Beide Frauen schauten sich jetzt an und schwiegen.

„Ich stelle jetzt die Frage präziser." Der Wachtmeister dehnte den folgenden Satz und betonte jede Silbe.

„Wann war Schulschluss und wie lange benötigt man bis zur elterlichen Wohnung?"

„Ich war kurz vor zehn Uhr dort", warf Christine sofort ein. „Ich habe dann eine halbe Stunde gewartet, mindestens, so genau habe ich nicht auf die Uhr geschaut. Das heißt, ich wollte, aber ich musste feststellen, dass ich meine Uhr vergessen hatte. Zunächst aber befürchtete ich sie verloren zu haben. Dabei erinnerte ich mich dann doch, dass ich sie in meinem Bad auf der Glaskonsole liegen ließ. Dort war immer ein sicherer Platz, von da kann sie nicht runterfallen. Und so eine Uhr ist ja empfindlich und kann ja schnell kaputt sein. Und da sie ein Erinnerungsstück ist, passe ich immer sehr gut auf sie auf. Aber Jeremy kam nicht. So bin ich weggefahren, weil ich eben dachte, dass..."

Der Polizist unterbrach den Redeschwall wieder, diesmal mit einer recht laut gestellten Frage: „Kann die Mutter auch etwas dazu sagen?" Während er die Frage stellte, war er regelrecht von seinem Stuhl aufgesprungen. Jetzt hatte er beide Arme in seine Hüfte gestemmt.

„Seit ich Jeremy an der Schule in der Früh abgesetzt habe, habe ich ihn nicht mehr gesehen. Ich bin dann anschließend zum Friseur, ich hatte einen Termin. Ich musste diesen Termin nehmen, denn so vor der Urlaubszeit, gibt es immer Engpässe, wie mir der Friseur im Vertrauen mitgeteilt hatte. Aber ...."

Der Polizist hob wieder seine rechte Hand.

Charlotte schaute zuerst Christine dann den Beamten etwas überrascht, dann doch fragend an. Es dauerte eine kleine Weile, bis sie wieder Worte fand. „Nun, ach ja, es war abzusehen, dass ich Jeremy nicht um zehn Uhr abholen konnte. Der Termin war ... So bat ich Christine ..."

„Ist es richtig und darf ich feststellen, dass sie beide Jeremy vermissen?"

„Er ist *mein* Sohn." Charlotte hatte durch besondere

Betonung das Wörtchen <mein> virtuell unterstrichen.

„Ich vermisse ihn auch. Seit er nicht ...“

„Bitte, meine Damen. Jeremy ist also nach der Schule nicht nach Hause gekommen ...“

Christine hatte sich gerade ihren gewaltigen Busen zurechtgerückt. „Was heißt da kommen, ich sollte ihn abholen und logischerweise mit mir in meine Wohnung nehmen. Denn seine Mutter“, Christine zeigte mit ausladender, auch ziemlich verächtlicher Geste auf ihre Schwester, „saß beim Friseur fest. Und wenn die einmal dort sitzt, dann ...“

„...Das habe ich doch ...“

Der Polizist hatte sich vor einigen Sekunden gesetzt, jetzt stand er wieder auf, nein, er sprang wie von der sprichwörtlichen Tarantel gestochen auf. Überrascht schauten ihn die beiden Schwestern an und schwiegen - diesmal.

In beinahe feierlichem Tonfall sprach dann die uniformierte Autorität: „Wir haben einen solchen Fall öfters. In der Regel stellt sich dann heraus, dass der oder die Vermisste mit einem Mitschüler beziehungsweise einer Mitschülerin nach Hause gegangen ist. Er, oder sie, vergisst sich zu melden und erscheint am nächsten Tag wieder qietschvergnügt. Manchmal bezieht er - oder sogar auch sie - von seinem, von ihrem Daddy, dann eine Tracht Prügel, nur um das Gedächtnis zu trainieren. Damit der oder die Ausreißerin nicht wieder vergisst, dass es Handys gibt. Ist das klar genug gesagt? Ich schlage also vor einzusehen, dass es noch verfrüht ist für eine Vermisstenmeldung mit sofort einzuleitender Suchaktion. Der Junge wird im Laufe des Tages wieder auf der Matte stehen. Wenn dies bis Morgen nicht der Fall ist, kommen sie bitte wieder, damit wir dann eine Vermisstenmeldung aufsetzen. Aber wenn die Mutter allein käme, wäre ich Ihnen sehr verbunden. Beiden!"

„Was erlauben sie sich", meldete sich Christine. „Das kann doch nicht Ihr Ernst sein. Sie unterstellen unserer Familie ..."

„Halt einfach deinen Mund", befahl Charlotte im Feldwebelton. „Du hast doch gehört, dass der Mann mit der Mutter sprechen will."

Benno-Boss

Benno-Boss bewohnte mit seiner Familie und Bediensteten ein herrschaftliches Anwesen. Es war rundum von hohen Mauern umgeben. Sie stammten noch aus den 80-er Jahren des neunzehnten Jahrhunderts. An manchen Stellen waren sie vollständig von Efeu überwuchert. Alarmanlagen waren diskret in der immergrünen Natur versteckt.

An der großen Einfahrt war ein Pförtnerhäuschen, von außen kaum einsehbar. Niemand konnte an dem ständig besetzten, mit Panzerglas bewehrten Raum unbemerkt vorbei und auf das Anwesen gelangen. Versteckt war auch hier hochsensible, moderne Überwachungs- und Alarmtechnik. Die erst vor zwei Jahren verbreiterte Einfahrt hatte dabei auch ein neues, kunstfertig gestaltetes, schweres schmiedeeisernes Tor erhalten. Es hätte schon eines modernen Panzers oder einer Menge Sprengstoff bedurft, um dieses Hindernis zu überwältigen.

Fast auf die Minute genau, um neun Uhr, klingelte es beim Pförtner. Der diensthabende Hüter des Eingangs sah im strategisch angeordneten Spiegel einen Paketzusteller in seiner typischen, hinlänglich bekannten Uniform. Dann schaute er noch auf einen der Monitore, auf dem ein Teil des Bürgersteiges sichtbar war. Er konnte sich immer noch nicht von der alten, in Fleisch und Blut übergegangenen Gewohnheit freimachen. So ging sein Blick in solchen Augenblicken stets zuerst zu dem altmodischen, aber von möglichen technischen Pannen freien Spiegel. Wie auch diesmal zum wiederholten Male und ignorierte die Monitore. Er entriegelte die elektrisch gesicherte Tür. Der Bote kam mit einem breiten Grinsen herein, grüßte freundlich, so wie man es von Menschen seines Schlages gewohnt war oder mindestens erwartete.

„Ich habe eine Eilsendung an die Familie von ...", er schaute wichtigtuerisch auf seine Unterlage um abzulesen, „... Benno-Boss, abzugeben."

„Ich nehme die Sendung in Empfang und leite sie weiter."

„Oh-Oh, ich bin mir nicht sicher, ob ich das verantworten kann. Hier steht nämlich <persönliche Übergabe>."

„Sie werden sich mit mir zufriedengeben müssen. Ich bin zwar kein Mitglied der Familie Benno-Boss, aber ich bin Vertrauensperson mit Vollmachten, auch für einen solchen Fall. Darüber hinaus habe ich meine Anweisungen und bin als zuverlässig eingestuft. Ich werde das Päckchen umgehend weiterleiten."

„Ich äh ... äh ... weiß nicht, ob ich das so machen kann", wiederholte der Zusteller wieder seine Bedenken, und trat wie aus Verlegenheit von einem Fuß auf den anderen. „Es dreht sich darum, dass Sie es lediglich weiterleiten werden, ohne dass ich die Übergabe an den genannten Empfänger, wie von mir verlangt, bestätigen kann. Oder vom Empfänger bestätigt bekomme. Verstehen Sie? Ich ... ich habe aber die Verantwortung, dass das Päckchen wirklich zu dem angegebenen Empfänger", er schaute wieder auf den Übergabeschein, „tatsächlich zu Herrn Benno-Boss gelangt ist ... äh, zu gelangen hat, und ..."

„Trotzdem werden Sie das Päckchen mir zur Weiterleitung übergeben müssen. Junger Mann, daran führt kein Weg vorbei. Ich wiederhole mich nicht gerne, aber .... das sind unsere Regeln. Sie werden wohl nicht wegen Ihnen umgeschrieben werden. Aber das habe ich Ihnen ja bereits mitgeteilt."

Der Bote zögerte immer noch, war unschlüssig. Ihm gefiel die hochnäsige und etwas zu ironische Selbstdarstellung des Pförtners nicht. Mit dieser Problematik hatte er nicht gerechnet. Würde sein Plan noch funktionieren? War er schon zunichte bevor der erste Punkt abgehakt war? Würde das Päckchen nicht über die eingeplante Zeit hinaus, hier in diesem verdammten Kabuff, liegen bleiben?

Der erfahrene Pförtner sah mit Vergnügen die Verlegenheit des Boten und genoss sie sichtlich. Er durfte einmal wieder die Autoritätsperson spielen. Er hatte sich mittlerweile wieder in seinem Stuhl zurückgelehnt und die Arme demonstrativ vor der Brust verschränkt. Er konnte warten, er hatte Zeit.

Nach einer angespannten Weile entschloss er sich doch die Situation zu entkrampfen. „Nun machen sie sich mal nicht in die Hosen junger Mann. Dass das Päckchen ordnungsgemäß den Empfänger oder die Empfängerin im Haus erreicht, dazu bin ich da. Alles andere können sie sich abschminken. Und wenn sie der Kaiser von China wären. *Ich* leite das Päckchen weiter. Nach einem Sicherheitscheck natürlich. Ich folge Anweisungen, die ich wegen ihnen nicht außer Kraft zu setzen gedenke. Ich bin gerne auf diesem Posten und setze ihn auch wegen Ihres Paketes nicht aufs Spiel. Habe ich Ihnen jetzt meine Position und mein Verantwortungsbereich hinreichend geschildert? Also?"

Der verkleidete Bote Hermenegildo musste etwas Zeit

gewinnen. Er musste nun schnell den nächsten Schritt improvisieren. Vor allen Dingen musste die Illusion aufrecht erhalten bleiben, dass er ein veritabler Bote war. Ein verantwortungsvoller Bote. Ein Verdacht durfte unter keinen Umständen aufkommen.

„Nun, dann werde ich zunächst mal in der Zentrale anrufen. Wissen sie, das ist das erste Mal, dass mir so etwas passiert. Ich bin darin noch Anfänger."

„Sie werden sich daran gewöhnen, dass nicht alles nach den Wünschen eines Chefs gehen kann."

„Kann ich meinem Boss, meiner Chefin, wenigstens mitteilen, dass sie die Sendung möglichst umgehend, ich meine ... äh ... gleich weitergeben?"

Der Pförtner hörte mit - beziehungsweise er glaubte mitgehört zu haben, wie der Mann das o.k. von seiner Chefin bekam. Es war unverkennbar eine Frauenstimme, die er identifiziert hatte. Er hatte aber auch registriert, dass der Bote, man sah ihm jetzt zweifelsfrei den Anfänger an, recht umständlich nach der Erlaubnis gefragt hatte. So selbstsicher, wie der vor einigen Minuten hier hereingeschneit kam, war er dann doch nicht. Der Pförtner unterzeichnete schließlich an der angegebenen Stelle. Der Bote wünschte ihm noch einen recht schönen Tag und wurde dann nach draußen entlassen. Er hörte, wie die schwere Eisentür hinter ihm in das Schloss einschnappte.

Gerlinde war überrascht und etwas durcheinander über das Gefasel ihres Gatten. Aber irgendwie schien sie auch das richtig gemacht zu haben.

Der Pförtner drückte einen Klingelknopf und gleich darauf erschien ein anderer Bediensteter, der das Päckchen zum Haupthaus mitnahm.

Der anschließende Sicherheitscheck mit Durchleuchtung ergab, dass es zwei Handys enthielt sowie eine DVD. Der Mann packte die Handys aus und stellte fest, dass es zwei völlig normale, handelsübliche Geräte waren und dass sie keinen Sprengstoff enthielten. Beide waren in einer breiten, farbigen Schleife eingewickelt. Das eine Handy mit einer roten, das andere mit einer grünen Schleife. Er konnte auch, nach einem kurzen Check, keine Anzeichen einer anderweitigen Manipulation entdecken. Es waren eben ganz normale Handys eines koreanischen Herstellers. Seltsam nur, dass sie eingeschaltet waren.

Als Hermenegildo wieder draußen auf dem Bürgersteig war, atmete er tief durch. „Verflucht, das hätte schief gehen können. Und es konnte noch schief gehen, wenn der Torhüter den Auftrag nicht sofort ausführte. Es könnte zumindest ein Problem werden. Damit hatte er nicht gerechnet.

Es könnte sogar einen allgemeinen Alarm auslösen, wenn sein geplanter, folgender Anruf in die Verpackung ging. Es würde im Karton einen Signalton geben. Vielleicht würde man sogar die Polizei anrufen, einschalten. Aber er musste seinen Zeit-Plan einhalten, sonst wäre die ganze, seine ausgedachte Organisation durcheinandergeraten.

Der Pförtner sah unterdessen, diesmal auf einem Monitor, dass der Bote seinen Wagen, so er denn mit einem gekommen war, nicht vor dem Anwesen geparkt hatte.

Er sah dann, wie sich der Bote eilig in Richtung der nahen Querstraße entfernte.

Bittere Erkenntnisse

Es war 23 Minuten nach neun, als bei der Privat-Sekretärin von Frau Benno-Boss das Telefon klingelte. Der Hausherr wurde von einer männlichen Stimme verlangt.

„Wer möchte ihn sprechen?"

„Der Sicherheitsdienst aus dem Werk."

„Einen Augenblick bitte."

Die Dame drückte einen Knopf, der Anrufer hörte nur in die Stille des Hörers hinein. Kein Knistern und auch keine nervtötenden Geräusche waren zu hören, die manche Menschen mit Unterhaltungsmusik verwechselten. Ermenegildo alias Paketzusteller, befand sich gerade einmal ca. hundertfünfzig Meter von Benno-Boss´ Anwesen entfernt.

Zwischenzeitlich hatte er in seinem hier geparkten Auto die Uniform des Paketzustellers ausgezogen. Er war wieder Hermenegildo Pizarro, zurzeit ohne Beschäftigung, zuvor bei einem Wachdienst angestellt.

Der Sekretärin im Hause Benno-Boss kam die Situation seltsam vor. Sollten die beim Sicherheitsdienst der Firma nicht mitbekommen haben, dass der Chef heute früh nach Dubai unterwegs war? Eigentlich eher unwahrscheinlich. Nun aber andererseits, das konnte ja schon einmal vorkommen. Trotzdem blieb sie misstrauisch. Also drückte sie wieder den Knopf.

„Hallo, hören sie, es dürfte Ihnen doch bekannt sein, dass der Chef in der Früh eine Reise angetreten hat. Also, was soll der Anruf?"

Hermenegildo war auch darauf vorbereitet und augenblicklich stolz diese Möglichkeit eingeplant zu haben.

„Wir haben vom Boss die Anweisung kurz nach neun Uhr anzurufen. Als er früh aus dem Haus ging, wollte er seine Gattin nicht wecken. Wir haben eine wichtige Mitteilung, den Sohn der Familie betreffend."

„Aber sie wollten doch den Chef sprechen. Weshalb haben sie denn nicht gleich seine Gattin verlangt?"

<Verdammt> - beinahe wäre es Hermenegildo laut entfleucht. Was nun? - schnell eine weitere Ausrede. Also doch ein Lapsus. Er beschimpfte sich innerlich dafür. Kurz, aber heftig. Doch er hatte sich auch schnell wieder unter Kontrolle.

„Entschuldigung, ich bin etwas durcheinander. Mir ist heute Nacht meine Schwiegermutter gestorben. Sie verstehen. Ich sollte eigentlich keinen Dienst tun, aber der Ersatzmann war nicht kurzfristig zu erreichen. Selbstverständlich muss ich die gnädige Frau sprechen."

„Ich glaube, dass ich sie im Moment nicht weiterverbinden kann", es kam ihr immer noch etwas verdächtig vor. Es war Teil ihres Berufslebens geworden, misstrauisch zu sein. Und der Anrufer selbst hatte nun mal schon glatt einen ernstzunehmenden Hinweis geliefert, mit einem Vertrauensvorschuss vorsichtig zu sein.

Wieder fluchte Hermenegildo innerlich. Es konnte doch nicht sein, dass er alles so gut geplant hatte und nun schienen ihm alle Felle davon zu schwimmen. Er bekam sein be-

kanntes flaues Gefühl in den Beinen, wenn ihm unvorherge-
sehene Ungemach überkam. Gut, dass er in seinem Auto
saß. Stehend hätten ihm sicherlich die Beine versagt.

„Hören sie", vernahm Hermenegildo, ich glaube es geht
jetzt. Ich verbinde."

Glück hatte der Erpresser in der Wartestellung in diesem Fall, denn die Dame des Hauses hatte gerade den Inhalt
eines Päckchens inspiziert. Sie konnte sich keinen Reim
auf das machen, was es enthielt. So war sie zu ihrer eigenen
Sekretärin gegangen, einfach um sich kurz zu besprechen.
Nun nahm sie den Hörer entgegen. Die Sekretärin konnte
bruchstückhaft die Ansprache des Anrufers mithören. Den
Rest entnahm sie den Reaktionen ihrer Chefin.

Zunächst erklärte diese dem Anrufer, dass ihr Mann sich
seit etwa einer halben Stunde in der Luft befinden müsste,
auf dem Weg nach Dubai.

„Nun, dann werden sie ihn wohl sofort zurückbeordern
müssen. Ich habe ihren Sohn in meiner Gewalt und ich muss
mit ihm über das Lösegeld sprechen - wenn es beliebt", fügte er noch so ironisch wie möglich hinzu. Hermenegildo
gewann wieder an Selbstsicherheit.

Nach einer Weile des Schweigens ihrer Chefin, der
Hausfrau Anne-Dorthe Benno, hörte sie den vermutlichen
Entführer, als er sagte: „Verehrte Dame. Nehmen sie das
sehr ernst. Schauen sie sich die DVD an. Hören sie den
aufgenommenen Ton. Wenn sie sich an die Polizei wenden, werden sie ihr Kind niemals mehr wiedersehen. Also
keine Polizei. Damit das klar ist. Ihr Sohn wird eines gräss-
lichen Todes sterben, wenn sie die Polizei einschalten.
Haben sie das verstanden?" Hermenegildo hatte sich das
aufgeschrieben und vom Blatt abgelesen.

Es vergingen wieder lange schweigsame Sekunden. Es

kam keine Antwort aus dem Handy.

„Sind sie noch dran?"

„Ja - ja", stotterte die Dame, die die erbärmliche und schockierende Nachricht nicht so schnell verarbeiten konnte oder sich dagegen sträubte sie zu verinnerlichen - wenn sie denn überhaupt stimmen sollte.

Hermenegildo las wieder vom Blatt ab: „Also, wenn die Polizei in irgendeiner Form mitmischt, überhaupt eingeschaltet wird, werde ich ihrem Sohn sämtliche Finger abbrennen und ihn dann auf einer Müllhalde verscharren. Haben sie das auch verstanden?"

Hermenegildo war guter Hoffnung, dass er sich ausreichend barbarisch ausgedrückt hatte.

Die Dame sagte dann doch „ja" und dann noch „bitte tun sie meinem Jungen nichts an. Wir werden ... ich denke ... ich glaube, dass wir uns einigen können. Bitte, tun sie Jeremy nichts an...."

„...Das hängt ganz von Ihnen ab, gnädige Frau. Lassen sie die Polizei aus dem Spiel, dann können sie ihn, nachdem meine Forderungen erfüllt sind, wieder unbeschädigt in Empfang nehmen." Das war nun freie Rede, dazu hatte er sich keine Notizen gemacht.

Im Moment hatte Hermenegildo aber ganz vergessen, dass der Junge ja eigentlich gar nicht mehr als unbeschädigt gelten konnte oder sollte. Die DVD lieferte dazu ja den Beweis. Als es ihm einfiel, machte er eine Handbewegung, die in seinem Auto aussah, als wollte er damit sagen: „Schwamm drüber" oder als hätte er nach einer lästigen Mücke geschlagen. In Wirklichkeit hatte er einen kräftigen Fäkalienausdruck auf den Lippen.

„Also, keine Polizei", wiederholte er nochmals, so energisch wie möglich.

„Nein - das heißt, ja, ich ... ... keine Polizei", stotterte die Frau.

Die Telefonistin bekam Mitleid mit ihrer Chefin. So verunsichert hatte sie die ansonsten selbstsichere Dame noch niemals erlebt.

Im Firmenjet

Benno-Boss - der Name hatte sich seit vielen Jahren in Allgemeingut gewandelt, damals als er in noch jungen Jahren von seinem Großvater den Betrieb übernahm, übernehmen musste. Sein Vater war tödlich verunglückt.

Nun war er, als Inhaber eines, in seiner Branche bedeutenden Unternehmens, im Firmenjet nach Dubai unterwegs. Ein erfolgversprechendes Geschäft wurde seit längerem verhandelt. Die letzten Details wollte er persönlich vor Ort klären und, so die Planung, den Vertrag abschließen.

„Telefon für sie", ein Mitarbeiter reichte das Gerät über den Mittelgang seinem Boss - Benno-Boss. „Ihre Frau."

„Hallo Liebling, was gi ...."

Weiter kam er nicht. Er war völlig überrascht die völlig überdrehte, mehr hysterische Stimme seiner Frau zu hören. Das war außergewöhnlich und versetzte ihn augenblicklich in Alarmstimmung.

„Sie haben Jeremy. Sie haben ihm wehgetan. Schlimm. Du musst sofort kommen. Bitte gleich. Er will mit dir sprechen. Der Entführer."

Es versetzte ihm einen Stich in der Seite. Seine Frau musste ziemlich durcheinander sein. Sich in einem schlimmen Zustand befinden. Doch andererseits musste es sich um eine Verwechslung handeln. Es *konnte* doch gar nicht sein. Was ihn doch schnell wieder besonnen reagieren ließ.

„Meine Liebe, das kann ... hörst du mich? ... hör mal meine Liebe, das kann doch gar nicht sein. Arnold, der Fahrer ist zuverlässig und der hat mir bestätigt, dass er den Jungen gestern persönlich im Camp abgeliefert hat. Bitte ... hörst du mir zu?"

„Ja - ja, verdammt nochmals, ja. Komm sofort zurück."

Auch diese Ausdrucksweise war für den Ehemann Benno-Boss völlig neu.

„Ich sagte dir doch, dass das ein Irrtum sein muss, denn Jeremy ist in dem Camp, auf das er sich so freute und über das wir doch oft genug gesprochen haben...."

„... Ich habe einige schreckliche Bilder gesehen, die kommen nicht aus dem Camp. Bitte komm gleich ..."

Sollte er aus dem Camp ....?

„... Jetzt beruhige dich doch ein wenig, das kann nicht ..."

„... Ich habe schreckliche Bilder ... Jeremy, es gibt keinen Zweifel ... unser Junge... bitte komme sofort ... sofort ... ich schaffe das nicht allein ..."

„Tu mir einen Gefallen - ja? Tu mir den Gefallen und rufe im Camp an. Das ist doch das Einfachste. Frage nach ihm. Er ist dort und alles ist wieder gut. Aber versuche dich unter Kontrolle zu halten. Jeremy ist in Sicherheit..." Dass er nun doch auch seine, wenn auch leise Zweifel bekam, wollte er in seinen Worten nicht erkennen lassen.

„... Hallo, bist du noch ..."

„Sie hat aufgelegt. Glaubt, dass unser Sohn entführt wurde. Der ist aber in einem Feriencamp. Mann, sie hörte sich sehr angegriffen an."

„Ich bedauere", antwortete der Begleiter, ein Prokurist aus seinem Betrieb.

Hektik per Telefon

Die Gattin stolperte mehr in ihr privates Arbeitszimmer. Hektisch wischte sie einige Papiere auf ihrem Schreibtisch beiseite. „Wo bist du, blöde Telefonnummer", zischte sie, dann lauter und noch ungeduldiger, zorniger und schließlich verzweifelt: „Wo habe ich dich hinlegt?"

Dann fiel ihr ein, dass sie die Sekretärin fragen konnte. Oder noch besser - „Verbinden sie mich mit dem Feriencamp - oder Abenteuercamp, Jeremy *muss* dort sein!" Sie hatte das mehr in einem beschwörenden Tonfall gesagt. So *musste* es sein. Es war ihre Hoffnung, ihr sprichwörtlicher Strohhalm, an den sie sich jetzt mit aller Kraft klammerte. Dass sie das ekelhafte Beweis-Video gesehen hatte, verdrängte sie vollkommen.

Die Sekretärin hatte die Nummer selbstverständlich sauber vermerkt und tippte sie ein. Dann sagte sie: „Das Camp, die Verwaltung, Frau Benno, bitte", und reichte den Hörer weiter. Und sie hörte mit. Die nächste Katastrophe. Sie wurde Zeugin.

„Nein, einen Jeremy Benno haben wir nicht auf unserer Liste. Bedaure sehr, aber in unserem Camp ist kein Junge mit diesem Namen."

„Aber ... aber ... er *muss* dort sein."

„Haben sie bitte einen Moment Geduld, ich werde bei

der Gruppenleiterin nachfragen."

Frau Benno-Boss hörte jetzt Rockmusik. Sie musste sich setzen. Ihre Beine drohten zu Watte zu werden. Wasser schien ihr in die Augen einzuschießen, wie lange würde sie sie noch zurückhalten und sich überhaupt auf den Beinen halten können.

Es dauerte quälende, lange 2 Minuten, bis die Stimme wieder kam. „Hören Sie bitte? Es tut mir leid, aber auch im Empfang hat man keinen Vermerk und auch die Gruppenleiterin für diese Altersstufe bestätigt, dass sie keinen Jungen mit dem Namen Jeremy Benno kennt. Tut mir aufrichtig leid."

Frau Anne-Dörthe Benno erreichte gerade noch einen Besucherstuhl und ließ sich hineinfallen. Sie konnte nicht mehr aufrecht stehen. Die Beine versagten jetzt definitiv. Alles um sie herum drehte sich. Und sie kämpfte wie verzweifelt gegen eine Ohnmacht an.

Die Sekretärin eilte zu ihr, dann lief sie zurück zu ihrem Drehstuhl, setzte sich wieder und wollte gerade die Notrufnummer drücken, als Anne-Dörthe laut und hysterisch ein „neeeein" hinausschrie.

Dann, nach einer Weile gespenstischer Ruhe: „Das kann nicht sein, das darf nicht sein. Mein Junge!"

„Soll ich Sie mit ihrem Mann verbinden"? fragte die Privatsekretärin.

„Ja", hauchte jetzt die geschockte Mutter.

„Du musst sofort umkehren, zurückkommen", keuchte sie in den Hörer, als sie wieder mit ihrem Mann verbunden war.

Jetzt schnürte es ihr den Hals zu. Sie brachte keinen weiteren Laut heraus. Es entstand eine gefährliche Stille.

Benno-Boss versuchte die Ruhe selbst zu sein, wenngleich sein Blutdruck ganz schnell in die Höhe schoss. Die nächsten Worte mussten so ruhig wie möglich gesprochen werden, seine Frau sollte spüren, dass er sich unter Kontrolle hatte. Das würde auch ihr Kraft verleihen.

„Hast Du im Camp angerufen?"

„Er ist nicht im Camp." Dieser Satz kam wie aus der Pistole geschossen.

„Was sagst Du da? Er *muss* dort sein. Das gibt es nicht ..."

„Er ist nicht im Camp", Frau Anne-Dörthe schrie es diesmal voller Verzweiflung in das Telefon, hatte aber auch jede Silbe stark betont.

„Mit wem hast Du gesprochen? Hast Du mit der Leiterin gesprochen oder ...?"

„Ich habe mit der Leiterin gesprochen."

Es gab wieder eine kurze Stille.

„Hör mal meine Liebe. Ich werde mit Arnold sprechen und Dich dann gleich zurückrufen. Bitte, bitte flippe nicht aus. Es wird sich alles aufklären. Ich flehe Dich an, beruhige Dich."

Es dauerte eine Weile, bis die Verbindung hergestellt war. Arnold hielt sich in einer Garage auf und musste erst herbeizitiert werden.

„Arnold? Du hast gestern Jeremy im Camp abgeliefert?"

„Ja."

„Wo liegt das Camp? Beschreibe es mir."

„Chef, gibt es Probleme?"

„Mach ganz einfach das, worum ich Dich gebeten habe."

„Nun, ich bin genauso gefahren, wie Sie es mir vorgaben. Ich habe die Einzelheiten in das GPS eingegeben. Ich habe mich 100% an die Vorgaben gehalten, bestimmt Chef."

„Gab es irgendwo eine Besonderheit, die Dir aufgefallen ist?"

Arnold konnte auch ohne besondere Schulung aus der Stimme und der Art und Weise wie sein Chef redete heraushören, dass etwas Außergewöhnliches, scheinbar Dramatisches passiert war.

„Nein Chef. Keine besonderen Vorkommnisse. Alles normal. Ich war genau dort in dem Camp und habe an der Adresse, die Sie mir gegeben haben, Jeremy, Ihren Jungen abgeliefert und war auch dabei, als er eingeschrieben und empfangen wurde. Mitsamt seinem Gepäck. Scheint ein angenehmer, ein kompetenter Betrieb zu sein. Alle, mit denen ich zu tun hatte, waren hilfsbereit und zuvorkommend."

„Arnold, überlege jetzt und beschreibe mir genau, wie das abgelaufen ist, als Du Jeremy der Campleitung übergabst."

„Chef, ist etwas nicht in Ordnung, sagen Sie es mir bitte."

Auch Arnold wurde jetzt zunehmend nervös, er bemerkte, dass der Hörer in seiner Hand zu zittern anfing.

„Arnold, stell jetzt keine Fragen. Ich will die Details wissen, wie Du den Jungen abgeliefert hast. An wen, wo unterschrieben wurde usw."

„Chef, also ich habe vor dem Verwaltungsgebäude geparkt. Auf einem markierten Parkplatz, da waren noch zwei - nein, drei andere Autos geparkt. Nahe, neben dem Eingang. Moment Chef, nein, da waren zwei Plätze für Behinderte markiert. Ich habe auf einem geparkt. Tut mir leid. Aber es war gerade kein anderes Auto in dieser Parkreihe."

Benno-Boss nutzte die eintretende Pause: „Mann, Arnold, jetzt mache Dir deswegen mal keinen Kopf. Es geht nicht darum. Beschreibe mir die Baulichkeiten, ich kenne sie vom Prospekt her, aber ich will es von Dir wissen, wie Du sie gesehen hast. Es ist wichtig."

„Habe ich etwas verkehrt gemacht?"

„Arnold, jetzt höre doch einmal zu. Du hast nichts verkehrt gemacht. Und Du hast mein volles Vertrauen. Aber im Augenblick interessiert mich eben zu erfahren, wie Du die Baulichkeiten gesehen hast. Also Arnold ... entschuldige, dass ich etwas nervös klinge. Aber das geht schon in Ordnung."

„Das geht schon in Ordnung", wiederholte Arnold, so als wäre es von ihm verlangt worden.

„Na, dann lege schon mal los."

„Herr Benno-Boss, es ist so ein langgezogener Bau als Blockhaus oder wenigstens mit Brettern oder Holz so verkleidet, dass es wie ein Blockhaus aussieht. Genauso wie Sie es mir auf einer Postkarte gezeigt haben. Ich bin dann die zwei Stufen in den einzigen sichtbaren Eingang hinein. Dort gibt es eine Anmeldung. Zuerst musste ich durch eine zweite Tür - nein, Moment Herr Benno-Boss, ich will nichts Verkehrtes sagen."

Benno-Boss war gar nicht erbaut von den langatmigen Beschreibungen, aber, was soll's, er hatte es ja so angefordert. Er kannte ja seinen Fahrer.

„Ich musste zuerst klingeln. Vor einer Glastür, vor einer breiten. Dann sprach jemand über Lautsprecher und fragte, wer ich sei. Ich sagte meinen Namen und dass ich im Auftrag von Ihnen komme. Das sagte ich ungefragt. Ist das in Ordnung?"

„Mann, Arnold, natürlich ist das in Ordnung. Völlig in Ordnung. Prima gemacht."

„Dann - nein, zuerst sagte die Frauenstimme - ja es war

eine Frauenstimme, dass sie sofort kommen würde, um die Tür zu öffnen."

„War Jeremy bei dir?"

„Ja - nein, nicht direkt. Er war draußen. Er inspizierte die Umgebung."

„Lief er dazu weg?"

„Nein Chef. Er stand nur so da, drehte sich um die eigene Achse. Schaute um sich. Ach, und noch etwas. Ich sah von drinnen durch die offene Tür, wie er so dastand und die Arme in die Seite stützte. So richtig zu Taten aufgelegt, das konnte man ihm ansehen. Ganz typisch für ihren Sohn, Herr Benno-Boss. So unternehmungslustig."

„Weiter Arnold, gib mir weitere Details."

„Ein nettes Fräulein stand plötzlich vor mir, ich hatte gar nicht mitbekommen, wie die Glastür geöffnet wurde. Ja, dann bat sie mich mitzukommen, um die Anmeldformulare auszufüllen. Sie sagte das sehr freundlich. Ist das ... ich will alles ausführlich schildern, so wie Sie es mir aufgetragen haben."

„Hast Du dann Jeremy draußen gelassen? Allein?"

„Aber nein, Herr Benno-Boss. Ich sagte dann noch zu der netten jungen Dame, dass ich zuerst noch den Jungen rufen würde. Ich ging dann die paar Schritte bis zur Eingangstür, die noch offenstand. Dann rief ich Jeremy, Ihren Sohn. Er gab eine so gute Figur ab. Ich war stolz auf ihn. Er hatte seine neue Mütze nach hinten geschoben. Sah lustig aus."

„Welche neue Mütze?"

„Es war eine Mütze in Regenbogenfarben, nicht die von den New York Yankees, die er sonst hat."

„Ja, ich glaube, dass er zu Hause eine hatte. Und?"

„Im Empfangsbüro übergab ich dem Fräulein ihren Umschlag. Jeremy war dabei, wenn das wichtig ist. Die Dame schaute in einer Liste nach, trug die Uhrzeit ein und ich unterschrieb."

„Wie, sie hat die Uhrzeit eingeschrieben?"

„Ja, ich konnte sehen, dass auf der Liste fast alle schon eingeschrieben waren. Nur einer oder zwei fehlten noch."

„Also, Du hast unterschrieben?!

„Ja Chef, an der Stelle, wo die Dame mir gezeigt hat, gleich hinter der Uhrzeit."

„Da gibt es keine Verwechslung?"

„Nein Chef. Absolut und definitiv nein. Es hat alles seine Ordnung. Oder, ist etwas nicht in Ordnung?"

„Danke Arnold. Also es gibt keinen Zweifel, dass sich Jeremy im Camp befindet?"

„Chef, Herr Benno-Boss, ich habe ihn abgeliefert. Wir standen in dem Büro mit der freundlichen jungen Dame. Sie bat noch so freundlich um einen Moment Geduld, sie würde nach der Betreuerin rufen. Sie rief tatsächlich an. Eine Frau mit hellen Jeans kam und begrüßte uns, besonders herzlich aber Jung-Benno - ich meine Jeremy. Dann hat er sich von mir verabschiedet. Hat mich umarmt. Er ist ja ein perfekter Gentleman. Ich sah ihm nach, wie er an der rechten Seite der Frau den Gang hinunterlief. Ich ging dann nach draußen zum Wagen und habe sein Gepäck geholt. Ich ging zweimal. Ich habe es im Büro mit der freundlichen jungen Dame abgestellt. Das ist alles, was ich dazu sagen kann, Chef."

„Also muss er dort sein?"

„Chef, Herr Benno-Boss, mit Verlaub. Ich habe ihn abgeliefert, genauso, wie Sie es mir aufgetragen haben. Ob er aber dort ist? Das müsste er sein, es kann nicht anders sein."

„Was soll denn das heißen?"

„Chef, dass ich ihn nämlich abgeliefert habe, dass ich gesehen habe, wie er mit einer Dame wegging, die sich als

Betreuerin vorgestellt hatte, dass ich unterschrieben habe, dass ich sein Gepäck hereingebracht habe. Aber was so alles im Camp gemacht wird, ob sie alle dort schlafen oder gemeinsam unterwegs sind, das weiß ich nicht."

„Ach so. Danke Arnold."

„Verbinden sie mich mit meiner Frau."

„Hallo Liebling, es ist so, wie ich dir gesagt habe. Jeremy ist im Camp. Ich habe mit Arnold gesprochen. Er ..."

„Ich habe aber hier ...", weiter kam sie nicht. Tränen erstickten ihre Stimme.

„Liebling, Arnold hat mir in allen Details beschrieben, wie und wo er ihn abgeliefert hat. Immer wieder hat er sich über eine junge, offenbar besonders beeindruckend freundliche Dame ausgelassen. Aber Du kennst ja die Redeweise unseres treuen Fahrers Arnold. Er hat sogar für die Ein- oder Ablieferung unterschrieben. Und die genaue Uhrzeit seiner Ankunft ist auch eingetragen."

„Aber sie haben mir gesagt, dass er nicht angekommen ist", schluchzte Anne-Dörthe.

„Da muss einfach ein Irrtum vorliegen. Jeremy kann sich doch nicht in Luft aufgelöst haben. An was für einen Schlamperbetrieb bin ich da geraten"? knurrte er noch.

„Bitte komm nach Hause. Ich habe einen Telefonanruf bekommen. Und ich habe schreckliche Bilder von uns ...." ihre Stimme brach. Sie konnte nicht mehr weitersprechen.

Benno-Boss starrte noch einen Augenblick das Telefon an. Dann drückte er den Aus-Knopf und reichte es zurück.

Er kämpfte mit sich noch gut zehn Minuten, dann gab er Anweisung umzudrehen und zurückzufliegen.

Blanke Verzweiflung

Benno-Boss starrte die beiden Handys an. Beide waren eingeschaltet. Das eine hatte eine rote Schleife, das andere eine grüne. Wütend riss er das rote Band ab und wollte es zerknüllen. Seine Frau hielt ihm den Arm. „Bitte nicht. Es hat sicherlich eine Bedeutung. Wir werden es, so befürchte ich, bald erfahren."
Wie Recht sie hatte.

Was tun? „Was tun"? rief Benno-Boss laut und wütend in das große Wohnzimmer, in ihren Salon, in dem außer ihm nur noch seine Frau Anne-Dörthe anwesend war. Es war ein sinnloser Schrei. Er wusste das auch sofort und die schreckliche Erkenntnis ließ nicht auf sich warten. Benno-Boss stöhnte, es hörte sich mehr wie ein Grunzen an.
Er war ein Macher, sein Wort hatte Gewicht und wurde nur in allerseltensten Fällen, dann aber nur bei absoluter Berechtigung angezweifelt. Und jetzt war niemand in der Nähe, der auf diese in Verzweiflung geschriene Frage eine Antwort gewusst hätte.
Benno-Boss hasste Leerlauf. Wenn er irgendwo, irgendwie, irgendwann zu warten hatte, dann musste dafür ein sehr dringender Grund vorliegen. Doch auch dann noch

konnte er die Geduld verlieren. Konnte aufbrausend werden. Dann suchte er nach Schuldigen. Diese Situationen waren bei seinen Mitarbeitern berühmt-berüchtigt. Dann zogen alle den Kopf ein, bis das Gewitter vorüber war. Doch, das hielten sie ihrem Chef zugute, denn danach war die Luft rein und der Vorfall wurde niemals mehr erwähnt. Alle aber hatten wieder etwas gelernt. Benno-Boss war nicht nachtragend und so war auch ein unangenehmer Vorfall schnell vergessen. Wie formulierte er? Ad cta gelegt. Das heißt nicht ganz. Denn seine Intelligenz gebot ihm, solche Ereignisse zu speichern, mit dem Ziel, sie bei einer nächsten Gelegenheit als Erfahrungsschatz zu verwerten.

Und jetzt war er zur Untätigkeit verdammt. Er war darauf angewiesen, dass ein anderer Mensch, den er nicht einmal kannte, ihn zur Tatenlosigkeit verdammte. Er hatte das Heft des Handelns nicht mehr in seiner Hand. Ja, er hätte platzen können, derart hatte sich ein Druck in ihm aufgestaut. Es war kein Mitarbeiter in seiner Nähe, an dem er sich hätte auslassen können. Wie ein wildes Tier in einem Käfig, so lief Benno-Boss jetzt im Wohnzimmer auf und ab.

Zwischendrin setzte er sich kurz neben seine Frau auf dem Sofa, unternahm den Versuch sie zu trösten. Doch da stellte er sich so linkisch und ungeschickt an, dass er schnell wieder davon abließ. Nur um einige Zeit danach das gleiche Spiel zu wiederholen. Auch zu diesem persönlichen Missgeschick, mit fast unerträglicher Nervenanspannung, hätte er sich selbst in den Hintern treten können.

Benno-Boss musste mit Bitterkeit erkennen, dass ihm in dieser Situation seine ganze Kapitalmacht, keine Freunde oder Beziehungen, kein Machtwort, keine noch so gut eingefädelter Winkelzug weiterhelfen konnte.

Wann war er das letzte Mal in einer solchen Lage, einer Situation, in der er nicht weiterwusste? In der er auch keinen Befehl erteilen konnte, Mitarbeiter oder Mitarbeiterinnen einspannen konnte, um ein Problem aus der Welt zu schaffen. Schaffen zu lassen. Hier lief er nun wie ein Tiger in einem Zookäfig herum oder saß abwechselnd bei seiner Frau, aus der scheinbar alles Leben zu weichen begann.

„Ich versuch's nochmals im Camp", sagte er mit unverstellter Hoffnungslosigkeit.

Seine Frau sagte nichts. Kraftlos ließ sie sich aus seinen Armen befreien. Er ging zur Privatsekretärin, gab ihr den Auftrag zur Verbindung.

Die Dame im Camp, am anderen Ende der Leitung, gab sich keine Mühe mehr ihre Verärgerung zu verbergen. „Ich kann Ihnen doch unmöglich eine andere Antwort geben. Der Junge ist nicht in unserem Camp. Nein, er ist nicht hier angekommen. Er ist nicht registriert."

Was sie verschwieg, war, dass eine Aushilfskraft für die Ferienzeit, ihr vor Kurzem gebeichtet hatte, dass sie eine Liste vertauscht hatte. Aber auch nach der Berichtigung sah es nicht besser aus. Jeremy war auf keiner Liste. Das wollte sie dann doch so krass diesem Benno-Boss nicht mitteilen. --*Nicht auf der Liste*--. Steckte da eventuell noch mehr dahinter? Etwas für das sie als Leiterin des Projekts haftbar gemacht werden konnte? Aber auch sie kam mit ihren Überlegungen nicht weiter. Und sie ärgerte sich, dass sie sich mit solchen Mätzchen herumschlagen musste - wenn es denn Mätzchen waren. Eine Mutter und ein Vater wussten nicht, wohin sie ihr siebenjähriges Kind verfrachtet hatten.

Und jetzt suchten sie es. Ausgerechnet in ihrem Camp.

Benno wie? War das nicht der Name oder die populäre Bezeichnung für eine namhafte, bedeutende Firma? Und der gesuchte Junge der Sohn? Mein Gott, nicht auszudenken, wenn da wirklich ... sie wollte nicht weiterdenken.

Im Geiste sah sie schon Rechtsanwälte aufmarschieren, ruinöse Forderungen stellen.

Dann nahm sie sich vor in ihren Versicherungs-Unterlagen nachzuschauen, ob sie denn eventuell ... aber die Versicherungen waren in ihren Vertragsbedingungen so raffiniert, versiert mit verklausulierten Bedingungen, da hatte sie sicher wieder das Pech ausgerechnet nicht dagegen versichert zu sein. Es lief ihr kalt den Rücken hinunter, als sie an eine mögliche Schadenersatzklage dachte. Dann ... <lieber Gott, hilf mir, dass ich> ... aber ich habe mir doch gar nichts vorzuwerfen, versuchte sie eine Beruhigung. Sie nahm sich vor nicht mehr weiterzudenken. Einen Schaden hatte sie jedenfalls nicht verursacht, so viel stand fest. Aber diese Anwälte würden unter Umständen immer etwas finden. Dann verordnete sie sich definitiv einen Maulkorb - nicht weiterdenken. Keine ungelegten Eier ausbrüten.

Anne-Dörthe glaubte in einem kurzen, bruchstückhaft mitgehörten Gespräch, das Benno-Boss mit ihrer Sekretärin führte, das Wort Polizei zu hören. Sie glaubte vor Angst kollabieren zu müssen. „Nein", schrie sie.

Benno-Boss kam rasch zurück, kam seiner Frau ein paar Schritte im Wohnzimmer näher, schaute sie voller Mitleid und fragend an.

„Keine Polizei", hauchte sie. „Bitte keine Polizei, versprich es mir." Dann noch etwas eindringlicher und erheblich lauter: „Versprich es mir!"

Ihr Mann kam dann näher zu ihr, legte wieder seinen

Arm um die untröstliche Gattin und sagte, dass er es verspreche. Als er keine Reaktion spürte, wiederholte er mit seiner bekannten markanten Stimme: „Ich verspreche es dir."

Seine Frau schien noch etwas mehr in sich zusammenzusinken. Wieder wich eine Portion Kraft aus ihr. Dabei war er ihr doch entgegengekommen. Erfüllte ihren Wunsch.

Er merkte, dass er ihr in der letzten Stunde keine große Stütze war. Und er wurde sich bewusst, dass er sich nicht auch noch hängen lassen konnte. Sie hatte ihn gerufen, auch weil sie seine Stütze und Kraft erwartete. Er musste in irgendeiner Form die Initiative an sich reißen. Aber was konnte er tun? Er versuchte sich verzweifelt gegen das Gefühl der Hilflosigkeit zu wehren, er musste verhindern, dass seine Kraft aus ihm entweichen konnte.

Ganz leise versuchte er zu seiner Frau durchzudringen. Ganz sachte sprach er vom eventuellen Nutzen, die DVD noch einmal anzusehen, die Tonaufnahme nochmals abzuspielen. Vielleicht hatten sie etwas übersehen oder auch überhört.

„Ich kann nicht mehr", hauchte sie kraftlos.

Blumen und eine Tasche

Hermenegildo war auf dem alten Markt. Eine kräftig gebaute Frau mittleren Alters war gerade dabei ihren Stand und den Stellplatz aufzuräumen. Sie riss sich förmlich die jetzt verschmutzte Schürze vom Leib. Der Markttag war für sie gelaufen.

„Jetzt hatte ich gedacht noch einen ihrer schönen Blumensträuße kaufen zu können. Sie machen wohl jetzt Feierabend?"

„Ausverkauft. Ich weiß auch net welchen Glücksdaach ich heut hatte. Es sieht danach aus, als habe alle unehrlichen Ehemänner mit einem Schlag das schlechte Gewisse geplagt. Sind sie auch so einer?"

„Ich hätte etwas Größeres gebraucht."

„Nu, dann kommense doch in die Plathstraße, hinterm Nordbahnhof. Dort helfe ich Ihnen einen auszusuchen."

„Um welche Uhrzeit sind sie dort?"

„Ich bin hier gleich fertig. Saache mer mal so in ′ner dreiviertel Stunde. Ich geh vorher noch′n Gaffee trinken."

„Wir sehen uns." Wo die wohl herkommt? Die spricht ja einen ganz eigenwilligen Dialekt.

Nun richtete Hermenegildo seine Schritte in Richtung

Hauptschule in der Spessartstraße. Anders als in den Privatschulen würden die Ferien erst nächste Woche beginnen. Er hatte nicht die geringste Ahnung, wann dort Schulschluss war und ob die überhaupt alle zur gleichen Zeit ihr Unterrichtspensum beenden würden.

Es war aber nichts los, also beschloss er zu warten. Immerhin konnte er erkennen, dass in dem einen oder anderen Klassenzimmer noch Betrieb herrschte.

Eine Dreiergruppe von Jungens kam heraus. Nein, an eine Gruppe wollte er sich nicht heranmachen. Es musste ein Einzelgänger sein. Schon aus verschiedenen Gründen. Er wollte keine weiteren Mitwisser haben. Vor allem, in einer Gruppe gab es immer den einen oder anderen, der nicht dichthalten konnte, protzen wollte mit seinem Wissen und Taten. Bei Einzelgängern konnte er mehr damit rechnen einen Bedürftigen und Ehrgeizigen und damit von einer Gruppe Ausgestoßenen zu finden. Einer der eine gewisse bedeutende Geldzuwendung gut gebrauchen konnte und zu schätzen wusste.

Da trottete einer die Treppe herunter. Entweder hatte er einen schlechten Tag oder die für ihn vielleicht üblicherweise schlechten Noten. Jedenfalls wirkte er niedergeschlagen oder mutlos. Der könnte es sein, dachte sich Hermenegildo. Er sprach ihn an, als er in seiner Nähe vorbeikam.

„Tachchen. Ich hätte da einen gut bezahlten einfachen Auftrag. Nichts Ehrenrühriges. Nichts Verbotenes. Haste Interesse?"

Der Junge, einen Kopf kleiner als Hermenegildo, musterte ihn mit halb geschlossenen Augenlidern. Dann schob er sein Bücherbündel, oder was immer sich in dem Beutel befinden mochte, von seiner rechten auf die linke Seite unter seinen Arm. Er verzog die Mundwinkel und drehte sich um wortlos weiterzugehen.

„Na? Sprachlos?"

Der Junge stoppte. Drehte sich wieder dem Fragesteller zu.

„Und das wäre?"

„Na reden kannste ja. Ich ..."

„... Spuck′s aus oder mach die Fliege."

„Ist das ein Benehmen? Ich biete Dir einen Job an, einen gutbezahlten, und Du versuchst Dich davor zu drücken. Offenbar einen Scheiß drauf zu geben."

„Mann was für ein Gelaber. Nun gib mir ′nen Durchblick oder verpiss Dich."

„Ich zahl Dir einen Hunderter. Dafür bringst Du eine Tasche zu einem Bekannten."

„Ist das alles? Und der Sprengstoff oder der Schnee ist gut im Futter eingenäht. Hast Du mich ausgesucht, weil Du mich für ein Arschloch hältst? Seh ich so aus?"

„Weder noch. Aber wenn Dir ein Hunderter zu viel ist, streich ich gerne eine Null. Wenn das für Dich vertrauensvoller klingt."

„Bist ′n Bulle? Oder so was?"

„Kein Bulle und auch nicht so was."

„Ich will wissen, was ich transportieren soll. Ne Tasche ist nicht genug Auskunft. Erstens. Und zweitens arbeite ich nur gegen Vorkasse. Geschnallt?"

„Bedingungen, die vor meiner Ansprache bereits akzeptiert waren."

„Also was nun?"

„Es geht um diese Tasche, die sollst Du einem Freund übergeben. Schau rein, pack aus, kontrolliere, tu was Du für richtig hältst."

Der Junge schaute nun auffallend lange die Tasche zu Füßen Hermenegildos an. Dann schaute er wieder hoch. Der Schnellste scheint er ja nicht zu sein, dachte sich Ermenegildo. Aber sei's drum. Für diesen Job braucht's auch keinen Intelligenzbolzen.

„Lass sehen!"

„Komm zur niedrigen Mauer da drüben. Packst dann aus, kontrollierst, schaust nach und wirst finden, dass alles in Ordnung ist. Nicht einmal Pornos wirst du finden. Zeitschriften, nur Zeitschriften. Ich will damit einen alten Freund überraschen. Etwas Originelles machen."

„Für 'nen Hunderter könnste ihm auch ein praktischeres Geschenk machen. Komisch, oder?"

„Ich sagte doch, dass es eine originelle Überraschung sein soll. Das hat nicht immer etwas mit viel mit Geld zu tun. Der braucht es vielleicht gar nicht."

Der Junge schaute tatsächlich detailliert nach. Fand auch wirklich nichts Verdächtiges. Also, wo, wann, wie. Ich lausche. Oder noch besser, rück zuerst die Knete rüber."

„Hier den Hunderter. Und nun: Kennst Du das Staatstheater oder auch in manchen Kreisen als die Oper geschimpft?"

„Ich bin von hier und kenn' mich aus." Er faltete den Hunderter und steckte ihn in die rechte Hosentasche.

„Also, da steht auf dem Vorplatz ein Italiener mit seinem Wagen und verkauft Eis. Ich weiß auch nicht, wieso der die Erlaubnis dafür bekam."

„Ist nichts Neues. Das tun die mit Vorliebe. Für Spagetti würden sie ja eine Sondererlaubnis brauchen. Und das ist dein Freund?"

Hermenegildo antwortete darauf nichts. Er hatte eine solche Frage auch nicht erwartet. Er fuhr einfach fort.

„Jetzt kommt das Wichtigste. Genau um fünf Uhr kommst Du an seinen Stand und stellst die Tasche auf der rechten Seite ab."

„Von mir aus gesehen oder dem Itaker?"

Gar nicht soo dumm. „Wenn Du davorstehst und von Dir aus gesehen rechts. Auf der rechten Seite, von Dir aus gesehen."

„Iss ja gut, iss ja gut. Ich bin doch nicht schwerhörig. Musst nicht alles zweimal sagen."

„Dann bestellst du Dir ein Eis, Vanille mit Mango und Sahne. Das kostet Zwei Euro-fünfzig."

Der Junge hielt die Hand auf.

„Ach so, also gut, hier hast Du die Zweieurofuffzich."

„Wir verstehen uns immer besser."

„Jetzt sagst Du mir noch deinen Namen und in welche Klasse Du gehst."

„Hast wohl kein Vertrauen? Nun ja, würde mir genauso gehen, wenn ich Dich so betrachte."

Hermenegildo biss sich auf die Lippen. Dann sagte er noch: „Bitte in Ruhe. Ich habe Dir ein schönes Stück Geld anvertraut. Als ein Stück Vertrauensbeweis, bestätige mir einfach nochmals den Auftrag."

„Wenn's denn sein muss. Also um siebzehn Uhr - die fünf sollte doch siebzehn sein? Oder? - Also dann stelle ich die Tasche zu meiner rechten Seite vor dem Eisstand ab und bestelle mir ein Eis Vanille/Mango mit Sahne. O.k.?"

„Ja, und noch was..."

„...Aha, jetzt kommt der Columboeffekt: Noch etwas, noch eine Kleinigkeit, hätt' ich ja beinahe vergessen usw.."

„Nix da. Sei doch nicht so vorlaut. Der Eisverkäufer, der Itaker schiebt Dir auf der linken Seite eine Tasche zu. Wenn Du willst, check sie, dann nimmst Du sie mit und gehst in Richtung U-Bahneingang Oper. Dort übergibst Du mir die Tasche."

„Scheint einfach. Also weiß der Itaker, dass er eine Tasche bekommt und reagiert darauf. Wieso also eine Überraschung für ihn? Trotzdem, ich will nichts mit krummen Sachen zu tun haben. Ich werde die Tasche filzen. Wenn irgendeine Scheiße dahintersteckt, rufe ich die Polizei. Feierabend. Verstanden?"

„Ich würde an deiner Stelle genauso handeln."

„Na, dann wollen wir mal sehen - so gegen siebzehn Uhr und 15 Minuten wird es dann so weit sein. So lange brauche ich schon, um mein Eis zu essen und zur U-Bahn zu schlendern."

Das Thema Überraschung war gegessen.

Blumengebinde

In der Plathstraße fand Hermenegildo den Blumenladen. Es war mehr eine Ecke, an der mehr Blumen auf dem breiten, ungepflegten Bürgersteig, als in dem Lädchen selbst standen.

Die Verkäuferin erkannte ihn sogleich wieder. „Ich hätt nich jedacht, dasse nochmals wiederkämen."

„Ich pflege mein Wort zu halten."

„Und, mit was kann ich Ihne diene?"

„Ich brauche einen größeren Strauß. Soll nach etwas aussehen, aber nicht so teuer sein."

„Mann, döss kann ich Ihne aus Erfahrung saache. Je deurer der Strauß, desto größer muss die Gewissenbisse nach dem Seitensprung sein und genau döss merkt auch die Frau. Haw ich Recht?"

„Es ist ein etwas anderer Auftrag. Ein Sonderauftrag. Sie müssen nicht annehmen, aber ..."

„... Rückense nur raus mit der Spraach. Was verdien ich?"

„Ich zahl einen Hunderter ..."

„Dafür geh ich Dulpen in Holland klauen."

„So weit brauchen sie nicht zu gehen. Sie sollen sich

nur morgen Nachmittag an eine Straßenecke stellen und den ausgewählten Strauß anbieten."

„Iss meine Lieblingsbeschäftigung. Blumen an einer Ecke anzubiete und im Voraus ´nen Hunderter verdiene. Könnde mer des net für jeden Daach vereinbare?"

„Also zunächst bleiben wir bei morgen Nachmittag. Ginge das in Ordnung?"

„So weid ganz klaar. Nure gibt es in diese Stadt allerhand Ecken. Welche beliebt dem Herrn?"

„Es ist die Ecke Waldschlossstraße mit Professor Eckes-Straße. Auf der Seite mit den geraden Zahlen. Also zwoo, vier, sechs ..."

„...Stopp. Also aufn Kopp bin ich net gefalle. Ich weiß auch, was gerade Zahlen sind."

„Na prima und Entschuldigung. Ich wollte nur alles zweifelsfrei geklärt haben."

„Klar. Und mich für dumm vergaufe. So und jetzt die Preisfrage und Preisauskunft."

„Sie sehen zu, dass sie vor sechzehn Uhr dort sind, so gegen fünfzehn Uhr fünfundvierzig."

„Klasse, viertel vor viere."

„Sie bieten die Blumen an. Aber Sie verkaufen nur an einen bestimmten Mann."

„Und wie weiß ich, dass döss der bestimmte Mann iss?"

„Sie sind schneller als die Polizei erlaubt. Das will ich Ihnen doch gerade erklären. Also der Mann kommt auf Sie zu und sagt: Ich kaufe Ihnen die Blumen für fünfzig Euro ab. Sie kassieren den Fuffziger und übergeben ihm die Blumen."

„Könnt der Beginn einer wunderbaren Freundschaft sein. Hawe Se öfters solche Aufträge?"

„Das könnte sein. Doch ziehen wir erst einmal diesen fehlerfrei durch."

„Hörense, iss da auch net irgendetwas faul? Etwas Kriminales?"

„Sie wählen die Blumen aus. Sie machen den Strauß und ich komme vorbei und gebe Ihnen ein Handy. Das soll die Überraschung sein. Das stecken Sie dann so gut es geht unauffällig in den Strauß Blumen. Das soll die Überraschung sein", wiederholte er.

„Mein Lieber Schwan. Sie sind ein ganz Ausgeschlafener."

„Man muss sich heutzutage etwas einfallen lassen, wenn man sein Ziel bei Frauen erreichen will."

„Ist das eine Frau, die vorbeikommen tut?"

„Nein, es wird ein Mann sein. Hab´ ich aber bereits gesagt. Aber trotzdem, Sie haben richtig geraten. Es hat etwas mit einer Frau zu tun."

„Hab ich mir´s doch gleich gedacht. In meinem Beruf lernt mer die Leut kenne."

„Kann ich mich auf Sie verlassen? Hier ist der Hunderter."

„Ich schreib mir´s auf. Also Morge Nachmittag um viertel vor vier an der Ecke - wie war die Straße nochmals?"

„Waldschlossstraße mit Professor Eckes-Straße. Die Seite mit den geraden Zahlen."

„Dös iss doch in der Gechend, wo die feine Pinkel wohne. In Villen und so, gell?"

„Ganz genau."

Harte Drohkulissen

Hermenegildo wählte die Festnetznummer in der Villa von Benno-Boss. Er hielt über dem Mikro seines Handys ein Stückchen extra dünne Alufolie. Sie würde den gewünschten Zweck erfüllen. Die Stimme wurde damit verfälscht.

Er erkannte wieder die Stimme der Sekretärin vom Vormittag.

Benno-Boss war beim ersten Klingelton bereits aufgesprungen, so wie er es schon einige Male an diesem Tag bei einem Anruf getan hatte. Diesmal wurde er wieder verlangt, aber die Sekretärin bedeutete ihm mit einer Geste, dass <er> es diesmal wirklich sei. Auch sie hatte die schräge Tonlage wiedererkannt.

„Benno. Mit wem spreche ich?"

„Benno-Boss?"

„Ja, mit wem spreche ich?"

„Mein Name tut nichts zur Sache. Aber die Geschichte hat etwas mit ihrem Söhnchen zu tun."

Benno-Boss biss sich auf die Lippen, nur um zu verhindern, dass er laut wie ein angeschossener Wolf aufheulte. Seine Frau war nun neben ihm, schaute ihn mit weit offenen Augen fragend an. Er bedeutete ihr still zu sein, indem er den Zeigefinger seiner freien Hand auf seine Lippen legte.

„Zunächst - es geht ihm den Umständen entsprechend gut. Er hat ein Schmerzmittel bekommen. Und damit setze ich voraus, dass Sie sich zumindest die DVD angesehen haben. Haben sie? Wenn nicht sollten sie es tun, dann rufe ich in einer halben Stunde wieder an."

„Nein, nein, bitte nicht. Ich habe Sie angesehen. Bitte tun Sie ihm kein weiteres Leid an. Was wollen Sie von mir?"

„Zunächst will ich als Erstes, dass Sie keine Polizei einschalten. Zweitens werde ich Ihnen meine materiellen Forderungen stellen. Sollten Sie die Polizei einschalten, werden Sie ihren Sohn niemals wiedersehen, es sei denn, Sie buddeln ihn aus einer Müllhalde. Dann, wenn Sie meine Forderungen nicht pünktlich erfüllen, werden wir Finger für Finger ihres Jungen verdampfen lassen. Haben sie ...?"

„... Was wollen Sie von mir? Bitte lassen Sie uns schnellst-möglich verhandeln. Ich bitte Sie auch im Namen meiner Frau darum." Er wunderte sich für einen kurzen Moment über sich selbst. Gebettelt und gebeten hatte er noch niemals. Er wunderte sich kurz, wie leicht dies doch sein konnte, wenn die Umstände es zwingend erforderlich machten.

„Es gibt nichts zu verhandeln. Sie zahlen das, was ich Ihnen nennen werde. Und zwar pünktlich und, ich sage es gerne nochmals, lassen Sie die Polizei aus dem Spiel. Denken Sie daran, dass bei mir der pure Verdacht genügt, und Sie sehen den Jungen nie wieder. Wenigstens nicht lebend und in einem Stück." Hermenegildo hatte wieder fast alles vom Blatt abgelesen.

„Hören Sie auf mit dieser perversen Schweinerei. Sagen Sie was sie wollen und geben Sie uns unseren Jungen wieder."

„Glauben Sie wirklich, dass ihre Ausfälle für die Lage ihres Sohnes hilfreich sind? Nehmen Sie sich zusammen, denn ich kann auch anders." Hermenegildo hatte versucht mehr Schärfe in seine Stimme zu geben. Den letzten Satz hatte er sich genau für diese Reaktion Benno-Boss´ aufgeschrieben.

Bennos Frau machte neben ihrem Mann eine flehende Gebärde. Er rief sich zur Ordnung. Schließlich war er ein geschulter und erfahrener Manager. Er sollte eigentlich cool bleiben. Aber hier stand nicht ein dringend benötigter, gewinnträchtiger Geschäftsabschluss bevor. Hier ging es um Leben und Tod, um den Bestand seiner Familie. Es ging schlicht um Alles. Er wusste, dass es keine Zukunft geben würde ohne seinen Sohn - seine Frau würde das nicht durchstehen.

Sollte er den Mann fragen, wie er den Jungen in seine Gewalt gebracht hatte? Nein, es würde jetzt um weit Wichtigeres gehen.

„Wissen sie was? Sie bringen ihre Gefühle unter Kontrolle und ich rufe Sie in etwa einer halben Stunde wieder an. Und denken Sie immer daran: Polizei in diesem Fall und ihr Sohn ist tot."

So war es auch jetzt mit der Leitung. So laut auch Benno-Boss rief, doch noch eine Weile zu warten. Die Leitung blieb stumm - mehr noch, es war eine gefühlte terroristische, schwer zu ertragende Stille.

Anne-Dörthe fiel in den Stuhl, sie weinte und schluchzte nun laut. Benno-Boss starrte gegen die Raumdecke, so als wollte er sie durchbohren, bis zum Himmel vordringen, um dort bei höheren Mächten Gehör zu verlangen - oder zu erbitten, wie er es neuerdings konnte. Es gibt eine Zeit zu handeln und zu fordern und es gibt eine Zeit zu bitten. Er war entmachtet, es blieben ihm nur noch die Bitten. Eine bittere Erkenntnis und eine grausame Tatsache für einen Macher.

Er schaute wieder nach unten, nahm den Kopf seiner Frau zwischen seine Hände und ließ auch seinen Tränen freien Lauf. Woher wohl diese Tränen kamen? Er konnte sich nicht erinnern, wann er zum letzten Mal welche vergossen hatte.

Die Sekretärin schaute verlegen auf den Drucker, so als erwarte sie, dass eine gedruckte Erfolgsmeldung aus der Maschinenöffnung auftauchte.

Es war kurz vor fünf Uhr, als der Erpresser wieder an der Strippe war. Auch Hermenegildo hatte das letzte Gespräch nervlich mitgenommen. Er hatte sich erst wieder beruhigen müssen. Nein, er war kein kalter Schwerverbrecher. Es fiel ihm alles viel schwerer, als er sich das gedacht hatte. Seinen Plan konnte er noch mit kalten Nerven durchdenken und Details vorbereiten. Das war alles Theorie. Aber nun holte ihn die Wirklichkeit ein. Er erlebte sie und sie ging ihm etwas mehr als gedacht unter die Haut. Sie war nicht nur für Benno-Boss schwerstens belastend.

Nichtsdestotrotz musste Hermenegildo die aufgebaute Drohkulisse voll wirken lassen. Sonst müsste alles für die Katz sein, wie Gerlinde sagen würde. Gerlinde, ja Gerlinde. Sie war ihm jetzt auch keine Stütze. Sie würde ihn eher noch belasten mit Gejammere, Irritationen und unangebrachtem Mitgefühl. Er konnte nur hoffen, dass sie die Zeit mit dem Jungen zu Hause durchstehen würde. Und nicht in einem Anfall von Panik alles hinschmeißen und davonlaufen würde.

„Benno-Boss?"

„Ich bin´s."

Hermenegildo begann seine Notizen wieder von einem Blatt abzulesen: „Zuhören! Ich habe Ihnen zwei Handys geschickt. Gehen sie pfleglich damit um. Sie sind lebenswichtig - für ihren Sohn. Schalten Sie sie keinesfalls aus. Das könnte schwerste Komplikationen für ihren Sohn bedeuten. Ich werde sie bei meinen nächsten Verbindungen als das rote und grüne Telefon bezeichnen. Das mit der roten und das andere mit der grünen Schleife. Sie sind doch noch eingeschaltet und die Farbbänder noch dran? Äh, noch was, vergessen sie nicht sie aufzuladen."

„Ja-ja", beeilte sich Benno-Boss zu versichern.

„Und noch eine Frage: Haben Sie etwas unternommen, die Polizei verständigt? Nicht lügen."

„Nein - nein - nein, wir wollen doch unseren Jungen wiederhaben."

Den Text für das nächste Referat hatte der Erpresser und Entführer wieder aufgeschrieben. Er las vor: „Das ist die richtige Einstellung. Also nun meine Forderungen: Bis morgen Nachmittag um vier Uhr, sechzehn Uhr, übergeben Sie mir zwei Millionen Euro in bar und zusätzlich eine Million in Inhaberaktien. Zwei Millionen in bar und eine in Inhaberaktien. Ist das angekommen? Ach, und noch etwas *vollkommen Nebensächliches*", er hatte die beiden letzten Worte absichtlich überbetont, „keine neuen Scheine, keine Registrierung der Seriennummern, unterschiedliche Werte. Jede Zuwiderhandlung führt zum unvermeidlichen Tod Jeremys. Wo sie ihn dann ausbuddeln können, habe ich ja bereits gesagt." Das musste jetzt wirken.

Es kam aber keine Antwort. „Hallo, sind sie noch dran. Versuchen sie nicht mich zu verarschen. Das ...."

„... Guter Mann - ich sage es ungern, aber die Zeit ist zu kurz. Wie soll ich innerhalb dieser Zeit so viel Geld auftreiben? Das ..."

„... Ja, das ist ihre Sorge. Ich weiß, dass Sie das können. Sie sind doch ein Macher. Aber das ist ihre Sorge. Ihrem Sohn geht es übrigens besser, er schläft jetzt tief. Wenn Sie das beruhigt oder anspornt." Den letzten Satz hatte er wieder aus dem Stegreif eingefügt.

„Ich bitte Sie inständig, geben Sie mir wenigstens einen Tag mehr. Ich habe das Geld nicht so einfach da herumliegen."

„Sie werden dann Morgen am frühen Nachmittag von mir hören. Ich nenne Ihnen dann die Einzelheiten für die Übergabe. Zunächst, wenn Sie notieren wollen: Sie kaufen einen Pilotenkoffer der Marke Multhaupt, schwarzes Leder. Kriegen sie im Fachgeschäft in der Marktstraße. Aber das dürften Sie besser wissen als ich. Weiter verlange ich, dass nur Ihr Schwager, der Bruder ihrer Frau, als Geldboten eingesetzt wird."

„Moment, ich bitte Sie, das wird nicht gehen. Der ist gerade auf Teneriffa. Ich weiß nicht, ob ich ihn erreichen kann."

„Sie haben schon wieder Einwände? Mann wie ...."

„... nein keine Einwände, es ist nur so ... es ist die Wahrheit, eine Tatsache."

„Sie werden schon einen Weg finden. Er oder sonst niemand. Geben Sie sich Mühe, dass alles funktioniert. Sie tun es für Ihren Sohn. Für sein Leben. Lassen Sie das rote und grüne Handy nicht aus den Augen. Es kann jederzeit ein Anruf kommen. Ist das klar?"

Bevor Benno-Boss antworten konnte, war die Leitung wieder tot. Ihm wurde schlecht, er spürte die Anzeichen, dass er sich bald übergeben musste. Und es kam ihm hoch, als er an den Ausruf auf der DVD dachte: <*stell endlich die Lüftung an, das stinkt ja bestialisch.*> Sie hatten seinem Sohn einen Finger verkohlt und den dabei auftretenden Gestank nicht ertragen. Körperteile seines Sohnes stinkend verbrannt - schlagartig würgte er eine weißliche Flüssigkeit hervor. Mit seinem Taschentuch fing er den Auswurf auf. Sein Hals und die Speiseröhre brannten in ihm. Es roch säuerlich. Das Bild von verschmorendem Fleisch und Knochen, von dem Finger seines Sohnes, wollte nicht weichen. Es stand wie eingeschnitzt vor seinem inneren Auge. Dann schaute er auf den kleinen Finger seiner rechten Hand.

Er bekam das schlimme Kopfweh, das er schon seit über zwanzig Jahren vergessen und überwunden glaubte.

Nach einigem Hin und Her, konnte die Sekretärin den Bruder von Anne-Dörthe auf Teneriffa ausfindig machen. Das heißt, sie bekam die Anwesenheit von der Hotelleitung bestätig. „Aber Herr Ricardo ist nicht im Hause. Möchten sie für ihn eine Nachricht hinterlegen?"

„Wissen sie, wo sie ihn eventuell finden können?"

Die Hotelleitung drückte ihr Bedauern aus.

Die Sekretärin schilderte in perfektem Spanisch, dass es sich um einen außergewöhnlichen Notfall handele. Ja sie sagte sogar, dass es um Leben und Tod ginge. Das musste doch die Sache beschleunigen, ja vielleicht eine Anregung sein, die Suche nach Richard wirklich in Angriff zu nehmen.

Man werde sich bemühen.

Herr Ricardo möchte bitte sofort zurückrufen. Sie gab die Telefonnummer durch und fragte noch zweimal, ob sie auch richtig notiert wurde.

„Mujer, wir sind doch nicht auf den Kopf gefallen", musste sich die Sekretärin von einem Spanier mit frecher Zunge sagen lassen. Unter anderen, besseren oder auch normalen Umständen hätte sie darauf entsprechend reagiert. Im Augenblick war es ihr aber unwichtig.

Bereits eine Viertelstunde später rief Richard an. Ein ihm gut bekannter und fleißig mit Handgeldern geschmierter Hoteldiener, hatte die Anfrage aus Deutschland mitbekommen und hatte sich eigenmächtig auf die Suche nach ihm gemacht. Einer seiner Kumpels wollte ihn beim Hahnenkampf gesehen haben. Verboten oder nicht verboten, jedenfalls war er wirklich dort und rief über sein Handy auch wirklich sofort zurück.

Benno-Boss schilderte die Situation kurz. Richard möge das nächste Flugzeug nehmen.

Das war eine englische Maschine von Easy-Jet, die ihn nach Luton bringen würde. Von dort ließ er sich mit einem Taxi nach London fahren. Er erhielt einen Platz in der ersten Lufthansa-Maschine.

Gegen Mittag würde er bei Benno-Boss auf der Matte stehen.

Geld und Aktien

Ungeduldig erwartete Benno-Boss den neuen Tag. Nur äußerst zögerlich bewegte sich der kleine Zeiger auf die Acht zu. Wie konnte es nur sein, dass die Zeit so langsam verging? Wenn man sich wünschte, dass sie langsam vergehen möge, marschierte sie unerbittlich im Eiltempo. Was hätte er bei bestimmten geschäftlichen Verhandlungen nicht schon alles gegeben, wenn er sie auch nur für eine kleine Spanne hätte anhalten können. Und jetzt? Jetzt spielte sie ihm ihren Streich mit umgekehrten Vorzeichen.

Ähnlich ihm und seiner Frau, hatte auch die Sekretärin kaum ein Auge zugetan. Sie blieb an ihrem Arbeitsplatz. Niemand hatte sie dazu ermuntert oder gar aufgefordert. Dementsprechend sah auch sie übernächtigt aus. Alle sahen sie, um es gelinde auszudrücken, unvorteilhaft aus.

Auf dem Tisch lag eine Liste mit Namen und Telefonnummern von Bankern, die er so schnell wie möglich sprechen musste. Benno-Boss musste herausfinden, wo er schnell und auch so geräuschlos wie nur irgend möglich bedient werden würde. Er musste mit Aktienhändlern ins Reine kommen. Ein Einkäufer im Betrieb musste sich um die Beschaffung des Pilotenkoffers kümmern.

Es machte sich gut, dass er bei seiner Hausbank wohl am schnellsten zum Ziel kommen würde.

Er beschrieb dem Geschäftsführer und zwei Direktoren seine Lage als sehr dringend. Ein großes Geschäft drohte zugunsten der Konkurrenz zu kippen. Er müsse schneller sein, als der Mitbewerber und in kürzester Zeit eine Kaution hinterlegen.

Warum er das nicht per Überweisung mache? Nun der Scheich verlange Bargeld. Laut Vorvertrag würde die Summe dann nach Auftragserteilung verrechnet.

Die Argumentation war dünn und dementsprechend reagierten die Macher in der Bank. Nein, sie ließen ihn nicht hängen. Aber sie waren unter sich einig, dass da ein krimineller Hintergrund bestehen müsse. Und sie spekulierten nicht lange, sondern tippten einfach auf Entführung oder Erpressung. Oder beides zusammen.

Aufmerksame Banker

Genau damit hatte Hermenegildo in seiner strategischen Planung gerechnet. Er hätte sicher laut gejubelt, wenn er auf der aktuellen Höhe der Ereignisse die Bestätigung erhalten hätte. Seine Planung, seine Strategie hatte funktioniert.

Wie hatte er sich das noch ausgedacht? Die Führung in der Bank würde beschließen ihrem Kunden zu helfen. Sie würden auf ihre unnachahmliche Art, dezent und verschwiegen, die Polizei auf ihren Verdacht hinweisen. Und natürlich würde man den Verdacht nicht irgendeinem Subalternen ins Ohr flüstern. Und so wurde auch tatsächlich der örtliche Polizeichef, der Herr Präsident, höchstpersönlich ins Bild gesetzt. Vorstände der Bank und er verkehrten auf der gleichen sozialen Ebene. Der Lions-Club war eine geeignete Plattform.

Hermann Schigulla, der Herr Polizeipräsident der Stadt, war nicht nur ein selbstbewusster Machtmensch. Wie üblich war auch er, wie so mancher seiner Kollegen, die in der gleichen Liga spielten, sehr von sich eingenommen. Nach einigen Erfolgen der letzten Zeit, hatte er es verstanden diese sich selbst an seine Uniformjacke zu pappen. Und sein Selbstbewusstsein steigerte sich noch. Ihm nicht sehr wohlgesonnene Mitarbeiter stilisierten dies hoch bis zum Begriff der Überheblichkeit. Sie brauchten, nach eigener Meinung, nur auf den tiefen Fall zu warten, der sich unweigerlich in einer solchen Lebensführung zur gegebenen Zeit einstellen würde - ja eigentlich musste. Irgendwann würde er sich überheben.

Aber nun hatte er wieder die Gelegenheit zu glänzen. In einigen Tagen, so hoffte er, würden wieder Schlagzeilen und Geschehen mit seinem Namen eine enge Verbindung eingehen. Und er vor Mikrofonen, vor Kameras. Und er würde bestimmen, was sie alles hören konnten, sollten oder durften. Er würde Ort und Uhrzeit bestimmen, um die Meute der aufdringlichen Pressefritzen zu bedienen - oder, wie er für sich dachte, zu manipulieren, geleiten oder zumindest zu gängeln. Immer *er* im Mittelpunkt.

Er bildete umgehend eine Sondereinsatzgruppe, eine SEG und gab ihr einen Auftrag, der mit <Fischzug> bezeichnet wurde. Er würde der Leiter sein und als *der Kapitän* in dem bald aufgebauten Kommunikationsnetz den Mittelpunkt bilden. Als Anlaufstelle für alles, was sich in Bezug auf eine Entführung polizeidienstlich verwerten ließ.

Auf dem kürzesten Wege beschaffte er sich die richterliche Genehmigung, das Telefon derer von Benno-Boss anzuzapfen. Schigulla schätzte trotzdem seine Chance, ganz offiziell und mit der ganzen Wucht seiner Spezialisten in den Fall einzusteigen, als ziemlich vage ein, Er sah ja noch keine klare Linie. Dies zu seinem größten Leidwesen aber immer noch als Polizist.

Wenn der Benno-Boss es gewollt hätte, dass er seine Nase in die Angelegenheit stecken sollte, dann hätte der sich gemeldet. Gerne hätte er dann seine Fähigkeiten als Polizeipräsident unter Beweis gestellt. Sich aber verstecken zu müssen widersprach seinem Naturell. Und seiner professionellen Einstellung. Zu gegebener Zeit würde er Benno-Boss von den polizeilichen Ermittlungen in Kenntnis setzen.

Benno-Boss spielte noch eine Liga höher als erfolgreicher Arbeitgeber im freien Unternehmertum. Dafür hatte aber Schigulla die höhere offizielle Machtposition in der Gesellschaft. Was sein gefühlter Rückstand in etwa wieder ausgeglichen gestaltete.

Vielleicht gab es noch eine Chance. Entgegen seiner ursprünglichen Absicht rief er dann doch Benno-Boss an. Er bot sich, natürlich völlig unverbindlich an, bei einem Problem behilflich zu sein. Und er sprach auch gar nicht über seine Aktivitäten, die eine Entführung anbetraf. Benno-Boss sollte von sich aus für eine bevorzugte Ermittlung nachsuchen. Er wolle nicht aufdringlich sein, aber er sei ein Freund und - nun ja, was man so weiter blablabt.

Benno-Boss, der den Grund des Gespräches erahnte, fuhr ihn energisch an, sich ja nicht in seine Angelegenheiten einzumischen. Ja, er drohte unmissverständlich mit juristischen Konsequenzen, wenn seine Vorstellungen nicht respektiert werden sollten. Er wies Schigulla ausdrücklich darauf hin, dass er eine Angelegenheit zu behandeln habe, bei der es buchstäblich um Leben und Tod gehe und mehr um Tod, wenn die Polizei im Allgemeinen oder sogar im Besonderen mitmischen sollte. Er möge sich das hinter die Ohren schreiben und keinen Fehler machen.

Schigulla war vorübergehend sprachlos, was zumindest äußerst selten vorkam. Mit zusammengepressten Zähnen gelang es ihm dann doch noch zu murmeln: *Nachtigall, ick hör dir tapsen.*

Das hatte dann Schigulla doch noch nicht erlebt. Er nahm sich vor, die Vollmachten seiner Sondereinsatzgruppe so weit wie möglich auszudehnen. Er würde dem Freund beweisen, dass die Nummer für ihn allein einfach zu groß war. Dass er von ihm angeraunzt wurde, nun, das würde er ihm bei Gelegenheit heimzahlen. Dabei war er sich jedoch eines gewissen Risikos bewusst. Offen durfte er sich mit diesem einflussreichen Magnaten nicht anlegen.

So weitete er eigenmächtig die genehmigten Befugnisse der Telefonüberwachung aus.

Gegen elf Uhr dreißig wurde Anne-Dörthes Sekretärin verständigt, dass in der Pförtnerloge ein Brief abgegeben worden sei. Adressatin Anne-Dörthe. Absender: Sohn Jeremy.

Eine Welle widersprüchlicher Gefühlsaufwallungen kam über die Mutter Jeremys. War es Hoffnung oder eine niederschmetternde Nachricht?

Sie öffnete den Umschlag und sog förmlich die bekannten Schriftzeichen ihres Sohnes auf.

Sie las:

Liebe Mama, ich weiß ja, dass Papa in Dubai ist. So schreibe ich Dir. Mir gefällt es hier sehr gut. Ich habe neue Freunde gefunden.

Arnold hat mich gut abgeliefert oder angeliefert. Wie sagt man?

Gleich am ersten Tag hat mich etwas gestochen. Am kleinen Finger. Gut, dass es die linke Hand ist. Sonst könnte ich nicht schreiben.

Die Gruppenführerin hat mich verbunden. Sie schmierte mir Zeugs drauf. Das hat fürchterlich gebrannt. Aber jetzt kann ich wieder ruhig schlafen.

Den Brief gebe ich Vincent mit. Der muss zu seinem

Vater ins Krankenhaus. In unserer Stadt. So kann er den Brief dort abgeben. Und Du hast ihn schneller.

Er bot sich an den Brief direkt bei uns abgeben. Ich sagte es sei nicht nötig. Aber ich glaube, dass er es trotzdem macht.

Ich grüße und küsse dich mit Liebe. Dein Jeremy.

Eine Welle der Erleichterung durchflutete sie. Eine Nachricht von Jeremy, also lebte er, und konnte schreiben. Und er schrieb nichts über eine mögliche Entführung. Vielleicht war alles mit dieser Entführungsgeschichte ein riesengroßer Irrtum.

Doch schon Sekunden später schlug wie der Blitz in diese euphorische Stimmungslage eine andere Erkenntnis ein. Mehr ein Verdacht, der sich aber nicht mehr abschütteln ließ.

Sie griff sich den Umschlag. Der Poststempel mit Datum würde doch etwas erhellen. Ihr mitteilen, wann dieser Brief geschrieben oder wenigstens abgeschickt wurde. Dann fühlte sie sich verwirrt. Seit wann ist er, oder sollte er in der Hand dieses Entführers sein? Sie brachte die Zeitrechnung durcheinander. Der Schlafentzug und die in ihr tobenden, jetzt auch noch zu allem Überfluss recht widersprüchlichen Gefühle, ließen das Zeitgefühl verblassen.

Dann stellte sie ernüchtert fest, dass gar keine Briefmarke auf dem Umschlag war. Daher auch kein Poststempel. Der Umschlag war im Pförtnerhaus abgegeben worden. Von wem?

Jeremy schrieb zwar, dass er den Brief einem gewissen Vincent mitgeben wolle. Aber was ist, wenn Jeremy den Brief unter Anleitung dieses Entführers geschrieben hatte. Dass ihm vielleicht Wort für Wort von seinem Entführer vorgeschrieben wurde - vorgeschrieben im wahrsten Sinne des Wortes. Dieser dann, wie schon das Päckchen, und wie angenommen, möglicherweise persönlich ablieferte. So als Postbote verkleidet, wie er vorher bereits als Paketzusteller verkleidet war.

Sie ließ sich zum Pförtner durchstellen. „Dieser Brief, der vor Kurzem abgegeben wurde, war er von einem Postboten gebracht worden? War es die einzige Post? Können sie sich erinnern?"

„Aber ja, ich erinnere mich. Es war ein jüngerer Mann. Nein er hatte keine Uniform der Postzusteller an. Gepflegte Freizeitkleidung."

Anne-Dörthe erkannte, dass es unnütz war, aus diesem Zusammenhang eine Spur verfolgen zu können. Sie hatte keine Ahnung, welches Alter der Erpresser hatte, ob er es gewesen sein könnte, der den Brief gebracht hatte. Oder ob er ihn einem Boten übergeben hatte. Es gestaltete sich alles schon wieder viel zu verwirrend und frustrierend. Nur für eine kurze Weile, vielleicht waren es nur Sekunden, hatte sie also hoffen dürfen.

Mit allergrößtem Widerwillen las sie nochmals den Absatz mit der Beschreibung des verletzten kleinen Fingers.

Und es traf sie wieder wie ein Blitz. Es war der kleine Finger an der linken Hand, so wie ihr Junge es beschrieben hatte. Und es war der kleine Finger der linken Hand, der im Film auf der DVD verbrannt wurde. Und schrieb nicht ihr Liebling, dass ein Zeugs auf dem kleinen Finger furchtbar brannte? War es nicht eine Umschreibung dessen, was sie bereits im Film gesehen hatte? Das Verbrennen des kleinen Fingers?

Wenn nur Benno da wäre. Wenn er doch hoffentlich bald wieder zurück ist.

Anne-Dörthe steigerte sich in die Wahnvorstellung, dass nun der Entführer auch noch schlechte Scherze mit ihr trieb. Er ließ offensichtlich ihren Jungen Briefe schreiben. Sagte ihm, was er niederschreiben sollte. Waren nicht schon die Satzstellungen für sein Alter etwas zu - na wie sollte sie sich ausdrücken? Zu schwierig. Zu ausgewählt. Doch dann musste sie sich eingestehen, dass sie eigentlich gar nicht im Bilde war, zu welchen Formulierungen Jeremy bereits fähig war.

Und wenn ihm jemand im Camp geholfen hat - aber er ist doch gar nicht im Camp. Also kann die Post nur vom Ort der Entführung kommen und der Entführer spielte ein verdammt ekelhaftes Spiel mit ihr. Es waren unerträglich deprimierende Gedankengänge, denen sie sich hingab und immer weiter hineinvergrub. Sie wollte laut nach Benno rufen, hielt sich dann doch im letzten Augenblick zurück. Benno war ja in Banksachen unterwegs.

Der dafür beauftragte junge Mann übergab dem Pförtner den Pilotenkoffer. Er entschuldigte sich, dass es etwas länger gedauert habe. Es war gar nicht so einfach gewesen ihn zu finden. Dort, wo er ihn kaufen sollte, war er gerade ausverkauft.

Der Pförtner wusste Bescheid, klingelte und übergab den Koffer weisungsgemäß.

Er war instruiert worden den Boten nicht zu belästigen. Er war ja von Benno-Boss selbst beauftragt worden.

Die gutmütige Köchin bat zum wiederholten Male Anne-Dörthe eindringlich, doch wenigstens die Hühnersuppe zu versuchen. „Das gibt Ihnen wieder Kraft. Sie brauchen Kraft, Madame."

Ein Teilerfolg

Benno-Boss hatte es geschafft. Das Geld und die Aktien waren beisammen. Kurz nach halb drei Uhr am Nachmittag kam er zurück.

Seiner Frau wollte er gerne verschweigen, dass er einen verdeckten Einsatz von Spezialkräften aus dem Werkschutz genehmigt hatte. Sie sollten nur Beobachterstatus haben, sich umschauen, was sich so Verdächtiges in der Nähe des Anwesens abspielte. Vielleicht aus einem Versteck Videoaufnahmen machen oder mit einer Hochleistungs-Kamera Bilder von auffälligen Personen in der Straße schießen.

Er hatte zwar versprochen keine Polizei einzuschalten und das war ja auch keine Polizei. Aber - war es nicht in Wahrheit eine Haarspalterei? Allerdings sah er sich als Macher außerstande mit gekreuzten Armen auf etwas warten zu müssen, ohne aktiv mitzuwirken. Und wenn er nur im Nachhinein ein paar Fotos auswerten, benutzen konnte. Er konnte nicht anders. Er musste in irgendeiner Form agieren. Nur reagieren, das wäre schon das Eingeständnis einer unabwendbaren und schmählichen Niederlage.

Er sah sofort, dass seine Frau noch verwirrter schien. Sicher hatte dieser verdammte Erpresser angerufen. Dieser elende Hurensohn musste wieder mit schauerlichen Einzelheiten einer Verstümmelung aufgewartet haben. Ausgerechnet seiner Frau das anzutun. Das entfachte seine Wut aufs Neue.

Doch dann war es eben nur dieser Brief. Nur? Eine gute Nachricht konnte er aber auf keinen Fall als Inhalt haben, sonst hätte er seine Frau nicht in dieser Niedergeschlagenheit vorgefunden. Auch er las ihn aufmerksam durch.

Seine Vermutung fühlte er spontan als Tatsache. Dieser perfide Typ versuchte sie mit den beschissensten Tricks immer weiter nach unten zu ziehen. Sie sollten sich immer hilfloser seinen Vorgaben ausgeliefert fühlen. Einesteils sagte er zu - hatte er zugesagt, sich heute am Nachmittag wieder zu melden. Andererseits nutzte er seine Abwesenheit, seine Beschäftigung auf den Banken aus, um seine Frau weiter zu quälen. Er ballte die Fäuste vor Wut, achtete aber darauf, dass seine Frau diesen seinen Vulkanausbruch nicht mitbekam. Es würde sie weiter, noch weiter verzweifeln lassen. Er sollte sich anstrengen einen, wenn auch noch so kleinen, angedeuteten Hoffnungsschimmer auf sie zu übertragen.

Er war dann der Meinung, dass ihm das auch gelungen war.

Doch das Gefühlsleben von Anne-Dörthe besserte sich dadurch nicht.

Er setzte sich mit seiner Frau auf die ausladende Couch, legte seinen Arm um ihre Schulter. Gemeinsam wollten sie den Brief noch einmal lesen. Einfach nach Entlastendem für ihre niederdrückende seelische Verfassung forschen.

Vielleicht hatten sie beide doch etwas übersehen.

Das war ja auch die Hoffnung seiner Frau gewesen, die sich dann doch als trügerisch herausgestellt hatte. Und so in noch mehr Niedergeschlagenheit mündete.

Es würde eine Analyse unter erschwerten Bedingungen werden.

„Also zunächst steht da nur die Anrede an seine Mama. Papa ist in Dubai. Das wusste also auch der Entführer. wenn er denn die Regie bei der Abfassung des Briefes führte. Hatte aber Jeremy den Brief verfasst, dann war er in Sicherheit, was wiederum absurd ist, denn in Wirklichkeit bleibt er ja verschwunden." Tatsächlich kannte er ja die niederschmetternde Nachricht, dass sich Jeremy nicht im Camp befand."

„Aber, wenn doch irgendwo ein von uns noch nicht bemerkter Irrtum lauert?" Diesmal war es Anne-Dörthe, die zaghaft versuchte einen kleinen Hoffnungsschimmer in ihre Überlegungen zu bringen.

Benno-Boss ließ sich ganz offensichtlich nicht überzeugen. „Meine Liebe, du weißt, dass ich dich keinesfalls entmutigen möchte. Aber es hat den Anschein, einmal von allen Seiten betrachtet, dass es eben keinen Irrtum gibt. Wir sollten zwar die Hoffnung nicht aufgeben. Aber einen Irrtum würde ich, zumindest für den Augenblick ausschließen. So hart die Erkenntnis für uns auch sein mag."

„Du sprichst von Hoffnung nicht aufgeben". Wieder begannen Tränen zu laufen. „Ich möchte unser Kind lebend und unversehrt wiederhaben." Und etwas leiser - „und unversehrt scheint er bereits nicht mehr zu sein."

„Wenn ich wenigstens daran glauben könnte, mir vorstellen könnte, dass er wirklich neue Freunde gefunden hat. Aber das überfordert offensichtlich meine Kräfte."

Beide hingen für eine Weile wortlos ihren Gedanken und Vorstellungen nach. Dann fuhr Benno-Boss fort.

„Wenn er entführt wurde, wieso schreibt er dann von Arnold? Nun gut, Arnold hat bestätigt, dass er ihn abgeliefert hat - mein Gott jetzt spreche ich schon von unserem Sohn wie von einem abgelieferten Paket. Aber gerade da ist etwas unstimmig. Er müsste nämlich dem Entführer von Arnold erzählt haben. Das wiederum würde voraussetzen, dass er eigentlich ein gutes Verhältnis mit dem oder den Entführern aufgebaut hat."

„Und das sehr schnell", bemerkte Anne-Dörthe mit müder Stimme und auch weiterhin hoffnungslos.

Benno-Boss war nachdenklich.

„In einem gespannten, von Terror geprägten Verhältnis, erzählt man keine solchen Geschichten." Er wandte sich seiner Frau zu: „Liebes, ich möchte nicht den Eindruck von Optimismus verbreiten, aber da ist etwas dran. Da könnte - vielleicht der Stockholmeffekt. Ich habe darüber gelesen. Das wäre eine gute Chance für Jeremy, gut aus der Geschichte herauszukommen. Ich will einfach einmal an diese Möglichkeit denken und glauben."

Wieder versanken beide schweigend in ihren eigenen, doch recht ermüdenden Gedankengängen. Dann atmete Benno-Boss tief durch, schaute wieder auf den Brief und fuhr fort: „Er wurde von etwas gestochen. Er wurde verbunden. War es denn so schlimm? Wegen eines Stiches wird man doch nicht gleich großartig verbunden."

„Denk daran er ist in einem Camp, sollte in einem Camp sein", fügte sie schnell etwas leiser hinzu, „die Verantwortlichen schießen bei ihren Vorsichtsmaßnahmen lieber über ein Ziel hinaus. Das heißt, sie wollen sich, wenn etwas schiefgeht, nicht die Blöße geben, etwas versäumt zu haben. Sie wollen rechtlich abgesichert dastehen. Da tragen sie dann schon lieber etwas dicker auf. Ja, sie reagieren sensibler."

„Also holt diese Göre oder meinetwegen Frau den großen Hammer, um eine von der Natur der Sache her unbedeutende Sache überproportional zu bearbeiten."

„Keine oder keiner will in einer solchen Situation Fehler machen. Und schließlich Objekt einer Klage oder einer anderen gerichtlichen Auseinandersetzung werden. Soweit verstehe ich das schon. Nur...?"

„Ja, dann kommt der nächste Satz. Sie hat Zeugs darauf geschmiert. Passt das in den gleichen Rahmen der übertriebenen Vorsorge oder ist es eine Verklausulierung dessen, was wirklich an seinem Finger gemacht wurde?"

„Mein Gott, wenn ich daran denke, wird mir..."

„... Das mit dem Zeugs, das würde ich ja auch ... wenn nur nicht geschrieben stünde, dass es fürchterlich gebrannt hat. Diese Assoziation mit *verbrennen*! Dieser Hinweis auf*gebrannt*."

„Stellen wir diese Assoziation her, nur wegen unserem Schmerz und Leiden? Oder hat es wirklich etwas mit der DVD-Nachricht zu tun? Machen wir uns dabei vielleicht nicht zu viele Gedanken? Manövrieren wir uns da vielleicht nicht in eine selbstgebaute Falle?"

„Hat nicht der Entführer ebenfalls etwas gesagt von wegen ..<*ruhig schlafen, er kann wieder ruhig schlafen*>, mein Gott ich drehe durch."

„Nicht du auch noch, bitte."

„Wer ist Vincent? Gehört er zur Bande? Würde es überhaupt einer dieser Beteiligten wagen, persönlich bei unserem Pförtner zu erscheinen? Der müsste doch damit rechnen, dass er von Überwachungskameras gefilmt wird.

Übrigens, Überwachungskameras, da müsste doch auch der Überbringer des Päckchens - aber das war je gestern, da ist ja alles gelöscht." Es war eine weitere niederschmetternde Erkenntnis.

„Vincent kann ..."

Die Sekretärin hatte dezent geklopft. Sie hatten es nicht gehört. Nun stand sie in der Tür und räusperte sich filmreif.

Mit einer unmissverständlichen Handbewegung zeigte sie an, dass sie eine Telefonverbindung über das Festnetz hatte.

Zur Übergabe des Lösegeldes

„Hallo Benno-Boss, da bin ich wieder."
Verdammt, dachte der Angesprochene, der Kerl ist schon beinahe irrsinnig nassforsch. Dann gab er sich die Anweisung seine Wallungen zurückzustecken. Er musste einen kühlen Kopf behalten. Seine Äußerungen durften nicht nach Provokation klingen. Weder vor dem Erpresser/Entführer noch vor seiner jetzt übersensiblen Frau.

„Wie geht es meinem - ich meine unserem Sohn?"
„Im Augenblick nicht schlecht. Alles Weitere hängt von Ihnen ab. Also sind die Abmachungen erfüllt? Steht der Herr Schwager für die Übergabe bereit? Haben sie den Pilotenkoffer in schwarz, Marke Multhaupt? Ist der Gegenwert ihres Sohnes transportfertig?"

Alles, was er jetzt sagte, dessen war sich Hermenegildo sicher, wurde von der Polizei mitgehört. Und Benno-Boss würde ehrlicherweise keine Schuld daran tragen. Er hatte sich offenbar - bisher, und so weit nachvollziehbar - strikt an die Vereinbarung bezüglich der Polizei, gehalten. Deshalb würde er jetzt auch nur das besprechen, was sie hören sollte, abhören sollten.

„Ihre Forderung liegt bereit. Mein Schwager steht

ebenso bereit, sich mit dem schwarzen Pilotenkoffer samt Inhalt auf den Weg zu machen, den sie befehlen."

„Benno-Boss, ich warne sie noch einmal. Hören sie auf, mich mit ihrer arroganten Redensweise zu provozieren. Die Konsequenzen daraus kann nur ihr Sohn tragen. Denken sie daran, bevor sie das nächste Mal ihren Mund öffnen, um lockere Sprüche loszuwerden. Die Sache ist ernst. Sie Idiot."

„Aber, ich will sie doch nicht beleidigen."

„Genau das schreiben sie sich in großen Buchstaben auf ein noch größeres Stück Papier und legen sie es sich vor das Telefon. Sie sollten es ständig im Auge behalten können. Noch ein Ausrutscher und er kann schlimme Folgen nach sich ziehen. Das kann mich nämlich ganz gewaltig ärgerlich machen. Hat sich das jetzt in ihrem Benno-Boss-Schädel festgesetzt?"

„Entschuldigung", murmelte nun Benno-Boss. Seine Gefühle dabei würde er wohl niemals im Nachhinein beschreiben können. Weshalb sich also anstrengen, um die in seinem Kopf wirbelnden Bilder und Gedanken festzuhalten. Er musste etwas tun, Anweisungen auf niedrigstem Niveau befolgen, so wie sie niemals in seinem Leben von ihm gefordert worden waren. Und musste sich entschuldigen für etwas ... am liebsten hätte er laut geflucht, alle guten Manieren fahren gelassen.

„Schon besser", tönte es höhnisch vom Erpresser.

„Wann ..."

„Zuerst bin ich noch dran. Und reden sie nicht mehr dazwischen. Es wird besser sein für alle, wenn sie aufmerksam zuhören."

Sicherheitshalber wiederholte Hermenegildo jetzt die Beschreibung der Pilotentasche. „Zwei Millionen in bar und eine in Inhaberaktien." Der Polizei durfte keine Einzelheit entgehen.

„Ihr Schwager Richard" - Benno-Boss zuckte zusammen, der Kerl kennt sich im Familienclan aus - „wird punktgenau um 17 Uhr die Tasche an dem Eisstand des Italieners vor dem Theater abstellen. Er soll unbedingt beachten, dass er die Tasche mit seiner rechten Hand an der, von ihm aus gesehen, rechten Seite des Eisstands, abstellt. Er wird sie, soweit es geht, darunterschieben. Dann soll er nach Luigi fragen. <Wo ist Luigi>, soll er sagen. Daraufhin wird der Eisverkäufer ihm auf der linken Seite des Stands eine gleichartige Tasche herausschieben. Diese hat er zu ergreifen und sich ohne Hektik zu entfernen. Kapiert?"

„Ja!"

„Soll ich es wiederholen?"

„Ich habe alles mitgekriegt."

„Richard soll sich rechtzeitig auf den Weg machen, damit er auf keinen Fall zu spät kommt. Kapiert?"

„Ja!"

„Wenn ich, äh, wenn wir" - Hermenegildo hatte bemerkt, dass es unglaubwürdig sein musste, wenn er im Singular sprach. Er musste ja den Eindruck erwecken, dass verschiedene Plätze unter Beobachtung standen, was er ja logischerweise nicht allein bewerkstelligen konnte. ... "wenn wir auch nur das geringste Anzeichen einer Polizeipräsenz bemerken, läuft nichts mehr und sie können ihren Sohn abschreiben. So wie eine gebrauchte Maschine in ihrem Betrieb. Die wird ja dann auch verschrottet. Oder?"

Keine Antwort.

Hermenegildo fuhr fort: „Also siebzehn Uhr, heute, am Eisstand vor dem Staatstheater. Das ist die letzte Nachricht. Alles Gute."

„Moment bitte, wie finden wir unseren Sohn? Kann ich Ihnen überhaupt vertrauen, dass sie nicht nur einfach mit dem Geld verschwinden und ich sehe meinen Sohn niemals wieder? Bis jetzt haben wir noch kein zweifelsfreies Lebenszeichen von ihm erhalten."

„Ja mein Guter. Da werden sie schon Vertrauen haben müssen. Ich muss auch bei Ihnen Vertrauen haben."

„Ich folge allen ihren Anweisungen."

„Ich muss darauf vertrauen, dass sie die Polizei nicht einschalteten. Ich muss auch darauf vertrauen, dass die Geldscheine nicht nummeriert oder gar markiert sind. Verstehen wir uns? Ganovenvertrauen?"

„Ich habe keine Polizei informiert und auch das Geld ist vollkommen neutral."

„Nun, dann werde ich Ihnen auch vertrauen", mit dieser sarkastisch betonten Bemerkung wurde die Verbindung getrennt.

Ungewöhnliche Aktivitäten

Eine Sekretärin kam zum Präsidenten hereingeschwebt - „wir haben die Verbindung", sagte sie.

Hermann Schigulla riss es förmlich aus seinem Chefsessel. Die Sekretärin sprang zur Seite, der Chef sprintete an ihr vorbei in das „Allerheiligste", dorthin, wo sie sich für den „Fischzug" eingenistet hatten. Hier liefen die Fäden der laufenden Abhöraktionen zusammen. Eine Jahrhunderterrungenschaft, pflegte Schigulla zu schwärmen. Wenn nur nicht diese Scheiß Bedenkenträger von Politikern, allen voran die Grünen wären, die immer so ein unnützes Gedöns machen mussten. Ein Geschiss, wie er sich im engsten Kreis auszudrücken pflegte. Wer nichts zu befürchten hat, dem kann es doch *schnurzegal* sein, ob er abgehört wird oder nicht. Wenn keine weiblichen Polizistinnen zuhören konnten, drückte er sich weniger gewählt aus, sagte dann schon *furzegal*, statt der wesentlich kultivierteren Ausdrucksweise wie *schnurzegal*. Die Polizei ist doch der sprichwörtliche Freund und Helfer. Da wird doch niemand willkürlich in die Pfanne gehauen. Von ihm jedenfalls nicht. Neeein! Also ihr Grünen, werdet endlich einmal erwachsen.

Klar und deutlich kam die Unterhaltung dieses Schurken von Entführer herein. Maschinen surrten leise und fertigten Gesprächskonserven an.

„Bingo", der Polizeipräsident Hermann Schigulla schrie es förmlich in den Raum. „Sofort die Sonderkommission zusammentrommeln. Wir sehen uns im Lagezentrum."

„Meine Dame, meine Herren, es ist so weit." Vorsorglich hatte er sich eine Alibidame mit in die Runde genommen. Obwohl, das war seine unerschütterliche Meinung, Frauen dabei eigentlich nichts zu suchen hatten. Das war reine Männersache. Und das war seine unerschütterliche Meinung.

Alle kannten seinen Spruch - <Frauen können nicht richtig einparken, somit haben sie auch bei Präzisionseinsätzen nichts zu suchen>. Was sollte an dieser Auffassung auszusetzen sein? Studien, die ihm angeblich vorlägen, würden diese Aussage bestätigen.

Und überhaupt, bei diesem Thema pflegte er die Bedenken mit einer weit ausholenden Armbewegung wegzuwischen.

Der Theatervorplatz war mit großformatigen Verbundsteinen gepflastert. Vor der gesamten, breiten Treppe zum säulengerahmten Haupteingang, befand sich ein markierter Fahrweg. Auf ihm durften sich aber nur bei besonderen Anlässen Fahrzeuge bewegen. Sonst war er mit einer dicken, auch dekorativ wirkenden Kette auf beiden Seiten abgesperrt. *Keine Zufahrt, keine Ausfahrt* - so würde es in anderen Ländern heißen, wenn überhaupt. So stand da aber, wie es in Deutschland üblich ist: *Zufahrt verboten*.

Die Stadt wendete einen erheblichen Teil des Kulturetats dafür auf, die Attraktion des Baus und Umgebung für Touristen und Besucher der Stadt zu erhalten. Ständig suchte man nach neuen Ideen, die den Komplex attraktiver machen sollten.

In genau festgelegtem Abstand und präzis ausdiskutierter Position, erlaubte die Verwaltung einem italienischen Eisverkäufer seinen Stand aufzubauen. Einige Meter hinter diesem <Kulturattaché>, wie er spöttisch tituliert wurde, floss der Verkehr vierspurig vorbei. An der nächsten Kreuzung konnte man von den vier Straßenecken in die U-Bahn gelangen. Eigentlich war diese Station, vom wirtschaftlichen Standpunkt aus betrachtet, unrentabel. Lediglich kurz vor und nach einem Event im Theater herrschte angemessener Publikumsverkehr.

Auch darüber hinaus war das Kulturunternehmen unrentabel und musste jedes Jahr mit gewaltigen Summen aus dem Stadthaushalt bezuschusst werden. Das lag nicht an mangelndem Zuschauerinteresse. Es lag am Interesse, am breiten Interesse des Publikums. Und dies war, übers Jahr gesehen, immer das gleiche und setzte sich aus einer besonderen Bildungsschicht zusammen. Eben jene, die gerne vorgaben es auch zu sein. Es war gerade die soziale Schicht, die sich auch einen höheren Eintrittspreis würden leisten können. Stattdessen wurde der Kulturbetrieb als traditionell zwangsläufig defizitär bezeichnet und zuschussbedürftig. Steuergelder, also Gelder aus allen Bevölkerungsschichten, glichen die Verluste aus. Auf diesem Wege zahlten alle Bürger der Stadt mit. Alle waren im gleichen kulturellen Boot. Jede Eintrittskarte wurde von jenen zwangssubventioniert, die sich am wenigsten eine Eintrittskarte erlauben konnten oder wollten. Ob sie jetzt theaterinteressiert waren oder ihnen der ganze Bau mit seinen

Events schnurzegal war. Zur Freude derer, die immer behaupteten, dass man gar nicht genug Geld für die Kultur ausgeben konnte.

Einer dieser Meinungsträger war auch der örtliche Polizeichef - zum Beispiel - oder auch Benno-Boss mit seiner Gattin. Sie sahen sich mit einer gewissen Regelmäßigkeit in den Pausen einer Aufführung im Foyer.

Anders dagegen im neuen Fußballstadion. Das war bei jedem Heimspiel so gut wie ausverkauft. Fast die Hälfte der Plätze sogar im Vorverkauf für die gesamte Saison abgesetzt worden. Hier, bei diesem kulturellen Event, trafen sich Hintz und Kuntz. Der eine auf billigeren, der andere auf den teureren Plätzen. Letztere waren dann nicht immer auch die attraktivsten. Am interessantesten waren gewisse Zusammenrottungen in einem Block. So etwas gab es aber im Theater nicht. Dort war bei gewissen Anlässen Abendrobe erwünscht, von denen manche im Einzelnen so teuer waren, dass man, alle zusammengerechnet, damit beinahe das gesamte Defizit des Theaters hätte ausgleichen können.

Der Eis-Stand des Italieners war natürlich auch nicht gerade ein x-beliebiger Stand. Jedes Baudetail war von den Stadtverordneten ausführlich diskutiert und festgelegt. Die Kosten waren aber dem privaten Betreiber zugeschoben worden. Dementsprechend war er nicht gerade der glücklichste Eisverkäufer der Nation.

Aber man hatte <*seinen Italiener*> mit dem richtigen Produkt am richtigen Platz.

Laufpublikum gab es weniger, dafür beehrten ihn die Touristen und/oder, nun ja, eben die Besucher, wenn die Zeit und das Wetter danach waren. Der Stand war nicht zu übersehen und an warmen Tagen wickelten sich doch recht einträgliche Geschäfte ab. Die Geschäftsidee schien aber allemal so lukrativ zu sein, dass der Italiener die Wintersaison in einer exklusiven Ferienregion in seiner Zweitwohnung bei Eis und Schnee in den Dolomiten verbringen konnte.

Soweit die Ausführungen zum sozialen Spannungsfeld der stolzen Stadt.

Es bahnte sich ein organisiertes Fiasko an. Der Theaterplatz und -vorplatz wurde nun zur Bühne für Polizei und Verbrecher. Wie man dachte. Und der Regisseur war niemand weniger als der Polizeichef.

Kurz nach drei Uhr begannen sich an diesem Tag unübliche, ja sogar außergewöhnliche Aktivitäten zu entwickeln. Entweder hatte sich die Stadtverwaltung plötzlich daran erinnert, dass der Vorplatz eigentlich ein Aushängeschild der Stadt war, und dementsprechend zu präsentieren sei. Oder es bahnte sich ein Staatsbesuch an. Das konnte schon mal passieren.

Vom Theater aus gesehen fuhr auf der linken Seite ein gelbes Spezialfahrzeug der Städtischen Verkehrswegeunterhaltung vor. Von einem VW-Bus, in gleicher Einfärbung und Beschriftung, wurden Männer in gelben Arbeitsoveralls buchstäblich ausgeladen. Sichtlich gelangweilt holten sie sich je einen Besen bei dem Spezialfahrzeug ab. Dann begannen sie mal hier und da Bewegungen mit ebendiesen zu machen. Es sollte nach kehren aussehen. Es schien überall etwas zum Kehren zu geben. Sie verteilten sich nämlich großflächig, schienen allerdings nicht recht bei der Sache zu sein. Immer wieder schielten sie nach dem Eisstand. Aber keiner getraute sich, konnte oder wollte sich ein Eis kaufen. Auch der <Italiener> wunderte sich über die offensichtlich geistlosen Betätigungen der gelben Männer.

Ein Bus fuhr auf einen der dafür markierten Halteplätze. Fröhlich entstiegen ihm etwa ein Dutzend Touristen mit einem Führer. Sie strebten der Freitreppe zu und stellten sich in einem Halbkreis um ihren Fachmann aus der Kulturabteilung. Und sie schienen darauf zu achten, schön in gleichem Abstand zueinander angeordnet zu sein. Keiner zu weit vorne, keiner zu weit zurück. Andächtig schienen sie den Ausführungen des Experten zu lauschen, der die zentrale Figur vor ihnen abgab. So diszipliniert, wie die Gruppe aufgestellt war, konnte man sie wie Angehörige einer Spezialeinheit der Militärs bewundern. Ein aufmerksamer Beobachter hätte allerdings auch bemerkt, dass ihre Augen nicht auf ihren Führer, sondern ganz woanders hin ausgerichtet waren. Sie schienen größtes Verlangen nach einem italienischen Eis zu haben.

Dann, war es Zufall oder nicht, schien etwas mit einer Straßenlampe nicht in Ordnung zu sein. Ein Spezialfahrzeug mit einem Auslegerarm fuhr vor. Drei Männer begutachteten eine Bogenlampe und entschlossen sich offenbar zum Handeln, zu Deutsch sie zu *entern*.

In den Arbeitskorb des Krans begaben sich zwei Männer in Monteurskluft. Eigenartig! Drumherum war im Handumdrehen eine Gruppe neugieriger Müßiggänger versammelt. Wer genau hingeschaut hätte, hätte auch beobachtet, dass die beiden Monteure ihre Zuschauer auch gleich mitgebracht zu haben schienen. Ihr Auto, in dem alle vier angereist waren, stand nur einige zig Meter entfernt. Unter dem Scheibenwischer des neutralen Wagens war ein vielsagender Zettel geklemmt, auf dem darauf hingewiesen wurde, dass das Fahrzeug der Polizei gehörte. Sie standen im Halteverbot und es hätte passieren können, dass die Polizei ihr eigenes Fahrzeug abschleppte, beziehungsweise mit einem Strafmandat belegte. Die vier stellten sich so als Zuschauer auf und wollten offenbar das einmalige Spektakel der Reparatur einer Bogenlampe miterleben. Nun ja, eine solche Freilicht-Darbietung konnte man nicht alle Tage bekommen. Es waren demnach nicht die üblichen Verdächtigen, zum Beispiel Rentner, die sich spontan bei solchen Unternehmen ansammelten und untereinander fachsimpelten. Es waren eher Leute, bei denen das Renteneintrittsalter noch ziemlich weit in der Zukunft liegen musste. Sie hatten offenbar an diesem Nachmittag nichts Besseres oder Wichtigeres zu tun.

Der Korb mit den beiden Monteuren wurde hochgefahren und beide machten sich irgendwie an der Lampe direkt zu schaffen. Offenbar hatten sie aber Schwierigkeiten mit dem Abnehmen der Lampenabdeckung. Und so beobachteten die Zuschauer, wenn sie denn genau hingeschaut hätten und neutral genug gewesen wären, dass sich in Wirklichkeit da oben nichts tat. Jedenfalls, was das Handwerkliche anbetraf, wurde da reines Theater gespielt - Freilufttheater, und das gar nicht zu weit vor dem protzigen eigentlichen Theater. Entgegen der Rentnertheorie, wussten aber die hier und heute versammelten Zuschauer, was das an sich sinnlose Getue bedeutete. Sie waren durchweg alle mit dem gleichen Ziel auf dem Platz. Schigulla hatte sie persönlich ausgesucht und, in diesem Fall, als Zuschauer herbestellt.

Jeder der Männer da oben steckte fleißig das eine oder andere Werkzeug in seinen Lederhalfter und das immer wieder. Sie schienen nicht das richtige Werkzeug zu finden.

Und immer wieder vorausgesetzt, es gäbe einen aufmerksamen Beobachter, er hätte leicht feststellen können, dass die beiden überhaupt nicht bei der Sache waren. Meistens schauten sie nach dem Eisstand. Wieder ein paar Arbeiter, die sich gerne ein Eis genehmigt hätten. Die Armen, sie hatten von dort oben nicht die geringste Chance ihren Gelüsten zu frönen.

Und der Eisverkäufer schien bedauernswert. Was hätte er doch für Geschäfte machen können, ja wenn ...

Dann sprach einer der Bogenlampenerklimmer in eine Art Handy. Sicherlich holte er sich vom Chef der Elektrizitätswerke Anweisungen. Verstehen konnte aber keiner der unten Stehenden etwas. Was auch kaum Sinn gemacht hätte. Der Verkehrslärm überdeckte sowieso alles. Trotzdem wusste jeder dieser *Spezialzuschauer*, weswegen da drahtlos telefoniert wurde.

Hätten sie einen Blick in die geräumige Fahrerkabine des Kranwagens geworfen, hätten sie doch eine Überraschung erlebt. Da saß ein gestandenes Mannsbild, in Hüfthöhe auch recht umfangreiches, in Hemdsärmeln. Neben sich, auf der Sitzbank befanden sich einige Geräte, die irgendwie ständig quäkten, rauschten, knackten. Bunte Lichtlein flackerten um die Wette.

Donnerwetter hätte dann unser ausgedachter, *ebenfalls neutraler* Zuschauer denken müssen, sind die aber modern ausgerüstet. Sende- und Empfangsanlagen beinahe en masse. Die Stadt tat also etwas, wenn es darum ging dem Bürger das Leben angenehmer und sicherer zu machen. Die Stadtväter kleckerten nicht, wenn es um die Straßenbeleuchtung vor dem Theater ging. Sie klotzten.

Der hemdsärmelige, zu gut 20% übergewichtige Mann, das verkannte Polizeigenie, war Schigulla, der ambitionierte örtliche Polizeipräsident. Hinter ihm, auf den Notsitzen, nicht so gut sichtbar, befand sich ein junger Mann. Es sah aus, als sei er ein Volontär. Oder einer, der einspringen sollte, wenn sich der Chef in dem technischen Gewirr verhaspeln sollte. Mit seiner randlosen Brille, seinem blassen Gesicht, leicht unterernährt, sah er aber auch genauso aus, wie man sich einen etwas versponnenen Computerfreak vorstellen konnte.

Nervös schaute auch er so oft und solange er es vor sich verantworten konnte zum <Italiener>. Noch einer mit einem unstillbaren Verlangen nach italienischem Eis. Man hätte meinen können, es herrschte Eisnotstand in der Nation und die Rettung vor der endgültigen Katastrophe sei ausgerechnet dieser Mann aus dem schönen Italien auf dem Theatervorplatz. Groß genug, um allen Besuchern eines ausgebuchten Kulturpalastes einen Standplatz in einer kaufwilligen „Käuferschlange" zu bieten. Ein tolles Bild für alle Eisgötter und Freunden der kalten Götterspeise.

Was aber sollte diese vollkommen unverständliche Zurückhaltung vor und rund um den italienischen Eisstand?

Es war jetzt viertel nach 4 Uhr. Wie lange würden die tapferen Männer noch kehren müssen, den langatmigsten Ausführungen des Touristenführers lauschen und die Lampe reparieren müssen?

Handys und groteskes Theater

Eines der auf Benno-Boss´ Wohnzimmertisch ausge-
legten Handys begann sich mit einem Standardrufzeichen
zu melden. Beide Handys lagen in einem kleinen Abstand
nebeneinander.

Benno-Boss sprang, wie von der buchstäblichen Tarantel gestochen, von der Couch. Es sah aus, als wollte er
sich auf ein Gerät stürzen. Schnell hatte er dann auch erfasst, dass der Rufton von dem Handy mit der roten Schleife
kam.

Jetzt blieb er abrupt stehen. Er rief sich zur Ordnung.
<Beruhige dich, alter Junge>, befahl er sich. *<Tief durch-
atmen>*. *<Kein undurchdachtes Wort>*.

Anne-Dörthe war ebenfalls aufgestanden. Mit furcht-
sam weit aufgerissenen Augen stand sie jetzt neben ihrem
Mann. Auch sie spürte, dass es nun vorangehen würde, oder
müsste. Richard war auf der Toilette, kam aber gerade
rechtzeitig die Tür herein.

Benno-Boss griff sich das Handy mit der roten Banderole.

„Ja, hallo!"

„Gut Meister, sie haben begriffen. Also Benno-Boss,

es geht los. Um Punkt vier Uhr, also in einer guten halben Stunde geht Richi mit dem Geldkoffer aus der Pförtnerloge auf den Bürgersteig. Er nimmt das Handy mit der grünen Banderole mit sich und erwartet dann daraus die erste Nachricht. Damit wird er ständig die neuesten Anweisungen erhalten. Das rote Handy behalten sie bei sich, das schenke ich Ihnen. Überflüssig nochmals zu sagen, dass bei einem Scheitern auch das Kind sterben wird." Hermenegildo hatte wieder alles, Wort für Wort von einem Blatt abgelesen. Das hatte also aufs Neue geklappt.

„Hallo", rief noch Benno-Boss. „Hallo - hallo, melden sie sich. Aber es meldete sich niemand mehr.

„Der Kerl schien bekifft zu sein. Ich befürchte wir bekommen noch ein zusätzliches Problem. Wir haben es offensichtlich mit einem Drogensüchtigen zu tun. Das macht den ganzen Ablauf noch - na ich würde es mal so sagen, nicht einfacher."

„Richi hat er mich genannt", bemerkte der Schwager Bennos. „Der möchte wohl ...." Dann schwieg er lieber. Es war beileibe nicht angemessen jetzt mit einem Scherz zu kommen.

„Wenn du jetzt noch kneifen willst", sagte Benno zu seinem Schwager, „dann würde ich es dir nicht übelnehmen können. Aber um ehrlich zu sein, ich würde es dir niemals verzeihen. Bist du o.k.?"

„Benno, es geht doch nicht um mich, Es geht um deinen Sohn, mein Neffe, der bisher einzige Nachkomme in unserer Familie. Du glaubst doch nicht im Ernst ...?"

„Es steht viel auf dem Spiel. Auch für dich."

„Und ich spiele das Spiel, wie du es nennst, mit. Ich kann mir nicht vorstellen, dass der oder die Entführer etwas Ernstes mit mir vorhaben."

Sie wussten alle, was damit gemeint war. Benno und Richard umarmten sich.

Benno-Boss dachte jetzt noch an seine Mannschaft der Werkssicherheit. Sie hatte sich in Eigenregie draußen auf dem Straßenabschnitt aufgestellt. Und er versuchte ganz intensiv zu hoffen und daran zu glauben, dass die keinen Fehler machten. Er hätte jetzt unbedingt einen Anruf machen sollen, um durchzugeben, dass es vier Uhr sein werde, wenn die Aktion anlaufen würde.

Es war aber undenkbar, jetzt seine Frau allein zu lassen, die in diesem Moment vor Nervosität zu zergehen schien. Und vor ihren Augen und Ohren mochte er doch das delikate Gespräch nicht führen. Diesen Umstand hatte er nicht bedacht. Wenn er in diesem Augenblick seine Frau und seinen Schwager auch nur für einen Moment für einen Anruf verlassen würde, entstünde ein nicht wieder gutzumachender Vertrauensverlust. Er musste auf gut Glück hoffen.

Seine Frau stand jetzt wie erstarrt und schaute mit weit aufgerissenen, fragenden Augen von Einem zum Anderen. Doch keiner brachte auch nur noch ein weiteres Wort heraus. Jeder war sich des Ernstes des Momentes bewusst. Jeder konnte die Atmung der beiden anderen Anwesenden hören. Jeder glaubte auch, dass die anderen den eigenen Herzschlag hören, zumindest spüren mussten.

„*High noon*", dachte sich Benno.

Eine peinliche Überraschung

Es war kurz vor vier Uhr.

In der Straße, etwa 40 - 50 Meter weiter in östlicher Richtung, parkte ein Volkswagen älteren Jahrgangs am gegenüberliegenden Bürgersteig. Am Steuer saß ein junger Mann in sportlicher Kleidung und sprach in ein Handy. Er schien unaufgeregt und verhielt sich auch sonst so, als hätte er seine Umgebung vergessen.

Knapp hundert Meter weiter, diesmal in westlicher Richtung und links des Anwesens der Bennos, auf dem Bürgersteig derselben Straßenseite, war ein Missionar unterwegs. Er war nicht zu verkennen. Er hatte eine dünne Aktentasche bei sich, in der rechten Hand trug er einige Papiere, die nach dünnen Zeitschriften aussahen. Einen solchen Mann konnte man in jedem Stadtteil antreffen.

An dem einen oder anderen Haus hatte er bereits geklingelt. Offenbar erfolglos geklingelt, denn niemand öffnete ihm. Dann stand er stets eine Weile nachdenklich und schaute auf seine Papiere, so als müsse er sich aufs Neue für seinen nächsten Klingel-Kontakt-Versuch konzentrieren. Scheinbar gab es niemand, der sich für eine neue alte

Religion interessierte. Oder von einer Taufe auf die nächste umzusatteln gedachte.

An seiner typischen Kleidung konnte seine Nichtbeachtung seitens der angeklingelten Nachbarn nicht liegen. Er trug eine dunkelblaue, akkurat gebügelte Hose in deren Bund ein blütenweißes Hemd steckte. Die königsblaue Krawatte war nicht zu protzig und in perfekter Proportion zum Hemdkragen. Der Knoten saß genau an zentraler Position vor dem Adamsapfel. Man konnte schon von Weitem sicher sein, dass er nach einem bestimmten Aftershave riechen würde. Und dass er zwar stets höflich wäre, aber auch verdammt hartnäckig. Er hatte einen, *seinen* Gott anzupreisen und der würde ihn nach seinem Erfolg beurteilen. Er würde sich nicht scheuen, zwar dezent, aber selbstsicher seinen Fuß in eine geöffnete Tür positionieren. Seine Herkunft würde man an seiner Aussprache erkennen. Seine guten Deutschkenntnisse würden stets etwas quakend klingen, eben seine Heimat Mittlerer Westen der USA verraten.

Natürlich würde sein Erfolg nicht unbedingt über den Wolken, sondern von einem sehr menschlichen Gremium beurteilt werden. Nämlich von einem Altmännergremium irgendwo in den USA beobachtet und festgehalten. Er würde die Chance bekommen auf einer Bestsellerliste eingetragen zu werden. Dann auch im **S**ekteneigenen **C**hristlichen **F**ernsehen sowie der hauseigenen Zeitschrift den hochverehrten (reichlich zahlenden) Mitgliedern vorgestellt zu werden. Angemessen und entsprechend seinen Bemühungen, seinem Einsatz und Erfolg, würde er bald in der Hierarchie der „Gottesmänner" ein bedeutendes Schrittchen weiter nach vorne rücken.

Profan gesehen war er also im Dienst an einer höheren Sache unterwegs. Ein Irrer der Böses dabei denkt.

Es gab Übereinstimmung bei den meisten Bewohnern,

nicht nur dieser Straße, dass man so einen Burschen nur noch unter erschwerten Bedingungen loswerden könne. Dies, wenn man sich erst einmal auf einen freundlichen Gruß geeinigt hatte.

Was man nicht auf den ersten Blick und auch sonst kaum sehen konnte, war, dass von seinem rechten Ohr ein sehr dünnes Fädchen in seinem Hemdkragen verschwand. Es war mit einem Stöpsel im Ohr einerseits und andererseits mit einem Sende/Empfangsgerät in seiner Hosentasche verbunden. Doch auch das konnte man nicht auf einen ersten Blick sehen. War es eine Verbindung zur Missionsleitung oder vielleicht ganz nach oben - wie ein Passant recht naheliegend für sich anmerkte?

Nichts davon würde sich bestätigen.

Nein, niemand konnte auch nur das geringste Anzeichen von Verdruss bemerken, den doch jeder durchschnittliche Mensch zeigen musste, wenn seine Arbeit, seine urchristlichen Bestrebungen nicht von Erfolg gekrönt waren. Wenigstens nicht hin und wieder. Und in dieser Straße hatte er bei den Bewohnern scheinbar einfach kein Glück. Wie gesagt, auf sein Klingeln hatte ihm bisher noch niemand geöffnet oder auch nur einen schönen Tag entboten.

Und trotzdem war der Missionar in Sachen Ewigkeit, ewiges Leben und Kontostand seiner Organisatoren zufrieden. Denn eine Einladung zum Missionieren, die Bitte eines Anwohners ihn doch - bitte schön - bekehren zu wollen, wäre seinen Absichten zuwidergelaufen. Er wäre in arge Verlegenheit gekommen und so musste er jedes Gespräch vermeiden. Nein, er hatte in Wirklichkeit nirgends geklingelt, sondern eben nur so zum Schein auf einen Schalter oder Knopf gedrückt. Es sollte aber für einen Beobachter echt aussehen. So war es auch.

Auf der anderen Straßenseite waren zwei kräftig gebaute junge Männer damit beschäftigt einen Oldtimer wieder flott zu kriegen. Ihren Bürstenhaarschnitt verbargen sie unter cool schräg sitzenden Baseballmützen.

Fast gegenüber der augenblicklich gehaltenen Position des Missionars, hantierte ein anderer junger Mann mit einer Handheckenschere am Efeu vor der hohen Mauer. Er achtete aber vor allem darauf, dass den Efeuranken in ihrem natürlichen Wachstum nicht geschadet wurde. Seine Ausbeute an Grünem, von abgeschnittenem Grünen, war sehr bescheiden. Nein, diese Pflanzen hatten von ihm und seiner Schere nichts zu befürchten. Wenn er mit dieser Begeisterung und dem gleichen Tempo mit seiner Aufgabe fortfahren würde, konnte er vielleicht in einer Woche hinreichenden Vollzug melden. Einem eventuell rebellisch werdenden Efeueigentümer würde er erklären, dass die Anweisung das Grün etwas zu stutzen, von ganz oben käme, der Wildwuchs müsse etwas gestutzt werden. Nein, eine Rechnung für seine Arbeit würde der Besitzer nicht bekommen.

Dem Efeu wäre diese Arbeitsweise sicher recht gewesen.

Auf der gleichen Bürgersteigseite wie der Missionar, schob sich ein bedauernswerter Schwerbehinderter, offenbar gelähmter Mann, im Rollstuhl gerade in einen Schatten. Ein besonderes Mitgefühl hatte er verdient, gerade weil er noch so jung war. Sicherlich wollte er sich ein wenig ausruhen und etwas abkühlen lassen. Er sah wirklich erschöpft aus. Also würde ihm die Pause im Schatten guttun. Er hatte irgendeinen Sonnenhut, irgendetwas aus Stroh, irgendetwas Billiges.

Weiter unten, wiederum westlich des Anwesens, an der

anderen Ecke, studierte schon seit einiger Zeit ein Tourist einen Stadtplan.

Richard kam gerade aus der Pförtnerloge, als aus dem grün markierten Handy, genau wie vorhergesagt, eine ansatzweise Anweisung kam. „Du kannst mich hören, dann nicke."
Richard nickte.
„Jetzt gehst du ...."
Just in diesem Augenblick war auf der anderen Straßenseite vor dem VW-Käfer ein Tumult entstanden. Aus dem Handy in der Hand Richis kam kein Ton mehr.

Plötzlich hatten die Freaks mit ihrem Oldtimer nichts mehr am sprichwörtlichen Hut. Auch der Rollstuhl war mehr blitzartig verwaist, sein Fahrer scheinbar mit großen Sätzen auf der Flucht.
An dem VW-Käfer wurden beidseits die Türen aufgerissen und schneller als der Insasse denken konnte, war er draußen. Sehr unsanft gepackt von zwei Muskelmännern, bei denen nun der Bürstenhaarschnitt sichtbar war, die Mützen waren verschwunden.
Der Oberkörper des Herausgezerrten knallte unter dem Druck der Angreifer sehr unsanft gegen die Wagenseite. Sein Kopf wurde an den Haaren nach hinten gerissen. Akteur war seltsamerweise der arme, hilflose Rollstuhlfahrer. Als der so unsanft Behandelte seinen rechten Arm nach oben schwang, bekam er einen ekelhaft betäubenden Schlag in die Magengrube.
Nun war der herausgezerrte junge Mann ebenfalls gut durchtrainiert. Die Attacke traf ihn aber völlig unvorbereitet. Er war überrascht worden und hatte es mit drei vielleicht noch

besser trainierten Typen zu tun. Somit war er chancenlos.

Er wollte schreien, aber ihm fehlte die Luft dazu. Es wurde ihm schwarz vor den Augen. Und das Schlimmste dabei war, dass er keine Ahnung hatte, weshalb ihm das alles geschah. Wer ihn weshalb angriff und derart misshandelte. Und das von einem Sekundenbruchteil auf den nächsten, einfach ohne Vorwarnung oder einem Anzeichen.

War es ein heimtückischer Überfall?

Allerdings, keiner der Attackierenden hatte bisher auch nur ein Wort gesagt oder Forderungen gestellt.

Richard stand noch einen Moment wie angewurzelt stocksteif ein paar Meter vor dem Pförtnerhäuschen. Er verfolgte mit schnell wachsendem Unbehagen das Tohuwabohu vor dem Volkswagen. Kommandoschreie erreichten ihn jetzt. Ungläubig staunend und in Ermangelung jeglicher neuer Nachrichten, klopfte er hektisch beim Pförtner und zog sich dann in dessen Kabuff zu diesem zurück.

Irritiert starrte Richard wieder sein Handy an. Es gab noch einige seltsame Geräusche von sich. Dann war auch da vollkommene Stille. Der Missionar hatte den Stöpsel herausgezogen. Ansonsten war seine Missionierungs-Mission in dieser Straße offenbar beendet. In gewisser Hinsicht sogar gescheitert. Ohne an weiteren Klingelknöpfen sein Glück zu versuchen, lief er zielstrebig hin zur Kreuzung.

Während die Grobiane noch auf den Eigner des alten Volkswagen-Käfers einschlugen, kam eine junge Dame aus einem von Blumen umrankten Eingang auf den Bürgersteig. Überrascht blieb sie zunächst wie angewurzelt stehen. Dann hatte sie die Situation erfasst. Es war ihr Bräutigam, der auf sie gewartet hatte und nun als Prügelopfer diente. Muskelprotze tobten sich an einem wehrlosen Opfer aus.

Rasch überflog sie die Liste vergangener Freunde, die vielleicht aus Eifersucht ... Wie dem auch sei, es sah nach Überfall aus und so griff sie in einer raschen, eingebübten Bewegung nach ihrem Handy, um die Nummer 110 zu wählen. Gleichzeitig eilte sie dem Ort der Misshandlungen entgegen.

Todesmutig warf sie sich dazwischen und schrie immer wieder mit schriller Stimme: „aufhören - aufhören - aufhören, Schweinebande" - die Wahl des Notrufes war vergessen.

„Und wer sind sie?", schrie einer wütend und ballte in völlig überzogener Reaktion seine Fäuste in ihre Richtung. Dann wollte er sie bei den Haaren fassen. Die waren aber nicht lang genug. Er war wütend, kaum zu bremsen, wie ein zorniges, kleines Kind, dem man seine liebsten Spielsachen weggenommen hatte. So bewegte er seine rechte Hand zu seinem Rücken, als wollte er richtig ausholen, um dieser ... dieser ... eine runterzuhauen - oder, um in seinem Jargon zu bleiben, ihr vielleicht doch eine vor den Latz zu knallen.

„Ich bin die Verlobte", stieß sie erregt hervor. „Ich bin die Verlobte", wiederholte sie noch mindestens dreimal, aber immer lauter werdend.

Jetzt, ganz plötzlich, wie auf Kommando, schauten sich die Muskelprotze mit einem überaus belämmerten Gesichtsausdruck an. Eigentlich brauchten sie dazu kaum von ihrer natürlichen Erscheinung Abstriche zu machen. Ihre martialischen Bewegungen, für allerhand Grobheiten trainiert, stockten fast augenblicklich. Es war inzwischen noch von der anderen Straßenseite der Heckenschnitter dazugekommen.

Da lag er nun, ihr angebeteter Hanns-August. Er stöhnte und lag gekrümmt halb unter seinem Oldtimer-Auto. Es waren erst wenige Augenblicke vergangen, als er noch telefonierend locker hinter dem Steuer lehnte. Er wollte, zusammen mit seiner Braut, in ein Fitnessstudio fahren. Das konnte er sich jetzt abschminken.

Seine vergleichsweise mehr zierliche Liebe kniete sich neben ihn, während die Helden verständnislos und mit dumpfem Blick in die Gegend schauten. Jeder wusste jetzt, dass sie einen Fehlgriff getan hatten. Wer konnte sie gesehen haben? Sollten sie sich verdrücken? Einer brachte es auf den Punkt: „Scheiße!" Aber damit schaffte man bekanntermaßen kein Problem aus der Welt. Man artikulierte lediglich in zwei Silben seine anrüchige Hilflosigkeit.

Normalerweise wäre es ein Startzeichen gewesen, <Übung misslungen. Jungs wir werden das so lange wiederholen müssen, bis es in Zukunft sitzt>.

Aber jetzt? Was hatten sie angestellt? Hilflos half einer, zusammen mit dem Mädchen, dem malträtierten Bräutigam auf die Beine. Mit einer linkischen Geste versuchte ein anderer der Helden dem Geprügelten den Sportsakko glattzustreichen. Gerade der, der am weitesten weg stand, murmelte ein „Entschuldigung, war ein Irrtum".

Aber so schnell sollten sie nicht aus dem Dilemma ausscheiden. Der Geprügelte besaß wieder die erforderliche Luft, um klarzumachen, dass dies ein ernsthaftes Nachspiel haben werde. „Das wird sie teuer zu stehen kommen", keuchte er mühsam aber durchaus für jeden verständlich.

Er hatte, absichtlich oder nicht, das spielte jetzt keine Rolle mehr, einem der Kerle seinen Ausweis aus der Hemdtasche gerissen. Mit vollem Namen, Titel und sogar Adresse.

Überfall, schwere Körperverletzung, murmelte der Jurastudent. Er würde viel früher an seinen ersten Fall kommen als gedacht. Und er würde sich damit sein Startkapital sicherstellen. Für die eigene Kanzlei.

Seine Braut hatte ein Tempotaschentuch hervorgeholt und wischte damit Blut von der Stirn ihres Bräutigams. Derweil tropfte aus der Nase das kostbare Gut auf sein modisches, hellgelbes Sporthemd.

Seine Braut ergriff wieder ihr Handy und schoss ruckzuck, einige Beweisfotos.

Trotz seiner Blessuren war er mit sich und seiner Lage zufrieden. Jetzt ab, gleich in ein Hospital, um das Offensichtliche in professioneller Weise festhalten zu lassen. Atteste und Fotos sollten als Beweise seiner Leiden festgehalten oder ausgestellt werden. Je mehr, desto besser. Von der Aktion selbst hatte er eine perfekte Zeugin.

Einer nach dem anderen der Gorillas murmelte noch das eine oder andere Mal: „Entschuldigung, es war ein Versehen".

Dann trollten sie sich. Am liebsten hätten sie sich unsichtbar gemacht.

Plötzlich war der Oldtimer wieder frisch und munter. Sie fuhren mit ihm davon.

Der Missionar, hatte alles mitbekommen. Zwar aus einer gewissen Entfernung, aber er glaubte zu wissen, was das alles zu bedeuten hatte. Die Übergabe war gescheitert. Die Bullen waren in Aktion. Er hatte nochmals Glück gehabt. Nichts wie weg, war dann seine Devise.

Im ersten Moment kroch eine, für einen Missionar völlig abwegige Stinkwut in ihm hoch. Dann rief er sich zur Ordnung. Cool bleiben. Überleg, was als Nächstes zu tun ist. Offenbar hatte er Zeit, denn es waren keine Polizeisirenen zu hören. Soweit er es überblicken konnte, waren keine Vermummte mit angeschlagener Maschinenpistole unterwegs. Er dachte noch, dass, wenn dies eine Polizeiaktion war, dass sie sie außergewöhnlich stümperhaft ausgeführt hatten. War denn das die Möglichkeit? So ein Idiotengesindel. Egal jetzt, wer es auch immer war.

Er überschaute nochmals die Straße. Dort, war es ein Volkswagen? standen jetzt Kerle wie unentschlossen herum. Nein, das waren keine offiziellen Polizisten, das können keine sein. Jetzt liefen sie, nein sie trotteten zurück über die Straße. Wenn das Polizisten wären, stünden jetzt schon Einsatzwagen an gleicher Stelle. Und die Typen würden sich selbstbewusster bewegen. Diese Beobachtung gab ihm eine gewisse Sicherheit.

Der Tourist mit dem Stadtplan war auch nicht mehr da.

So überquerte Hermenegildo lässig die Straße und ging auf die Blumenfrau an der Ecke zu.

Er begrüßte sie. „Na, hat noch niemand die Blumen für 50 Euro haben wollen?"

„Nee. Was haben sie denn für ′nen Aufzug? Sind se jetzt unner die Zeuchen jejangen?"

„Augenblick, ich hole nur das Handy aus den Blumen. Wie wäre es mit Morgen? Können wir das Theater wiederholen? Ich bringe Ihnen dann wieder das Handy vorbei."

„Wenn se wieder einen Jrünen springen lassen, jederzeit. Meintwäächen jeden Tag im Monat. Ich stehe nur nicht so gern im Winter mit kalten Füßen rum."

„Das mit dem Hunderter geht klar. Wir treffen uns wieder da unten an der Ecke, wie heute. Dann verstauen wir wieder das Handy. Hier, die hundert - verdammt, ich habe nur noch 60 dabei. Morgen bekommen sie die restlichen zwanzig."

„Und kann ich dann wieder einen Fuffziger für das Jebinde verlangen?"

„Logo. Die Bedingungen sind die Gleichen."

„Hat dat Janze mit der Keilerei da unten zu tun?"

„Welche Keilerei?"

„Ach, ich wollte Ihnen nicht zu nahetreten. Machen se man weiter mit der Missioniererei. Jrüßen sie mir ihren lieben Jott janz herzlich von mir."

Dicke Luft in der Familie

Bei Benno-Boss´ war dicke Luft. Richard war unverrichteter Dinge zurückgekommen. Er hatte das sich entwickelnde Problem bei dem VW nur kurz aus den Augenwinkeln wahrgenommen. Viel hatte er nicht dazu zu sagen. So schilderte er das kurze Geschehen aus seiner Sicht. Ja, und dass er Verbindung hatte mit dem Erpresser. Dann habe der das Gespräch abgebrochen. „Keine Ahnung, was das mit dem Volkswagen zu tun hat."

Dafür konnte es sich Benno-Boss nur allzu gut vorstellen. Und er wusste, dass er jeden Augenblick explodieren konnte. Ein - sein Wutanfall, das war ihm auch klar, würde aber die Situation verschärfen. Sie würde möglicherweise eine irreversible, nicht wieder gutzumachende familiäre Katastrophe heraufbeschwören. Er könnte alles verlieren, seinen Sohn und seine Frau. Seine Familie. Er musste die Ruhe bewahren, so gut es eben ging. Er redete sich ein, dass er seinen Zorn später dann an den gescheiterten Akteuren auslassen konnte.

Anne-Dörthe schien baldigst zu kapieren. Ohne eine weitere Erklärung abzuwarten, ging sie auf ihren Mann zu und schlug wütend mit beiden Fäusten immer wieder auf seine

Brust. Es war ein physisch schwaches aber psychologisch bedeutsames Trommelfeuer.

Dann begann sie immer wieder zu rufen: „Du hast mir versprochen die Polizei außen vor zu lassen - Du hast mir....‟ Irgendwann ergriff Benno-Boss seine Frau bei den Armen. Von dem Trommeln war nur noch das schwache Bewegen, eigentlich ein Zucken der Unterarme zu erkennen. Sie begann zu schluchzen. Ihr ganzer Körper bebte rhythmisch. Ihre Atmung schien auszufallen. Dann rief sie einige Male hintereinander: „du hast mich verraten - du hast mich verraten - du hast....‟ ihre Stimme war nicht hysterisch, sie war wider Willen eher kraftlos. So wie sie sich jetzt am ganzen Körper fühlte.

Endlich konnte sie die Worte ihres Mannes hören, der ihr wiederholt versicherte, dass er niemals etwas mit der Polizei zu tun hatte. Nein, er habe keine Polizei eingeschaltet. Er wisse nichts von einer Polizeiaktion.

„Der Pförtner soll kommen‟, befahl er mehr, als es zu verlangen oder zu erbitten.

Vor Erschöpfung oder weil sie vielleicht doch neugierig geworden war, hielt Anne-Dörthe mit ihren zuckenden Bewegungen inne. Sie suchte Blickkontakt mit ihrem Mann. Er schien die Wahrheit gesagt zu haben. Sie sah es ihm in den Augen an. Soweit kannte sie ihn gut genug. Obwohl seine Augen glühten, wie sie sie niemals zuvor wahrgenommen hatte.

Benno-Boss versuchte, im Beisein seiner Frau vom Pförtner und seinem Schwager herauszubekommen, was da passiert war. Beide waren ihm keine große Hilfe. Sie hatten es eigentlich nur so am Rande mitbekommen. Alles hatte überraschend begonnen und war auch nicht von langer Dauer. Aber es reichte, um sich ein Bild zu machen. Der Abgang des Oldtimers, der Typ, der sich an den Efeus zu schaffen gemacht hatte. Man brauchte kein Hellseher zu sein, um zu erkennen, um was es sich in Wahrheit drehte. Gedreht hatte, denn das Passierte ließ sich nicht mehr ungeschehen machen.

Leger gekleidete Muskelmänner glaubte Richard noch ausgemacht zu haben. Sportliche Kerle. Doch das war im Augenblick nur noch eine Zusatzinformation für Benno-Boss.

Dann sagte er leise: „Diese Arschlöcher, Idioten, Versager, hirnlose Fleischpakete, ...“

Er hätte wahrscheinlich noch mehr Beschimpfungen erfunden, wenn ihn seine Frau nicht angeschrien hätte: „Also doch Polizei?“

„Nein“, rief er, dann doch etwas über die übliche Lautstärke hinaus. „Nein, ich sagte doch. Ich habe keine Polizei ins Spiel gebracht.“

Immer noch wütend schrie seine Frau jetzt mit sich überschlagender Stimme - „das musst Du mir erklären. Kann ich Dir überhaupt noch vertrauen?“

Benno-Boss schaute seinen Schwager an, der etwas betreten danebenstand und bisher kein weiteres Wort mehr gesagt hatte.

Dann sagte Benno-Boss erstaunlich ruhig „kommt lasst uns in Ruhe nachdenken und die Geschehnisse analysieren. Setzen wir uns.“

Die plötzliche Ruhe in der Stimme des Hausherrn wirkte ansteckend. Anne-Dörthe setzte sich mit ihrem Mann auf die Couch. Sie achtete aber darauf, zwischen sich und ihm, einen aus ihrer Sicht angemessenen Abstand zu halten. Richard, der die Tasche bisher neben sich auf dem Boden stehen hatte, hob sie auf den Tisch. Alle schauten jetzt auf diese Tasche, so als würden sie ausgerechnet von ihr aller Sorgen entledigt.

„Nun", sagte Bennos Frau, immer noch beinahe einen Tick zu scharf? „Was hast Du zu sagen? Und wehe es läuft auf eine Polizeiaktion hinaus. Ich schwöre Dir, dass ich Dich dann verlasse."

Richard, der Schwager und Zeuge, senkte den Blick. Er schien ein interessantes, bisher niemals bemerktes Muster auf dem Teppich entdeckt zu haben, das er zuvor noch niemals gesehen hatte. Darin war er nun vertieft.

„Ich habe unter anderen den Werkschutzleiter informiert. Ich konnte doch nicht meinen leitenden Mitarbeitern die Aufgabe übertragen, alle Geschäftsdaten abzusagen, ohne eine gewisse, wirklich schwerwiegende Begründung. Es waren insgesamt fünf Männer eingeweiht, alles integre Gestalten. Vertrauensvolle Mitarbeiter. Der Werkschutzbeauftragte hatte die Aufgabe unauffällig vier bis fünf Mann in unserer Straße, nahe unserem Anwesen zu postieren. Sie hatten die ausdrückliche Aufgabe, lediglich alles, was sich in ihrer Sichtweite bewegt, zu beobachten. Vielleicht das eine oder andere unauffällige Foto zu schießen. Der Befehl sollte ausdrücklich lauten: <Beobachten - keine Aktion>.

„Und nun haben sie Aktion gemacht?" Es war Richard, der diesen Kommentar empört in den Raum stellte.

Benno-Boss konnte gerade noch sagen - „ich weiß es nicht, ich weiß es noch nicht", als ein Anruf gemeldet wurde.

Im Aufstehen murmelte er noch - „die Katastrophe nimmt ihren Lauf."

Die Sekretärin sagte, dass es der Werkschutzleiter sei.

Anne-Dörthe sprang auf. Sie schien ihren Mann mit

den Blicken aufzufordern jetzt Tacheles zu reden.

Benno-Boss ließ seinen Gesprächspartner nicht zu Wort kommen. Er sagte nur relativ ruhig aber mit ausgeprägter Schärfe: „Wir sprechen uns so bald wie möglich. Unterdessen verschwinden sie meinetwegen in der Wüste, aber treten sie mir in der nächsten Zeit nicht unter die Augen. Es könnte böse enden und ich würde es vielleicht bereuen. Ich könnte mich sonst vergessen." Gerne hätte er mit Beschimpfungen begonnen, hätte ihn *zur Sau gemacht*, aber als guter Manager hatte er sich bald wieder unter Kontrolle. Nein, das hätte auch nichts geändert, resümierte Benno-Boss.

Nur das letzte Wort <*vergessen*> wollte er auch noch im gleichen scharfen, aber ruhigen Tonfall von sich geben. Aber es war plötzlich doch mit der Beherrschung vorbei. Er hatte es hinausgeschrien. Und bereute es dennoch nicht.

Er gab den Hörer der Sekretärin zurück, schaute irgendwie in ein Loch in der Luft an und sagte noch halblaut: „Dieser erbärmliche Hurensohn."

Benno-Boss nach der Niederlage

Jetzt saßen sie schon mindestens zehn Minuten schweigsam und bewegungsunfähig im Salon zusammen. Richard wagte es ebenfalls nicht, ein einziges Wort zu sagen. Er studierte immer noch, oder schon wieder, ein bestimmtes Muster zu seinen Füßen im handgeknüpften, wertvollen Perser.

Alle wussten, dass jetzt eine gefährliche Zeitspanne verrann. Jeder versuchte zu verdrängen, dass es just in diesem Augenblick sein konnte, dass sie ihren Sohn und Richard seinen Neffen verloren.

Hin und wieder schien es, als murmelte Benno-Boss vor sich hin - „dieser Hurensohn." Er hielt seit einigen Minuten seine Ellenbogen auf die Oberschenkel gestützt und hatte sein Gesicht in den Händen vergraben. Wie immer war Tatenlosigkeit für ihn die schlimmste der Torturen. Aber er hatte nicht die geringste Chance irgendein Geschehen zu beeinflussen, geschweige denn zu steuern.

Alle spürten ihre Ohnmacht. Anne-Dörthe wurde plötzlich von einem Weinkrampf geschüttelt. Benno-Boss wollte sie in seine Arme nehmen, zog diese aber wieder zurück. Seine Frau würde sehr wahrscheinlich mit einer schroffen Zurückweisung reagieren. Das konnte möglichweise, das könnte ein Bruch sein. Wer weiß, vielleicht für immer.

Und er dachte wieder bei sich - <*mein Gott, vielleicht geschieht in diesem Augenblick seinem Sohn das Undenkbare.*> Er hätte ebenfalls gerne geweint. Aber die Wut würgte den Tränenfluss vor seinem Erscheinen in den Augen ab.

„Beobachten sollten sie, unauffällig beobachten sollten sie. Und was tun diese Hundsfotte? Sie handeln eigenmächtig. Sie wollen sich wichtig machen. Erwürgen könnte ich sie. Und auf eine solch inkompetente Schlägertruppe sollte ich mich verlassen können?" Benno-Boss sprang plötzlich auf, streckte beide Arme in Richtung der stuckverzierten Zimmerdecke. Sein Mund öffnete sich weit, jeder erwartete jetzt einen Urschrei, ein mehr tierisches Brüllen. Aber es kam eher ein Grunzen, ein Knurren und auch danach nur ein Röcheln. So könnte es sich anhören, wenn ein tödlich getroffenes, wildes Tier kurz vor dem Verenden war. Aber Benno-Boss blieb ihnen erhalten. Nachdem der letzte Ton verklungen war, ließ er sich auf das Sofa sinken. Seine Augen waren jetzt ungewöhnlich weit aufgerissen, ein neutraler Beobachter hätte vermuten können, dass es jetzt bald aus sein würde mit Benno-Boss. Wie hielt das nur sein Herz oder allgemein sein Kreislauf aus? Der auf ihm lastende Druck war übermenschlich.

Was Benno-Boss aber nicht wusste, noch nicht wissen konnte, war, dass der Werkschutzchef seine Männer übermotiviert hatte. „*Unser Boss ist in Gefahr, seine Familie ist in Gefahr, der ganze Betrieb ist in Gefahr, unsere Arbeitsplätze sind in Gefahr. Männer, an uns hängt die Zukunft und das Wohlergehen so vieler Familien ab. Wir müssen den Wahnsinn stoppen, wir sind die richtigen Leute dafür.*"

Besser hätte es ein Einpeitscher bei der Ausbildung seiner Marines auch nicht formulieren können.

Dann hatte er noch die Pläne für das Verhalten seiner Leute ausgeheckt. Von der Panne seines eigenen Oldtimers, den er selbst aus seiner Garage geholt hatte, bis zu dem Heckenschneider und dem Rollstuhl. Alle waren sie untereinander vernetzt.

Dann hatte er diesen Kerl im VW gesehen. Er war ihm schon vorher aufgefallen, weil er für Oldtimer ein Auge hatte, und der Volkswagen mit der kleinen, ovalen Heckscheibe, war mit Sicherheit einer. Der Kerl saß da unbeweglich drin und telefonierte in aller Seelenruhe mit seinem Handy. Und er schien unentwegt in die Richtung der Toreinfahrt seines Chefs zu starren. Für ihn gab es keinen Zweifel. Irrtum ausgeschlossen. Er hatte seine Beobachtung noch an seine Leute weitergegeben. Dann sah er Richard aus der Tür auf den Bürgersteig treten und rief: „Achtung Objekt!"

Das mussten seine Leute als eine Aufforderung zum Zugriff verstanden haben, zumal er ihnen erst vor einigen Sekunden seine Beobachtung mit dem VW-Käfer mitgeteilt hatte.

Nun waren die Betroffenen im Wohnzimmer, im großen Salon des Herrschaftshauses versammelt, und sie waren zum Nichtstun verurteilt. Sie hatten keine, nicht einmal die geringste Möglichkeit, in den weiteren Ablauf der Dinge einzugreifen. Und solch ein Zustand ist für einen Macher wie Benno-Boss an sich schon unerträglich. Er fühlte sich gefesselt. Zur Untätigkeit verurteilt. Es bestand nicht die geringste Aussicht eine, wie auch immer geartete Initiative zu ergreifen. Das war so unbeschreiblich unerträglich, dass er das Gefühl hatte platzen zu müssen. Wünschte sich aber, dass er diese schrecklichen Momente - er glaubte daran, dass es nur Momente sein konnten - äußerlich unbeschadet überstehen konnte. Er musste an seine Frau denken. Sie musste noch schrecklicher leiden als er. Er nahm sich vor, ihr von seiner Kraft abzugeben. Dann zweifelte er: Hatte er überhaupt noch Kraft? Und wenn nicht, woher sollte er sie nehmen?

Jetzt ging es um das Leben seines Sohnes und die Existenz seiner Familie. Es ging also um Alles.

Dann kam der Anruf. Fast unhörbar war die Sekretärin hereingekommen und übergab wortlos das Schnurlostelefon.

Kaum hatte Benno sich gemeldet, als es auch schon schallte: „Was sind Sie doch für ein verantwortungsloser Idiot. Setzen einfach das Leben ihres Kindes aufs Spiel. Wenn ich Sie vor mir hätte, zerquetschen könnte ich Sie. Was glauben Sie, wer Sie in diesem Spiel sind? Der Herrgott? Sie sind ein Nichts. Sie sind es nicht einmal wert, dass man Sie zerquetscht. Sie sind so ein erbärmlicher Versager. Ihnen scheint doch das Schicksal ihres Sohnes einerlei. Was Ihre Frau dabei spürt, schert Sie einen Dreck. Und ich dachte noch, bei allem Vorbehalt, dass Sie ein Mensch aus Fleisch und Blut sind. Sie sind ein gemeingefährlicher Asozialer. Sie sollten aus dem Verkehr gezogen werden.“

Benno-Boss hatte vergeblich versucht die Tirade zu unterbrechen. Die Suada lief aber so unbarmherzig rasant ab, für ihn so unglaublich unzumutbar, dass er selbst keinen Gedanken fassen konnte, wie dem nun zu begegnen sei. Zudem stand er noch unter dem schockierenden Erlebnis vom Nachmittag. Jetzt schaute er verlegen den wieder stummen Hörer an.

Dann holte er tief Luft. Nein so einfach war das nicht. Er hatte sein Bestes gegeben. Er hatte weder seine Frau noch sein Kind verraten. Der Erpresser war im Irrtum.

--Irrtum!--

Eine Gedankenspirale begann sich aus Benno-Bosss tiefstem Innern hervorzuarbeiten. Fixpunkte begannen sich um Worte und Empfindungen zu einer Art fester Kristalle zu kondensieren. Hatte jemand das Licht eingeschaltet. Aber nein, es war ja heller Tag. Trotzdem war es heller geworden. Nun suchte er den Blickkontakt seiner gebeugten Frau.

Er sagte es mit belegter, leiser Stimme: „Schau mich an, meine Liebe. Bitte, bitte schau mich an!"

Und als sie es zögerlich tat, entdeckte sie tatsächlich in seinen Augen etwas wie einen Hoffnungsschimmer, ein gewisses Leuchten. Ihr Mann war verändert, innerhalb kurzer Zeit so ganz anders geworden. Irgendeine Kraft schien sich auf sie zu übertragen.

„Du ... Du ... was ist? Bitte sag es mir."

Es war nicht die ängstlich verzweifelte Stimme einer in Hoffnungslosigkeit versunkenen Mutter.

Wäre sie ihrem Instinkt gefolgt, würde sie jetzt schon laut jubeln. Dieser alte Fuchs, in unzähligen schwierigen Verhandlungen erfahren, hatte etwas entdeckt. Er strahlte förmlich Hoffnung aus.

„Du hast gehört, wie er mich beschimpft hat. Mein Liebes, ich habe das Gefühl, dass dies die schönste Tirade war, die jemals über mich niedergegangen ist."

Jetzt war Anne-Dörthe doch etwas verwirrt. Was war in ihren Mann gefahren? Sein Verstand würde doch nicht unter den schweren Lasten gelitten haben? Wenn der jetzt auch noch durchdrehen würde, dann müsste das, zumindest für sie so etwas, wie das totale Aus bedeuten. Konnte sie in ihren Empfindungen noch mehr Schmerzen aushalten, noch mehr Erniedrigung?

Benno-Boss bemerkte auch die Sorgen und Gedanken seiner Frau, deshalb wollte er sie nicht länger auf die Folter spannen.

„Ich habe gerade einen Menschen gesprochen, der von Haus aus kein Verbrecher sein kann, er hat Sensibilität gezeigt. Er ist nicht nur zornig, dass etwas in seinen Planungen schiefgelaufen ist. Er fühlt sich belastet, er quält sich bei dem Gedanken, dass er etwas Schlimmes tun sollte, etwas entsprechend seinen Drohungen. Das ist ihm jetzt zutiefst zuwider. Er hat Angst, gezwungen zu sein, etwas zu tun, was er nicht tun will, wahrscheinlich von Anfang an nicht tun wollte."

Schnell fuhr er mit seinen Gedankengängen fort. „Er hat mich beschimpft, weil er glaubt, dass ich das Leben meines Kindes leichtfertig aufs Spiel gesetzt habe. Er ist maßlos verärgert über mein angenommenes gefühlloses Verhalten. Er glaubt, ich hätte das Ganze in der Straße in Szene gesetzt. Und er will auf keinen Fall in die Lage kommen unseren Sohn zu töten, töten zu müssen. Deshalb, und weil er sich über meine vermeintliche Seelenkälte ärgert, hat er mich angeschrien. Er ärgert sich über mein herzloses - mein angeblich maßloses herzlose Verhalten gegenüber meinem eigenen Kind. Andererseits ärgert er sich über die Zwickmühle, in die er geraten ist. Seinen Drohungen nach, sollte er jetzt Jeremy töten, aber das kann er nicht. Er macht so etwas wie Verzweiflung durch, er hat sich in eine Position manövriert, in der er sich niemals zu finden hoffte. Siehst du nicht den gleichen Hoffnungsschimmer, meine Liebe? Du *musst* ihn sehen!"

Anne-Dörthe sah ihn aber, diesen von ihrem Mann heraufbeschworenen Hoffnungsschimmer - noch nicht. Aber allzu gerne war sie bereit ein klein wenig aus ihrem Abgrund der Verzweiflung hervorzusteigen. Deshalb wollte sie jetzt nichts sagen oder konnte es vielleicht auch nicht. In ihrem Kopf rasten die Ängste wild gegen einige Funken der Hoffnung an. Wenn ihr Mann doch hoffentlich nicht ganz den Verstand verloren hatte?

Benno-Boss war von seinen Analysen überzeugt und, dass er seine Frau so schnell wie möglich ebenfalls überzeugen musste. Dann fuhr er fort: „Der Mann ist verzweifelt, weil er Schlimmes für unseren Sohn angedroht hat, und er kann es nicht vollziehen, eben weil er ein Mensch ist. Kein gefühlloses Monster. Er ärgert sich über mein vermeintliches, absprachewidriges Verhalten, das ihn, nach seinen eigenen Aussagen eigentlich zwingen sollte, sein Opfer zu töten. Und er ist dazu nicht in der Lage. Eben weil er ein Mensch ist." Letzteres schrie er beinahe. Er sprang auf. „Er ist nicht nur der Entführer und Erpresser, er ist auch ein Verbündeter. Jetzt heißt es ja nichts verkehrt machen, nichts Verkehrtes zulassen, dann werden wir Jeremy bald wieder gesund bei uns haben."

Jetzt schaute er auf seine Frau herunter, die noch immer oder wieder im Polster versunken war.

Nein, der Entführer war keiner von der Sorte Schwerbrecher, dem ein Menschenleben nicht viel oder gar nichts bedeutete. Der schien mehr ängstlich und wollte ganz offensichtlich aus der begonnenen Sache so schnell wie möglich heraus.

In besänftigendem Tonfall sprach er wieder zu seiner

Frau: „Er hat versucht seine Wut an mir auszulassen. Er ist zornig, weil er jetzt eigentlich dazu verurteilt wäre seine Drohungen wahr zu machen. Und er kann es nicht. Er kann es nicht! Verstehst du? Er wird unserem Kind nichts tun. Er kann es nicht. Er ist ein Mensch." Benno-Boss schaute an die stuckverzierte Decke und murmelte nochmals: „Er ist ein Mensch, ein sensibler Mensch. Gott sei Dank."

Richard sagte jetzt auch etwas.

„Benno, du magst Recht haben. Aber kann es nicht sein, dass seine Habgier an das Geld zu kommen dabei nicht die Hauptrolle spielt? Ihn doch veranlassen könnte eine nicht wieder gutzumachende Dummheit zu begehen? Quasi eine Kurzschlusshandlung zu vollziehen?"

„Richi, ich habe ihn gehört. Er hat mit keinem Wort Geld oder irgendeine Kompensation erwähnt. In dem Zorn, den er sicher ohne jede Theatralik vorgeführt hat, hat er nicht ein einziges Mal Geld erwähnt. Geld erwähnt, das ihm durch die Lappen gehen kann oder könnte. In dieser Situation einer angenommenen, fehlenden Selbstkontrolle, hätte er dies ganz sicher auch argumentiert. Aber er hat nicht ein einziges Mal dieses Thema angesprochen. Ihm ging es nur darum seine Angst vor dem, was er als Drohkulisse aufgebaut hat, hinauszuschreien. Nein, er will dem Jungen ja nichts tun. Er ärgert sich wegen mir, dem Vollidioten, der offensichtlich herzlos sein Kind opfern würde, indem er ihm durch idiotisches Handeln sogar den Vollzug seiner Drohungen aufzwingen will. Und er will auf keinen Fall der sein, der die Exekution vornehmen soll. Der Junge tut ihm leid, eben wegen seinem Vater. Seinem herzlosen Vater. Er hat den Jungen vielleicht sogar in sein Herz geschlossen und sieht nun, glaubt den Beweis zu haben, dass er einen herzlosen Vater hat. Er kann nicht zulassen, dass ihn eben dieser, der eigene Vater, opfert. Und er soll der Henker sein. Deshalb beschimpfte er mich. Und deshalb sollten wir hoffnungsfroh sein. Wir werden unseren Jungen bald wiederhaben."

Benno-Boss küsste seine Frau auf die Stirn und auf beide Wangen und lange auf den Mund. Er spürte nicht, dass ihre Lippen kalt waren. Das war auch jetzt vollkommene Nebensache.

Auch, als er sich wieder aufstellte und wieder zur Decke hochblickte, stand der Mund seiner Frau noch lange offen.

Würde er Recht haben? Sollte sie sich freuen oder wollte ihr Mann vielleicht nur ein Theaterstück vorführen, mit dem Ziel, sie in eine bessere, optimistischere Stimmung zu bringen?

Er sprach schon wieder und das mit einer heiteren Stimme: „Ich bin ein Idiot. Ich bin ein glücklicher Idiot. Ich bin ein idiotischer Idiot."

Das war dann doch seiner Gattin zu viel. „Benno, könnte es vielleicht doch sein, dass Du übergeschnappt bist? Könnte es sein, dass dich die Geschichte so mitgenommen hat, dass dein Verstand darunter gelitten hat?"

Er wurde ganz ruhig. Und er wusste, dass er jetzt mit seiner ganzen Persönlichkeit zeigen musste, dass er noch alle seine Sinne zusammen hatte. *<Cool, Junge. Jetzt kommt es nochmals auf dich an>* - sagte er sich, ohne auch nur seine Lippen zu bewegen.

Er schaute zur Tür, ob ihn vielleicht nicht auch die Sekretärin in seinem Ausbruch der Euphorie gesehen haben konnte. *<Und wenn, dachte er sich>*, ich fühle mich sicher, die Situation richtig einzuschätzen.

„Was hält ihr davon, nochmals den Film anzusehen und die Tonaufnahme anzuhören?"

„Du bist wirklich verrückt - befürchte ich." Es war Anne-Dörthe. Sie fand es in ihrer ersten Reaktion als Zumutung, als eine schwere Zumutung, was ihr Mann da vorgeschlagen hatte. Nicht nur, dass damit alte Wunden wieder aufbrechen mussten, höchstwahrscheinlich hätten aufbrechen können, die waren aber noch gar nicht verheilt. Sie hatten noch keine Narben bilden können. Was jetzt anstand, das schoss ihr durch den Kopf, das war wie Salz in die noch offenen Wunden einstreuen oder noch schlimmer, in ihnen herumrühren. Ihr Herz begann wild zu schlagen. Eine Flutwelle der Angst rauschte in ihren Körper. Für einen Augenblick glaubte sie, dass sie eine neuerliche Sichtung des Videos nicht überleben könne. Aber, wenn ihr Mann Recht hatte? Und sie erkannte eine, wenn auch leise, innere Stimme, die ihr riet, der Bitte ihres Mannes zuzustimmen.

„Mit einem Film kann man Menschen manipulieren. Das Wort kommt aus dem Lateinischen und ..."

„Bitte verschone uns mit Belehrungen", unterbrach ihn Richard.

„Gut. Du hast Recht, ich schieße über das Ziel hinaus. Aber, was ist, wenn wir in dem Film betrogen wurden? Wenn wir nur das sehen sollten, was der Absender wünschte, dass wir es sehen? Wenn der Autor nur die Absicht verfolgt hatte, dass wir etwas sehen sollten, was uns tief trifft. Aber in Wirklichkeit gar nicht so abläuft? Der Film kann eine Manipulation sein und ich wage daran zu glauben, dass eine Manipulation vorliegt. Ja, ich wage daran zu glauben, gerade jetzt nach der Tirade, die er gegen mich losgelassen hat.

Sehen wir das realistisch. Und ich wiederhole mich. Filmemacher und Filmeschneider sind im Grunde künstlerisch als Schwindler, Manipulatoren, Illusionisten tätig. Die Zuschauer, wir in diesem Falle, sollen etwas sehen, etwas in den Film hineininterpretieren, das es in Wirklichkeit gar nicht so gibt. Wir sollten einen seelischen Schmerz verspüren, der unsere Wahrnehmung trüben und verwirren musste oder sollte. Das Gesehene sollte uns seelisch dazu bringen, jeder Forderung ohne taktieren und ohne Verzögerung nachzukommen. Es ist perfide, aber durchaus realistisch. Er hat, so wie ich sehe, oder vielleicht doch nur gerne sehen würde, den Film gemacht, um uns zu manipulieren, um uns blind für die Wirklichkeit zu machen. Und ich glaube, es ist diesem Kerl gelungen. Deshalb möchte ich jetzt nochmals den Film und den O-Ton hören. Und ich sage euch, ich werde versuchen ganz unvoreingenommen jedes Detail zu prüfen. Ich denke daran, eventuell unsere Spezialisten daran zu setzen, die die Manipulationen ausfindig machen können. Das aber nur, wenn ich Euch persönlich nicht überzeugen kann. Meine Lieben, bitte glaubt mir, wenn ich fest daran glaube, dass es der Versuch wert ist."

Hatte er nun zu viel geredet? Verfehlte er seine Absicht Zuversicht zu verbreiten? Und schon kamen auch die ersten Zweifel. Andererseits wäre es auch vermessen gewesen, Begeisterung für seine durchaus nicht unfundierten Erkenntnisse zu erwarten.

„Du hörst dich an, als wärest Du komplett überzeugt. Bitte mein Lieber, wappne Dich vor einem möglichen tiefen Sturz. Der könnte uns alle vollends aus der Bahn werfen, vollends verzweifeln lassen. Denkst Du daran?"

„Ja, meine Liebe, ich habe es bedacht und werde Euch auch - hoffentlich - überzeugen. Dann wird es nur noch darauf ankommen etwas Geduld aufzubringen, bis wir Jeremy wieder bei uns haben.

Die Tränen versiegten auch bei Anne-Dörthe. Hoffnung

ist ein wunderschönes Wort und noch schöner das Gefühl dazu. Jetzt wollte sie auch noch die Chance wahrnehmen, die ihr Mann anbot. Würde sie es durchhalten die Qualen ihres Sohnes nochmals zu durchleben?

„Bitte ganz cool bleiben. Wir nehmen uns die Szene heraus, bei der der Junge so fürchterlich schreit ... „

Anne-Dörthe war in diesem Augenblick ebenfalls bereit zu schreien, sich ihren Schmerz und Frust lauthals von der Seele zu schreien. Nein, mehr aus dem Körper zu schreien, denn sie fühlte mehr denn je körperliche Pein. Es war nur ein winziger Schritt bis dahin, aber sie konnte sich dann doch noch gerade so zurückhalten. Trotzdem fühlte sie, als würde ihr jemand die Kehle zudrücken. Nur mit Mühe gelang es ihr, so spürte sie es, weiter zu atmen.

„...Und ich will eine These im Voraus wagen. Es ist eine Szene, in der unser Junge zum Schreien veranlasst wird, keinesfalls dazu gezwungen wird. Auch nicht schreit, weil es aufgrund der augenscheinlich zugefügten Schmerzen logisch, folgerichtig und angebracht gewesen wäre. Er hat geschrien, als würde er eine Rolle ausfüllen, dem Wunsch eines Regisseurs nachkommen wollte. Aber Jeremy kann kein so guter Schauspieler sein, um sein Schreien realistisch klingen zu lassen. Das ist meine These." ... und ich liege hoffentlich nicht falsch. Das hätte er gerne noch gesagt. Doch er verkniff es sich. Eben dieses Wort <hoffentlich> hatte er in den vergangenen Minuten zu oft gebraucht. Dadurch konnte es dazu führen, als verbraucht und sogar kontraproduktiv zu wirken. Im Grunde war er sich seiner Gedankengänge ziemlich sicher, aber da stand eben auch das Wort <ziemlich> dazwischen. Das er aber wohlweislich nicht in das abgelaufene Gespräch eingebracht hatte.

Anne-Dörthe wagte kaum die Augen zu öffnen. In einem Anflug von Sarkasmus verkniff sie sich dann doch die Bemerkung, dass sich Jeremy vielleicht selbst entführt hat.

Benno-Boss hielt das Bild an der gewünschten Stelle an, das Standbild wirkte mit seiner schockierenden Wirklichkeit.

Dann zoomte Benno-Boss auf Details. Zunächst die Mundwinkel. „Scheint er, statt vor Schmerz zu schreien, nicht doch ein gewisses Lächeln zu vermitteln? Es sieht beinahe so aus, als würden die Mundwinkel gar nicht zu unserem Sohn passen. Aber, wir sind uns doch einig, dass ein wirklich im Schmerz verzerrter Mundwinkel sich anders darstellt. Bei aller Unschärfe der Aufnahmen! Oder?"

Die unscharfe Einstellung der Film- oder Videokamera war tatsächlich zunächst für allerhand Interpretierungen gut. Das Gesamtbild des Jungen ließ in seiner Qualität doch sehr zu wünschen übrig.

„Geh mal auf die Augen", sagte Anne-Dörthe mit schwacher Stimme.

„Keine nassen Augen. Keine Träne. Na, was sagt ihr dazu? Wenn ein Kind einen solchen Schmerzensschrei ausstößt und das mit gutem Grund, dann sind ihm vorher schon die Tränen gekommen. Dann schwimmen seine Augen in Wasser. Und was sehen wir hier?"

„Ich kann es nicht glauben", sagte nun Anne-Dörthe und eine Spur hoffnungsvoller.

„Der Kerl wollte, er will uns manipulieren. Das heißt er hat uns manipuliert, nur das zu sehen, was mit unseren Gefühlen zusammenhängt. Er hat sein Ziel auf Anhieb erreicht. Unser Junge hat offenbar keine Schmerzen erlitten. Ich weiß nur nicht, ob es an der Beleuchtung bei den Aufnahmen liegt, zusammen mit der Unschärfe. Aber ich habe das Gefühl, als wäre es gar nicht unser Junge. Aber auch das kann jetzt an unseren Gefühlen liegen. Wir sind psychologisch imstande unter den jetzt neuen Empfindungen etwas anderes zu sehen als das, was uns in Wirklichkeit geboten wird. Im Grunde ist es das gleiche Phänomen, wie bei der Erstbetrachtung. Nur in einer anderen Richtung. Zudem, in punkto Qualität ist dieses Video alles andere als eine Glanzleistung. Aber wer weiß das von uns in diesem Augenblick. Vielleicht war auch das gerade die Absicht des Filmemachers."

„Mach´s mal weniger wissenschaftlich. Wir brauchen noch Fakten, wenngleich ich gestehen muss, dass du Erstaunliches aus den Bildern hervorzauberst und in sie hineininterpretierst." Es war Richard.

„Weiter, bis an die Stelle, an der der Rauch hochsteigt. Stopp, etwas zurück, langsam zurück. Stopp." Benno-Boss sprach sich jetzt selbst die Kommandos zu.

„So hier beginnen wir das erste Wölkchen zu sehen. Schaut bitte auf das Gesicht unseres Jungen. Verdammt, das Licht könnte besser sein, man kann ihn kaum erkennen. So jetzt. Was macht er? Er schaut nach unten, so als würde er in aller Ruhe zuschauen, wie sein Finger verkohlt wird. Aber ich sage euch, da wird etwas anderes verkokelt. Auf keinen Fall ein Körperteil von ihm. Sonst müsste er jetzt schon teils vor Schmerz, teils auch in der ängstlichen Erwartung von Schmerz aufheulen. Er würde betteln doch damit aufzuhören. In seinem Alter wäre es vollkommen normal, wenn er in Ohnmacht fallen würde. Vor allem würde er nicht in aller Seelenruhe geduldig abwartend auf die Schmerzstelle schauen. Er würde nicht ruhig bleiben können, denn, denken wir daran, er würde ja seinen Erzfeind, seinen potenziellen Mörder vor sich sehen. Einen brutalen Menschen, der ihn sadistisch quält. Und er schaut ihm in aller Seelenruhe zu. Mit Heulen beginnt er später, fast wie auf Anweisung. Apropos, wer hat ihm denn diesen Haarschnitt verpasst? Das grenzt an Körperverletzung."

„Vielleicht hat der Entführer selbst Hand angelegt?"

„Meine Liebe, wir sollten uns jetzt nicht mit Nebensächlichkeiten abgeben. Entschuldigung, dass ich damit angefangen habe." Bennos Stimme erklang beinahe fröhlich. Jedenfalls war nichts mehr zu spüren von der Verzweiflung, die noch vor einer halben Stunde an gleicher Stelle vorgeherrscht hatte. Bis jetzt war alles so eingetroffen, wie er es vorausgesagt hatte. Eine gewisse euphorische Stimmung schwang durch seinen Körper, er fühlte sich plötzlich so leicht, er hatte das Gefühl fliegen zu können.

„Etwas zurück, so ... nochmals. Also wir sehen noch keinen Rauch. Der Junge blickt ganz interessiert nach unten - so würde ich es ausdrücken. Könntest *du* das, wenn man dabei wäre deinen kleinen Finger der linken Hand zu verkokeln?"

Die Frage war an Richard gerichtet. Der zuckte zusammen und schüttelte angewidert den Kopf. Die Frage war schon eine Zumutung. Und gerade darin erblickte er mehr und mehr einen Sinn der Demonstration Bennos. Und auch bei ihm wuchs, wenn schon nicht die Erwartung, so doch die Hoffnung, dass Benno-Boss Recht haben könnte.

„So, jetzt kommt das erste Wölkchen," fuhr Benno fort, „nein es ist ganz kurz vorher, ein paar Einzelbilder vorher, bevor er beginnt die Schmerzensgrimasse zu schneiden." Jetzt grinste sogar Benno-Boss.

Seine Frau sah das mit einer Mischung aus Staunen und Widerwärtigkeit.

„So, und jetzt zieht der Rauch vor seiner Nase vorbei.

Sehr schön. Er verzieht die Nase, der Rauch beißt, vielleicht nicht nur in seiner Nase. Was würde die Oberhand gewinnen, wenn man einem Menschen den Finger verkohlt. Würde es der Schmerz an einem seiner Körperteile sein, die Neugierde oder der Ausdruck des Abscheus wegen des Rauches? Meine Lieben, hier wird irgendetwas verbrannt oder verkohlt, nur nicht des Jungen Finger. Der Junge, unser Junge reagiert zunächst recht gelassen. Er schaut den vermeintlichen Vorbereitungen der Folter mit einer gewissen Neugier zu. Dann kommt das vorgeschriebene schmerzverzerrte Gesicht, dann kommt der Rauch, alles schön der Reihe nach, und - sehen wir uns das genau an, langsam vor und zurück. Der Rauch stört ihn, so dass er das Gesicht verzieht. Der Schmerzschrei findet unabhängig vom Gesichtsausdruck statt. Er mag den beißenden Rauch nicht. Ich würde sagen, dass da ein Stückchen Holz verkohlt wird, vielleicht Watte, ein Fetzen Baumwollstoff. Das erzeugt einen hässlichen, beizenden Rauch. Mit irgendetwas stark Erhitztem hat der Filmer das Kokeln eines Stückchen Naturfaser eingeleitet. Vielleicht war es ein Lötkolben. Solcher Rauch verursacht Hustenanfälle. Und das passiert diesem - Verzeihung, unserem Jungen ebenfalls."

„Wie willst du das wissen? Du sieht es nicht und hörst es nicht?"

„Sollen wir einen Versuch starten? Ich zündele mit einem, na ich nehme mein Taschentuch, es ist aus Baumwolle, jeder darf mal riechen ..."

„Jetzt mach mal halblang, das können wir später noch nachholen, wenn du darauf bestehst."

„Also langsam weiter. Es kommt ein weiteres, etwas größeres Rauchwölkchen, etwas mehr verdichteter Rauch. Der

Junge schließt die Augen, aber keineswegs vor Schmerz. Es ist eine schlichte Reaktion. Da sind wir uns doch einig? Oder?"

„Ja, ja, mach weiter." In den Augen von Anne-Dörthe begann sich der Hoffnungsschimmer zu vergrößern, die bis vor Minuten noch wie abgestorben wirkenden Augen bekamen neuen Glanz.

„Nun muss er sein Gesicht mit seinem Riechorgan und den Augen aus dem Qualm herausbringen. Er wird sein Gesicht abwenden, und ... hier, genau hier tut er es. Der Autor des Films hatte es eilig oder er hat geschludert. Er hat einen unsauberen Schnitt gemacht. Er gedachte die maximale Länge des Films auszunützen, dabei hat er einige Clips oder Einzelbilder zu spät geschnitten. Hier, ich lasse mal die Einzelbilder laufen. Schön langsam. Hier beginnt eine Seitwärtsbewegung des Kopfes. Und hier ist, stopp, der Schnitt. Drei Bilder, wenn man es genau nimmt, sogar vier Bilder, die die Seitwärtsbewegung des Kopfes noch nachweisen. Und noch etwas. Bei dieser Seitwärtsbewegung des Kopfes verändert sich der Gesichtsausdruck. Er beginnt sich zu verändern. Vom Schmerzausdruck zur Grimasse - zu einer Grimasse, die man schneidet, wenn man eben einem solch ekelhaften, beißenden Geruch entgehen will. Wenn man dagegen seine Missbilligung ausdrückt. Niemand schneidet eine Grimasse, wenn sein Finger verbrannt wird."

„Das ist ja unglaublich. Wo hast du das gelernt?"

„Meine Liebe, das gehört in einer Firma, die international aufgestellt ist, heutzutage zu den Grundkenntnissen. Denn auch wir werden von fremden Interessen ausgespäht. Es gibt dann Manipulationsversuche, in denen der Gegenpart versucht den Geschäftspartner in seinem eigenen Sinne für sich zu beeinflussen, ihn vor den Karren der eigenen Interessen zu spannen. Diesen Versuchen muss man auf die Schliche kommen und wenn man Verfehlungen juristisch verwertbar machen will, muss man eben diese Technik beherrschen. Es geht noch weiter. Wenn man die besseren Spezialisten hat, dreht man den Spieß um und manipuliert die Manipulation. Meine Spezialisten sind da ganz gut darin."

„Hast du nicht auch solche, wie diesen Stümper aus der sogenannten Sicherheit, der uns am Nachmittag die Schau vermiest hat?"

Das war ein gerader Haken, direkt an die empfindliche Kinnspitze Bennos, ihres Mannes.

Er schluckte den Schlag und dachte, dass sie schon ein Recht hatte, sich für die Tiefschläge des Tages zu revanchieren.

„So und jetzt kommen wir noch zu dem Befehl doch die Lüftung einzuschalten. Es sollte doch der erbärmliche Gestank abziehen. Wenn man so etwas in einer solch angenommenen, spannungsgeladenen Lage sagt, dann schießt das eigentlich aus einem Mund, dessen Eigentümer in einer besonderen die Nerven belastenden Lage gerade dabei ist eine Barbarei zu begehen. Der Mensch kann in einer solchen Situation nicht ruhig und kontrolliert sprechen, zumindest nicht ohne Hektik. Auch der Hartgesottenste nicht. Hinter dieser Stimme, auf dem Film, ist gar keine Hektik und auch keine Gleichgültigkeit. Da wird ein gestelzter Satz daher gesagt, weil er vorher so abgesprochen war oder im kleinen Drehbuch steht. Ich werde die Worte jetzt einige Male schneller, dann langsamer und schließlich auch in normaler Geschwindigkeit durchlaufen lassen. Achtet auf den allgemeinen Tonverlauf, nicht so sehr auf die Worte oder gar deren Bedeutung. Wenn wir es nicht hinbekommen, lasse ich einen Techniker kommen, der könnte es uns anhand von Kurven und Zackenmustern beweisen. Dabei werden die Worte in kleine Bestandteile zerlegt, ähnlich den Pixeln eines Bildes. Daraus kann der Spezialist die Emotion oder allgemeine Aussagekraft herausfiltern oder auch -lesen. Und, wenn man es ganz genau machen will, dann kann man es auch ausdrucken lassen, in einem Bild oder meinetwegen auch einer Grafik darstellen lassen."

„Das ist schon beeindruckend, nur ...?"

„Ich sagte ja, dass das Spezialistenarbeit ist, den tieferen Sinn oder Hintersinn herauszufiltern. Das machen wir, wenn wir Aussagen, die in einer Verkaufskonferenz getätigt wurden, nach dem wahren Gehalt analysieren."

„So einen Sch...weinereien macht ihr?"

Die Tränen, die jetzt in die Augen von Anne-Dörthe schossen, waren keine Tränen der Verzweiflung mehr. Sie hatte Hoffnung geschöpft.

Sie warteten auf den nächsten Anruf des Erpressers. Sie würden ihn anders behandeln. Er hatte mit dem Film und den Tonaufnahmen, anders als beabsichtigt, Beweise für das Gegenteil seiner vordergründig kriminellen Handlung geliefert. Er hatte keine Ahnung wie hinter- und tiefgründig stichhaltig sie waren.

Der Schrei des Jungen fand keinen so ernsten Widerhall mehr in den Ohren der Anwesenden. Es war die erforderliche Begleitmusik für die Aufnahme. Vielleicht so ähnlich, wie die Musik in einem Film oder Fernsehfilm. Einem Film aus einem anderen Leben.

Er war wie ein Weckruf. Ein „Hallo meine Lieben, sehaut mal, ich bin jetzt Filmdarsteller."

Die Geldübergabe unter Polizeiaufsicht

Wenn alles planmäßig verlief, würde Schigulla seinen großen Auftritt haben. Obwohl schon so lange im Dienst für das Gesetz und gegen das Verbrechen, kribbelte es immer noch in seinen Armen und in der Bauchgegend. Dies besonders bei den so geliebten Großeinsätzen. Er genoss dieses Gefühl und sicher hatte es damit zu tun, dass er seinen Job und vor allem seine erreichte Position in diesem Job über alles liebte.

Es ging auf fünf Uhr zu. Auf dem Theatervorplatz herrschte, man könnte es so bezeichnen, rege Betriebsamkeit. Der allgemeine Publikumsverkehr hatte, tageszeitlich bedingt, zugenommen. In der Hauptsache waren es öffentlich Bedienstete, die jetzt am Feierabend den Platz in allen Richtungen überquerten. Trotzdem konnte man nicht von einer starken Frequentierung, so wie in der Innenstadt, sprechen. Bei Schigulla begannen in seinem improvisierten Kommandostand die Nerven zu flattern.

Sollte er vielleicht doch den ganzen Platz für den Publikumsverkehr sperren? Aber das hatte er doch bereits mehrere Male in Erwägung gezogen. Er verwarf zum wiederholten Mal diesen Gedankengang. Sie hätten als Polizei ja schwerlich für den Kofferüberbringer eine Ausnahme machen können. Und dieser selbst hätte, beim Erkennen der außergewöhnlichen Sicherheitsmaßnahmen, mit hoher Wahrscheinlichkeit von seinem Auftrag Abstand genommen, hätte auf keinen Fall aber die Tasche abgestellt.

Außerdem wäre es ein Ding der Unmöglichkeit gewesen den Passanten ihren gewohnten oder gewünschten Weg von Straßenkehrern und Touristen verwehren zu lassen.

Wieder checkte er die Bereitschaft der angeblichen Straßenkehrer. Besonders einer davon schien verschnupft zu sein. Die Nase lief ihm offenbar überreichlich. Von schnäuzen hielt er aber nicht viel. Ständig führte er seinen linken Oberarm vor sein Gesicht, an seiner Schulter schien er sich immer öfter seine Nasensekrete in den Overall einzuwischen. Dazu führte er Selbstgespräche. So sah es wenigstens aus.

Schigulla hatte den Eisstand ständig im Blick und auch der Besitzer hatte so seine Sorgen. Eine Sorgenart, die jeder Geschäftsmann gerne erlebt, denn in der letzten halben Stunde wurde er doch stärker frequentiert, das Geschäft lief. Die Nachfrage wurde durch das angenehme Sommerwetter gefördert. Maracuja war bereits ausgegangen, von Vanille nur noch ein bescheidener Rest vorhanden. Es war heute ein Maracuja-Vanille-Tag. Man konnte es in der Vorbereitung niemals so genau austarieren. Die Disposition, das Bereitstellen der richtigen Tagesmenge, das war das Schwierigste an diesem Geschäft. Wenn die Nachfrage nach Maracuja so anhielt, würde er seine Frau anrufen, damit sie noch etwas vorbeibringen konnte.

Aber kurios, dieses ganze Getue mit diesen städtischen Bediensteten. Das war etwas mit Seltenheitswert, etwas, das man nicht alle Tage erleben konnte. Am liebsten hätte er die Szene mit seiner Videokamera festgehalten. Er konnte es sich aber nicht leisten die Kunden wegen ein paar beschissenen Videoaufnahmen warten zu lassen - statt <beschissen> hatte er den entsprechenden, ebenfalls kräftigen italienischen Ausdruck benutzt.

Er tippte als Begründung für diesen Massenauflauf von Reinigungsbeauftragten auf einen bevorstehenden Staatsbesuch.

Doch die Typen Kehrer, Instandsetzer, Touristen und Gaffer knauserten. Nicht einer von ihnen war bisher an seinem Stand erschienen, um sich ein Eis zu gönnen. Zumindest im Vergleich zur Anzahl der kaufbereiten Touristen befremdete das den „Fliegenden Geschäftsmann".

„Hier der Kapitän an Fischzug. Alle herhören. In zehn Minuten dürfte die Äcktschen starten. Vergleichen sie die Uhren, es ist - Achtung - sechzehn Uhr und 51 Minuten.

Die beiden Monteure in ihrem Korb unter der Bogenlampe waren mit ihrer Reparatur immer noch nicht zu Rande gekommen. Im Gegenteil, sie hatten es noch nicht einmal fertiggebracht auch nur die Abdeckung der Leuchte abzunehmen.

Im nicht klimatisierten Führerhaus, tief unter ihnen, schwitzte Schigulla und noch mehr der junge Techniker hinter ihm. Schugulla nahm es als willkommene Gelegenheit etwas gegen sein Übergewicht zu tun. In der Sauna hätte er nicht mehr Pfunde ausschwitzen können. Sein Taschentuch, mit dem er die Körperflüssigkeiten von Zeit zu Zeit abwischte, war vollkommen durchnässt. Es fühlte sich jetzt kühl an. Wenigstens das.

Der junge Techniker empfand seine Lage als echte Zumutung. Schigulla hatte zwar im Vorfeld von einer echten

Herausforderung gesprochen. Doch echt war an dem Ganzen nur sein Schweiß.

Bemerkenswert lange hielt sich der Touristenführer mit seiner Gruppe auf der Freitreppe des Theaters mit Einzelheiten aus der Kulturgeschichte der Stadt auf. Seine Zuhörer standen nun schon seit beinahe 45 Minuten unbeweglich, wie angewurzelt, auf der gleichen Stelle. Wäre ein gewöhnlicher Besucher dabei gewesen, er hätte leicht feststellen können, dass der Führer bereits zum dritten Mal die gleichen Geschichten wie in einer Litanei aufzählte. Über Pointen konnte sowieso keiner lachen, nicht einmal schmunzeln. Auch schon beim ersten Mal nicht. Es war alles so, wie es ein Polizist auswendig gelernt und trocken vorgetragen hätte. Als Touristenführung hätte der keine Karriere gemacht.

Vor der Ampel, hinter dem Reparaturfahrzeug für die Straßenbeleuchtung, überquerte ein junger Mann die Straße. Es hätte ein Student sein können, aber die Wahrscheinlichkeit war größer, dass er mit seiner Vorbildung doch noch nicht so weit gekommen war. Er trug in der rechten Hand einen schwarzen Koffer, so wie ihn die Piloten auf ihren Arbeitsreisen mit sich tragen.
Einer der immer noch unter der reparaturbedürftigen Lampe vorhandenen Zuschauer, die offensichtlich alle auf eine Sensation bei der Überholung der Bogenlampe warteten, wischte sich nun ebenfalls das Nasensekret in den Ärmel. Wie bei einem Selbstgespräch sprach er in das verdeckte Mikrofon: *„Wird gemacht, Taschenträger genau beobachtet."*

Schigulla sah den jungen Mann auf seinen improvisierten Kommandostand zukommen.

Der junge Mann verlangsamte seine Schritte, schaute in die Richtung des Eisstandes, dann auf seine Armbanduhr, trollte sich weiter und blieb dann ausgerechnet im Schatten der Kommandozentrale, neben dem Kranwagen stehen. Direkt unter den Augen Schigullas, des Kapitäns.

Schigulla hatte die Bestätigung erhalten, dass der Mann eine Pilotentasche bei sich führte. Er flüsterte in sein Mikrofon, dass das Objekt direkt in seiner Nähe, sozusagen in seinem Schatten, offenbar Zeit zu vertrödeln beabsichtige.

Dabei hatte weder der junge Mann noch Schigulla von der fehlgeschlagenen Geldübergabeaktion erfahren. Was bei dem jungen Mann wie selbstverständlich war, aber eine empfindliche und fahrlässige Wissenslücke beim Polizeichef bedeutete. Persönlich hatte er angeordnet Funkstille zu bewahren. Er durfte gemäß seinem Befehl nur kontaktiert werden, wenn sich wichtige Neuigkeiten aus der Telefon-Abhöraktion ergeben sollten.

Gerade hatte der Oberkehrer seine Beobachtung bestätigt und noch einmal die Einsatzbereitschaft seiner eigenen und auch der Unterkehrer bestätigt. So gefiel es Schigulla. Alle tanzten nach seiner Pfeife. Er hatte das Heft in der Hand. Es würde keine zehn Minuten mehr dauern, dann würde er sich eine weitere Medaille anheften können, zunächst einmal virtuell. Er würde zumindest auf soundsoviel Lobesreden ehrenvoll erwähnt werden. Letzteres schätzte er höher ein, denn das ging durch die Presse und man würde wieder mehr und mehr Interviews von ihm verlangen - und abdrucken. Mit seinem Konterfei. Ja-ja, aber sicher.

„Falke an Kapitän! Bitte melden!"

Ein Mann aus dem Montagekorb über Schigulla wollte gehört werden.

„Hier Kapitän. Was gibt´s?"

„Ein anderer junger Mann überquert gerade die Straße. Er windet sich mitten durch den fließenden Verkehr. Links von Ihnen."

Schigulla schaute in die angegebene Richtung und konnte gerade noch mitbekommen, wie besagter junger Mann hinter seinem Fahrzeug, mit seinem Kommandostand, vorbeiging. Tatsächlich, er hatte eine Tasche dabei, aber keine Pilotentasche.

„Kapitän an alle - Kapitän an alle. Achtung ein Taschenträger betritt den Platz. Es ist nicht der Gesuchte. Entwarnung. Nicht eingreifen."

Wieder wischten sich einige ihre verschnupften Nasen. Alle und immer wieder in die gleiche Stelle vor der linken Schulter. Bei dem Gedanken an das Resultat konnte man nur <Pfui Deibel> sagen.

Der Oberkehrer murmelte, dass es einer eilig hatte, seine Eisportion zu kaufen.

Der erste und geschätzte echte Taschenträger stand noch immer im Schatten des Führerhauses. Seine Tasche hatte er neben sich abgestellt. Er sah den <Kollegen> mit der Tasche, einer Nichtpilotentasche, der jetzt in Richtung Eisstand marschierte. Dachte sich aber weiter nichts dabei.

Schigulla überlegte einen Augenblick, ob er nicht doch jetzt persönlich zugreifen sollte. Er lächelte bei dem Gedanken, dass er eigentlich nur aus dem Fenster zu langen brauchte und schon hätte er den Kerl am Wickel. Aber er verwarf die Idee so schnell wie sie gekommen war. Er - ja sie alle - wollten ja nicht nur diesen Kofferträger erwischen, sondern nach Möglichkeit auch seine Hintermänner oder Auftraggeber. Schließlich hatte die bisher laufende Abhöraktion keine weiteren verwertbaren Erkenntnisse gebracht. Alles, was er wusste, und das schien natürlich auch das Ausschlaggebende zu sein, war, dass seine Intervention jetzt um fünf Uhr starten würde. Er zweifelte nicht am Erfolg. Bei diesen gewissenhaften Vorbereitungen, bei der eingesetzten Personalmasse, bei dieser generalstabsmäßigen Planung. Wieder lächelte er, wenn er an den doch reichlich naiven Entführer dachte, der seine Forderungen und seine Pläne per Festnetztelefon weiter- und damit auch bekanntgab. Also würde man alles daransetzen, die Hintermänner kennenzulernen und zu fassen.

Der <fremde>, unbekannte, in keiner Liste aufgeführte Kofferträger, war am Eisstand angekommen. Er würde sich jetzt ein Eis bestellen, bezahlen und mit einer ihm zugeschobenen Tasche weiterwandeln.

Schigulla wurde plötzlich hellwach.

„Achtung an alle - Achtung an alle, den Taschenträger am …"

Weiter kam er nicht. Der Befehl erstarb auf seiner Zunge. Der Bursche hatte die Tasche doch tatsächlich vor dem Eisstand abgestellt und flitzte unmittelbar darauf, ohne das telefonisch angekündigte Eisgeschäft abzuwarten. Er flitzte mehr oder weniger in die Richtung, aus der er gekommen war. Das heißt auch mehr oder weniger auf die Leitstelle Schigullas zu.

„Achtung an Zuschauer - äh, an die, an alle Fischer - den Fliehenden festhalten, Personalien überprüfen."

Beinahe wäre es zu spät gewesen, der Kerl war flink und die <Fischer/Zuschauer> erwischten ihn gerade noch so, indem einer von ihnen seinen Fuß hinhielt. Der Fliehende flog förmlich darüber und legte eine recht unsanfte Landung hin.

Unterdessen eilte der Eisverkäufer aus seinem Unterstand, lief schnell nach der Vorderseite seines Geschäftssitzes, schaute auf die Tasche und spurtete nun seinerseits fast in die gleiche Richtung, die der Kurier genommen hatte.

Schigulla rief in sein Mikrofon „Achtung ..." Doch auch jetzt erstarb wieder der Rest der beabsichtigten Anweisung, weiter kam er nicht mehr. Eine beeindruckende Explosion zerriss teilweise den Eisstand und schleuderte einen Großteil davon, meist in Form bescheidener Trümmerteile, auf die Querstraße.

Alle Kehrer gingen unaufgefordert liegend in Deckung. Auch die Touristen lagen in weiterhin geordneter halbkreisförmiger Formation um ihren Führer. Bei einigen sah es so aus, als würden sie andächtig die Verbundsteine küssen. Einer allerdings lag auf der Seite, er blutete am Kopf.

Schigulla hatte es zunächst die Sprache verschlagen. Kein <Achtung> und keine Einsatzbefehle erreichten mehr die Zuschauer am Boden oder die Falken über ihm. Die jetzt für etwaige hartgesottene Zuschauer auch nicht mehr sichtbar waren. Der Korb schien verwaist. Diente aber als Deckung.

Dem jungen Mann, mit seinem Pilotenkoffer an der Seite, klappte Sekunden nach den überraschenden Ereignissen, der Unterkiefer herab. Nach weiteren drei Sekunden beschloss er die Fliege zu machen. Er hechtete zwischen den Autos über die Straße, was kein Problem darstellte, denn alle standen nun still. Auch sein Gepäckstück ließ er schmählich im Stich. In jedem Augenblick seines Spurts erwartete er ein ähnliches Ereignis hinter seinem Rücken. In seiner Panik dachte er nicht mehr daran, dass dies eigentlich gar nicht gehen konnte, denn alte Zeitschriften hatten weder das

Potential noch die Eigenschaft eine zerstörerische Explosion auszulösen. Und er hatte doch die Tasche eingehend inspiziert. Zu seinen Gunsten sprach, gelobt sei die Vorsehung, dass alle Autos mittlerweile zum Stillstand gekommen waren. Ohne Schaden und ohne Beeinträchigung seiner körperlichen Unversehrtheit erreichte er die andere Straßenseite.

Schigulla schaute ihm zunächst noch nach, wollte einen Befehl geben. Doch dann dachte er an die Tasche, die jetzt vor seinem Befehlsstand stehen musste und dass diese jederzeit ebenfalls hochgehen konnte.

„Nichts wie raus", rief er. Dieser Befehl oder vielleicht nur Aufforderung, galt zunächst ihm selbst aber fairerweise sei gesagt, dass sich auch der junge Techniker auf der Rückbank angesprochen fühlte.

Schigulla rannte mit seinem Übergewicht zunächst in Richtung Verkehrsampel.

Einer seiner designierten Zuschauer rief ihm nach: „Wohin so schnell, Chef?"

Schigulla brachte seine Fluchtgeschwindigkeit auf null. Bereits schwer atmend schaute er zu dem Frager hinüber und erkannte ihn als einer der Seinen.

Dann schnauzte er: „Befehl, Platz räumen und absperren. Befehl weitergeben. Ach, und noch etwas. Am Kranwagen, an meinem Befehlsstand, steht noch eine Kofferbombe. Keiner nähert sich."

Der Angesprochene, selbst noch unter dem Eindruck der Explosion, schaute seinem Chef verwundert nach. Raffte sich dann aber auf und rief in sein Mikrofon: „An alle. Chef Schigulla befielt Platz räumen und absperren, ich wiederhole ..."

Niemand, nur die beiden Falken im Korb über dem

Befehlsgeber hatten seine laut gesprochene Anweisung mitgehört. Alle anderen Geräte blieben stumm. Denn nur im Kommandowagen konnte man eine Schaltstelle aktivieren, um alle Empfänger zu erreichen. Trotzdem setzte eine Absetzbewegung unter den Touristen ein. Auch die Kehrer verschwanden hinter ihrem <Firmenwagen>.

Nur die <Falken> hatten Probleme. Sie waren zwar von unten nicht mehr in ihrem Nest - sprich Korb - zu sehen. Aber sie waren noch oben. Unten war niemand da, der den entsprechenden Hebel im Führerstand bedienen konnte. Und selbst rätselten sie jetzt, welcher der außen am Korb angebrachten vielfachen kleinen Hebel für eine Abwärtsbewegung zuständig sein könnte. Die beiden Falken diskutierten jetzt zunächst einmal das Risiko aus, den Kopf über den Korbrand zu schieben, um dann nach den angebrachten symbolischen Hinweisen den Kran zu bedienen. Sie kamen zu dem Schluss, dass sie sicherer waren, wenn sie weiterhin im Korb in Deckung blieben. So tat sich oben zunächst nichts. Und Schigulla hatte sie schlicht vergessen.

Vorerst war von ihm nichts mehr zu sehen. Die Taschenbombe wollte aber auch nicht explodieren. Ein erster Streifenwagen kam und sie erkannten Schigulla neben dem Theater. Von jetzt an durfte er wieder aktiv das Kommando übernehmen.

Über die Notfrequenz konnte er nun einige seiner Leute erreichen, die wiederum seine Anweisungen weitergeben konnten.

Eine Ambulanz fuhr vor, scherte sich, trotz Protesten der Kehrer nicht um deren Sorgen und fuhr auf den Platz, wo jetzt zwei blutende Verletzte zu versorgen waren.

Auf weitere Anweisungen von Schigulla, wurde das

Bombenentschärfungskommando herbeibeordert. „Inklusive Roboter".

Mittlerweile, es war zwanzig Minuten nach fünf, war der Platz tatsächlich vom Publikum geräumt, der Notarztwagen fuhr gerade weg. Eis gab es sowieso nicht mehr zu kaufen.

Kurz nach halb sechs kamen die Spezialisten für die Räumung von Bomben und Sprengstoff.

Gegen viertel nach sieben war dann der Roboter endlich am Manipulieren bei der Pilotentasche. Es hatte etwas länger gedauert. Eine Batterie musste erst ausgewechselt werden. Schigulla schäumte. Er hatte endlich eine Zieladresse, um seinen angestauten Frust abzureagieren.

Doch das mit dem Frust sollte für diesen Tag noch nicht alles gewesen sein.

Schon um halb acht stand fest, dass es keine Bombe zu entschärfen gab. Auf dem Monitor konnten die zuständigen Beamten nur Zeitschriften erkennen, nichts als Zeitschriften. Monatealte Zeitschriften. Sie verständigten Schigulla.

Dann stellten sie den Roboter ab. „Abtransportieren", kam von Schigulla der Befehl. Trotzdem waren zu seinem großen Verdruss von einer Reportermeute Fotos geschossen worden. Und, obwohl er mit allen Mitteln Fernsehreporter vom Geschehen fernhalten wollte, gab es plötzlich überall Kameras.

Er wurde wegen eines Interviews angesprochen. Doch, er bat, mehr knurrend, um Verständnis. Dafür habe er jetzt keine Zeit. Die Sache begann peinlich zu werden.

Sprengstoffexperten sammelten Spuren vom Platz und der mittlerweile großräumig vollständig gesperrten Straße.

Auf dem Präsidium bemühten sich derweil Verhörspezialisten von den beiden Italienern, der Eisverkäufer war auch *gebeten* worden mitzukommen, Näheres über und wegen der Explosion zu erfahren. Natürlich wussten beide von nichts.

Der Koffertransporteur behauptete sogar, dass er überhaupt keine Tasche abgestellt habe. Er warf den Polizisten Nazimethoden vor. Sie seien Rassisten und würden ihren Sadismus an ihm, an einem Unschuldigen - innocente - auslassen. Leider war er der deutschen Sprache nicht so richtig mächtig und ergänzte Sprachlücken mit Brocken aus seiner Muttersprache. Und eine Bombe - „das isse das Erse wase iche darüber hören."

„Bin ich doch nix Bombenbaseler."

Und Mafiosi? „Iche nixe kennen Mafia, iche nix wissen."

Schigullas letzte Hoffnung beruhte noch darauf, dass er bei eingehender Untersuchung des intakten Pilotenkoffers und den Zeitschriften noch Hinweise auf Verbrechen finden würde.

Seine Experten mussten ihn in einer schwierigen und lautstarken Sitzung davon überzeugen, dass die Zeitschriften aus Wartezimmern von Arztpraxen stammten. Fingerabdrücke ja, aber dann wahrscheinlich von einem Gutteil der Stadtbewohner.

Bennos Trumpf

Der Entführer würde anrufen. Noch heute anrufen. Dessen waren sie sich in ihrer kleinen Versammlung im Wohnzimmer sicher. Wenigstens konnten sie sich jetzt auf das Kommende konzentrieren und mit ruhigeren Nerven dem weiteren Geschehen entgegensehen. Sie waren sich nach einer Aussprache im Salon einig, dass sie zwar noch keine wirksame Möglichkeit besaßen zu agieren. Aber sie waren auch nicht mehr so elend hilflos, angesichts einer unsichtbaren Person, von der sie nichts Näheres wussten. Von der sie, dem Eindruck nach, nach Belieben hin- und hergeschubst werden konnten.

Benno-Boss hatte noch doziert, dass er jetzt den Entführer zwar nicht persönlich kannte, aber ihn wenigstens in seinem Seelenleben teilweise durchschaute, sein Vorgehen einschätzen konnte - könne. Das würde hilfreich sein, wenn es um die Steuerung oder sogar Kontrolle der weiteren Abläufe ginge.

Er nahm sich vor, diesen Mann nicht vor den Kopf zu stoßen. Ihn auch nicht erkennen lassen, dass er durchschaut ist. Er wollte sich, zumindest für den Augenblick, keineswegs als überschlauer Besserwisser aufspielen.

Auch seine Frau und Richard bedrängten ihn seine Impulse unter Kontrolle zu halten. Das könnte sonst eine Radikalisierung zur Folge haben. Der Entführer könnte sich in die Enge getrieben fühlen, in eine Schmollecke zurückziehen. Danach würde auch Benno, bei aller Psychologie, keine größere Einflussmöglichkeit mehr haben. Der Entführer könnte dann - wie beispielhaft bereits einige Male angedacht - eventuell auch wie ein waidwundes, in die Enge getriebenes, wildes Tier reagieren und in einem solchen Zustand wäre dann alles möglich. Aus einem pflegeleichten Menschen könnte dann doch eine Bestie entstehen. Eine menschliche Bestie, die dann nur noch an das eigene Überleben denken würde.

Also, so dozierte Benno schließlich, würde er sich bei Anruf möglichst nichts von seinem Wissen entlocken lassen. Und, der Anrufer sollte, ja er durfte auf keinen Fall provoziert werden.

Hinter dem Übergang zur Küche litt besonders die Köchin mit ihren Herrschaften. Dann bekam sie Anweisung Tee zu servieren. Erleichtert ging sie flink zur Sache, um den Auftrag u so freudiger auszuführen. Das erkannte sie. Da lag Entspannung in der Luft.

Eine Entwicklung zum Verzweifeln

Das rot gekennzeichnete Handy begann mit seiner bekannten Standard-Melodie. Alle hatten den Anruf auf dem Festnetz erwartet. Jetzt schauten sie sich zunächst verwundert an. Schließlich griff sich Benno-Boss das Gerät und drückte auf Empfang.

„Benno-Boss?"

„Ich bin es ..."

„Ja?"

„Ein starkes Stück, das sie da in Szene gesetzt haben. So was wie Kamikaze." Der Entführer sprach mit auffallender Ruhe. Das musste nicht unbedingt Gutes bedeuten. Auch er hatte sich offenbar auf dieses Gespräch vorbereitet. Also dumm war er auch nicht.

Dann wurde es aber doch - man könnte es so ausdrücken: dass es für die Anwesenden spannender wurde. Die ankommende Stimme wurde lauter und schneidender.

„Sie sind ein Hasardeur. Sie spielen mit dem Leben ihres Kindes. Es scheint Sie nicht besonders zu interessieren, was mit ihm passiert. Ist ihre Frau bei Ihnen?" Was die Mithörenden nicht wissen konnten war, dass sich

Hermenegildo wieder seine Ansprache notiert hatte. Er hatte sie sogar in voller Lautstärke durchexerziert.

Mit der Frage nach Anne-Dörthe hatte niemand von ihnen gerechnet. Benno-Boss überlegte einen Moment, vielleicht gerade etwas zu lange, schließlich durchforstete er seine Gehirnregionen, um herauszufinden, wo da für ihn eine Falle aufgebaut werden konnte.

„Ich habe sie etwas gefragt", brüllte es aus dem Gerät und alle konnten es mit Leichtigkeit mitbekommen.

„Äh, ja, - **ja**."

Benno-Boss wusste auch durch psychologische Beratung und Schulung, dass er mit seiner mehr gestotterten Antwort erheblich an Boden, an Selbstsicherheit und Respekt vor dem Entführer verloren hatte. Im Handumdrehen hatte er seine befestigt geglaubte Stellung geschwächt, sich selbst seiner Deckung beraubt. Er hatte sich kleinlaut und verzagt angehört. Aber auch so, als wollte er sich einer Kooperation verweigern.

„Ich will sie sprechen."

Ratlos schaute Benno-Boss seine Frau an. Sollte er es ihr zumuten?

Entschlossen, ja eigentlich etwas zu entschlossen für Benno-Boss, griff seine Frau nach dem Handy, ja sie entriss es ihm förmlich.

„Ich bin die Mutter Jeremys. Was wollen Sie jetzt noch?"

„Moment Lady, zuerst begrüßt man sich." Ob das jetzt ernst gemeint war, konnte niemand ad hoc entscheiden. Sie hörten ja mit, aber beide Männer hatten sich noch nicht von ihrem Schrecken erholt. Würde Anne-Dörthe weitere, nicht wieder gutzumachende Fehler begehen?

Hermenegildo hatte seine letzte Bemerkung nicht vom Blatt abgelesen, es war ihm so herausgerutscht. Er zwickte sich in den Arm, sein Zeichen, dass er sich an seine selbst aufgestellten Vorgaben halten solle.

„Also gut, hallo."

„Schon besser. Jetzt zur Sache. Sind Sie nicht besorgt um Ihren Jungen?" - Anne-Dörthe wollte protestierend antworten. Doch der Entführer schnitt ihr die Initiative ab, ließ ihr keine Zeit zum Antworten.

„Das sollten Sie besser. Denn jetzt kommt es auf Sie an. Ihren Gatten scheint das Schicksal seines Sohnes ja nicht zu interessieren. Aber mit Ihnen habe ich zuerst gesprochen und auf die Konsequenzen hingewiesen, wenn Polizei eingeschaltet wird. Lassen Sie sich von ihrem Mann immer so herumschubsen? Wie kann er nur so grausam sein, Ihre Gefühle so zu missachten? Kurzer Sinn meiner langen Rede, das Leben Ihres Sohnes steht jetzt auf der Kippe. Und Schuld daran ist Ihr Mann, der es nicht lassen konnte, den Abenteurer zu spielen. Kann man sich auf diesen Mann überhaupt verlassen?"

Alle wussten, dass der Entführer und Erpresser es nun darauf angelegt hatte die familiäre Gruppe zu sprengen. So nach dem Motto - *teile und herrsche*. Und er fuhr ohne weitere Pause fort.

„Ihnen ist doch klar, was jetzt passiert? ..."

„... Mein Mann...", unterbrach ihn Anne-Dörthe.

„... sie haben mich nicht zu unterbrechen, kapiert?" Er hatte es sehr laut gesagt, eigentlich geschrien. Sofort bereute er auch wieder seine Überreaktion. „Ich habe jetzt eine Entscheidung zu treffen, Ihr Mann hat mich in eine ... also es sieht nicht gut aus für Ihren Sohn." Benno-Boss wollte das Handy wieder zurückhaben, doch seine Frau wandte sich ab.

Noch in der leichten Körperdrehung unterbrach sie ihn schließlich wieder ... „Hören Sie mir jetzt einmal zu ...“

„... einen Scheiß werde ich, Sie hören mir zu.“ Er hatte jetzt alle seine guten Vorsätze vergessen. Und er wusste sofort auch, dass er damit Trümpfe aus der Hand gegeben hatte, er hätte sich, einmal mehr, selbst in den Hintern treten können.

Doch er hatte sich auch in der Hartnäckigkeit einer entschlossenen Frau getäuscht.

„Drücken Sie sich gefälligst gewählter aus und kommen sie mir ...“

„... ich stelle Ihnen Bedingungen und nehme keine an. Ist das klar? So können Sie ....“

„... ich rede, wie ich es für richtig halte, wenn ich mit gewissenlosen Leuten rede und nun hören Sie mich an oder legen sie auf. Es liegt ja ...“

„... ich fass es nicht, ich soll Befehle annehmen?“

Alle spürten jetzt auch, dass er sich eine Blöße gegeben hatte. Hinter seinen Tiraden steckte ein empfindsamer Mensch. Einer der seine kriminelle Tat zwar gut geplant aber die Folgen und Unberechenbarkeiten auf dem Weg zum Erfolg nicht überblickt haben konnte, wahrscheinlich nicht einmal ansatzweise. Der hatte scheinbar das geforderte Geld im Geiste schon abgezählt und angelegt.

„... ich werde Ihnen keine Befehle erteilen, aber sie hören mich an. Ich habe ein Recht darauf...“

„... wieso ...“

„ ... ich habe ein Recht darauf gehört zu werden. Sie haben mit mir zuerst gesprochen, haben mir schreckliche Tatsachen mitgeteilt. Und nun müssen wir gemeinsam nach einer Lösung suchen. Sie sind das Problem dabei, nicht mein Mann oder wir im Allgemeinen. Sie sind es. Und deshalb will ich mit Ihnen reden, um zu sehen, ob Sie zu einer Lösung auch beitragen können, ob Sie nicht überfordert sind, ob Sie sich nicht übernommen haben mit dieser irrsinnigen und unseligen Entführung und Erpressung. Ob Ihr Gehirn überhaupt ansprechbar ist, anstatt nur so herumzubrüllen, ordinär zu sein ..."

„...Lady, sie überschätzen ..."

„...ich weiß nur, dass ich um das Leben meines Sohnes kämpfen muss und dass ich als Gegenspieler einen verkorksten Charakter habe, ein Weichei, einen Waschlappen, einen Menschen, der sich selbst nicht in die Gesellschaft einordnen kann, eine gescheiterte Existenz."

Benno-Boss schlug beide Hände vors Gesicht und auch Richard machte eine hilflose Geste mit seinen beiden Armen, so als stünde jetzt der Weltuntergang unmittelbar bevor.

„...lassen Sie ihre Wut auf die Gesellschaft nicht an meinem Kind aus. Dazu fordere ich Sie auf...."

„..."Forderungen ...?"

„... ich sagte Ihnen bereits, dass Sie mich anzuhören haben. Sie haben mich genug gequält und was Sie mit meinem Sohn gemacht haben, ist menschenverachtend. Haben Sie überhaupt eine Achtung vor einem Menschenleben? Was soll ich von Ihnen halten, wenn Sie es nur darauf abgesehen haben Mitmenschen zu quälen, um zu *Ihrem* Ziel zu kommen? Sie haben eine Forderung gestellt, haben Bedingungen genannt und wir sind in keinem Fall davon abgewichen, wir haben sie alle erfüllt ..."

„... dass ich nicht lache, und die Polizei heute ...?"

„... es gab keine Polizei. Sie waren doch in der Straße und haben die Ereignisse selbst verfolgen können." Das war zwar aufs Geradewohl spekuliert, aber Anne-Dörthe hatte ins Schwarze getroffen. - „Sie hätten es selbst merken müssen, dass da Blödmänner am Werk waren und keine Professionellen. Wenn es die Polizei gewesen wäre, dann sprächen wir jetzt nicht miteinander. Dann säßen sie nämlich im Knast. Ja, ja, es waren selbstherrliche Idioten und Arschlöcher aus dem Betrieb meines Mannes, die unbedingt glaubten, dass sie sich mit ihrer Aktion einen Sonderbonus verdienen würden. Danach ...“

„...Moment - Moment! Was sind das auf einmal für Ausdrücke? Es stünde einer Dame besser eine Mäßigung an. Aber was haben Sie da ...?"

„... ich habe klar und deutlich genug gesagt, dass da ein paar Arschlöcher, ja Arschlöcher, das wiederhole ich gern für Sie, einem Menschen der scheinbar nur eine solche Analsprache versteht. Sie haben mich nicht falsch verstanden. Die Männer waren aus der Sicherheitsabteilung, aus dem Betrieb meines Mannes, die auf eigene Faust gehandelt haben. Wer ihnen unser Problem gesteckt hat, wissen wir im Augenblick noch nicht. Aber sie können sicher sein, dass es harte Konsequenzen für diese ... na ja, ich sage es noch einmal, wenngleich es Ihnen nicht gefällt, für diese Arschlöcher geben wird. Reicht Ihnen das jetzt?"

„Und das soll ich Ihnen abnehmen?"

„Nehmen Sie ab was Sie wollen, glauben Sie was sie wollen, ich kann Sie ja nicht zur Aufnahme der Wahrheit zwingen. Aber so ist es gewesen und ich habe diesen Zwischenfall am meisten bedauert. Schließlich könnte ich jetzt wieder mein Kind ..." sie konnte nicht mehr. Sie war über sich selbst hinausgewachsen. Jetzt brach sie in Tränen aus, schluchzte laut. Hermenegildo hörte und spürte, dass hier kein Theater gespielt wurde. So harsch es ging sagte er: „Geben sie mir ihren Mann." In Wirklichkeit war er kurz davor alles hinzuschmeißen. Die Aktion abzublasen. Das ging ihm jetzt zu stark an die Nieren - wie er sich bei anderer Gelegenheit ausdrücken würde.

Anne-Dörthe reichte das Handy weiter, ohne aufzuschauen. Richard war es, der bemerkte, wie seine Schwester wankte. Er konnte sie gerade noch so auffangen. Sie wäre sonst hart gegen die Kante des niedrigen Tisches gefallen.

„Soll ich Ihnen glauben, wenn Sie mir bestätigen, dass es so gewesen ist, wie Ihre Frau es beschrieben hat?"

Benno-Boss war ebenfalls etwas verwirrt und verwirrt stellte er fest, dass er wirklich verwirrt war. Er versuchte sich zu fassen, aber die Tonlage seiner Antwort war nicht auf der Höhe seiner üblichen Selbstsicherheit.

„Ich hatte ein paar wichtige Leute in meinem Betrieb über den familiären Grund meiner zeitweisen Abwesenheit informiert. Ich hatte mir schließlich vorgenommen, mich voll und ganz Ihnen zu widmen. Irgendwie ist es weiter durchgesickert und der Sicherheitschef nahm sich der Sache an, unangemessen an, wie ich betonen möchte. Und dann baute er diesen Mist. Ich kann nur wieder sagen, wie leid es mir tut, wie sehr ich diese unautorisierte Aktion bedauere. Und als ihr Chef werde ich die einschlägigen Gesetze voll und ganz ausschöpfen, um sie nicht weiter in meinem Dienst zu belassen."

Den letzten Satz sprach er wieder mit der gewohnten Autorität."

„Mann, dann haben Sie wirklich Abenteurerarschlöcher in diesem Dienst. Gratuliere."

„Hören Sie mir bitte zu. Kein weiterer Sarkasmus mehr. Lasst uns die Angelegenheit doch jetzt schnell zu Ende bringen."

„Von mir aus - o.k., sagen wir mal, es wäre angebracht."

„Also. Wie geht es weiter?"

Die Stimme des Entführers hatte keinen Befehlston mehr. Es ging jetzt mehr in einem geschäftsmäßigen Ton weiter.

„Lassen Sie es mich einen kurzen Augenblick überlegen. Die Situation ist ja auch für mich neu - vorausgesetzt Sie sagen die Wahrheit."

„Mann, weshalb sollte ich Ihnen etwas vormachen? Ich habe sogar einem guten Bekannten, dem Polizeichef gedroht, ihn vor Gericht zu bringen, wenn er sich in die Situation einmischt. Er sprach mich nämlich an und wollte absolut nach polizeilichem Ermessen den Fall übernehmen. So, jetzt wissen Sie mehr, als ich eigentlich verantworten kann. Woher er die Information über die Entführung hatte, weiß ich auch nicht. Vielleicht haben Sie sie ihm ja gesteckt. Also weshalb sollte ich Ihnen etwas vormachen? Sie haben meinen Sohn, Sie stellten Bedingungen, die wir alle akzeptiert haben und nun wollen wir es zu Ende bringen. Unter einer Bedingung, die *ich* stelle: Meinem Sohn darf nichts passieren - nichts weiter passieren", verbesserte sich Benno-Boss schnell, bevor der Entführer Lunte riechen konnte, dass seine Video-Manöver durchschaut waren.

„Ich glaube, dass ich unter den neuen Voraussetzungen diese Bedingung akzeptieren kann."

„Das erleichtert mich. Ich bin immer für eine klare Aussprache zwischen Männern, aber ich kann auch nur noch einmal das bestätigen, was auch schon meine Frau gesagt hat. Es wird für manchen Mitarbeiter in meinem betrieblichen Sicherheitsdienst hart werden. Sehr hart."

„Wir halten die Uhrzeit und den Ablauf für Morgen ein, so wie es für Heute vorgesehen war. Und, legen sie ihren Dienst an die Leine, sonst wird es wirklich kritisch für ihren Sohn. An meinen Forderungen hat sich nichts geändert."

„Damit habe ich auch nicht gerechnet. Aber warum können wir es nicht am Vormittag durchziehen?"

Hermenegildo überlegte kurz und lehnte dann ab. Es hätte zumindest zu Schwierigkeiten mit der Blumenfrau kommen können. Er brauchte noch etwas Zeit, damit die Details stimmten. Er hatte ja noch zu organisieren.

„Kann ich den Tee bringen"? fragte die Köchin.

Genau den konnten sie jetzt gebrauchen und erleichtert nickten alle fast gleichzeitig.

Benno-Boss beugte sich zu seiner Frau und küsste sie auf die Stirn und Augen.

„Das war ganz große Klasse. Entschuldigung, wenn ich dir das nicht zugetraut hatte. Zumindest nicht in deiner gegenwärtigen Verfassung. Ich ziehe meinen Hut - chapeau!"

„Wir sollten uns bemühen die kommende Nacht einmal wieder zu schlafen. Wie es den Anschein hat, ist Jeremy in Sicherheit und, ich wage es auszusprechen, nicht in schlechten Händen. Die kriminalistische und die juristische Seite lasse ich dabei einmal ganz bewusst ausgeklammert."

„Es dürfte auszuschließen sein, dass der Kerl vor morgen Nachmittag noch einmal anruft.“

Darin waren sie sich einig.

Die Dame des Hauses hatte scheinbar die richtigen Worte mit dem Entführer gefunden. Die Kuh war noch nicht vom Eis, aber das Eis war wesentlich tragfähiger geworden. Die Gefahr für Jeremy hatte sich substanziell zum Besseren gewandelt.

Während sie den Tee schlürften, hing jeder so seinen Gedanken nach. Es wurden keine weiteren Worte mehr gewechselt.

Schigullas ungezügeltes Temperament

Es war schon spät am Abend. Schigulla ließ sich über die Fortschritte bei der Verhörung der Jungs im Zusammenhang mit der Explosion rund um den Eisstand informieren. Auch er neigte jetzt zu der Erkenntnis, dass dieser Rums nichts mit der Entführung zu tun hatte. Das hieß nicht, dass er überzeugt war. Es konnte aber trotzdem gut sein, dass der Zufall die Hauptrolle spielte. Keiner der beiden Verdächtigten schien etwas über einen zweiten Koffer zu wissen. Dabei jammerte der Eismann ständig über den Verlust seines Standes, seiner Existencia.

„Mafia?"

„Ich keine Mafia, ich nix Mafia. Ich guter Eisbekaufer, gute Eis, italienisch Eis. Kunden immer zufrieden. Gute *Qualitate*."

Keiner hatte auch etwas über eine Entführung gehört. Diese Feststellung schien absolut belastbar.

„Was sie wolle mir anhänke? Ich nix Entführer. Ja?"

Allerdings stellte sich bei Schigulla die Überzeugung ein, dass der Überbringer des Pilotenkoffers selbigen, vor dem Abstellen am Kommandostand, beziehungsweise, wie geplant an der Eisbude, ausgeräumt hatte. Geld raus und Zeitschriften rein.

Seine Fachleute berichteten noch am gleichen Abend, dass sie nicht die geringste Spur von Sprengstoff an oder im Koffer gefunden hätten. Eine ganze Menge von Fingerabdrücken ja, aber keine Spuren von Chemikalien. Lediglich die üblichen chemischen Rückstände, wie sie beim Herstellen von Leder und Farbe Verwendung finden.

Schigulla philosophierte. Der Gelackmeierte würde sein Freund Benno-Boss sein - nun ja, so weit wollte er seine Verbindung mit ihm doch nicht umschreiben. Das Geld und die Aktien waren jedenfalls verschwunden. Für Schigulla war klar: Der Kurier wollte eine bis obenhin angefüllte Tasche, mit wertlosen Papierfetzen alter Zeitschriften gefüllte Tasche, beim Italiener abgeben. Das Geld hatte er vorher in Sicherheit gebracht. Ganz schöner Reinfall. So musste es kommen, wenn man die kompetente Mitarbeit der Polizei verweigerte und auf eigene Rechnung mit Schwerstkriminalität klarkommen will. Er nahm sich vor dieses Thema irgendwann in zwangloser Form noch einmal mit Benno-Boss durchzusprechen. Dann würde er innerlich triumphieren. Würde aber in aller Form seinem Freund das aufrichtige Bedauern und Mitgefühl ausdrücken. Nun ja, scheinheilig würde das schon sein- Aber was soll's, man kann im Leben nicht alles haben und das auch noch gleichzeitig. Ein so alter wie blödsinniger Spruch.

Wieder und wieder sinnierte er über den Vorfall. War der nicht doch noch in eine vorteilhaftere Verbindung mit der Lösegeldzahlung zu bringen? Hatten die großen Fische der Mafia die Sache in der Hand? Wussten sie vom Verschwinden des Geldes und wollten sich dafür rächen? Vielleicht hatten sie sich nur in der Uhrzeit geirrt, der Bomber war zu früh gekommen? Diese Überlegung deckte sich aber nicht mit der Chronologie des wahren Geschehens. Die

Mafiosi hätten das Risiko eingehen müssen, dass sie das Geld in die Luft blasen würden. Aber - wenn es ein Racheakt werden sollte, wieso ...? ....?

Morgen werde ich darüber nachdenken. Für heute reicht´s. Das Verwirrende an seinen Gedankengängen hatte ihn ermuntert an seinen verdienten Feierabend zu denken.

Jedenfalls war das Geld fort und eine gewisse Schadenfreude überkam ihn. So sollte es einem ergehen, wenn man in einem Schwerstkriminalfall die Hilfe der Polizei verweigert. Jede Wiederholung dieses Gedankens bereitete ihm immer wieder Genugtuung. Dann nahm er sich vor, diesen Benno-Boss hier und jetzt anzurufen und ihm seine Meinung zu geigen. Ihm seine Nase direkt in den Morast zu drücken, den er sich selbst angerührt hatte.

Oder sollte er nicht doch noch einmal darüber schlafen?

Ob sein Junge wieder frei ist? Wenn nicht, würde er keine Sekunde zögern die Sache in die Hand zu nehmen. Das war auch seine vor dem Gesetz verdammte Pflicht und Schuldigkeit. Dieser feine Herr musste dann einfach kooperieren.

Und wenn er sich weigert?

Scheiße, er konnte ihn ja nicht zu einer Aussage pressen.

„Ihr habt 24 Stunden Zeit aus den Kerlen mehr als nur Schrott herauszukriegen. Sind die Anfragen an die italienische Polzei, Interpol und Europol schon raus?" Mit diesen Anweisungen und Fragen begann er dann doch seinen gefühlten Feierabend.

Er glaubte sich ausgelaugt. Morgen würde er die Widersprüche, auch die in seinem eigenen Kopf, auflösen - überdenken und auflösen.

Schigulla gähnte. Dann benötigte er einen weiteren Moment, um aus dem Chefsessel hochzukommen.

Schließlich beschloss er doch noch einmal bei den Verhörenden vorbeizuschauen. Durch den großen Spiegel, der nur einseitig transparent war, sah er, und über eine besondere Leitung hörte er was sich gerade abspielte. Und was er hörte, war nicht danach eben seinen Feierabend weiter hinauszuschieben.

„... Zigarette."

„Hier wird nicht geraucht."

„Nix rauchen, nix sprechen ..."

Dann ging Schigulla wieder.

Zu Hause bei Hermenegildo

Gerlinde begrüßte ihren jungen Gast herzlich wie schon üblich. „Ab ins Bad und dann Frühstück. Was soll′s heute sein? Eier mit Speck oder mit Schinken?"

„So wie gestern, aber ich will dabei sein, wenn du es zubereitest."

„Du gibst einmal einen Ehemann für eine beneidenswerte Frau. Deine Mutter, das kann man erkennen, verwöhnt dich nicht gerade."

„Zum Kochen sollte sie mal bei dir in die Lehre gehen. Ich werde es ihr vorschlagen. Sie behauptet, dass sie dazu zwei linke Hände habe. Papa rümpft immer die Nase, wenn sie einmal tatsächlich kocht. Dann macht sie meistens Spagetti. Die Tomatensauce kommt dann aus dem Supermarkt."

Hermenegildo stand plötzlich hinter seiner Frau.

„Was hältst du junger Mann, davon, wenn wir für deine Mutter ein paar Rezepte verfilmen. Sie kann sich die DVD ansehen und dabei kochen lernen. Ist doch sicher auch interessant. Und nebenbei bringe ich dir noch ein paar Tricks zum Filmeschneiden bei."

„Abgemacht. Schlag ein."

„Die beiden Männer besiegeln ihre Freundschaft auf ihre Weise", sagte Gerlinde lächelnd.

„Ich habe dir auch ein paar frische Strümpfe gekauft, 'ne Unterhose und ein Polohemd. Ich hoffe sie passen dir. Was du am Leib trägst, wird heute gewaschen. O.k.?"

„Mann, du bist ein echt guter Freund. Ich habe mir schon Sorgen gemacht wegen des Geruchs, den ich mit meinen ungewaschenen Klamotten verbreite. Ich will ja nicht, dass es euch schlecht wird."

„Also ab ins Bad."

Hermenegildo schaute seine Frau an. „So einen Jungen hätten wir doch auch ganz gerne."

„Ist ja noch nicht aller Tage Abend. Unfruchtbarkeit muss heutzutage kein endgültiges Urteil mehr sein. Es hängt halt viel weniger am lieben Gott als so gut wie alles am lieben Geld."

Viertel vor neun stöhnte der uniformierte Diensttuende hinter dem Tresen auf. Charlotte und Christine waren hereingerauscht. Und schon ging es ohne Begrüßungszeremonie los:

„Nun, werden sie uns diesmal wieder abweisen? Irgendwelche Ausreden finden?"

„Unser Junge, unser Jeremy, ist immer noch nicht zurück. Sie müssen was unternehmen."

„Ja, jetzt müssen Sie was unternehmen."

Und das sollen Schwestern sein? Die eine mehr dürr und lang, die andere gestaucht und sicherlich mit verdächtigen Leberwerten. Die Bohnenstange war angemalt wie ein verkleistertes Kunstwerk. Schicht auf Schicht. Der Polizist machte sich so seine Gedanken. Es war so eine Art Steckenpferd von ihm, das er sowohl im Dienst als auch in seiner Freizeit ritt. Er hatte schon so allerhand gesehen.

Um noch ein Weilchen länger die beiden Furien einschätzen zu können, sie verstohlen beobachten zu können - weniger dienstlich, eher aus privater Neugier - schützte er eine wichtige Arbeit vor. Die müsse er zuerst zu Ende bringen. Es sei wichtig. Die beiden Damen möchten doch einen kleinen Moment Platz nehmen. Es dauere nicht lange und er bedauere ...

Wie in der Psychologie üblich gab er seinen Personen Kunstbezeichnungen, Kunstnamen, die aber über ihr Aussehen und Verhalten diesen nahe kommen sollten. Die Kenntnisse darüber hatte er sich über einschlägige Bücher angeeignet. Die Lange, Dürre hatte zwar das Aussehen einer Bohnenstange, aber solch bunt bemalte Bohnenstangen gab es ja in der Natur nicht. Trotzdem blieb er dabei. Es war ihm auch vor ein paar Minuten schon spontan eingefallen.

Die andere? Nilpferd wäre übertrieben gewesen. Er entschloss sich für das Synonym fette Ratte. Beide waren sich einander zugetan wie zwei reaktionsfreudige Chemikalien. Ständig lagen sie irgendwie im Clinch. Sie kamen sich in die Wolle wegen jeder Kleinigkeit. Sie lebten den Gegensatz an sich. Sie waren wie Feuer und Wasser einerseits, aber andererseits wäre die eine ohne die andere offensichtlich nicht lebensfähig. Insofern fand der Beamte, war der Vergleich völlig unzutreffend.

Fette Ratte und Bohnenstange ...

„Nu, Meister, wann soll es dann weitergehen?" Es war die fette Ratte.

Die Pflicht rief. Das Hobby musste warten.

„Wer ist nun die Mutter?"

„Sie behandeln uns wie Alleinerziehende. Wir sind eine seriöse Familie. Beginnt man nicht mit der Frage nach dem Vater?" Die Bohnenstange hatte gesprochen.

„Meine Damen, ich darf sie aufklären, dass dies nicht mein erster Fall ist, zu dem ich Aufklärung betreibe. Also, wenn sie bitte gestatten, dass ich höchstpersönlich über die Reihenfolge der Fragen entscheide."

„Na, dann bin ich mal gespannt."

„Ich auch."

„Vollständiger Name, Geburtstag, seit wann ist er verschwunden ..."

„...Hat er nächste Woche. Am 14."

„Und das heißt doch wohl, seit wann er vermisst wird."

„Am 14. Juli."

„Geboren!"

„Danke, dann wäre das ja schon mal geklärt."

„Weiter, weiter, weiter."

„Name?"

Beide Frauen ratterten im Gleichklang. Trotzdem war für den Wachtmeister erst nach dem dritten Anlauf verständlich, welcher Name er aufschreiben konnte.

„Wenn ich mir eine Frage erlauben darf: Finden sie nicht, dass wir diese Vermisstenanzeige etwas beschleunigt behandeln sollten?"

„Wenn sie meine Arbeitsweise kritisieren wollen, dann sollten sie mal sehen, was ich zu leisten imstande bin, wenn ich meine Arbeit richtig machen darf."

„Ja und, wer hindert Sie daran?"

„Also bitte. Ich brauche so viele Daten wie möglich. Größe, welche Kleidung hat der Junge vor seinem Verschwinden getragen, Haarfarbe, Augenfarbe, besondere Merkmale ..."

„Die sind braun..."

„ ...Quatsch, was du nur immer mit braunen Augen hast, immer dein Wunschdenken. Sie sind kastanienfarbig."

„Ist das nicht dasselbe?"

„Der Mann hat nach der Haarfarbe gefragt."

„Machen sie nur ruhig weiter. Auf diese Weise wird die Jahreszeit schneller wechseln als das Aufnehmen der personenbezogenen Daten."

„Es ist Sommer."

„Danke. Ich werde es mir einprägen."

„Wollen wir uns jetzt über das Wetter streiten oder unseren Jeremy wiederhaben?"

Gegen halb elf, konnte der Beamte dann schließlich die Suchmeldung hinausgehen lassen.

Im Präsidium

Schigulla nahm sich Zeit. Es würde so oder so wieder ein langer Tag werden.

Im Präsidium ging es schon hoch her als er eintraf. Die Sache mit den Italienern hatte sich in der vergangenen Nacht festgefahren. Es war keine Nachricht aus Italien eingetroffen, ja nicht einmal eine Bestätigung, dass man eine Anfrage erhalten hatte. Aber das war ja nichts Neues. Nur Schigulla konnte sich noch über die Nachlässigkeit seiner Kollegen in dem schönen Italien aufregen. Seine Mitarbeiter und Kollegen sahen die Sache viel lockerer, machten ihre allseits bekannten Späße und wollten sich schier totlachen. „Kennst du den schon? Kommt ein Italiener zum, ...“

„Achtung, der Alte.“

Interpol und Europol mussten passen. Keine Eintragungen. „Wenigstens sind die beiden noch nicht international gesetzeswidrig aufgefallen. Was sich mit dem heutigen Tag ändert.“

„Ich will mit diesem Benno-Boss ein Wörtchen reden.“
„Soll ich ihn ...?

„Verbinden sollen sie mich." Schigulla hatte das mehr geraunzt. Jetzt war dieses Fräulein schon seit einem halben Jahr hier und hatte immer noch nicht gelernt ihrem Boss Anliegen vom Gesicht abzulesen. Mann-oh-Mann hat man da so seine Personalprobleme.

„Sofort!"

„Die Leitung könnte schon stehen, wenn sie ..."

„Bitte, Herr Schigulla, wie ..."

„Nun machen sie schon, gehen sie schon. Und wenn sie ihn an der Strippe haben, dann legen sie ihn auf den grünen Apparat. Kapiert."

„Na klar doch. Bis gleich."

Schigulla atmete tief und geräuschvoll durch. Wie immer, wenn er noch die Energie hatte sich aufzuregen, blähte er seine Nasenflügel und schnaubte wie ein Rennpferd nach der dritten Runde.

„Na hallo, Herrscher aller Reußen. Wie geht´s denn so." Schigulla hatte versucht in aller Kürze so viel Sarkasmus und Spott wie möglich in seine Frage einzubauen.

„Weshalb rufen Sie mich an?" Der Ton des Firmeninhabers war geschäftsmäßig und recht kühl. Er unterdrückte auch nicht sein Misstrauen. Keinesfalls unterlegte er damit seine freundschaftlichen Beziehungen mit dem Polizeichef. Er sah keine Veranlassung.

„Nun, in dem Entführungsfall. Weshalb denn sonst?"

„Ich habe Ihnen das klipp und klar gesagt, dass ich keine Intervention der Polizei will. Und ich sage Ihnen auch, dass ich bereit bin, sofort eine Einstweilige Verfügung zu erwirken, damit Sie sich auch daran halten. So, nachdem diese Frage meinerseits zweifelsfrei geklärt ist, erteile ich Ihnen das Wort."

„Jetzt lassen Sie doch die Kirche einmal im Dorf. Dafür, dass Ihnen ergebnislos zwei Millionen Euro und ein Haufen Inhaberaktien durch die Lappen gegangen sind, führen Sie eine recht kesse Lippe. Wo ist Ihr Junge?"

„Zunächst zu Ihrer Behauptung wegen Lösegeld und Aktien. Diese Erkenntnis können Sie nur über Erschnüffeln erhalten haben. Das kann ich Ihnen leider nicht verbieten lassen. Dann zum Aufenthalt meines Jungen. Er ist im Feriencamp im Rossgebirge. So weit meine Auskunft. Aber jetzt: Herr Präsident, Schigulla, ich warne Sie nun zum letzten Mal. Bleiben Sie mit ihren Leuten aus dem Spiel. Und kommen Sie mir nicht mit Mätzchen. Wann ich, was ich und wie ich wieviel Geld verliere, ist meine Sache. Und jetzt lassen Sie mich in Frieden. Darf ich das Gespräch als beendet ansehen?"

„Nur noch das. Wenn sie einen Verbrecher decken oder die Polizeiarbeit behindern, werden auch Sie, mit ihrem ganzen Geld, die Konsequenzen tragen müssen, so wie jeder andere Bürger auch. Meine Verehrung an ihre Gattin."

Das klang glatt nach Kriegserklärung.

Einige Minuten später brachte eine andere Sekretärin zu Schigulla den Ausdruck einer E-mail. Sie besagte: *In der gerade im Beisein von Zeugen telefonisch besprochenen Angelegenheit, erwarte ich, dass Sie meiner Forderung, sich aus dem Fall herauszuhalten, vollumfänglich nachkommen. Kopie an den Hausanwalt Dr. Wendelin Motter.*

„Hat er eine Empfangsbestätigung angefordert?"

„Ja."

„Und, haben sie sie gegeben?"

„Ja. Soll daran etwas verkehrt sein?"

„Äh, ahh ... natürlich nichts."

Als die Dame wieder draußen war, murmelte der Chef

vor sich hin - *<blöde Kuh, ich bin hier scheinbar der Einzige, der noch klar denken kann>*.

Schigulla drückte einen Knopf. Ein grünes Lämpchen leuchtete auf.

„Ich will, und zwar sofort und mit Vorrang, eine Verbindung zum Feriencamp Rossgebirge. Ich will eine wirklich kompetente Person sprechen, keine taube Nuss. Und ein bisschen dalli, dalli."

Er drückte wieder einen Knopf. Er drückte seine Hände gegeneinander und ließ seine Finger knacken, stand auch auf und setzte sich gleich wieder. Er stand wieder auf, lief um seinen Schreibtisch und setzte sich wieder. „Weshalb brauchen die immer so lange, um meine Befehle auszuführen? Wir sind doch die Polizei, wir haben doch ..." - murmelte er.

Dann war es so weit. „Chef, die Leitung ist frei. Sie haben die Leiterin des Camps."

„Na dann los", sagte er ungeduldig.

„Marcella Ruth von Derrlingen, Leiterin des Abenteuercamps zum Rossgebirge, was kann ich für Sie tun?"

Na endlich lässt sie mich auch mal zu Wort kommen, dachte sich Schigulla. Die drückt mir ja schon zur Begrüßung einen kompletten Roman aufs Auge.

„Hier ist der Polizeipräsident. ..."

„Kann ich Ihnen dienen?"

Er schwieg einen Augenblick verärgert. Es kam nicht oft vor, dass man ihn, ihn den Polizeichef, nicht aussprechen ließ. Dabei hatte er ihr für ihre langatmige Vorstellung - mit *von* und *zu* und *hin* und *her*... - großzügig einen Teil seiner Arbeitszeit zugestanden.

„Ich brauche eine Auskunft und zwar schnell. .."

„Ja, sprechen sie."

Er wollte schon ausfällig werden mit diesem - diesem Weibsbild. Mit diesem vorlauten und überschnellen Weibsbild. Die konnten es nicht übers Herz bringen respektvoll zu sein. Reden und ausreden lassen. Zu diesem Thema sollten sie sich unbedingt einmal in einen entsprechenden Kurs einschreiben. Oder: <Wie behandele ich einen Polizeipräsidenten?>

„Ist in ihrem Camp ein Junge mit dem Namen Jeremy Benno-Boss?"

„Jetzt wundert es mich aber doch ..."

„Meine Frage hat Sie nicht zu wundern, sondern Sie haben eine Antwort darauf zu geben. Ich bin der Polizeipräsident. Ich kann auch anders, gnädiges Fräulein."

„Frau, wenn ich bitten darf."

Jetzt reichte es ihm aber doch so langsam. Er hatte die Faxen satt. Hatte er schon wieder Probleme mit jemandem am Telefon? Schigulla hatte ein paar Sekunden zu lange mit seiner Reaktion gewartet.

„Fräulein ...."

Die Frau unterbrach ihn und sprach dann schon wieder.

„Zunächst noch einmal: Frau Marcella Ruth von Derrlingen, nicht Fräulein."

„Mei ... also Frau Marcella Ruth von Derrlingen, ist er nun in ihrem Camp oder nicht. Soll ich Ihnen Beamte vorbeischicken mit einer offiziellen Anforderung zu einer Auskunft?"

„Nein, nein, das brauchen sie nicht, lieber Herr Präsident. Es ist nur so, dass in den vergangenen Tagen, seit dem Beginn der Ferienzeit, schon einige Male bei mir und meinen Mitarbeiterinnen die gleiche Frage gestellt wurde. Ich kann sie aber nur, wie auch die vorhergegangenen Male, mit einem entschiedenen Nein beantworten. Jeremy Benno-Boss wurde nicht für unser Camp gemeldet und befindet sich demnach auch nicht hier."

„Sind Sie sich da sicher? Ich meine ich zweifle nicht daran, dass Sie ihren Laden im Griff haben und über Ihre Gäste Bescheid wissen. Aber, gibt es keinen Zweifel?"

„Ich bitte Sie, Herr Präsident. Wir haben die Listen schon mehrfach durchgesehen und verglichen. Wir haben uns Mühe gegeben und ich stelle auch kein Personal ein, das ich nicht als wirklich gewissenhaft einstufen kann. Es wäre ..."

Nanu, der Präsident hatte aufgelegt. Grußlos aufgelegt. Was sind denn das für Manieren? Und das auch noch einer Frau gegenüber.

Schigulla drückte wieder auf einen Knopf. Eine Stimme meldete sich. „Sie wünschen?"

„Verflucht, diese Scheißknöpfe. Ich habe schon wieder den verkehrten erwischt."

Bei einem nächsten Versuch hatte er mehr Glück. „Bosch, wie heißt er denn mit Vornamen? Der Bosch - ?"

„Meinen sie Günther Bosch, der Abteilungsleiter für Finanzdelikte?"

„Genau, er soll sofort zu mir in mein Büro kommen."
Wenigstens eine, die mitdenkt und murmelte dann weiter vor sich hin, *fiel mir doch dieser Vornamen nicht ein.*

Eine Rufanfrage kam.

„Herr Schigulla, Bosch hier, ich bin im Moment verhindert, kann es nicht etwas später sein?"

„Dann enthindern sie sich gefälligst und kommen sie gleich. Es eilt."

Bei dem eilt immer alles. Wichtigtuerei, dachte sich

Bosch, der Abteilungsleiter. Er entschuldigte sich bei seinen Gästen. „Ich lasse Ihnen Kaffee bringen, ich werde in ein paar Minuten wieder zurück sein."

„Hören sie Bosch. Der Benno-Boss, er ist Ihnen doch ein Begriff? Da läuft etwas, das mir Sorgen macht."
Und wegen diesen Sorgen ruft er mich aus einer wichtigen Zusammenkunft? dachte sich Günther Bosch, bewahrte sein Pokergesicht und schwieg.
„Also ..."
Schigulla weihte ihn in den Entführungsfall ein, wenigstens in das, was er selbst wusste und was er nicht wusste ergänzte er mit Erfahrungswerten, wie Schigulla zu sagen pflegte.
„So, und der gute Herr wurde richtig wütend, als ich dem Gesetz nach handeln wollte und - natürlich mit der gebotenen Umsicht - einzugreifen versuchte. Das heißt in erster Linie unsere Hilfe anbot, wozu wir ja von Gesetzes wegen verpflichtet sind. Wozu sind wir denn sonst da? Dieser Benno-Boss belog mich sogar. Als ich nach dem Verbleib seines Sohnes fragte, verwies er auf ein Dschungelcamp oder so ähnlich, ähh, Rossgebirge."
„Abenteuercamp für Jugendliche," ergänzte Bosch. „Ich hatte meinen Jungen vor zwei Jahren ebenfalls dort. Er war glücklich."
„Darum geht es nicht, trotzdem herzlichen Glückwunsch. Aber ich habe höchstpersönlich nachgeforscht und da ist kein Sprössling aus dieser Familie. Was sagen Sie nun?"
„Nun, mein Gott, da wird sich jemand geirrt haben."
„Nix iss mit irren. Da steckt etwas Anderes dahinter. Dieser Benno-Boss - das ist alles Polizeiarbeit und darf

nicht nach draußen dringen ...“

„Aber das ist doch selbstverständlich, Herr Polizeipräsident Schigulla. Ich bin doch auch Beamter.“

„Also hören Sie zu. Ich habe da einen Verdacht. Seine eigene Bank hatte mich informiert, dass er eine größere Summe abgehoben habe und das mit größter Eile. Er schien außergewöhnlich gestresst. Und es war seit langem wieder das erste Mal gewesen, dass er die Bank persönlich beehrte. Stellen Sie sich vor. Ein Mann in seiner Position? Und er ließ sich ein Bündel Aktien für Selbstabhol..., wie sagt man da? ...“

„Inhaberaktien wahrscheinlich, Herr Schigulla.“

„So, das sind keine Indizien, sondern Tatsachen. Und Tatsachen sind es auch, dass er eine Zusammenarbeit in einem, ich sage mal, sogenannten, ich betone <sogenannten> Entführungsfall kategorisch abgelehnt hat. Kurz und bündig, ich behaupte, dass der Mann Geldwäsche betreibt. Da wird sein Sohn angeblich entführt, wir hören die Forderung des Entführers am Telefon, selbstverständlich richterlich genehmigt. Und er behauptet, der Sohn sei in diesem, wie sagten Sie, ja, Abenteuercamp. Und dort ist er nicht. Das alles riecht nach einer großartigen Inszenierung. Die Angelegenheit tangiert jetzt Ihr Ressort. Geldwäsche. Ich bestehe darauf, dass wir sofort die Finanzbehörden informieren.“

„Herr Schigulla, Sie sagten, dass Sie ein Telefongespräch zwischen Benno-Boss und dem Entführer mitgeschnitten haben...“

„... Beantragt und richterlicherseits genehmigt.“

„Ja, ja, anders hätte ich es bei Ihrem Verantwortungsbewusstsein ja auch gar nicht erwartet. Andererseits sagt der Herr Benno-Boss, dass sich sein Sohn im Camp befände. Dies, wenn er doch mit hoher Wahrscheinlichkeit damit rechnen musste, dass Sie Nachforschungen anstellen würden. Die Wahrheit müsste doch ans Tageslicht kommen. Es gibt da zwar eine Ungereimtheit, aber was soll das Ganze mit dem Verdacht auf Geldwäsche zu tun haben?"

„Ich sagte es ja bereits, eine raffiniert eingefädelte Masche. Aber im Grunde ganz einfach. Das Geniale dabei ist, dass er sich anrufen lässt, er solle ein paar Millionen locker machen und sie dem Erpresser übergeben. Die Stimme ist natürlich durch technische Mittel verfälscht gewesen. Er hat bezahlt, es fragt sich nur an wen. Sein Schwager wurde als Überbringer verlangt. Legen sie zum besseren Verständnis noch eine Schippe drauf. Es sind Ferien, ideale Zeit für Entführungen. Ich meine, wenn man eine inszenieren will. Riechen Sie da nicht auch etwas? "

Günter Bosch beschloss, trotz seiner knapp bemessenen Zeit, mit dem Chef des Hauses ein wenig Verstecken zu spielen. Er zeigte sich überrascht und mimte den Schnuppernden. „Nach was, meinen sie, stinkt es Herr Präsident?"

„Nach Geldwäsche."

„Ach so. Ich dachte ... Ja, das ... Ich weiß nicht, wenn Sie es sagen. Aber da war doch gestern diese Aktion am Theater. Hatten Sie etwas damit zu tun oder zu tun gehabt?"

Natürlich wusste er Bescheid. Aber das ließ nun die sogenannte Entführung in einem ganz neuen Licht erscheinen. Der Herr Präsident wollte ihn dabeihaben, wenn er die Scharte auf seine Weise gegen Benno-Boss auszuwetzen versuchte.

„Ja, das hatte mit dem Entführungsfall zu tun. Es war dann ... nun, die Aktion brachte keine neuen Erkenntnisse. Auch die Vernehmungen der direkt Beteiligten, zwei Italiener italienischer Herkunft, haben keine neuen Erkenntnisse gebracht. Die erfolgte Explosion sollte somit nichts mit dem Entführungsfall zu tun haben."

„Und Sie interpretieren jetzt die Sachlage so, dass es sich um ein Ablenkungsmanöver handelte?"

„Das liegt doch auf der Hand, jedenfalls rechtfertigt das, aus meiner Sicht der Dinge, dass wir dieser Spur folgen sollten."

„Ich kann Ihnen jetzt folgen."

„Benno-Boss braucht für die Summe des geforderten und bezahlten Lösegeldes keine Steuern zu zahlen. Die kann er absetzen, meinetwegen als außergewöhnlichen Aufwand. Und er zahlt, verbietet sich aber die Mitarbeit der Polizei. Er begründet dies mit den Forderungen des Erpressers, den wir ja selbst so am Telefon hören konnten. Eine saubere Sache, wie sich der Herr dies so ausgemalt hat. Eine raffinierte neue Masche der Geldwäsche. Und Sie versalzen ihm aber die Suppe."

„Ich bin mir da nicht so sicher. Wir sollten vielleicht dann doch erst einmal die nächsten Bilanzen abwarten, ob dieser Posten überhaupt dann darin erscheint."

„Das bringt er bei der Einkommenssteuer. Der hat zu viel gebunkert, der will sich besserstellen, den Staat bescheißen. Kriegt den Hals nicht voll. Das kennen wir ja. Je mehr sie haben, desto mehr wollen sie noch, natürlich steuerfrei."

„Wie denken Sie sich das? Die Steuerfahndung?"

„Na, mindestens. Dem Kerl muss man auf die Pelle rücken."

„Also aus der Hüfte schießen ist nicht meine Art. Wenn Sie die Verantwortung für die Ausführung und die Folgen übernehmen, dann sollten wir nochmals darüber reden. Aber ich bin auch dafür, dass wir dies nicht jetzt entscheiden. Außerdem habe ich die angesagten Herren von der Landesbank bei mir im Büro. Ich muss wieder zurück."

„Aber wir müssen Prioritäten setzen."

„Bedauere, Herr Schigulla, ich stehe bei meinen Besuchern im Wort. Das hat jetzt Priorität. Legen Sie einen Termin fest, an dem wir uns detaillierter mit der Sache befassen können. Wenn es denn überhaupt eine Sache sein sollte."

Letzteres schmerzte wieder den Polizeipräsidenten. Auch dieser Bosch zweifelte an seinen Fähigkeiten. An seinem klaren und vorausschauenden Blick für das Verbrechen. Dabei konnte er doch auf so viele erfolgreiche Jahre verweisen, mit so vielen Verdienstauszeichnungen. Und Belobigungen und eine ganze ansehnliche Latte von belobigenden Erwähnungen in der Presse.

Es klingelte.

„Chef, da sind zwei Anwälte, die Sie sprechen wollen."

„Was für Anwälte. Sie sagten, dass sie zwei Italiener, die sich in Ihrem Gewahrsam befänden, vertreten würden."

„Ich bin nicht ... nein, warten Sie - einen Moment. Sagen Sie, dass ich im Moment in einer Besprechung bin. Es wird nicht lange dauern."

„Guten Morgen Herr Präsident."

Da standen die beiden auch schon im Türrahmen. „Diese Besprechung wird hier stattfinden, gleich mit uns, Herr Präsident. Sie haben doch nichts dagegen? Wir warten auch gerne, wenn Sie *ihre* Besprechung zu Ende führen wollen."

Schon wegen diesen arroganten Ansprachen dieser verhassten Typen, stieg Schigullas Blutdruck recht bedenklich. Aber er glaubte, dass man ihm das nicht ansehen würde. Die Sekretärin bemerkte das hochrote Gesicht ihres Chefs und verzog sich, Schigulla bot den beiden mit einer Handbewegung Platz an.

„Nun, um was geht es? Wie kann ich Ihnen behilflich sein.“

Schigulla wusste nur zu gut, dass er im Kreuzfeuer dieser beiden Advokaten stehen würde. Und, dass er wahrscheinlich zugeben musste, dass er den beiden Galgenvögeln keinen Anwaltsbeistand angeboten hatte. Ja er hatte sogar die Anweisung hinterlassen, einen solchen bis zum Morgen zu verweigern. Es war vor dem Gesetz nicht sauber, aber er würde sich auf eine Notklausel berufen, die er glaubte entsprechend interpretieren zu können.

Er hatte sich getäuscht. Es wurde seine zweite Niederlage des jungen Tages. Und sie war viel nachhaltiger als die Erste.

Der Eisverkäufer kam sofort frei und durfte wieder seinen Geschäften nachgehen. Er hatte auch schon Pläne. Er würde sich von einem Kollegen einen gebrauchten VW-Bus kaufen und von ihm aus sein Eis, nicht nur am Theaterplatz, anbieten.

Wieder suchte er in seinem Gedächtnis nach einem möglichen Motiv für diesen ... Bums.

Da war ... er hatte voriges Jahr mit einem Freund seines Cousins ein Scheingeschäft getätigt. Da war Einiges schief gegangen. Ob er wohl ihm den dicken Bums zu verdanken hatte? Ob seine Versicherung bezahlen würde? Ob damit die offene Rechnung beglichen war? Musste er weiterhin befürchten, dass ...? Nun gut, er würde bezahlen - merde.

Er würde über die Verbindungen seiner Famiglia Nachforschungen anstellen lassen - müssen. Mal sehen, was die herausbekommen konnten.

Andererseits. Da waren die Typen, mit einem ... na, wie

hieß er noch ... diesem Luigi. Schutzgeld sollte er zahlen. Sie hatten ihn zwar noch einige Male daran erinnert, als er das Zahlen schlichtweg vergaß, aber dass man deswegen gleich ... wums ... und das in Deutschland?

Jesus, waren die aber nachtragend.

Das Stockholmsyndrom

Nach dem Scheitern des Unternehmens von gestern, war Hermenegildo auffallend sprachfaul. Und er hatte kein Ergebnis, sprich kein Geld. Aber er war auch nicht unbedingt missgelaunt. Gerlinde wollte ihn jetzt nicht weiter mit Fragen bedrängen. Eigentlich hatte sie am Spätnachmittag damit gerechnet den vereinbarten Anruf zu erhalten. Danach hätte sie den Jungen zum Zentralfriedhof gefahren, ihn abgesetzt und am südlichen Ausgang ihren Mann aufgegabelt. Sie wollten sich dann gleich aus dem Staub machen, wie ihr Mann es genannt hatte. Mit einer Kiste voller Geld. Für den Start in ein neues Leben.

Doch der Anruf kam nicht. Irgendetwas musste schiefgelaufen sein.

Und nun verhielt sich ihr Mann so, als wäre ihm eine schwere Last von der Seele gefallen. Er sprach nicht darüber, sie drängte ihn auch nicht darüber zu sprechen. Aber diese Verwandlung irritierte sie. Sie konnte sich absolut keinen Reim darauf machen.

Nur heute, bevor sie aufstanden, nach einem Liebesritual, hatte er auf dem Weg ins Badezimmer gesagt. „Heute Nachmittag, wie vereinbart."

Sie hatte auch dann nicht mehr nachgefragt.

Jetzt hatten sie gefrühstückt. Sie hatten geplaudert und dann gingen sie an die Arbeit. Gerlinde hatte zwei Rezepte vorgeschlagen. Jeremy war begeistert. Er würde mit Hermy einen Film machen. Seine Mutter würde eine Menge übers Kochen lernen können. Dies ohne Kochbücher, die sie doch so hasste. Ganz einfach durch Nachahmen würde sie kochen können, so wie sie es auf der DVD sehen würde.

So nebenbei war damit auch das Mittagessen schon zubereitet. Und Jeremy bat noch eine Szene dranzuhängen, nämlich die mit der Zubereitung der köstlichen Sauce nach dem Rezept von gestern.

Es blieb noch Zeit, um Jeremy in die Grundzüge des Filmeschneidens einzuführen. Jeremy notierte sich die Software. Er würde darauf dringen, sie auf seinem PC installieren zu dürfen. Er war sich sicher, dass sein Vater nicht nein sagen konnte. Dann würde er allerdings auch einen Camcorder benötigen. Das wäre doch ein geeignetes Geburtstagsgeschenk. Er würde deswegen seine Tante Christine ansprechen. Mit einem solchen Geschenk konnte sie ihre Schwester, seine Mutter, ausstechen und das Ganze würde wieder zu einem unvermeidlichen Gezänk der beiden führen. Die Tradition und die Routine würden beibehalten. Jeremy rieb sich vor Vorfreude die Hände.

Er hatte auch überlegt, ob er nicht eine E-mail an seine Mutter schicken sollte. Aber das schien ihm dann doch auch zu riskant. Wenn sein Vater es nicht wollte. Allzuleicht hätte ein potentieller Entführer seine Spur aufnehmen können. Wo wohl sein Vater jetzt mit seiner Mutter war?

Als Hermenegildo ihm jetzt noch die unterschiedlichsten Möglichkeiten für die Übergänge einzelner Clips zeigte, war dies Anlass für eine richtig lustige und familiäre Unterhaltung. So hätte er sich jetzt seine Ferien gewünscht. Klar ein bisschen draußen, ein bisschen mit Pferden, aber auch alles das lernen zu können, was er jetzt nur ansatzweise zu sehen bekam. Und Hermenegildo konnte ihm schon die Nase lang machen.

Leider musste der am Nachmittag wieder Dienst schieben. Allzu gerne hätte er seinen Vater angerufen, um ihn zu bitten, doch etwas zu unternehmen, damit Hermenegildo für diesen Nachmittag frei bekäme.

Gerlinde bügelte seine Wäsche.

Es grummelte. Es hörte sich an, als wäre ein Gewitter im Anmarsch. Aber, da sie sowieso mit künstlichem Licht arbeiteten, die Fensterläden verschlossen waren, schloss auch Jeremy nur dem Grummeln nach auf ein Gewitter. Das Zentrum blieb aber scheinbar in etlicher Entfernung. Es kam jedenfalls nicht zu einem richtigen Krachen.

Gegen halb zwei, gerade als Hermenegildo aus dem Haus gehen wollte, begann dann doch noch der Platzregen.

So setzte er sich und spielte noch eine Runde Karten. Das Gewitter würde bald vorbei sein.

Dann heißt es Abschied nehmen - dachte Hermenegildo. Das Gewitter hatte ihm noch eine gern akzeptierte Gnadenfrist für ein Zusammensein mit Jeremy gegeben.

Jeremy schien es, als würde sein Freund heute gar nicht gerne zu seiner Arbeit gehen.

Der Regen hatte aufgehört. Das Donnergrollen kam jetzt von weit her. Es hörte sich schon mehr wie ein ziemlich weit entferntes Grummeln an.

Ein neuer Anlauf

Sie waren seit dem frühen Vormittag wieder im Salon versammelt. Um die Mittagszeit hatten sie das meiste des hervorragenden Menüs wieder in die Küche zurückgeschickt. So richtig wollte es einfach niemandem schmecken. Dabei hatte sich die Köchin solche Mühe gegeben.

Um genau 15 Uhr war die Erkennungsmelodie eines Handys zu hören. Benno-Boss identifizierte das Handy mit dem roten Band als die Geräuschquelle.

„Hallo!"

„Die Sache läuft um sechzehn Uhr heute Nachmittag ab. Der Schwager kommt mit dem Pilotenkoffer und dem vereinbarten Geld und mit den Aktien. Sobald er auf dem Bürgersteig vor dem Pförtnerhäuschens ist, bekommt er weitere Anweisungen. Niemand darf ihm folgen. Wenn Polizei sichtbar wird, werden wir - werden Sie und Ihr Sohn ein ernsthaftes Problem bekommen. Benno-Boss nehmen Sie die Anweisung ernst."

Das hörte sich nun wirklich nicht nach einem unerbittlichen Ultimatum an. Das kam schon fast bittend an.

„Darf ich auch eine Bitte aussprechen? Versuchen Sie, nicht durchzudrehen. Ich verspreche Ihnen alle unsere Abmachungen einzuhalten. Ich versichere Ihnen nochmals, dass die Polizei sich auf meine Anweisungen fernhalten wird. Vom Werkschutz ganz zu schweigen."

„Gut. Das hört sich gut an. Das Handy mit dem roten Band bleibt im Haus bei Ihnen. Ist das klar? Richard nimmt nur das Handy mit dem grünen Band mit. Das Handy mit dem grünen Band. Er soll sich einen fünfzig-Euroschein griffbereit in die Hosentasche stecken."

„Verstanden. Nur das grüne Handy geht mit Richard. Fünfzig Euro griffbereit in die Hosentasche."

„Klar."

„Noch etwas: Ist auf beiden Geräten noch genügend Saft drauf, reicht die angezeigte Ladung?"

„Die Anzeige meldet fast vollständig geladen."

Die Verbindung war weg.

Richard verließ des Pförtnerhäuschen. Nach vielleicht fünf Sekunden der Unschlüssigkeit, meldete sich bereits das Handy mit der grünen Banderole. Es folgten trockene Befehle.

„Links gehen bis zur Ecke. Behalten sie das Handy am Ohr."

Richard konnte niemanden sehen, der ihn lenkte.

Er war noch etwa zehn Schritte von der Straßenecke entfernt als die Stimme wiederkam.

„Sie sehen an der Ecke die Blumenfrau. Gehen sie zu ihr. Achtung: Sagen Sie, dass Sie genau diesen Blumen-strauß suchten. Sagen sie: <Das ist genau der Blumen-strauß, den ich suche.> Bieten Sie der Frau fünfzig Euro. Die haben Sie ja bei sich. Sie bedanken sich und nehmen den Blumenstrauß an sich."

„Der ist ja riesig, wie soll ich den nehmen"?, fragte Richard.

„Meinetwegen in den Arm."

Schon war Richard bei der Blumenfrau.

„Na", sagte die Frau, bevor Richard überhaupt den Mund aufmachen konnte, „hätten sie einen Fuffziger, dann jehört dieser Strauß Ihnen. Hab lange jenug auf sie jewartet."

Hermenegildo wurde blass. Aber Richard meisterte die Situation recht gut.

„Ja, ich habe einen Fünfziger und würde Ihnen die Blumen gerne abkaufen."

„Her damit. Die Blumen jehören Ihnen. Hier. Überheben sie sich aber net. So, ich hab jetzt Feierabend. Steh mir sonst noch die Fieße in den Bauch. - Hey Mister, schätze, dass Sie aber den Hörer vom Ohr nehmen müssen. Den Arm und die daran befestigte Hand brauche se fer die Blume."

Die Tasche stand immer noch auf dem Boden. Richard erwartete neue Instruktionen. Dann kamen sie.

„Nach links gehen. Dann brauchen Sie *dieses* Handy nicht mehr. Stecken Sie es in die Tasche, dort wo Sie den Fünfziger herausgezogen haben."

Donnerwetter, dachte Richard. Der denkt an alles oder er ist direkt in der Nähe und kann mitfühlen.

Richard setzte sich mit dem Blumenstrauß im linken Arm und dem Koffer an der rechten Hand in die angegebene Richtung in Bewegung.

„Bleiben sie stehen!"

Woher kam denn das?

Er hörte: „Im Blumenstrauß finden sie ein neues Handy. Holen sie es. Es wird ab jetzt nur noch SMS-Nachrichten geben. Mit dem Handy können sie keine Nachrichten abschicken."

Hermenegildo hatte das Mikrofon des kleinen Telefons

mit einem Sekundenkleber versiegelt. Und eine SMS schicken? Vergiss es, gab sich Richard den Befehl.

Richard stellte den Pilotenkoffer ab, suchte und fand schnell das Gerät zwischen den Blumen. Auf dem Display stand: <zur fuchsstrasse gehen>.

Verdammt, wo war die Fuchsstraße. Richard kannte sich in diesem Teil der Stadt nicht besonders gut aus.

Dann konnte er lesen: <zwei strassen weiter>.

„Danke", murmelte Richard.

<haus nr 44>

Es dauerte lange Minuten, bis er es erreicht hatte.

Dann las er weiter: <gruenes handy ausschalten und in briefkasten werfen>.

Zunächst schaute sich Richard um, er hatte das Gefühl beobachtet zu werden. Vielleicht war der Befehlsgeber direkt hinter ihm. In diesem Straßenabschnitt waren allerhand Personen unterwegs. Es gab eine junge Frau, die einen Kinderwagen schob und mit der freien Hand ein Handy am Ohr hielt. War ... nein, gab sich Richard selbst rasch die Antwort, bevor sich seine Gedanken verirren konnten. Ich bekomme ja SMS.

Zwei Radfahrer zockelten nebeneinander langsam auf dem breiten Bürgersteig und unterhielten sich offenbar angeregt.

Ein Mann ... Richard war bereit ihn für seinen Verbindungsmann zu halten. Aber just in diesem Augenblick winkte der einem sich nähernden Taxi und stieg ein. Also auch der nicht.

Darüber hinaus gab es aber dennoch mehrere andere Kandidaten, die vielleicht als Erpresser in Frage kommen konnten. Für Richard war dieser rege Publikumsverkehr erstaunlich, dabei war es gar keine Durchgangs- oder Hauptverkehrsstraße. Wer schaute auf ihn? Schaute überhaupt jemand auf ihn? Niemand schien ihn zu beachten. Nein, niemand schien sich für ihn zu interessieren.

Hausnummer 44.

Vielleicht würde ihn irgendjemanden rügen - „Handys schmeißt man nicht in anderer Leute Briefkasten." Aber wer sollte von den Passanten wissen, dass dies nicht sein eigener Briefkasten war. Und überhaupt ...

Richard befasste sich schließlich noch kurz mit der Überlegung, dass doch beim Einfallen des Gerätes in das metallene Gehäuse des Briefkastens das scheppernde Geräusch bis zum Besitzer im Haus durchdringen könnte.

Das verbliebene Handy aus dem Blumenstrauß zeigte den Eingang einer Nachricht an.

Auf dem Display las er: <strasse queren - vorsicht>

Der Mann ist besorgt um mich, dachte Richard, aber dann stellte er ernüchtert fest, dass es wohl mehr um die Beute in der Tasche ging.

<die gleiche richtung weiter>.

Dann:

<nächste Straße links - weiter>.

Richard hatte bereits vier Straßeneinmündungen überquert. Die Straße machte hier einen Bogen. Immer wieder schaute er auf das Display. Dabei klemmte er das Blumenbündel stets fest unter den Arm. Es waren seit längerem keine neuen Nachrichten auf das Display gekommen. Der wird mich doch nicht vergessen haben, dachte er leicht amüsiert. Rief sich aber umgehend zur Ordnung. Er war jetzt nah an einem Eingang zum Zentralfriedhof angekommen.

Dann die neue Nachricht: <eingang süd zentralfriedhof>.

Nun, bis dorthin waren es nur noch höchstens 80 Schritte. Die breite Straße mit den vielen Parkplätzen hatte er noch zu überqueren, dann schaute er wieder auf sein Handy.

Kaum war er beim Friedhofsgelände las er: <reihe 26 b grab nr 2015>.

Richard ging zu einer großen Orientierungstafel und suchte nach seinem Bestimmungsort. Die Lage prägte er sich ein. Er hatte immer einen guten Orientierungssinn gehabt. Das Grab zu finden, würde ihm keine Probleme bereiten.

Es waren großzügige Anlagen in dem angegeben Bereich. Gelb blühende Sträucher trennten die vielen Grabreihen. Viel Grün gab es zwischen den Gräbern. Bodennahe Gewächse bedeckten Freiflächen und sollten offenbar den Graswuchs unterbinden oder gering halten.

Jetzt stand er vor der Nummer 2015. Er schaute auf das Display.

<blumen ablegen - tasche dazustellen - handy verdeckt dazu>.

War es das? Nein, denn bei einem neuen Blick stand eine weitere, sicher aber jetzt die letzte Anweisung:

<verschwinden sie>.

Das war die bisher klarste Anweisung. Richard ging den gleichen Weg zurück, wie er gekommen war.

Der neue Haken an der Geschichte

Gut gedeckt durch Hecken und ein halbes Dutzend Zypressen hatte Hermenegildo den Abschlussakt der Operation beobachtet. An einer Wasserentnahmestelle hatte er sich eine Gießkanne gegriffen. Er sah wie ein Besucher aus, der die Blumen auf dem Grab seiner Oma gießen wollte. Wenigstens glaubte er dies gerne von sich und seiner Tarnung.

Er hatte gesehen, wie der Blumenstrauß von Richard abgelegt wurde. Er dachte noch, wie pietätvoll dieser Richard war, so als wäre er wirklich ein trauernder Hinterbliebener, der sich vielleicht für eine großzügige Erbschaft auf diesem Wege bedanken wollte.

Die Tasche stellte Richard so neben das Blumengebinde, dass sie wie eine Stütze wirkte. Er rückte dann noch einige Blumen so zurecht, dass sich das ganze Gebinde ordentlich präsentierte. <Na da haben wir aber einen gewissenhaften Mann>, dachte sich Hermenegildo. <Ein guter, ordnungsliebender, deutscher Mann>. So wie die Tasche jetzt stand, konnte sie, etwas verdeckt oder getarnt durch die Blumen, nicht sofort von jedermann gesehen und als solche erkannt werden. Praktisch, der gute Mann. Der denkt mit.

Die Gießkanne ließ Hermenegildo einfach fallen und wollte zur abgestellten Tasche laufen - spurten. Es war keine Zeit mehr zu verlieren, er war an seinem Ziel und die Tasche stand verführerisch herrenlos auf einem Grab, neben einem großen Strauß, einem aufgestellten Bündel Blumen - korrigierte er dann doch etwas seine Beobachtung von vorhin. Ja, er hatte es sich genau so vorgestellt. So war es logisch in seinem Plan vorgesehen.

Richard war verschwunden. Hermenegildo hatte ihn soweit es ging beobachtet. Der Mann drehte sich nicht einmal mehr um. Der war sich bewusst, dass er damit das Leben seines Neffen aufs Spiel gesetzt hätte. Der Entführer hätte es als eine Provokation interpretieren können.

Wie bei einem Sprint in alten Zeiten, damals, als sein Körper noch durchtrainiert war, die 100 Meter in zehn-neun lief, startete er aus der Hocke wie aus Startlöchern heraus .... in ein paar wenigen Sekunden würde er das Geld erreicht haben und damit verschwinden. Ja, verschwinden, für immer verschwinden! Er konnte nicht ahnen wie nahe er in Wirklichkeit seinem Wunsch war. Nämlich dem totalen Verschwinden.

Er lief mit voller Startgeschwindigkeit die Reihe der Zypressen entlang. Das heißt, er wollte. Seine Muskeln in den immer noch imposanten Oberschenkeln gaben ihm wieder das alte Gefühl, dass er jetzt jeden Augenblick abheben konnte. Er würde wieder wie über die Tartanbahn fliegen. Den Oberkörper nach vorne, den Kopf dem Ziel entgegengeneigt, beschleunigte er mit allem, was noch in ihm steckte. Doch schon nach wenigen Schritten gab es einen Zwischenfall.

Es gelang Hermenegildo nicht die letzten Sekunden seines Unternehmens erfolgreich zu überblicken. Dabei drehte es sich wirklich nur um ein paar miserable Sekunden, die ihn noch von der Tasche trennten. Der Tasche mit dem Lohn seiner Bemühungen, seinen Ideen, seiner fantasievollen Planungen. Vorbei sollte es sein, das glaubte er fest, mit allen Risiken und Gefahren. Das neue Leben lag vor ihm. Jetzt galt es zuzugreifen und es von Grund aus neu zu gestalten.

Der Coup war gelungen. Nach seinen genialen Plänen.

Doch es war gerade das Leben, das jetzt Schwierigkeiten machte.

Mit dem vollen Gewicht seines Körpers, plus Sprintenergie, trat er bei einem nächsten Schritt im Gras auf etwas Undefinierbares und fast im gleichen Moment, vielleicht winzige Bruchteile von Sekunden später, erhielt er einen gewaltigen Schlag vor die Stirn. Zwischen Nasenwurzel und linkem Auge schlug es zu. Es drang einige Zentimeter in seine Hirnmasse. War es Holz das zerbrach oder das Splittern von Knochen? Möglicherweise hatte er noch versucht diese Frage wenigstens im Ansatz zu klären. Doch die Gedankengänge verebbten rasch in gnädiger und vollständiger Umnachtung.

Fast augenblicklich war es sowieso dunkel geworden. Alles Weitere geschah ohne sein Mitwirken oder Initiative.

Auch seinen Fall konnte er nicht mehr beeinflussen.

Er lag mit dem Gesicht in der Grasnarbe.

Der Abstauber

Der junge Mann, der die Gräberreihe hochlief, die Hände tief in seinen Taschen vergraben, hatte keinen Blick für die Gräberanlagen ringsum. Er passte so gar nicht in das Bild der Harmonie der durchweg gut gepflegten Gräber. Und er wirkte wie ein Fremdkörper inmitten dieses Friedens, den die sauber gepflegten Anlagen ausstrahlten.

Doch die Tasche sah er.

Schon war er mindestens fünf Schritte vorbeigelaufen, als er dann doch anhielt. Den letzten Schritt machte er noch etwas zögernd, dann stand er. Langsam wandte er den Kopf nach rechts und schaute sich nach der Tasche um. Dann beobachtete er wieder die Umgebung. Diesmal blickte er langsam rundum. Er fand, dass er allein war. Er hatte nirgends eine Bewegung gesehen, also musste er allein sein.

Dann machte er wieder einen Schritt nach vorn, blieb dann wieder stehen, drehte sich schnell mit seinem ganzen Körper, lief zur Tasche, ergriff sie und sprintete damit weg, so schnell er konnte. Die Blumen fielen nun in totaler Unordnung auf die Grabfläche.

Zunächst lief er zwischen Gräberreihen, dann in einen Reihenweg einbiegend, dann wieder zwischen zwei Gräbern durch und verlangsamte seine Schritte auf einem breiten Gehweg.

Jetzt stellte er die Tasche auf eine Bank, öffnete die beiden Verschlüsse und klappte die beiden Deckel hoch. Sein Gedanke dabei war, dass er ja bestimmt nicht eine Tasche mit wertlosem Inhalt mit sich nehmen würde. Er würde sie immer noch hier liegenlassen können, wenn ihm der Inhalt nicht inspirierte. Doch, dann sah er Geld. Er griff hinein, seine Hand versank in Geld. Und immer noch mehr Geld. Bis zum Grund der Tasche. Wertpapiere, ja es mussten Wertpapiere sein. Seine Beine wurden ganz weich, es schien, als wollten sie ihn nicht mehr tragen.

Sein nächster Gedanke war jetzt, dass das Mafiageld sein musste. Heißes Geld. Ganz heißes Geld. Und er dachte schnell an die Gefahren, in die er sich möglichweise hineinmanövrierte. Sah er nicht schon die Revolver, die hinter einigen Grabsteinen auf ihn gerichtet wurden? Würde nicht bald ein Messer zwischen seinen Rippen stecken?

Wieder und wieder schaute er sich so unauffällig wie möglich, aber aufmerksam um. Hinter ihm, etwa zwanzig Meter entfernt, bemühte sich eine bucklige alte Frau die Blumen auf einem Grab zu ordnen. Sonst keine Menschenseele. Niemand sonst war zu sehen.

Er schloss die Tasche, griff sie entschlossen und fest und marschierte zum nächstgelegenen Ausgang. Das war auch zufällig der, den er bei seinen fast täglichen regelmäßigen Durchmärschen sowieso nahm. In seine Beine war wieder die volle Kraft der Jugend zurückgekehrt.

Scheiß auf die Gefahren. Scheiß auf die Mafia. Scheiß auf alles, nur nicht auf das Geld. Alle Gefühle für Gefahren und Risiken waren verschwunden, wie weggeblasen. Er war stark. Er war jung. Und Geld konnte er gut gebrauchen. Klar, er hatte nicht mit so viel gerechnet. Nicht mit einer solchen Menge Startkapital für seine Illusionen, seine Träume. Aber, so sagte er sich, jetzt schon ganz vergnügt, ich will mich nicht beklagen.

Dieser Gang durch den Friedhof hatte sich gelohnt. Er hatte in einer Klempnerei eine Lehre begonnen und jetzt war Feierabend. Das heißt, er hatte sich eine Stunde früher davongemacht. Er hatte einfach keinen Bock mehr. Seinen Nachhauseweg führte ihn als Abkürzung durch den Friedhof.

Der Weg hatte sich gelohnt.

Hermenegildos Frau wurde immer nervöser. Es war über die vereinbarte Zeit. Sie wartete mit immer größer werdender Spannung auf den Anruf ihres Mannes. Sicherlich war er verhindert. Alles war bestimmt gut. Sie wollte daran glauben - nein, sie musste daran glauben. Wenn aber der Plan geplatzt war, hätte er bestimmt angerufen. Sie würde also den Anweisungen ihres Mannes Folge leisten und den Jungen zurückbringen.

Mit einem gewaltigen Schreck dachte sie, dass ihr Mann jetzt vielleicht bereits in der Gewalt der Polizei sein könnte. Sie hätten ihn trotz aller Vorsicht doch überrascht. Sie versuchte diesen Gedanken zu verdrängen. Sie wäre dann am Ende ihrer Träume angekommen. Dass sie dann auch selbst wegen Beihilfe verurteilt werden könnte, soweit reichten ihre Überlegungen doch nicht, noch nicht.

Sie würde noch eine viertel Stunde warten. Wenn bis dahin keine Nachricht von Hermenegildo oder er selbst gekommen war, würde sie auf eigene Faust handeln.

Es könnte dann doch so sein, dass ihr Mann tatsächlich von der Polizei geschnappt worden war. Dann sollten die

Beamten das Corpus Delicti als Entführungsopfer nicht mehr in ihrer Wohnung antreffen. Das wäre dann der schlimmste Fall. Sie redete sich ernsthaft ein, dass sie sich vor einer Strafe retten konnte, wenn die Polizei den Entführten nicht mehr in ihrem Haus antreffen würde.

Gerlinde wollte es jetzt plötzlich schnell hinter sich haben. „Jeremy, ich fahre Dich nach Hause. Hermenegildo hat angerufen. Er hat mit deinem Vater gesprochen. Es ist alles wieder in Ordnung. Du wirst mir fehlen. Es war eine schöne Zeit."

„Du wirst mir auch fehlen, Gerlinde. Ich werde Dich nicht vergessen." Das meinte Jeremy ehrlich.

Als Gerlinde mit Jeremy im Auto an der Ecke angekommen war, an der noch vor kurzem die Blumenfrau gestanden hatte, sagte sie in Richtung Rücksitz: „Mach´s gut. Die paar Meter musst Du laufen."

„Wieso die paar Meter? Soll ich mir einen Bus nehmen oder wie stellst Du Dir das vor?"

„Wieso Bus. Da vorne, hinter den Efeuhecken bist du doch zu Hause."

„Nein, Gerlinde. Wer hat dir denn das eingeredet? Ich zeige Dir den Weg, wenn Du willst. Wenigstens soweit ich es kann, ich meine, ihn kenne."

„Benno-Boss hat dort sein Anwesen, dort gehörst Du hin. Dort bist Du doch ..."

„Gerlinde, was soll das? Mein Vater heißt Mike. Mike Nicolson. Wir wohnen im Neubaugebiet Dörrnhausen. Kannst Du mich dort absetzen?"

Gerlinde sagte zunächst nichts. Weshalb sie wohl so mundfaul war? Hatte sie nicht gehört, was Jeremy gesagt hatte?

Jeremey wiederholte nach einer Weile seine Angaben, seine Bitte und die Frage.

Hatte sie wohl. Gehört und verstanden. Ja, sie hatte Jeremy wohl verstanden. Das musste aber zunächst einmal mental verarbeitet werden. Dann ging ihr ein Lichtlein auf, das immer heller und intensiver wurde. Sollte eventuell ...? War Jeremy gar nicht Jeremy? Kalt lief es ihr den Rücken hinunter, die Nackenhaare schienen sich aufzurichten. Sie sträubte sich den Gedanken weiterzudenken. Aber letztendlich konnte sie ihn nur kurz aufhalten, dann brach sich die Idee weiter Bahn. Jeremy war nicht Jeremy, zumindest nicht der ausgewählte Jeremy. Er konnte gar nicht Jeremy sein. Nicht *der* Jeremy. Oh Gott!

Das würde Scherereien geben. Oder war das tatsächlich der Plan Hermenegildos? Die Entführung als krimineller Fall begann in den Hintergrund zu treten. Vordergründig sah Gerlinde Probleme mit Hermenegildo und der Familie Jeremies. Warum hatte er ihr davon nichts erzählt? Warum nur, warum hatte er sie nicht eingeweiht? Allerdings, ein anderer Gedanke schob sich plötzlich in den Vordergrund. Schnell schöpfte sie wieder Hoffnung, denn dafür, dass es sich nicht um einen Irrtum handeln konnte, sprach, dass ja die Familie Benno-Boss zu zahlen bereit war. Also musste es doch ihr Sohn sein. Für einen fremden Jungen würden sie doch nicht ...!? Mein Gott, wenn doch nur Hermenegildo da wäre, den sie fragen könnte, mit dem sie die auftauchenden Gedanken und das Undenkbare besprechen könnte. Er wüsste sicher, was jetzt am besten zu tun wäre.

Aber was jetzt? Sie hätte gerne Hermenegildo angerufen. Ihn gefragt oder gewarnt. Oder auch um Rat gefragt. Aber der hatte jeden Anruf strikt untersagt. *Jeden*, hatte er gesagt. Er wollte unter keinen Umständen in seiner Handlungsfreiheit mit seinem Handy gestört werden. Außerdem könnten sie sich verraten, ihr Aufenthalt konnte über die Sendeanlagen der Handybetreiber ausgekundschaftet werden.

Dann, das war allerdings noch wichtiger: Er brauchte das Handy für das laufende Geschäft, wie er sagte.

Also auf keinen Fall einen Anruf. Was aber dann? Sie wollte nachdenken, aber ihr Kopf verweigerte sich mitzumachen. So starrte sie eine längere Zeit geradeaus, ins Leere. In ein verschwommenes Nichts.

Na, das war vielleicht eine Pleite. War das wirklich eine Pleite? Bloß, und sie ging einen bereits erwürgten Gedankengang noch einmal durch. Wieso war dieser Benno-Boss bereit die Lösegeldforderungen zu erfüllen? Wieso hielt er die Polizei heraus, obwohl er doch nichts zu verlieren hatte, keinen Sohn und ... wieso machte er Versprechungen und ... Mein Gott, war das plötzlich so kompliziert. Es kam ihr ein widersinniger Gedanke nach dem anderen und verlor sich, wie die vorhergehenden, im Nichts. Nun spürte sie einen enormen Druck im Kopf. So als wollte er bald platzen. Bis sie wieder von Jeremy aus ihrer meditativen Verwirrtheit herausgerissen wurde.

„Na, Gerlinde, hat´s gefunkt?“

Sie sagte einfach mal aufs Geradewohl - „Aber ja doch. Wohin sagtest Du soll ich dich fahren? Wo war ich doch bloß mit meinen Gedanken? Aber ja freilich. Also?“

„Auf nach Dörrnhausen. Es ist schön dort. Viel Grün und Platz zum Spielen. Es wird Dir gefallen.“

Auweia, dachte Gerlinde, jetzt wird er mich wohl auch noch seinen Eltern vorstellen wollen. Daran hatte sie bisher nicht gedacht. Und Hermenegildo hatte diese Möglichkeit mit keinem Wort erwähnt. Ich muss anrufen. Ich müsste anrufen. Schließlich ist es ein Notfall. Das wird er einsehen, schließlich einsehen müssen.

Dann, sie wusste ja nicht mehr weiter, wählte sie seine Nummer. Doch es kam keine Antwort. Niemand antwortete. Was hatte das nun schon wieder zu bedeuten?

Dann kam der neue Gedanke. Wie sollte sie es auch schaffen über das Thema mit Hermenegildo zu sprechen? Der Junge würde doch alles mithören. Der könnte imstande sein - Freundschaft hin, Freundschaft her - nach draußen zu rennen und nach der Polizei zu schreien.

Und wieder: <Mein Gott ist das kompliziert>, murmelte sie vor sich hin.

Und Jeremy fragte, was sie gemeint habe. Sie konnte keine Antwort geben. Gott sei Dank, dass Jeremy auch nicht mehr nachhakte.

Was ist jetzt das Richtige? Sie war sich schlagartig sicher, dass, was immer sie anstellen würde, genau das Verkehrte sein würde. Wie immer, wenn sie versuchte mit eigenen Ideen, ihrem Mann Hermenegildo mit eigenen Gedanken zuvorzukommen oder ihre eigenen Vorstellungen zu erklären. Er konnte dann so ungeduldig oder auch aufgebracht reagieren.

Sie hörte Jeremys Stimme wieder, so als käme sie von draußen. „Wo hast Du deinen Führerschein gemacht?"

Wortlos setzte Gerlinde den Wagen in Bewegung.

„Da fahre ich doch am besten bis zur Luitpoldstraße und nehme dann die Humboldtallee". Sie hatte es mehr zu sich gesagt. Dabei dachte sie, dass ihr diese Feststellung - oder war sie als Frage gemeint? - etwas Zeit verschaffen würde. <Zeit für was?>, fragte sie sich. Da nahm etwas seinen Lauf und sie hatte nicht die leiseste Idee, wie sie darauf reagieren sollte. Sie fühlte sich im Stich gelassen und ein Schicksal schien sich um sie zu kümmern und sie immerzu weiterzuschieben, einfach weiterzuschieben. Ja, sie fühlte sich machtlos sich dagegen zu wehren.

Jeremy gab aber jetzt Antwort, sagte: „Ich kenne mich da in dieser Gegend nicht so aus. Da kann ich dir nicht helfen. Du musst schon sehen, wie du weiterkommst. Allerdings, am Ende der Humboldtallee, das weiß ich, am großen Ring, dürfte das Neubaugebiet Dörrnhausen ausgeschildert sein."

Gerlinde riss in einem unerklärlichen Impuls die Augen weit auf. Bevor sie darauf reagieren, über einen möglichen Blackout nachdenken konnte, lief der <Film> des Lebens wieder weiter und sie sagte: „Du hast Recht. Wo war ich bloß mit meinen Gedanken? Wo war ich nur ...?" Das brachte sie nun schon zum zweiten Mal als verdeckte Entschuldigung.

„Das dürfte doch nicht schwer zu erraten sein", sagte der Junge. „Natürlich bei Hermy. Das ist so bei verliebten Frauen." Gerlinde nahm erfreut und dennoch ein wenig verwirrt den dargebotenen Faden auf.

„Ich bin verliebt". Ich bin verliebt? Das wäre doch eine plausible Erklärung. Das könnte sie jetzt bestätigen und die sprichwörtliche Kuh wäre vom Eis. Fürs Erste zumindest. Aber welche Ausrede würde sie suchen und gebrauchen müssen, um nicht Jeremy zu folgen und mit seinen Eltern zu sprechen?"

„Ich habe eine Idee", sagte Jeremy mitten in das neuerliche Gedankenspiel Gerlindes.

„<Jetzt kommt′s>, dachte Gerlinde. <Schnell - schnell, ich brauche eine Lösung - eine Lösung - eine Antwort.>

„Kannst Du mir ein paar Euro leihen? Dann schlage ich vor in das neue Einkaufszentrum zu fahren. Es ist nur einen Straßenblock von unserem Haus entfernt. Ich glaube, es wäre nett, wenn ich Mutter eine kleine Überraschung kaufen würde. Was hältst Du davon?"

<Das könnte die Lösung sein>, dachte Gerlinde mit einem überraschend auftretenden Gefühl der Erleichterung und antwortete: „Aber ja doch, ja, gerne." <Das muss die Lösung sein. Ich hasse es zwar ihn zu bescheißen, ihm etwas vorzumachen, - nun gut, so schlimm wird es wohl nicht werden>, beruhigte sie sich. Dann hatte sie den unangenehmen Teil des Gedankenganges rasch beendet. Es brachte nichts, weiter an gewissen Vorstellungen rumzumäkeln. Allerdings hätte sie sich gerne einen Abschied leichter, vor allem komplikationslos vorgestellt.

„Na", kam es vom Rücksitz. „Was hältst Du davon. Sag doch mal was."

„Klasse, Du hast mal wieder bewiesen, dass Du ein kluger Junge bist", sagte schließlich Gerlinde, dabei hätte sie ums Haar eine rote Ampel überfahren.

„Sch...", zischte sie. Und sie dachte sich: <Das würde gerade noch fehlen. Die Polizei erwischt mich und ich kann nicht erklären, wieso ich diesen Jungen bei mir habe. Der würde doch sicher bereits überall gesucht.> Diesen Gedankengang hatte sie in den letzten Tagen erfolgreich verdrängt. Hermenegildo hatte ihr dabei geholfen, indem er immer wieder für Unterhaltung sorgte und einen Zeitvertreib vorschlug. Aber jetzt?

„Wie heißt der Supermarkt - das Einkaufszentrum, das Du erwähnt hast?"

„Papa sagte, dass es mehr so eine Minimall ist, wie in Kanada oder in Amerika. Papa kennt sich da aus, der ist öfters dort unterwegs - von Geschäfts wegen." Er hatte das so gesagt, als müsste er seinen Daddy entschuldigen. „Mama ist dann immer sauer. Aber ich glaube, dass sie nur Theater macht, damit Papa ihr Geschenke mitbringt." (Kluger Junge, dachte Gerlinde.)

„In unserem, in dem Einkaufszentrum oder Mini-Mall, gibt es allerhand Geschäfte. So klein ist er aber auch wieder nicht. Man könnte sich glatt darin verlaufen."

<Klasse>, dachte Gerlinde. Das ist endlich einmal eine gute Nachricht. Er wird sich verlaufen. Er wird sich verlaufen müssen. Und ich werde mich unauffällig unauffindbar machen. Herausfinden wird er schon allein. Er ist ja nicht auf den Kopf gefallen - machte sie sich Mut. Und sein Heim ist ja nur einen Straßenblock entfernt, wie er gesagt hatte.

Sie atmete erleichtert auf. Es hörte sich für Jeremy nach einem Seufzer an. Und er reagierte dementsprechend.

„Ja, mir fällt die Trennung auch schwer", sagte er mit Trauer in der Stimme. Natürlich hatte er den Seufzer völlig falsch interpretiert.

„Ach ja", sagte schließlich auch Gerlinde, die diese neuerliche Wendung gerne auch für sich und ihre Verwirrtheit in Anspruch nahm.

Sie waren an dem großen, von Jeremy genannten Kreisel angelangt.

„Ja", rief Jeremy plötzlich. „Da steht es. Dörrnhausen."

<Viel zu früh>, dachte sich wieder Gerlinde, die es gerne noch ein wenig hinausgeschoben hätte. Sie meinte jetzt das „Finale".

Sollte sie doch nicht noch einmal versuchen mit Hermenegildo zu sprechen. Doch was würde sie mit ihm besprechen können, so im Beisein von Jeremy?

Sie würde sich den bald unmittelbar bevorstehenden Entwicklungen stellen müssen. Sie würde sich einen Parkplatz suchen müssen, der nicht allzu weit vom Eingang entfernt war. Aber, würde das jetzt, um diese Uhrzeit überhaupt möglich sein? Es war für die meisten Menschen die Haupteinkaufszeit.

Sie fand ihn aber doch. Glück muss man haben, denn ein Kunde machte gerade seinen Stellplatz frei. Dann bemerkte sie, dass es ein Platz für Behinderte war.

„Hast Du den Hinweis nicht gesehen? Hier ist nur für Behinderte."

„Doch, aber - aber es wird ja nur für einen kurzen Augenblick sein. Oder?" Und wieder begannen die Zweifel an ihr zu nagen.

„Nun, ich weiß noch nicht, was ich kaufen soll. Vielleicht ..."

„..."Mach dir keine Sorgen wegen dem reservierten Parkplatz. Ich werde etwas hinken. Jeder der mich sieht, muss einfach überzeugt sein, dass mir der Platz auch wirklich zusteht. Auch ohne einen Ausweis zu zücken."

„Aber die Polizei?"

„Ach was, die hat Besseres zu tun, als auf Parkplätzen herumzufahren."

Da hatte sie Recht. Auch Jeremy erkannte die Logik.

Sie kamen an einem Schmuckgeschäft vorbei. Dann kam ein Spezialgeschäft für Hosen aller Art. Dann waren es Rucksäcke und Tornister. Auf der anderen Seite gab es Spielsachen. Daneben Sportausrüstungen. Überall machten sie einen kleinen Stopp. Jeremy hatte jetzt das Kommando.

Dann gingen sie eine im weiten Bogen geschwungene Treppe hoch. Von der Galerie konnte man in einem runden Areal im Erdgeschoß weitere Geschäfte erkennen. Sie passierten einen Musikladen, dann gab es Geschirr und dann wieder Kleidung, dann Schuhe. Jeremy lief dort vorbei, kürzte den Weg ab. Gerlinde sah schon mit einem bangen Gefühl in der Magengrube die Möglichkeit voraus, dass aus ihrer Flucht eventuell nichts werden würde. Oder vielleicht doch, aber unter erschwerten Umständen?

Jeremy stand jetzt am Geländer der Galerie, als er plötzlich rief: „Da unten ist meine Mutter, da ist sie."

Dann rannte er davon und Gerlinde sah ihre Chance gekommen sich zu verdrücken. Doch bereits nach fünf Metern stoppte Jeremy, drehte sich um und rief Gerlinde zu: „Komm, komm, Du musst meine Mutter kennenlernen, ich stelle Dich meiner Mutter vor."

Dann rannte er weiter

Gerlinde war jetzt stehen geblieben und sah noch, wie Jeremy auf eine Rolltreppe zusteuerte. Jeremy wurde immer kleiner, immer kürzer, bis dann auch der Kopf über der Kante der Rolltreppe verschwunden war.

Jetzt drehte sie sich um, sah in etwa zehn Schritten Entfernung die Tür zu einem Aufzug, die gerade aufging. Zwei Frauen kamen heraus. Dann war Gerlinde auch schon drinnen. In ihrer Hektik konnte sie zunächst die Bedienknöpfe nicht finden. Doch da schloss sich die Tür und der Fahrstuhl setzte sich in Bewegung. Sie spürte, dass es abwärts ging. Sie wollte ja auch in diese Richtung.

Nachdem sich die Tür wieder geöffnet hatte, rannte Gerlinde einfach los. Dabei kollidierte sie mit einem älteren Paar. Die Handtasche der Dame flog zwei Meter weit. Die Schimpfkanonade, die der Begleiter, ein elegant gekleideter Herr hinterherschickte, und nicht unbedingt seinem äußeren Erscheinungsbild entsprach, hörte sie schon nicht mehr. Sie hatte keine Ahnung in welcher Richtung sie jetzt am schnellsten das Auto finden würde. Dann ging sie rasch durch einen Durchgang und ... befand sich jetzt bei den Fressalien. Chinesisch, thailändisch, griechisch, mexikanische Steaks, Eis, Kuchen. Das war alles nichts - für den Augenblick alles nichts.

Es war ihre Befürchtung, dass sie trotz aller Bemühungen Zeit und Distanzen hinter sich zu bringen, doch plötzlich Jeremys Stimme hören würde. *„Mama, schau, das ist Gerlinde..."* Es konnte jeden Augenblick passieren. Ihre Anspannung wuchs.

Dann kamen Haushaltsgeräte, dann Fahrräder und ein Computerfachgeschäft. Das alles hatten sie vorher nicht gesehen, als sie in dieses Gebäude hereinkamen. Wo war sie nur? Rannte sie im Kreis?

Dann stand da *Notausgang*. <Nur im Notfall benutzen>, stand auch noch überflüssigerweise da. Egal, dachte sie, ich bin in Not.

Sie eilte durch und hinter ihr hörte sie einen beständigen, ziemlich lauten Signalton. Hässlich, wie der klang. Nichts wie weiter.

Da war der Haupteingang zum Supermarkt MODELO. Sie rannte an den bereitstehenden Einkaufswagen vorbei, dann um die Ecke und da erkannte sie, dass sie vorher hier gefahren war.

Leute schauten ihr nach, wie sie da entlanghetzte. Und sie fand schließlich ihren Wagen. In aller Hast, sie wollte sich auf keinen Fall erst noch umschauen, setzte sie sich hinein.

Den Kommentar eines älteren Paares hörte sie nicht mehr: „Für eine Behinderte, ist die aber ganz schön auf Zack."

Gerlinde stellte plötzlich fest, dass sie schließlich viel zu schnell auf dem Parkgelände unterwegs war. Da gab es böse Schimpfworte hinter ihr. Sie schaltete herunter und rief sich zur Ordnung.

So hatte sie sich den Abschied von Jeremy keinesfalls vorgestellt.

Richards prekäre Mission

Anne-Dörthe und Benno-Boss hatten in nervöser Spannung auf die Rückkehr Richards gewartet. Ob denn alles
glatt verlaufen war? Ohne Polizei? Hatte sich Schigulla
vom Auftreten Benno-Boss' beeindrucken lassen? Hatte
er seine Kettenhunde zurückhalten können - und auch wollen? Das war die spannendste Frage.

Die Sekretärin kam plötzlich - entgegen ihrer üblichen
Art, ohne anzuklopfen in den Salon. „Richard - ich meine,
ihr Bruder ist zurück, gnädige Frau. Der Pförtner hat es
soeben gemeldet."

Schwager und Schwester gingen ihm entgegen und trafen ihn auf dem Treppenabsatz.

Die hilflose Geste, die er beim Zusammentreffen machte, sah nicht gerade ermutigend aus. Aber es stellte sich
bald heraus, dass er sie mehr wegen des abgegebenen Geldes machte, das man mit hoher Wahrscheinlichkeit nicht
mehr sehen würde. In Wirklichkeit war alles glatt und ohne
Zwischenfälle verlaufen.

„Dein Geld ist fort."

„Ich pfeife auf das Geld, ich pfeife darauf", betonte
Benno-Boss. „Es kommt auf Jeremy an."

Jetzt würden sie nur noch auf einen Anruf warten, dass sie ihren Sohn da oder dort abholen konnten. Benno-Boss ließ die Anweisung an das Tor geben, es offen zu halten. Ein Fahrer sollte vor der Freitreppe mit laufendem Motor in einem Auto warten. Umweltschutz hin, Umweltschutz her. Es war eine überspitzte und völlig überflüssige Anweisung, schließlich konnte sich Benno-Boss darauf verlassen, dass es in seinem Fuhrpark keine Pannen mit leerer Batterie oder anderen Problemen, eventuell mit dem Anlassen der Triebwerke geben würde. Beinahe krampfhaft suchte er mit hektischen Gedankengängen nach weiteren Möglichkeiten, die einen Blitzstart zum Abholen Jeremys im Wege stehen konnten.

„Ja, das war so", erzählte Richard weiter, „ich bekam die Anweisung, sie kam aus dem grünen Handy, Blumen zu kaufen. Da vorne, linker Hand, an der Ecke. Es war ein gewaltiges Gebinde. Darin war ein Handy versteckt...."

„Moment, Blumen?"

„Ja, Blumen. Hab´ ich was anderes gesagt?"

„In einem Blumenladen?"

„Nein, Schwager, die Frau stand da vorne an der Ecke, natürlich auf dem Bürgersteig. Ich war kaum vor der Villa auf dem Bürgersteig, da kam die Anweisung aus dem, ich sag es noch einmal, grünen Handy, und lautete, linksrum gehen. Dann sollte ich von der Frau an der Ecke den einzigen Strauß Blumen, den sie vorweisen konnte, kaufen. Dazu war der Fünfzigeuroschein. Sie bedankte sich mit einer typischen marktschreierischen, vorlauten Stimme und trollte sich. Ach, dann sagte sie noch, dass ich sie doch wieder beehren sollte - oder so ähnlich."

„Ja und du? Jetzt rede nicht so lang und breit drumherum und komme zum Wesentlichen."

„Wenn du mich lässt. Ich will nur den Ablauf der Operation chronologisch sauber rüberbringen. Jetzt wo ich noch alle Details im Kopf habe. Also, dann kam die Anweisung per Handy, noch per grünem Handy, dass ich ab sofort nur noch Nachrichten als SMS erhalten würde. Ich solle in dem Blumenstrauß nachschauen. Ja, und da war ein neues Handy. Nokia sollte dem Mann für die Umsatzsteigerung dankbar sein."

„Unterlass die Späße oder hebe sie Dir auf für später."

„Also sollte ich das erste, eben das grüne Handy, ohne auszuschalten - oder sollte ich es doch ausschalten? - in einen Hausbriefkasten werfen. Das können wir uns immer noch holen, wenn es dienlich sein sollte."

„Weiter."

„Ich wurde zum Friedhof dirigiert."

„Zum Friedhof?"

„Da kam gerade eine größere Gruppe Trauergäste und...""

„... Und da solltest Du Dich daruntermischen und plötzlich nahm Dir einer die Tasche weg, so war es doch?"

„Du würdest ein ganz passabler, vielleicht sogar erfolgreicher Erpresser werden. Bei deiner Fantasie."

„Mann ... Mann!!"

„Nein, es war nicht so. Ich wurde zu einem Grab dirigiert, die Nummer und die Lage wurden mir durchgegeben. Danach lautete die Anweisung die Blumen auf dem Grab abzulegen und die Tasche danebenzustellen. Ich sollte dann verschwinden. Genauso stand es als SMS auf dem Display: *<verschwinden sie>*. Richtung Ausgang begegnete ich dann so einem jungen Kerl, der mir auf dem gleichen Weg entgegenkam. Er war irgendwie auffällig und so schaute ich ihn mir etwas genauer an. Der sah alles andere als vertrauenswürdig aus. Ich würde mal sagen, der hat es mit Drogen. Der machte so auf locker, cool, sah mich nicht an, hatte die

Hände in den Hosentaschen vergraben, die dick ausgebeult waren. Na und, ich schloss daraus, dass er sein Handy fest umschlossen hielt."

„War er es?"

„Langsam."

„Mensch Richard, merkst Du nicht, wie Du uns mit deinem *langsam* gewaltig nervst?"

„Ich sagte doch schon, dass ich die Einzelheiten, die in meinem Gedächtnis jetzt noch frisch sind, auch so abrufen möchte. Es ist doch der ideale Moment. Wer weiß wie es damit später, meinetwegen in ein paar Tagen aussehen wird."

„Ja, ist ja schon gut. Wir sind ja auch nicht auf einer Vorstandsitzung."

„Also der Kerl war mir verdächtig. Ich versteckte mich dann hinter einem wuchtigen Grabstein und spähte unter dem Kreuz durch. Der Kerl ging direkt auf das Grab zu, machte dann als ginge ihn das Ganze nichts an, schaute aber mehr oder weniger verdeckt in die Runde. Dann schnappte er sich die Tasche und verschwand im Eilschritt. Ich hätte ihm leicht nachlaufen können ..."

„Gottseidank, dass Du es nicht gemacht hast."

„Habt Ihr etwas von Jeremy gehört?"

„Leider nein", sagte Richards Schwester kleinlaut.

„Hoffen wir, dass der Entführer Wort hält. Ich erwarte es jedenfalls so. Was meinst du Richard, Du hast ihn offenbar gesehen? Wie schätzt Du ihn ein?"

„Also, so wie Du ihn eingeschätzt oder charakterlich eingeordnet hast, würde ich ihn, so ganz oberflächlich betrachtet, und mehr war es ja auch nicht, nicht einordnen. Aber", Richard hob abwehrend die Hände, „man kann sich ja auch irren."

Benno-Boss erwiderte daraufhin nichts. Er ließ nachdenklich den Kopf nach vorne sinken.

Ein Wiedersehen

Jeremy schaute sich, am Fuß der Rolltreppe angekommen, nach Gerlinde um. In diesem Augenblick rauschte seine schlanke, wie üblich übermäßig geschminkte Mutter heran. Zwei Meter dahinter, mit einem etwas watschelndem Gang, die vollbusige Tante.

Mutter und Sohn fielen sich um den Hals. Für jeden Zuschauer, und davon gab es eine ganze Menge, ein warmherziger Anblick.

„Zerdrück mir meine Frisur nicht", quäkte als erstes Frau Mutter zu ihrem Sohn.

„Aach, da ist er ja. Na, da hat aber die Polizei doch noch etwas zuwege gebracht."

„Du siehst gut aus Mama. Hat dir das Versteck spielen gutgetan? War doch sicher eine interessante Abwechslung so mit Papa Räuber und Gendarm zu spielen."

Mutti ergriff ihren Sohn an beiden Schultern und drückte ihn auf Armlänge vor sich. Schaute ihm in die etwas wässrigen Augen.

„Wovon redest Du da überhaupt? Das ist doch ..."

„Na, die Hauptsache wir haben Dich wieder, du Schlingel. Hast Dich wahrscheinlich ..." Es war seine Tante, die mit der ganzen Gewalt ihrer Worte die Fragerei in die Irre leitete.

„Jetzt halte einmal deinen Mund", unterbrach sie die wirkliche Mutter. „Das siehst du doch, dass er wieder da ist. Und Polizei sehe ich auch nicht. Geh mal voraus und sage der Tusse im Salon, dass sich mein Termin für die Pediküre etwas verzögern wird. Oder, warte mal, ich gehe doch lieber gleich, sonst kommt mir eine andere zuvor. Junge, was sind das für Klamotten, die du da anhast?"

„Das sieht ja grääässlich aus", krähte die Tante.

Mutter fasste den Sohn an der Hand und die kleine Gruppe setzte sich in Bewegung. Das Geschnatter erfuhr dadurch aber keineswegs eine Unterbrechung.

„Nun so grässlich auch wieder nicht. Klar, ist zumindest ungewöhnlich oder gewöhnungsbedürftig. Christine, hast du es auch bemerkt, der Zeitschriftenverkäufer ist nicht mehr an seinem angestammten Platz? Wieso habe ich heute in der Früh diese unbequemen Schuhe angezogen? War wohl mit meinen Gedanken woanders. Wir gehen nachher neue Schuhe kaufen, diese Quälgeister an meinen Füßen ertrage ich nicht länger. Bist du misshandelt worden?"

Mutti, die bereits ihr Schritttempo in Richtung Pediküre erhöht hatte, blieb stehen und schaute (schon wieder!) ihren Sohn an.

Ihr Sohn schaute ehrlich überrascht. „Wieso misshandelt? Papa hat doch diese nette Familie ausgesucht. Ich hätte ..."

„Das hat sich also alles dein Vater ausgedacht. Zu uns hat er darüber kein Wort gesagt. Und wir sind vor Sorge beinahe umgekommen. Wir waren bei der Polizei und ...."

„... die haben die Sache nur hinausgezögert", ließ sich die Tante vernehmen. „Diese Schuhe hast du doch erst vor, na vielleicht zehn Tagen gekauft. Ich weiß noch, wie begeistert du warst. Und jetzt willst ..."

„Na da werde ich also mit deinem Vater ein paar Takte reden müssen. Wieso ...“

„Aber Mutter, es war doch alles prima. Papa hat das Richtige gemacht. Ich hätte es gar nicht besser treffen können.“

„Wovon redet der überhaupt? Wir müssen uns doch ein wenig beeilen. Die Pediküre. Nein Schwesterchen, da lässt Dich deine Erinnerung doch ein wenig im Stich. Erstens haben wir uns beide Schuhe gekauft. Und so begeistert war ich eben nicht. Aber, ich glaube, dass sie mir dieser Verkäufer regelrecht aufgedrängt hat. Allein kann ich doch nicht so dumm sein, da hätte ich ...“

„ ... ich hätte diese Schuhe niemals ...“

„Und Papa und Du, ihr habt dem Entführer ein Schnippchen geschlagen?“

„Danach sah es erst gar nicht aus...“

„...wir dachten, dass Du...“

„Was soll ich damit zu tun haben, hast Du sie noch alle?“

„Siehst Du, er ist noch ganz der Alte. Junge sind wir froh, dass Du wieder da bist. Wir werden gleich ... ach das kann warten. Oder, Christine ruf du Michael an. Und sage ihm auch, dass es mit dem Essen nichts wird.“

„Mutter,, ich kann kochen. Ich werde es Dir beibringen, dann kannst Du auch...“

„Junge, ich habe zwei linke Hände. Ich würde sagen ... zunächst muss ich mal an meine Pediküre denken, sonst ...“

„ ...deine Mutter und kochen! Dass ich nicht lache und von wegen zwei linke Hände. Zwei regelmäßig manikürte Hände hat sie. Eine links und eine rechts. Und Angst, dass die Haut rau und rissig werden könnte. Eier hart kochen, ja, da ist ...“

„... Du musst gerade etwas sagen. Du hast doch gar keine Ahnung, was zum Kochen alles dazugehört. Dein Leben lang hast Du ..."

„ ...Ich habe einen Kurs beim, na wie hieß der noch und bei den Fernsehköchen schaue ich regelmäßig zu. Besonders bei dem ..."

„Ich weiß aber, wie kochen Spaß macht." Jeremy wollte seine Behauptung und sein Angebot aufrechterhalten.

„Auch ein Leichenbestatter würde das von seinem Beruf sagen, wenn nur die Kasse stimmt."

„Aber wo warst Du die ganze Zeit? Wir haben uns Sorgen gemacht?"

„Ich habe mir Sorgen um Mutter gemacht, wegen der Entführungsgeschichte."

„Na endlich kommen wir zum Thema. Aber ich habe jetzt da bei dem Fräulein zu tun. Hier sind zehn Euro. Amüsier Dich doch inzwischen ein bisschen. Kauf Dir was Schönes. Kommst dann wieder hierher zurück. Allzulange kann das ja nicht dauern."

„Ich gehe mit Dir", sprach Christine, Jeremys Tante.

Die neue und alte familiäre Routine hatte übergangslos wieder begonnen. Jeremy bekam einen kurzen Anflug von Nostalgie. Wie schön und unterhaltsam es doch bei seinem Freund Hermenegildo zugegangen war.

„Übrigens, bei dem muss ich mich noch bedanken."

„Von was redest Du da"? Das war die Frage seiner Tante, die sich trotz ihrer Drohung ihre Schwester zu begleiten, noch bei Jeremy aufgehalten hatte.

Der Gärtner

„Im Zweifelsfall, war es immer der Gärtner. Das kannst Du in vielen Kriminalromanen nachlesen." Schigulla machte das gerade einem seiner Lieblings-Männer klar. Sie hatten sich entspannt im Chefbüro unterhalten.

Die Bemerkung Schigullas hatte nichts mit dem Vorfall auf dem Friedhof zu tun - jedenfalls noch nicht. Bislang bestand keinerlei Zusammenhang. Er wusste ja noch nichts davon. Von einem Toten auf dem Friedhof.

Franz Blauth, Friedhofsgärtner seit gut acht Jahren, trabte gemessenen Ganges seinem augenblicklichen Betätigungsfeld im westlichen Teil der Friedhofsanlage zu. In der Brusttasche seines grünen Overalls, mehr ein Zwitter zwischen Latzhose und Ganzkörperüberzug, meldete sich sein Handy. Augenblicklich blieb er stehen. Zunächst schaute er wie erstarrt geradeaus und wartete auf den nächsten Signalton.

Als der kam, begann er hektisch nach dem Gerät zu fummeln. Er schimpfte lautlos, er war ja auf dem Friedhof, dass er mal wieder den verflixten Knopf öffnen musste. Er hasste ihn, aber er brauchte ihn, um die Brusttasche zu verschließen, denn schon ein paar Mal hatte er das Handy verloren. Es war einfach herausgerutscht bei seiner gebückten Arbeitsweise. Einmal, als er es nicht mehr finden konnte, ließ er vom Büro aus seine Nummer anwählen. Er fand dann sein Handy, als er dem Klingelton nachging, der unter einer Zypresse herauskam. Zu dieser Idee beglückwünschte er sich heute noch. Genial.

Wie üblich, wenn sein Handy klingelte, hatte ihn eine unerklärliche Nervosität befallen. So war es auch diesmal. Wer konnte etwas von ihm wollen? Von zu Hause konnte es niemand sein, denn er hatte zwar ein Zuhause, aber ohne Anhang. Er war Junggeselle. Die richtige Zeit zum Heiraten hatte er verschlafen. Nun, sagen wir es praxisnäher, er hatte die Zeit verpasst und als er daran dachte eine Familie zu gründen, war das Feuer der Jugend bereits weitgehend erloschen. Das hatte er sich selbst eingeredet. Er resignierte nicht, aber er fügte sich in seine Situation.

Heute tröstete er sich damit, dass er ja nicht der Einzige sei, der Einzige, der sich selbst zu versorgen hatte. Nun gut, manchmal wäre es schon ganz gut eine Frau zu haben, eine von der er sich bemuttern lassen konnte. Was ihn in letzter Zeit nachdenklich stimmte, war die Erkenntnis, dass er jede Handreichung, jedes noch so kleine und auch unbedeutende Detail selbst erledigen musste. Wenn er eine Frau hätte - doch da stoppte er seine Überlegungen. Er hatte zwar noch niemals seinen Lebenslauf als benachteiligt empfunden. Aber in letzter Zeit, wenn er sich sein Abendessen zubereitete, konnte er sich vorstellen, dass er schon mal eine Abwechslung vertragen könnte. Doch so viel Realismus brachte er noch zustande und erkannte, dass es Träume waren. Trotzdem....

Dafür waren doch die Frauen zuständig. Sie konnten -

sie sollten gut kochen können. Und wenn er mal unpässlich war, würde ihm ein bisschen Bedauern, Mitgefühl sicher guttun.

Kinder bekommen Eheleute auch. Aber darüber hatte er sich niemals Gedanken gemacht. So gesehen hielt er es mit dem Sprichwort, das er einmal von einem Kollegen gehört hatte: Kleine Kinder, kleine Sorgen, große Kinder, große Sorgen. So gesehen brauchte er sich also keine Sorgen zu machen. Weder große noch kleine. Also ganz einfach, *keine Kinder, keine Sorgen.* Das war neu, aber auch ganz gut. Das hatte er sich gerade mal so zusammengedichtet. Allerdings, so viel gestand er sich aus Erfahrung auch zu, dass das auch nicht stimmen konnte, nicht immer.

Der Anruf kam aus dem Verwaltungsbüro. Das Mädchen sagte ihm lachend, dass er seinen Hut liegen gelassen hatte. Sie würde ihn im Eingangsbereich auf den Garderobenständer hängen. Dort könne er ihn sich abholen.

Franz griff sich in die Haare und - tatsächlich. Er hatte seinen Hut nicht aufsitzen. Na, so was. Soweit er sich erinnern konnte, war ihm das noch niemals passiert. Der Hut war doch so etwas wie ein Teil seiner selbst. Oder auch ein Erkennungszeichen. Und ohne Hut, das hatte man ihm bereits in der Lehrzeit eingebläut, arbeitet kein Gärtner. Es sei auch ungesund, wegen der Strahlen. Welche das sein sollten hatte er längst vergessen.

Bevor er sich dann bei dem netten Fräulein bedanken konnte, war die Verbindung bereits unterbrochen. Dem Fräulein war die Sprachlosigkeit Franz´ zu lang geworden. Hatte sie auf ein Dankeschön gewartet? Aber, dass Franz immer etwas länger brauchte - begriffsstutzig war, das kannte man hier im Verwaltungsbüro.

Jetzt rief sich Franz in Erinnerung: Das Fräulein war noch nicht einmal ein Jahr in der Verwaltung. Aber sie war trotzdem nett. Kurz dachte er nach, dass das <*trotzdem*> eigentlich gar nichts mit der Dauer ihres Arbeitsverhältnisses in der Friedhofsverwaltung zu tun haben sollte. Er hatte zwar noch nicht viele Worte mit ihr gewechselt, aber sie lächelte ihn immer so freundlich an. Lächelnd und etwas versonnen schaute er noch eine Weile auf das verstummte Handy.

Franz verstaute dann wieder vorsichtig sein Hand-Telefon und versuchte den Knopf der Tasche zuzuknöpfen. Was nicht leicht war mit seinen dicken, schwielenübersähten Fingern. Zudem hatte er Probleme seinen Kopf so weit nach unten zu neigen, um die Lage des Knopfes mit Knopfloch einzusehen. Und ohne beides zu sehen, wie sollte er den Knopf in den Schlitz bringen?

Zunächst verzog er jetzt sein Gesicht missbilligend, dann leuchtete es kurz auf, als ihm der Verschluss doch gelungen war. Jetzt konnte es weitergehen.

Er brauchte dann nur noch vier bis fünf Sekunden, um sich zu orientieren. Wo hatte er seine Arbeit unterbrochen? Der Anruf hatte ihn aus dem Konzept gebracht. Jetzt erinnerte er sich wieder an seinen momentanen Arbeitsplatz. Es war bei den sechs Zypressen, wo er seine Werkzeuge verstaut hatte. Gut getarnt im Gras und teilweise unter den Zypressen. Er war ja gewissenhaft. Und er achtete darauf, dass seine Werkzeuge immer in Schuss waren. Und, so wie auch heute, versteckte er sie stets, damit sie ihm während seiner Abwesenheit nicht abhandenkommen konnten. Und, natürlich, damit niemand darüber stolpern, sich vielleicht sogar verletzen konnte.

Er sah dann auch bald die große, grüne Gießkanne, die

einmal wieder jemand an der Wasserstelle ausgeliehen hatte und jetzt nicht mehr zurückgebracht hatte. Das konnte ihn ärgern. Da hatte die Verwaltung ausdrücklich einen Hinweis machen lassen und bei den Abstellflächen der Gießkannen ausgehängt. Da stand es doch klar und deutlich, dass die Gießkannen für jeden Besucher da seien aber bitte schön, wieder zurückzubringen waren. Und was sah er hier schon wieder? Das erboste ihn immer aufs Neue. Und das passierte so gut wie jeden Tag. Immer einmal wieder, und er musste den Trottel für die unordentlichen Menschen spielen.

Was er dann noch sah, verschlug ihm dann doch beinahe den Atem. Da lag, der Länge nach ausgestreckt, ein Kerl und hielt seinen Mittagsschlaf. Auf dem Friedhof. Das schlägt dann doch dem Fass den Boden aus. Franzens Gefühle drückten sein verbliebenes Adrenalin nach oben. Der Kerl lag auf *seinem* Rasen. Der musste es auch sein, der mit der Gießkanne. Na sowas. Hatte sich eine Gießkanne geholt, die Blumen auf einem Grab begossen und sich dann für ein Nickerchen hingelegt. Ohne zuerst die Gießkanne zurückzubringen. Das war gegen die Regel und das konnte ihn wahrhaftig aufregen.

Und zudem, er grinste jetzt etwas schief, der würde doch noch genügend Zeit haben sich hier in dieser Anlage auszuruhen. Irgendwann für immer. Und immer in seiner Nähe.

„Hey sie doo, wos mochens denn? Dös ist doch kaan Picknickplatz net."

Der Schlafende regte sich nicht, was den Gärtner Franz noch mehr erregte.

„Sie, se hädde wenigschdens de Gießkanne an ihre Platz zrückbringe kenne." Das hatte er nur hallblaut gesagt, so als wollte er vermeiden, dass der Mann da vor ihm doch wach und ungehalten werden könnte.

Franz erhielt auch jetzt keine Antwort, was er jetzt doch als grobe Ungezogenheit einstufte.

Jetzt sah er den Rechen, seinen Rechen halb unter dem Körper des schlafenden Ruhenden. Das heißt, der Kerl lag fast der Länge nach auf seinem Rechen.

„Hey sie, ich muss doch orbeiden. Se kennen doch net mei Werkzeich ...."

Irgendetwas stimmte da nicht. Das merkte jetzt auch Franz.

Noch immer schaute er zutiefst missbilligend auf den Körper, der ein wenig auf der Seite lag, beide Arme nach vorn ausgestreckt, ein Bein angezogen, so als wollte er im Schlaf noch weiterlaufen. Sein Gesicht steckte in dem kurzen Gras.

Franz entschloss sich ohne weitere Diskussion die Gieß-kanne zurückzubringen. Vielleicht würde sich unterdessen das Problem von allein lösen und der Eindringling wäre bei seiner Rückkehr an den Arbeitsplatz nicht mehr da.

Aber als er wieder zurück an seinem augenblicklichen Arbeitsplatz war, lag der Fremde noch immer da. Der hatte sich scheinbar noch nicht einmal gerührt. Der schien wirklich einen sehr guten Schlaf zu haben. Nun ja, bei der Ruhe hier im Park.

Franz schaute jetzt wortlos drein und überlegte, wie er den Rechen am besten unter dem Körper herausziehen konnte, ohne den Mann zu verärgern. Nach einem wirklichen Streit war ihm nicht zumute. Es war auch nicht mehr weit vom Feierabend entfernt, er würde ihn einfach liegen lassen. Sollte er ihn im Büro melden? Er nahm sich zunächst vor, kein Wort darüber zu verlieren. Das würde auf Kosten seiner Feierabendzeit gehen. Er würde mit jemandem zurückkommen müssen - Zeit, die ihm nicht als Überstunden angerechnet werden würde.

Er zog an den Zinken des Rechens. Er musste den Stiel unter der ganzen Körperlänge herausziehen. Der Mann hatte sich immer noch nicht gerührt. Hatte der aber wirklich einen gesunden Schlaf.

Er griff zum Stiel und bemerkte gerade noch rechtzeitig die Blutschliere bis zum Stielende, bevor er hineingriff. Verwundert suchte er mit seinen Augen die gesamte Stiellänge ab. Nur im oberen Teil war das Blut. Das wird doch nicht ... das kann eigentlich nur von dem ... Vielleicht ... Franz hoffte noch immer, dass er vielleicht durch beharrliches Ignorieren der unleugbaren Tatsache diese sich von allein auflösen würde. In Nichts auflösen würde. Denn es bewegte ihn schon etwas. Das Blut, sein Rechen und der Mann, die mussten etwas gemein haben.

Für eine längere Weile stand Franz unbeweglich auf seinem Rasen.

Wieder hoffte er noch einmal, und diesmal sehr inständig, dass der Mann plötzlich aufstehen würde um wegzugehen. Ohne weiteres Aufheben. Er musste ihm sicher etwas mehr Zeit lassen. Da passte es, dass er diese gewinnen konnte, wenn er seinen Rechenstiel reinigen würde. Und so trottete er betont langsam, er wollte ja eben von dieser Zeit mehr gewinnen, in Richtung der Wasserzapfstelle. Umständlich wusch er die Blutspuren ab. Eine ältere Dame, die herbeikam, schaute ihn groß an. Das rot gefärbte Wasser verschwand im Abfluss.

Bei Franzens Rückkehr war der Mann immer noch an gleicher Stelle. Jetzt, das schwante ihm, konnte er nicht anders, er musste handeln. Oder sollte er ihn doch einfach liegen lassen? Morgen, in der Früh, vor Arbeitsbeginn würde er ihn finden und melden. Man würde sagen, dass er in der Nacht verstorben war und für ihn als Gärtner wäre die Sache erledigt. Was immer er nämlich *jetzt* tun würde, so viel wurde ihm klar. Es würde Schwierigkeiten bedeuten. Befragungen, Auskünfte und dazu würde sein Abendbrot warten müssen. Nein, umgekehrt, er würde auf sein Abendbrot warten müssen. Ach, das ...?

Angesichts dieser für ihn keineswegs erfreulichen Aussichten, juckte ihm jetzt der rechte Fuß. Wie gerne hätte er dem Typen da in die Rippen getreten. Vielleicht wäre er dann damit doch wach geworden. Dann entschloss er sich den Versuch zu unternehmen, um den Mann auf die Seite zu wälzen. Dazu ging er in die Hocke. Vorsichtig bewegte er dessen Kopf. Als er sein Gesicht einsehen konnte, fiel Franz rückwärts um. Mit beiden Beinen strampelnd und mit den Händen rudernd, schob er sich auf dem glatten Rasen, so schnell es ging, rücklings von dem grauseligen Anblick nach hinten weg. Bis er an eine Grabeinfriedung stieß. Dann sprang er auf die Beine. Und stierte mit weit aufgerissenen Augen auf diesen Kopf, auf die blutverschmierten Haare und das entstellte, blutige Gesicht.

Fieberhaft versuchte er seine nächste Aktion zu überdenken. Doch das Denken war schon ohne äußere Probleme für ihn nicht gerade seine Stärke. Kurz entschlossen begann er in aller Eile wegzulaufen, er wollte im Büro Bescheid sagen. Dann stoppte er doch noch einmal seine Hektik, drehte sich um und sagte in Richtung des leblosen Liegenden völlig überflüssigerweise „Warte" und startete dann definitiv durch. Doch bereits beim übernächsten Doppelgrab hatte seine Denkmaschine angefangen zu arbeiten und meldete ihm, dass es doch ein Handyanruf auch tun würde. Durch diesen Weckruf stoppte er wieder auf der Stelle. Dann drehte er wieder den Kopf nach dem unglückseligen Menschen. Er ging wieder auf ihn zu, hielt aber in gut fünf Metern Entfernung an und begann an seiner Brusttasche zu nesteln. Diesmal schimpfte er nicht. Im Gegenteil, die Zeit, bis er das Handy in den Händen hielt, schien ihm vergleichsweise schnell, viel zu schnell vorübergegangen zu sein. Er hätte es diesmal gerne hingenommen, wenn er noch länger dafür gebraucht hätte. Nach seinem Geschmack ging eben wieder alles viel zu schnell.

Dann der Anruf. Er stellte fest, dass er die Nummer nicht wusste. Oder vergessen hatte. Er starrte das Handy dann eine Weile regungslos an. Jetzt fiel ihm ein, dass sie ihm im Büro eine Zielnummer eingegeben hatten. Und sie hatten ihn unterwiesen, wie der für einen Anruf vorgehen sollte. Er glaubte zu wissen, wie das ging.

Schon beim ersten Versuch bekam er die Verbindung. Zu einem anderen Zeitpunkt hätte er gejubelt, zumindest innerlich. Dazu war jetzt keine Zeit. Schon wurde der Wunsch in ihm übermächtig die Verbindung einfach zu kappen.

Es meldete sich aber schon eine Frau. Es war die Dame vom Blumenladen gegenüber dem Friedhofseingang. Er kannte ihre markante Stimme nur allzu gut.

Nachdem sie zweimal gebeten hatte zu antworten, sagte er „Scheiße" und drückte den Aus Knopf. Und jetzt? Er schaute zum Himmel empor, als erwarte er von dort die Eingebung, und tatsächlich, er glaubte sich geirrt zu haben. Also auf ein Neues. Bedächtig drückte er und versuchte nur den Knopf niederzudrücken, den er ausgewählt hatte. Es war mühselig, denn seine Finger waren der kleinen Tastatur nicht angepasst - oder war es umgekehrt? Weshalb konnten die nicht Handys für eine normale Menschenhand bauen? Alles war so zierlich, wie für Kinderhände gemacht, für Hände von Kleinkindern.

Es meldete sich jetzt das liebe, nette Fräulein, jene, die ihm seinen Hut auf den Garderobeständer im Eingang gehängt hatte - haben wollte.

Franz stotterte, bekam keinen vernünftigen Ton heraus. Er war total durcheinander, fand nicht die richtigen Worte, war auch besonders dadurch irritiert, dass er die schlechte Nachricht ausgerechnet diesem lieben, netten Fräulein mitteilen musste. Das tat ihm leid. Aber das Fräulein rief ihn in aller Freundschaft und Ruhe zur Ordnung: „Nun was ist, Franz, vermissen sie ihren Hut? Ich habe Ihnen doch gesagt, dass ich ihn im Eingang an den Garderobenständer hängen werde. Vergiss ihn nicht, wenn du Feierabend hast."

Ach, wie lieb und nett sie das gesagt hatte. Doch jetzt platzte es aus ihm heraus: „Näh - näh, er licht im Gras. Ich glaub, er ist dood."

„Franz, was redest du da? Dein Hut?"

„Er licht dort unn mei Rechn - er iss scheinbar dood. Ich glaub ..."

„Franz! Wie soll ich das verstehen? Dein Rechen ist tot? Oder wer oder was?"

„Näh, der Mann iss dood. Mein Rechn ..."

„Was ist mit deinem Rechen?"

„Nix, eigentlich nix. Isch hob ihn gwasche. Blut, Blut war am Schdiel, isch hob ihn gwasche. Dort wo die Gießkanne sonn."

„Franz, das hört sich alles schrecklich an. Kann es sein, dass du mir von einem toten Mann erzählen willst?"

„Gnau, gnau, des isses. Der Mann iss dood. Der lischt do im Gras unn iss bludisch. Ich wees net wos isch mache soll."

Das Fräulein brauchte einen Moment, bis sie weiterredete. „Warte mal einen Moment, Franz", sagte sie dann. Sie fragte einen Kollegen, der gerade vorüberging und ihren verstörten Gesichtsausdruck bemerkte. Danach sprach sie auffallend ruhig in das Telefon: „Franz, bitte sag mir wo du bist, in welcher Reihe, bei welchem Grab. Wir kommen dann sofort zu dir."

Auf dem Friedhof ein toter Mann. Eigentlich wäre das kein Grund für eine besondere Aufregung gewesen. Dafür war doch der Friedhof da.

Die ruhige Rede des freundlichen Fräuleins gab Franz auch eine gewisse Ruhe und er gab ungewöhnlich rasch und durchaus präzise seinen Standort durch.

„Franz, jemand von uns wird ganz schnell zu dir kommen, Warte und bewege dich nicht." Das hätte sie nicht zu sagen brauchen. Franz fühlte sich stocksteif, könnte sich jetzt nicht einmal mehr bewegen, auch wenn er es gewollt hätte. Sein Körper gehorchte ihm nicht mehr. „Ich rufe einen Krankenwagen." Das hatte Franz aber nicht mehr mitbekommen. Obwohl, das Handy war noch eingeschaltet und er vergaß auch die Verbindung akkurat zu unterbrechen.

Der Bürokollege nahm sich ein Fahrrad und beeilte sich zu Franz zu kommen. Er wollte auch nicht an den Tod eines unbeerdigten Menschen glauben, hier mitten unter so viel Toten auf dem Friedhof. Ein schlimmer Gedanke mischte sich in seine Denkarbeit: Hatte da vielleicht jemand, um die Grab- und Bestattungskosten zu sparen ... Aber den Gedanken wollte er nicht mehr zu Ende denken und er trat feste in die Pedale, schon seiner lieben netten Kollegin zuliebe.

Franz stand am gleichen Platz, von wo er telefoniert hatte. Das Handy hatte er noch nicht in seiner Brusttasche verstauen können. Stumm zeigte er dem Kurier den leblosen Menschen im Gras.

Der ging näher und wandte sich schnell ab. Es sah nun danach aus, als wollte er sich übergeben. Wortlos drehte er das Fahrrad und fuhr davon.

Franz blieb auf seinem Platz stehen.

Der Friedhofsverwaltungsangestelltenanwärterjüngling stürmte ins Büro und rief laut - Polizei, die Polizei, schnell ..."

Alle schauten zu ihm. Das liebe nette Fräulein sagte noch, dass sie aber bereits einen Krankenwagen gerufen habe.

„Ich habe nicht so genau hingeschaut, aber ich hatte den Eindruck, dass der Mann keinen Krankenwagen mehr benötigt. Das wird sicherlich Sache der Polizei sein."

„Wir sollten am besten nichts anfassen", das hatte er so vor sich hingemurmelt.

Hallodri

Sebastian Müller klaubte sich Geldscheine aus der Pilotentasche. Er faltete sie zu einem Bündelchen und schob es in die Hosentasche.

„Die ganze elende Scheiß-Klempnerei hat ein Ende", murmelte er. „Meister, den Lehrling Sebastian Müller kannst du in den Ruß schreiben. Oder sonst wo hinschmieren. Sebastian fängt ein neues Leben an. Und zwar sofort", sagte er schon etwas lauter. Von Zurückhaltung keine Spur. Seit er sich den Inhalt des Koffers angesehen hatte, wusste er, dass sein Traum in Erfüllung gegangen war. Ja, von so einem Fischzug hatte er geträumt.

Er war sich sogar, nach einer kurzen Reflexion sicher, dass ihm auch die Mafia den Hobel ausblasen konnte. Wenn sie denn mit den Millionen überhaupt etwas zu tun hatte. Das dann konsequente Risiko wollte er schon eingehen.

<Ja, es mussten wirklich Millionen sein> - das hatte er vor sich hingemurmelt. Ein leichter wohliger Schauer lief ihm den Rücken hinunter.

Von wegen Lehre. Von wegen Klempner werden. Bleche biegen, bei anderen Leuten unter der Spüle rumkriechen, Rohre stecken. Verstopfte Abflüsse freimachen, stinkendes Zeugs herausklauben und dann noch den Kunden in den Arsch kriechen. „Ich habe gewusst, dass das nichts ist für mich."

Sonja wird Augen machen. In der Tasche sind glatt fünf Millionen. Mindestens, vielleicht sind es gar 10. Ich werde ihr ein Leben in der Sonne, am Strand, auf einem Boot bieten. Überall wo sie es will. Heiraten? Bloß das nicht. Verlieben öfters, verloben selten, heiraten nie! Das war seine Lebensleitlinie. Wir können auch *so* glücklich werden. Ich habe ja genug Zaster. Und wenn sie zickig wird, nehme ich mir eine andere. Mit Geld kriegst du jede. Das habe ich immer gewusst. Mit dem Gedanken kann ich gut leben. Er grinste.

Dann kam ihm spontan eine Idee. Ich lasse mir zwei Anzüge anmessen - stinkig werde ich damit angeben. Handgeschneidert. Maßanzüge auf Maß! Maßgeschneidert.

Das war doch eine großartige Idee, und er beglückwünschte sich für diesen Entschluss. Aus feinem Zwirn mussten sie sein. Er hatte nicht die geringste Idee wie Zwirn aussah. Was das war. Den Begriff kannte er nur aus einem Gangsterfilm und bekam ihn seit dieser Zeit nicht mehr aus seinem Gedächtnis. Nun gut, redete er sich zu: „Baschtl, du wirst dich an so viel Neues gewöhnen müssen. Im Luxus zu leben, bedeutet auch eine eigene Sprache zu sprechen." Wo er das aufgegabelt hatte, fiel ihm nicht mehr ein.

Dann stellte er sich vor, was Sonja für große Augen machen würde.

In der Schneiderei, er war schon öfters an den Auslagen vorbeigeschlendert, leistete er großzügig die verlangte Anzahlung und legte noch zwei Hunderter drauf. „Damit was

Anständiges draus wird." Schmieren gehörte bei den Reichen als Lebensform dazu - hatte er gehört. Und Hunderter waren bestimmt gute Schmiermittel. In diesem Falle, schränkte er ein - in diesem Falle, denn er begann bereits in größeren Dimensionen zu denken.

Der Meister, der die Summe quittierte, schaute seinen Mitarbeiter, der die „Vermessung" erledigt hatte, mit vielsagenden Augen an. In der Regel hatten sie Leute als Kunden, die nicht mit Bargeld um sich warfen. Meist bezahlten sie mit der goldenen Kreditkarte. Dieses Bürschchen war zumindest auffällig. Sie würden sich unterhalten.

„Anprobe?"

„Ja, Herr ..." der Meister ging flott über die Sprachlücke hinweg, „am kommenden Dienstag."

„Das ist ja noch eine geschlagene Woche hin. Geht es nicht vorher?"

„Gerne. Aber ich denke auch, sie würden es nicht schätzen, wenn wir Ihnen gegenüber unser Wort brächen und sie vertrösteten, um einen anderen Kunden vorzuziehen."

„Äh, nein. Ach, ich kann ja warten", ergänzte Sebastian in bester Laune."

„Bei der ersten Anprobe würde dann der Gesamtpreis, wie vereinbart, fällig werden."

„Der altgediente Mitarbeiter schaute seinen Chef mit weit aufgerissenen Augen verwundert an. Es war dies nämlich für ihn eine Neuheit in ihrem Hause. Das war ein offen geäußerter Zweifel an der Bonität Sebastians, eines Kunden immerhin. Keinem anderen, der ihm bekannten Kunden würde der Chef mit einem derart freimütig geäußerten Misstrauen gegenübertreten. Es wäre auch durchweg das Ende der oftmals langjährigen und treuen Geschäftsbeziehungen. Aber der Bengel nahm es gelassen. Der hatte noch nicht einmal bemerkt, dass er im Grunde genommen verachtet wurde. Na, das war vielleicht einer!?

Dann fiel Sebastian noch ein, dass er ja auch noch Hemden auf Maß geschneidert brauchte - wollte, haben musste. Er ließ sich anmessen, bestellte vier, aber es sollten seidene sein.

„Selbstverständlich, der Herr!"

Das gefiel ihm.

Er sollte die vier Hemden komplett vorauszahlen, denn eine Probe entfiel. Der Mitarbeiter verdrückte sich, als er diese einmalige, bisher noch niemals ausgesprochene Forderung von seinem Chef hörte. Unerhört. Un-er-hört! Obwohl, bei diesem Typen? Aber er selbst war nicht aus diesem Holz geschnitzt. Er hätte Derartiges niemals von einem Kunden verlangen können. Deshalb war er auch nicht der Chef - gestand er sich offen ein.

Und Socken werde ich auch noch brauchen. Aber was trägt da so der Mann von Welt?

Ach ja, seidene Unterwäsche. Wo konnte man die bekommen? Er merkte an, dass es für eine Person seines Standes noch allerhand zu lernen gab. Was soll´s, jedenfalls würde er nicht mehr zu lernen brauchen, wie man Bleche biegt.

Seine Oma, bei der er wohnte, hatte er jetzt vollkommen vergessen oder sie aus seinem Gedächtnis verdrängt. Was ihm auf der Suche nach weiterem Zubehör, Ergänzendes zu seinem Outfit, noch einfiel, war, dass er ja zu den Hemden auch Krawatten tragen sollte. Natürlich sollten es - nein - es *mussten* seidene sein. Mit einer schicken Krawattennadel - aus Gold - und, gut sichtbar, mit einem teuren Stein.

Und was jetzt? Sebastian spürte, dass er noch etwas unternehmen musste. Etwas Außergewöhnliches. Er konnte den Tag nicht so einfach abschließen. „Na los, was machste jetzt? Was kostet die Welt?"

„Ich gehe ins Kammerlunder. Ein Hotel der Extraklasse. Ich mache es mir einmal so richtig bequem, lasse die Sau raus. Wer könnte es mir verwehren?"

Die verlangten 485 Euro für die erste Nacht legte er gleich bar auf den Tresen. 500 ... „nein, den Rest können sie ... ach machen sie doch damit, was sie wollen." Er sah ein, dass dies normal sein musste, wenn ein Gast nur mit einer Pilotentasche ankam, so ohne weiteres Gepäck. Leute in solchen Hotels hatten viel Gepäck. Morgen würde er sich gleich Koffer anschaffen. Nicht beliebige Koffer, er würde nach den teuersten Umschau halten.

„Meine Lebensgefährtin treffe ich dann später." Er hatte ja ein Doppelzimmer verlangt.

Er liebte es zu hören, dass ein Diener für ihn bereitstand.

Welche Blumen denn die Lebensgefährtin liebe? „ihr Wunsch ist uns Befehl. Wir wünschen Ihnen einen sehr schönen und angenehmen Aufenthalt bei uns. Wenn der Herr auf dem Zimmer speisen möchte, dann geben sie uns ihre Wünsche über das Zimmertelefon bekannt."

Anscheinend war es ein Praktikant oder ein Lehrling, der das, bereits gut auswendig gelernt, alles so schön heruntergeleiert hatte. Kaum hatte sich Sebastian umgedreht, erhielt der Azubi vom Chef des Empfangs einen kräftigen Rippenstoß und einen vielsagenden Blick.

So viel der Hotelangestellte aber auch im Gesicht des Empfangschefs forschte. Er erhielt keine Begründung. Da war auch schon der nächste Kunde, der dann aber wieder vom Chef persönlich betreut und hofiert wurde.

Vom Zimmer aus rief Sebastian seine Freundin an. Sonja war aufs höchste erstaunt. Sie war zwar schon Einiges an Extravaganzen ihres Basti gewöhnt, aber das verschlug ihr doch die Sprache. Er lud sie zu einer sensationellen Nacht ins Kammerlunder ein. Ja hat der Mensch denn Töne? Was mochte denn in ihn gefahren sein?

„Hast du eine Bank ausgeraubt? Hast Du deinen Chef um einen unmoralischen Vorschuss gebeten? Hast Du ihm etwas angetan? Oder geerbt?"

Basti lachte. „Wir treffen uns und, dann werde ich Dir die Beweise meiner Großzügigkeit vorlegen. Übrigens, bei deinen Fragen nach der Herkunft meines neuen Reichtums, haste einen möglichen Lottogewinn vergessen. Da wärst Du nicht allzu weit von der Wahrheit entfernt."

Das klang für Sonjas Ohren schon etwas beruhigender.

Sonja war nur widerwillig bereit seiner Einladung zu folgen. Aber die Neugier siegte. Sie wollte unbedingt wissen, was hinter dieser neuen Masche ihres Freundes steckte.

An Ort und Stelle bestellte dieser dann zwei Flaschen Champagner, „aber vom Besten", verlangte er. „Schön gekühlt, in einem Bottich mit Eis." Das hatte er schon des öftern in einem Fernsehfilm gesehen.

Ja, er habe so etwas, wie im Lotto gewonnen. Sonja hörte nur mit einem Ohr so etwas klingen wie - Friedhof, früher Feierabend - - .

Das mit der Klempnerei könne sich sein Chef jetzt in den Allerwertesten stecken. Er selbst sei es leid, die Drecksarbeit für andere zu machen. Ja, er habe sich Anzüge und Hemden anmessen lassen. Ja, so schlug er vor, möglichst bald in eine andere Klimazone zu wechseln.

Die erste Flasche Champagner hatte er bereits allein geleert. Sonja hatte unterdessen ihr hochstieliges Glas noch nicht angerührt. Basti hatte das Wort und redete wie ein Wasserfall. Er war nicht zu bremsen und Sonja freundete sich zaghaft mit dem Gedanken einer endgültigen Trennung an. Was immer da auch abgelaufen war und groteskerweise weiterhin ablief, mit dem durfte sie sich nicht gemein machen, identifizieren. Das sagte ihr Gefühl.

Der Entschluss festigte sich, als Basti die zweite Flasche Schampus köpfen wollte.

Sebastian hatte doch tatsächlich nach einem geeigneten Werkzeug Umschau gehalten, um der Flasche den Hals abzuschlagen. Nur mit Mühe konnte Sonja ihn davon abhalten. Ihre Einwendungen, dass sie als Frau es doch sei, die schief angesehen werden würde, wenn mindestens die halbe Flasche irgendwo auf den wertvollen Teppichen landete. Dass es doch auch schade wäre für das schöne Gesöff, das dann verloren wäre.

Sebastian war aber aus nachvollziehbaren Gründen nicht mehr zu bremsen.

„Dann bestell´ ich einfach eine weitere Flasche. Oder ein halbes Dutzend, wo sollte da das Problem sein? Was soll´s?" Doch er erfüllte ihr den Wunsch und ließ sie die Flasche auf konventionelle Art öffnen.

„Du hättest sie wenigstens zünftig knallen lassen können." Allerdings, so flüssig, wie man diese Worte lesen kann, brachte er sie nicht mehr heraus. Der Geist entfleuchte mit zunehmender Leichtigkeit, im Gegensatz zu seiner

Zunge, die es Sebastian immer schwerer machte, seine Gedanken verständlich in Worte zu formen.

Bei dieser Flasche wollte sich Sebastian die Mühe, den Inhalt ins Glas zu gießen, nicht mehr machen. Er setzte sie an den Mund, musste sie aber gleich wieder absetzen. Dabei ergoss sich ein Teil ausgerechnet über die Bettdecke. Der Mundinhalt aber explodierte. Die Lippen waren nicht mehr imstande dem inneren Druck standzuhalten. Halb gasförmig und halb in feinen Tröpfchen, verteilte er sich in den freien Raum des teuren Hotelzimmers.

Dann entlud Sebastian ein unschönes, kräftiges Geräusch, das aus dem Innersten seiner Seele zu kommen schien. Dabei verdrehte er die Augen - <wie ein Bock beim Blitzen>, dachte sich, diesmal halb belustigt, halb angeekelt, Sonja - seine Lebensgefährtin, wie er sie am Empfang angekündigt hatte.

Als er dann beim Pinkeln im Bad war, die dabei entstandenen Geräusche ließen keine Zweifel an dieser Tätigkeit, öffnete Sonja diese ominöse Tasche, die neben dem Bett stand. Sie hatte sie bisher noch nicht bei ihm gesehen. Er hatte auch noch keine Erklärungen zu ihr abgegeben. Aber Sonja dachte sich, dass dort, in ihr, die Ursache für das verrückte Benehmen Bastis zu finden sein müsste. Es war auch das einzige Gepäckstück, das sie im Raum ausgemacht hatte.

Als sie die erste Klappe hochhob, sah sie zunächst in einem dafür vorgesehenen Fach eine Visitenkarte. Sie nahm sie heraus.

Doch, für weitere Erkundungen blieb keine Zeit. Basti hatte dem Geräusch nach seinen Ausflug auf die Toilette beendet. Sie steckte schnell die Karte ein und drückte den oberen Deckel der Tasche wieder in seine Position.

Kaum am Bett angekommen, setzte Basti die Flasche

wieder an den Mund und trank den Rest in maßlosen Zügen aus. Das heißt, auf halbem Wege kam nochmals eine gewaltige akustische Eruption. Die nachschießende Flüssigkeit hatte nicht mehr die Wucht der vorangegangenen. Es reichte gerade noch für ein kräftiges Rinnsal, das ihm beidseitig aus den Mundwinkeln lief.

Dann quälte er die Worte aus seinem Mund, dass er sicher unbedingt noch eine dieser Flaschen benötige.

Er hielt sie gegen das Licht und stellte bedauernd und äußerst umständlich fest, dass man sich bei dieser Art Flaschen niemals sicher sein konnte. „Die machen die absichtlich mit so dunklem Glas, damit man nicht bemerkt, wenn sie nicht ganz gefüllt sind." Es war wenigstens das, was Sonja aus dem Kauderwelsch herauszuhören glaubte.

Dann zerplatzte nochmals geräuschvoll eine Gasblase in Bastis Mund, die ebenfalls, wie die vorangegangenen, tief aus seinem Inneren hervorgedrungen war. Die Restbestände seiner Atemluft begannen säuerlich zu riechen.

Er schien nochmals etwas sagen zu wollen, aber da war es mehr der Wunsch der Vater des Gedankens. Während er noch ein letztes Wort zu formen versuchte, fiel er hintüber auf das Bett. Er hielt die Flasche noch am Hals, als Sonja glaubte verstehen zu können, dass er etwas von Abendessen sagte oder sagen wollte.

Dann schaute ihn Sonja teils belustigt, teils auch traurig an. Auch ein gewisser Ärger stellte sich ein. Sie war jetzt mit sich im Reinen, dass sie diesen Burschen niemals mehr als ernsthaften Bewerber ansehen würde. Ihr Techtelmechtel würde beendet sein. Vorbei.

Ja, eigentlich war es jetzt, just in diesem Augenblick vorbei, einfach vorbei, fertig, aus. Er hatte ihr in abstoßender Weise den Anlass und die Begründung geliefert. Und der innere Abschied fiel ihr gar nicht *soo* schwer. Sie wunderte sich darüber und war erleichtert zugleich. Sie streifte noch kurz den Inhalt eines Gedankens: <Was hatte sie bisher nur in diesem Burschen gesehen?>

Als Basti anfing nach Luft zu schnappen und dann zu schnarchen, nahm sie die Tasche, hob sie auf den Tisch neben die Blumen und klappte dann beide Deckel auf. Sie fuhr mit der Hand über die Geldbündel. Es war aber nicht deswegen, weil sie übermäßig beeindruckt gewesen wäre. Im Gegenteil, sie war es keinesfalls. Es war nur so eine Bewegung, als ob sie vorgehabt hätte das Geld zu zählen. Dann schob sie einige Bündel zur Seite und sah, dass die Tasche vom Boden bis obenhin mit Geld gefüllt sein musste. So weit sie überblicken konnte, musste es sich großteils um Scheine mit hohem Wert handeln. Sie klappte die beiden Deckel wieder entschlossen zu.

Jetzt schaute sie auf die Visitenkarte.

Benno-Boss, den kannte sie doch. Das war doch der .... Was hatte da ihr - nein, dieser Schuft von Basti angerichtet? Hatte er ihn womöglich erpresst? Mit was? Sie erinnerte sich jetzt, dass sie einige Male über den Magnaten gesprochen hatten. Sie hatte Basti eine Zeit lang gedrängt doch einmal um eine Lehrstelle in dessen Betrieb nachzusuchen. Und sie erinnerte sich daran, dass er dies rundweg abgelehnt hatte - *mit solch einem verhassten Kapitalisten wolle er niemals etwas zu tun haben.*

Oh - oh. Und jetzt hatte er von diesem, von ihm verachteten Kapitalisten Geld genommen. Auf seine Art?

Sonja schaute noch in den Hosentaschen des schnarchenden ex-Freundes nach. Sie entnahm das kleine

Geldbündelchen und steckte es in die Tasche zu dem anderen Geld. Dorthin, wo es nach ihrer Meinung auch sicher hingehörte. Es musste zur Tasche gehören, war genauso abgepackt. Nur die Banderole saß locker. In dem Bündel musste einiges fehlen.

Dann verschloss sie die Tasche wieder und verließ das Zimmer mitsamt dieser. Beim Empfang tuschelte man kurz, aber sie hatten schnell festgestellt, dass das Zimmer bezahlt war. Also ging sie alle der Abgang der Lady mit der Tasche nichts an.

Sie ging zum nächsten Droschkenstand und nahm sich ein Taxi, gab dann an zu Benno-Boss zu wollen. Dort machte der Pförtner große Augen. Die Tasche kannte er doch zu gut. Er bat das Fräulein in die Loge.

Was sie denn hierhergeführt habe?

„Ich habe den Koffer mit dem Geld. Ich will ihn persönlich an Herrn Benno-Boss abgeben.

Dann drückte er einen Knopf.

Die Sekretärin von Anne-Dörthe nahm einen Hörer in die Hand und machte sich auf etwas Ungewöhnliches gefasst. Denn der Signalton und das Aufleuchten ausgerechnet dieses Knopfes, bedeutete wirklich ein außergewöhnliches Ereignis.

Sie stürzte, schon wieder. ohne anzuklopfen, in den Salon und gab auch ihrerseits das Codewort durch.

Benno-Boss eilte zum Hörer neben dem Alarmknopf. Richard stand bei ihm, als er vom Pförtner hörte, dass da eine junge Dame neben ihm stehe, die das Lösegeld wieder zurückbringe. Sie bestehe darauf es nur Herrn Benno-Boss auszuhändigen. Im Hintergrund hörte Benno-Boss eine Frauenstimme, die wiederholte: „Nur an Herrn Benno persönlich.“

„Und Jeremy"? Benno-Boss schrie es beinahe.

„Sie ist allein und hat nur den Koffer bei sich", sagte der Pförtner.

„Ich bin sofort unten." Jetzt stand auch seine Frau bei ihm. Er schaute in gewisser Weise recht ratlos in die Gesichter seines Schwagers und seiner Frau.

„Die haben das Geld wieder zurückgebracht", stammelte er, oder vielleicht zurückgeschickt", ergänzte er noch. Sie hörten an seinen Worten, dass er ziemlich fassungslos war. Was immer er für Möglichkeiten auch durchgespielt hatte, mit diesem Ereignis hatte er niemals gerechnet. Alles drehte sich immer wieder um seinen Sohn, um Jeremy und seine Rückkehr. Und nun war statt ihm das Geld wieder da. Er konnte und wollte noch nicht abschätzen, ob das ein gutes oder schlechtes Zeichen war. Ja, er war verwirrt, was für ihn ein ziemlich fremdes, aber auch ein überaus unangenehmes Gefühl war.

Er voran, folgten ihm seine Familienmitglieder in Richtung Pförtnerloge.

Dort streckte ihm zunächst das Fräulein die Hand entgegen. Benno-Boss schaute sie mit strengem Blick an. Dann griff er zögernd zu, ohne den Blick von ihrem Gesicht zu wenden.

„Ich bin Sonja Novotny. Ich bringe Ihnen ihr Geld zurück. Ich bin nicht sicher, ob etwas fehlt. Bitte zählen sie es nach."

„Wieso? Wo ... ja, und mein Sohn?"

„Es tut mir leid, da kann ich Ihnen leider nichts dazu sagen."

„Sehr laut wurde nun Benno-Boss: „Sie können mir dazu nichts sagen. Oder wollen sie nicht oder dürfen sie ..."

Dann bemerkte er, dass er über das Ziel hinausgeschossen hatte. Jetzt fuhr er in normalem Tonfall fort, jedenfalls das, was er für normal hielt. Sonja schaute ihn mit offen gezeigter Verärgerung an.

„Da denke ich Ihnen einen Gefallen zu tun und ich werde angebrüllt. Das scheint mir ein schöner Mist, den ich da gebaut habe. Ich habe mit keiner Erpressung zu tun. Wenn eine stattgefunden hat, dann weiß ich nichts davon. Und von einem Sohn weiß ich auch nichts, ich bin ja schließlich nicht in ihre Familienangelegenheiten eingeweiht."

Den letzten Satz hatte auch sie lauthals geschrien.

Sie drehte sich um und drückte gegen die Tür nach draußen. Doch die war verschlossen, nur über einen elektrischen Kontakt zu öffnen. Dann drehte sie sich wieder Benno-Boss zu.

Beide schauten sich jetzt wie zwei Kampfhähne für einen kurzen Moment in die Augen. Sonja war schon drauf und dran weiter ihrem Zorn freien Lauf zu lassen. Benno-Boss aber wendete jetzt seinen Kopf zur Seite. Er schloss dann für einen Moment die Augen. Sonja interpretierte das richtig als Friedenzeichen, als Friedensangebot, zumindest als vorläufiges. Dann schaute er wieder Sonja an, doch ganz anders. Seine Augen funkelten nicht mehr.

Zudem sagte seine Frau hinter ihm: „Benno, hör dir doch erst einmal die junge Dame an, bevor du ein ungerechtes Urteil fällst."

Fast unterwürfig ließ sich nun Benno-Boss vernehmen.

„Entschuldigen sie bitte meinen Ausbruch, aber ich bin mit den Nerven ziemlich fertig. Seit Tagen ist unser Sohn in der Hand von Entführern. Er oder sie haben Lösegeld verlangt, ich habe es heute Nachmittag gezahlt. Statt meinen

Sohn, wie versprochen und wie wir es alle gehofft hatten, bekomme ich das Geld wieder. Das verwirrt mich. Das ist so verwirrend. Ich weiß nicht ... Ach, bitte entschuldigen Sie, das ist meine Frau und das ist mein Schwager. Wir alle hatten in jedem Augenblick unseren entführten Sohn Jeremy erwartet."

Sonja streckte die Hand der Frau entgegen, anschließend dem Mann und sagte, dass es ihr aufrichtig leid tue. Das mit der Entführung sei für sie völlig neu. Die Feuchtigkeit, die sich in ihren Augen angesammelt hatte, konnte man auf unterschiedliche Weise interpretieren.

Eine beinahe stimmungsvolle Stille trat ein. Der Pförtner schaute von einem zum anderen. Es war alles so unwirklich geworden. Er spürte plötzlich die Enge in seinem Arbeitsplatz. Da waren auf einmal so viele in diesem recht kleinen Raum. Es war richtig ungemütlich in seinem Reich geworden.

Sonja und die Familie hatten sich versöhnt.

Anne-Dörthe brach jetzt das Schweigen. „Bitte kommen sie doch mit uns ins Haus. Dort unterhalten wir uns wie zivilisierte Menschen."

So lernte Sonja das luxuriöse Ambiente des Anwesens von Benno-Boss von innen kennen.

Benno-Boss bestellte Tee. Dann aber fragte er nach einem besonderen Wunsch, wenn die junge Dame denn keinen Tee mag.

Das sei schon in Ordnung. Sie möchte gerne Tee.

Dann erzählte sie, was sie eben wusste.

Danach erzählte Benno-Boss seine Geschichte und davon, dass er sich verpflichtet hatte, die Polizei nicht einzuschalten. Er wollte unbedingt seinen Sohn retten, koste es was es wolle.

Sonja bestand aber jetzt darauf möglichst umgehend die Polizei zu verständigen. Benno-Boss zeigte auf seine Frau. „Mich brauchen sie nicht zu überzeugen", sagte er.

Anne-Dörthe hatte nun einen Gesichtsausdruck der teils Verwunderung, teils Neugierde oder auch Spannung ausdrückte.

Sonja, die glaubte die Lage erkannt zu haben, schilderte mehr zu Frau Anne-Dörthe gewandt, dass Basti - Sebastian, allein in einem Hotelzimmer schnarchen würde. „Er ist - nein", korrigierte sie sich, „er war mein Freund. Er hatte mich angerufen und gebeten zu ihm ins Hotel zu kommen. Er sagte etwas von einem Lottogewinn. Er wolle feiern. Er hatte Champagner auf sein Hotelzimmer bestellt. Zwei Flaschen davon hat er allein ausgetrunken. Der macht keine Probleme mehr", ergänzte sie. Sie könne sich aber nicht gut vorstellen, dass er der Autor der Entführung sei. Das traue sie ihm einesteils nicht zu und könne sich auch nicht vorstellen, dass er das Zeug dazu hätte, die geistige Kapazität derartiges durchzuziehen. <Schlappschwanz>, wollte sie noch sagen, aber das verkniff sie sich. Das passte nicht hierher. Setzte dann aber doch noch hinzu: „Ich stelle mir eine Entführung kompliziert vor. Nachdem ich aber die letzte Erfahrung mit ihm hinter mir habe, denke ich realitätsbezogener. Ich glaube eher, dass er" .. sie zeigte mit dem Zeigefinger der rechten Hand an ihre Schläfe. Mehr brauchte sie nicht mehr zu sagen.

Es entstand eine Pause. Sicher waren alle Anwesenden damit beschäftigt das Geschilderte zu verarbeiten. In die Situation einzubeziehen. Sonja fuhr dann auch fort.

„Ich habe in der Tasche nachgeschaut und, nachdem ich die Visitenkarte gesehen hatte, beschlossen, sie mitzunehmen. Nun, hier ist sie."

Auf Nachhaken Benno-Boss´ wollte sie es dann doch nicht ganz ausschließen, dass der Freund nicht doch als Werkzeug missbraucht worden sein könnte. Dann müsste er allerdings jetzt total sein bisschen Verstand verloren haben. Das ganze Lösegeld an sich zu nehmen und ... „Er schwafelte noch etwas von Plänen machen und in die Südsee überzusiedeln."

„Könnte es denn mögliche Hintermänner geben, die ihn womöglich gesteuert haben?", wollte Benno-Boss wissen.

Diesen Gedankengängen konnte sich Sonja nicht so recht anschließen. Nach dem, was sie wusste, gesehen und erlebt hatte, schloss sie, dass ihrem Freund - nun ex-Freund, das Geld wirklich wie ein Lottogewinn zugeflossen sein musste. Überraschend und mit überwältigender Wucht. Ein Anzeichen für eine Planung konnte sie nirgends sehen. Andeutungen in Richtung eines Lottogewinns hatte ja Basti - Sebastian Müller wohl gemacht. Sie musste weiter nachdenken. Es kam ihr sicher noch ein nützlicher Gedanke.

Dann glaubte sie einen Lichtblick zu haben. „Aber bitte kontrollieren sie das Geld. Wenn noch alles drin ist, dann ist er allein. Ein Komplize oder mehrere würden ihn doch sicher rasch ausfindig gemacht haben, wenn er beschlossen haben sollte das Lösegeld mit niemandem zu teilen." Sie beschloss sich zu verbessern, „somit könnte er eigentlich nur allein zu dem Geld gekommen sein. Ohne Hintermänner, vielleicht rein zufällig. Sonst ..."

Da fiel ihr ein, dass Basti erwähnt hatte, das Hotelzimmer vorausgezahlt zu haben und ...

„Da fällt mir aber ein, dass Sebastian gesagt hat, dass er das Hotelzimmer im Voraus bezahlt habe. Das Geld müsste fehlen."

Alle in der Familie schauten sich wieder einmal fast verständnislos an. Was sie da erlebten, war irgendwie irreal. Irgendwie total irritierend. Fast wie aus einer anderen Welt. Wie konnte Derartiges passieren? Da saß jemand bei ihnen, eine junge Frau, die sich entschuldigte, dass der Entführer und Erpresser möglicherweise ein Hotelzimmer von dem erpressten Geld im Voraus bezahlt haben könnte. Geld, das im Volumen von zwei bis drei Millionen Euro fehlen könnte, eigentlich müsste.

Dann fiel Sonja noch etwas ein. „Sebastian hat mir auch erzählt, dass er sich Anzüge und Hemden habe anmessen lassen. Handarbeit. Nein - ja, Maßarbeit, sagte er. Vielleicht hat er dort auch Geld gelassen. Das weiß ich aber nicht. Es ist mir nur so eingefallen."

Richard bekam einen leichten Hustenanfall. Benno-Boss schaute ihn verwundert an. „Hast du dich verschluckt?"

Er bekam, statt einer Antwort, einen vielsagenden Blick.

„Verzeihung Fräulein Sonja. Ich verschlucke mich auch gleich. Verehrtes Fräulein Sonja. Ich muss Ihnen gestehen, dass ich vor so viel Offenheit und der Fülle der Eindrücke und detaillierten Schilderungen kapitulieren muss. Ich glaube meinem Schwager geht es gleichfalls so. Lassen sie es mich so sagen. In meinem Managerleben, als Mehrheitseigner der Fabrik, als Verantwortungsträger für viele Menschen - ich habe solch eine Offenheit noch nicht erlebt. Danke! Nur, dass diese ausgerechnet in einem solch prekären Moment auf mich einstürmt, nimmt mir einen Teil meines ehrlichen Empfindens dafür. Das bedauere ich zutiefst."

„Aber da ist doch nichts dabei. Das ist doch normal", verteidigte sich Sonja. „Ich würde an Ihrer Stelle noch nicht so voreilig sein. Zählen sie doch erst einmal das Geld. Ich kann Ihnen nur sagen, was ich weiß. Aber das Geld selbst habe ich nicht angerührt."

„Fräulein Sonja, darf ich Sie Sonja nennen? Aber ... gut, ich lasse erst einmal Personal kommen, die das Geld zählen. Aber, das wollte ich sagen. Reden wir doch einmal über Sie. Mit Ihnen. Sie haben zunächst Finderlohn zu beanspruchen - nein, das ist verkehrt ausgedrückt, Sie haben ihn verdient. Ich habe im Moment ein tiefes Dankbarkeitsempfinden. Ich möchte etwas tun, wenngleich ... verzeihen Sie, ich sollte jetzt doch noch zunächst, zuerst an meinen Sohn denken, der immer noch in den Händen von Verbrechern ist."

„Aber das ist doch das Natürlichste der Welt. Wenn ich meinen Teil beisteuern kann ... könnte ... vielleicht?"

„Danke. Aber unsere Unterhaltung möchte ich gerne als noch nicht zu Ende geführt betrachten. Darf ich das Thema so bald wie möglich wieder aufnehmen? Ich meine, spätestens, wenn wir diese unglückselige ... hinter uns haben?"

„Ich bitte Sie. Sie haben ein vordringliches Problem. Das muss zuerst gelöst werden, das liegt doch auf der Hand ... nach meiner Ansicht. Und wenn ich dabei helfen kann, verfügen Sie bitte über mich."

<Welch ein praktisch und konsequent denkendes Mädchen>, dachte sich Benno-Boss. Er durfte sie nicht von der Leine lassen.

Es gab eine kleine Pause. Alle schienen ihre Gedanken zu sammeln.

„Zunächst glaube ich ist es an der Zeit über die Zukunft dieses Bastian zu entscheiden. Es geht um die Einschaltung der Polizei oder nicht. Dabei müssen wir berücksichtigen, dass mein Sohn immer noch in Gefahr ist, in den Händen der Entführer oder des Entführers."

Sonja meldete sich völlig unkonventionell zu Wort indem sie den Zeigefinger der rechten Hand hochhielt.

Alle schauten sie an und warteten auf ihre Ausführungen oder ...

„Wenn Sebastian den Geldkoffer hatte und es ist - ich nehme es einmal an - noch alles drin, mit Ausnahme der angedeuteten Beträge, dann dürfte er ja auch der Einzeltäter sein. Dann weiß nur er, wo sich ihr Sohn befindet ... befinden müsste. Sie müssen handeln, Entschuldigung, sie sollten handeln. Ich hätte keinen Zweifel oder Skrupel die Polizei einzuschalten. Zur Zeit kann der doch keiner Fliege etwas zuleide tun und es dürfte keines Aufwandes bedürfen, ihn einfach aus dem Bett heraus abzutransportieren. Festgebunden auf einer Trage. Vielleicht braucht er auch medizinische Hilfe."

Wieder schauten sich die Familienmitglieder überrascht in die Augen.

„Wissen sie Sonja, meine Frau ..."

„... ist auch einverstanden jetzt die Polizei einzuschalten." Anne-Dörthe hatte sich mit einem zweifelsfreien Statement zu Wort gemeldet. „Die Sachlage ist jetzt vollkommen neu. Da liegt der mutmaßliche Erpresser bewusstlos besoffen in einem Hotelbett. Was mit seinem anzunehmenden Opfer passiert, interessiert ihn einen feuchten Kehricht - würde ihn in diesem Augenblick offensichtlich nicht interessieren. Aber der ist ausgerechnet unser Sohn, unser Kind. Der sitzt oder liegt vielleicht irgendwo und wartet auf seine Freiheit. Was ich doch sehr hoffe." Tränen kullerten schon wieder über ihr Gesicht. „Wir sind es ihm jetzt schuldig alles Erdenkliche zu unternehmen, um ihn zu befreien. Ihn bei uns wiederzuhaben. Ich würde sonst nicht mehr in den Spiegel schauen können, wenn ihm ..."

Sie kam nicht weiter. Es war auch alles gesagt, was sie für den Moment und in der Situation vorbringen konnte.

Benno-Boss rief nach der Sekretärin. „Bitte suchen sie zu dieser vorgerückten Stunde die beiden Herren von der Finanzverwaltung zusammen. Sie haben unverzüglich Dienst, hier bei mir in der Wohnung. Geld zählen."

„Sofort", rief er der Sekretärin, die schon auf dem Sprung war, die Anweisung zu befolgen, hinterher. Dieser hätte man es aber nicht eigens sagen müssen. Offenbar war Bewegung in Richtung eines hoffentlich guten Finales gekommen.

Schigulla kommt wieder ins Spiel

„Wir sind uns also einig. Wir rufen die Polizei zu Hilfe."

„Wir sollten keine Zeit mehr verlieren. Erstens geht es um jede Minute für unser Kind und andererseits, kann es ja sein, dass der Erpresser, wenn er es denn ist, vorzeitig nüchtern wird und verduftet. Wenn er bemerkt, dass seine Tasche fehlt, dann weiß er auch, welche Stunde es geschlagen hat."

Die Sekretärin stellte die Verbindung her.

„Herr Benno-Boss, mit was können wir Ihnen dienen?"

„Ich will Hermann Schigulla sprechen. Es ist sehr dringend."

„Ich verbinde."

....

„Bedaure. Er ist vor etwa zehn Minuten aus dem Präsidium gegangen. Kann Ihnen sein Stellvertreter helfen?"

„Schigulla muss auch ein Handy haben. Nun stellen sie sich nicht so an. Rufen sie ihn übers Handy."

„Ich habe Anweisungen ...."

„Verdammt, es geht um Leben und Tod und da wollen

sie mir mit Anweisungen kommen. Ich will ..."

„... Einen Moment bitte, Herr Benno-Boss, der Kollege sagt mir gerade, dass er den Chef auf dem Hof mit jemandem plaudern gesehen hat. Er ist also noch in Reichweite."

„Na, also!"

....

„Er kommt, bitte einen kleinen Moment, ich lege sie auf den Apparat des Chefs."

„Na, haben sie es sich doch noch anders überlegt? Ich denke ..."

„Jetzt hören sie mit dem Denken wenigstens einen kleinen Moment auf. Ich werde Ihnen das Problem schildern. O.k.?"

„Schießen sie los."

„Sie schienen ja glänzend informiert. Mein Sohn ist entführt worden. Ich wurde zur Zahlung einer größeren Summe erpresst. ..."

„... Ich weiß, ich weiß. Gibt es etwas das ich noch nicht weiß oder wissen kann, vielleicht sogar wissen sollte?"

Benno-Boss ärgerte sich um dieses unnötige Intermezzo, aber er wollte keine weitere Zeit mehr mit unnützen Diskussionen verlieren. „Das Geld ist wieder da. Aber von meinem Sohn fehlt noch jede Spur. So, und jetzt sollten sie ins Spiel kommen. Es wird ganz einfach sein. Ich liefere Ihnen den Entführer an den Spieß und sie bringen mir dafür meinen Sohn wieder."

„Wie denn das?" Das war eine Volte. Schigulla hatte alle möglichen, wirklich ihm als möglich erscheinenden Situationen durchgespielt, beziehungsweise durchspielen lassen, aber das hier war nicht einmal im Entferntesten denkbar gewesen.

„Wie gesagt. Ich weiß wo sich der Entführer - der mögliche Entführer aufhält. Er wird sogar keinen Widerstand leisten. Er hat seinen Erfolg gefeiert. Er ist stockbesoffen und liegt in einem Hotelbett im Kammerlunder. Die Zimmernummer weiß ich nicht, oder, warten sie einen Moment ... Sonja, wissen sie die Zimmernummer?"

„Leider nein, aber es ist im dritten Stock."

„Haben sie es mitbekommen, er ist im dritten Stock. Der Rest, nun ihr seid doch Polizisten."

„Haben sie noch ein paar Details? Ist das Geld wirklich wieder komplett zurückgekommen?"

„Das werde ich Ihnen zu gegebener Zeit erklären. Jetzt sehen sie zu, dass sie den Kerl wieder nüchtern bekommen und den Aufenthaltsort meines Sohnes, meinetwegen aus ihm herausprügeln."

„Das bestimmt nicht. Wir haben da aber unsere Methoden. Die, nebenbei gesagt, viel wirksamer sind. Darüber sollten sie sich keine Ge...."

„.... Schluss, Schigulla. Werden sie aktiv." Dann fügte er noch, auf einen Wink seiner Frau, leiser hinzu: „Bitte!"

„Himmel, Arsch und Zwirn, eine Bitte von Ihnen?"

Dann war die Leitung unterbrochen.

Schigulla rief, nein er schrie es - „Fischzucht!"

War das überhaupt das vereinbarte Codewort? Er war sich nicht mehr sicher. Oder hatten sie die Sondereinsatzgruppe schon aufgelöst?

Sicherheitshalber drückte er nacheinander alle Knöpfchen in seiner Reichweite.

Da kamen auch schon die ersten Mitarbeiter angerauscht.

„Großes Aufgebot. Auf zum Kammerlunder. Los-los-los-los, nicht lange fragen. Alle bekommen unterwegs ihre Anweisungen. Vergesst mir die Gespenster nicht." Damit

bezog er sich auf die ausgebildeten Scharfschützen, Tür-
brecher, Sturmtruppen. Gespenster nannte er sie deshalb,
weil sie als Vermummte niemandem als nur einem engsten
Zirkel bekannt waren. Schigulla war stolz über diese Bezeichnung. Er hatte sie selbst erfunden.

Er hätte aber keine Gespenster gebraucht. So gab es
lediglich einen Riesenauflauf vor und im Hotel. Absper-
rungen hatten sie offenbar nicht so gut geübt und im Griff.
Aber Derartiges rief ja immer und überall die Neugierde
aller Passanten auf den Plan.

Letztendlich hätte Schigulla die Angelegenheit ganz allein erledigen können. Das Bürschchen lag völlig hilflos
quer auf dem Bett. Und er schnarchte wirklich. Schigulla
musste eine Bahre kommen lassen, um ihn abzutransportieren. Dann legten sie ihn auf eine Bank in einem Mann-
schaftswagen. Und die ausführenden Polizisten tauschten
sich noch über ihren besonderen Wunsch aus: „Oh, Gott,
hoffen wir doch, dass er uns nicht alles vollkotzt."

Laut aber riefen sie:

„Chef, soll er in den Kalabosso?"

„Das könnte dem so passen, sich in aller Gemütsruhe, süß
träumend, aus dem Rausch schlafen. Den holen wir zurück,
dann bekommt der seinen Alptraum. Lassen sie aus dem Krankenhaus einen Spezialisten kommen. Wie hieß der nochmals,
den wir vor vier Wochen hatten? Jedenfalls, wir brauchen einen Arzt, um einen von den Toten aufzuwecken. Übermäßiger
Alkoholkonsum."

„Wäre da nicht der Notarzt geeigneter?"

„Meinetwegen auch der Notarzt."

Wieder in seinem Chefauto, gab er Anweisung diesen
Benno-Boss anzurufen.

„Hallo Benno-Boss", rief Schigulla leutselig.

Er machte eine Pause, denn dieser Benno sollte noch ein wenig schwitzen. Eine kleine Rache musste jetzt, sofort sein. Schigulla wollte auf die kleine Genugtuung auf keinen Fall verzichten.

„Haben sie den Burschen? Hat er schon ausgesagt?"

„Aber nun mal bedächtig, so schnell schießen nicht einmal die sprichwörtlichen Preußen. Wir haben den Vogel im Käfig. Er ist gerade unterwegs zu einer ausgiebigen Säuberung. Schlief der Kerl doch tatsächlich - nein, der Kerl schläft immer noch den Schlaf des Gerechten. Wir mussten ihn mit einer Bahre aus dem Zimmer tragen. Festgeschnallt!"

„Müssen sie jetzt warten, bis er wieder nüchtern ist?"

„Ih wo. Wir haben da so unsere Methoden. Der wird in spätestens 30 Minuten, ach was sage ich, in fünfzehn Minuten nüchtern sein. Vielleicht viel nüchterner als er es jemals in seinem Leben war. Null Promille Alkohol. Der Arzt ist mit seinen Wundermittelchen schon unterwegs."

„Wie sieht es aus mit starkem Kaffee?"

„Nix, von wegen Kaffee. Da gibt es heutzutage andere Methoden. Mittelchen. Man kann da einen mitten aus seinem schlimmsten Rausch in nullkommanix holen. Auf Null bringen. Exklusiv für Ärzte. Trotzdem gut, dass die das Zeugs nicht allgemein zur Verfügung stellen. Nur die Mediziner dürfen es anwenden."

„Geben sie uns bitte Bescheid, sobald sie Näheres wissen. Bitte", fügte Benno noch einmal hinzu.

„Ist doch Ehrensache." Eigentlich wollte er noch etwas anderes hinzufügen, etwas zum Aufpolstern seines Egos, aber er unterließ es dann doch.

Schigulla konnte sich jetzt großzügig geben. Letztlich würde er es *doch* sein, der diesen Fall zum Abschluss bringen konnte. Was hätte sich seinem Erfolg jetzt noch in den Weg stellen können?

Als Polizist hätte er wissen sollen, dass man immer auf Überraschungen gefasst sein sollte.

Nach einem Telefonanruf vom Friedhofsamt hatten sich zwei Beamte mit Blaulicht auf den Weg gemacht. Sie hatten eine unklare Beschreibung eines Falles. Wie üblich konnten sie den Anrufer - oder war es eine Anruferin? - nicht zu einer klaren, präzisen Beschreibung veranlassen. Wie so oft haben die Menschen im Angesicht von Verbrechen, oder dem, was sie dafür hielten, nicht die Nerven, um klare Aussagen zu machen. So war es offenbar auch hier. Wenigstens wussten die Beamten diesmal, wohin sie sich zu wenden hatten. Ein möglicherweise Toter auf einem Friedhof. Oftmals mussten sie mühselig aus den Anrufenden eine genaue Ortsbeschreibung heraushören.

„Ein Toter auf einem Friedhof", murmelte der Fahrer des Polizeiautos. „Sachen gibt's."

Am großen Tor warteten, so sah es aus, wohl die gesamten Angestellten des Amtes. Auch hier gab es auf die Fragen der Polizisten eine Reihe von durcheinandergeworfenen Aussagen.

Der Wagen des ASB kam aus dem Friedhofsgelände gefahren und hielt bei den Polizisten an. „Exitus, nichts mehr zu machen für uns. Es ist ein Mann mittleren Alters mit zerschlagenem Gesicht."

Einer der Umstehenden rief: „ich bringe sie hin, ,ich zeige Ihnen den Weg."

Na also, ging doch.

Sie fanden das mutmaßliche Opfer und sahen Franz, der entgegen den allgemeinen Anweisungen auf einem niedrigen Grabstein saß. Der Mann war aschgrau im Gesicht. Offenbar war er nicht mehr in der Lage seine Augen ganz zu öffnen. Die schweren Augenlider hingen noch tiefer als normal. Der mehr leutselige Fahrer bemerkte für sich - <Augenwischer auf Halbmast>.

Die beiden Polizisten beschlossen das ganze Programm für die Aufarbeitung eines zu Tode gekommenen Gewaltopfers aufzurufen. Hier konnten sie zunächst nichts tun, außer den Tatort abzusperren. „Nein, nein", sagten sie zu Franz, „sie bleiben hier", nachdem sie festgestellt hatten, dass er den Mann gefunden hatte.

„Ober, ich hob Feierowend."

Vielleicht etwas zu forsch wiesen sie ihn nochmals darauf hin, dass er, Feierabend hin, Feierabend her, hierzubleiben habe, sich zur Verfügung der Polizei zu halten habe.

Franz wagte daraufhin nichts mehr zu sagen. Es war ja die Obrigkeit, die zu ihm gesprochen hatte.

Sie kamen an, fuhren mit drei Wagen so nahe wie eben möglich an den Tatort und zertrampelten das Gras, das Franz am nächsten Tag zu mähen geplant hatte. Saisonbedingt mähen wollte oder zu einem feinen Rasen veredeln sollte. Wie würde er das wieder hinbekommen? Zertrampeltes Gras zu mähen war immer ein Problem. Er war drauf und dran den Männern nahe zu legen, den Toten doch woanders hinzulegen, dort wo das Gras bereits gemäht war. Aber die Obrigkeiten anzusprechen, ihnen vielleicht sogar einen Anlass für einen Anschiss zu geben - nein, dazu war er jetzt weiß Gott nicht in Stimmung. Außerdem knurrte sein Magen so laut, dass er befürchtete die Arbeit der ganz in Weiß gekleideten Gestalten zu stören.

Ein Uniformierter kam und lud ihn ein ihn zu begleiten. „Personalien aufnehmen", hatte er kurz angebunden gesagt. Dann fügte er noch missgelaunt hinzu: „Aussage aufnehmen. Reine Routine." Was der wohl unter Routine verstand - das war ein ganz kurzer Gedankengang von Franz.

Wenigstens kam jetzt etwas in Fluss. Die Aussicht auf sein baldiges Abendbrot verbesserte seinen Gemütszustand.

In einem VW-Bus zwängte sich Franz anweisungsgemäß hinter einen schmalen Tisch.

„Name, Beruf, Geburtsdatum, Wohnung, Alter ... der Beamte hatte es heruntergeleiert. Offenbar war er sich noch nicht im Klaren, dass er bei Franz etwas geduldiger vorgehen musste. So begannen auch schon die Schwierigkeiten.

„Dreiundfuffzich, aber erst am siebzehnte, nächste Monat."

Der Polizist schaute auf und bemerkte jetzt seinen Fehler. Er begann dann einfühlender zu fragen.

„Name, Vor- und Zuname."

„Franz Blauth, med Ha am Schluss. Es gebt ja noch annere, die schreiben sich mit ohne TH."

So, jetzt wusste es der Polizist ganz genau. Er schaute Franz eine Weile an, ob der ihn nicht verscheißern wollte. Nein, beschloss er zu glauben, der wollte ihn ganz sicher nicht verscheißern. Das musste des Klienten voller Ernst sein.

Nach den Personalien erklärte er Franz, dass er jetzt zu seinen Aussagen, zu den Umständen des ... äh, Verunglückten käme.

Franz rückte etwas hin und her auf dem engen Platz, aber es war ihm anzusehen, dass er sich jetzt als wichtige Person betrachtete und fühlte.

„Also, wie haben sie den Mann gefunden?"

„Ich war, ich bin, ja, do laach er awer auch schun do, ich war jo beim Kaffeedrinke, des mach ich manchmol so Nochmiddags, des iss uns Gärdners erlaubt, unn...“

„Herr Blauth, sie kamen also vom Kaffeetrinken ...“

„Des iss uns erlaubt.“

„Ja, ich zweifele ja nicht daran, dass sie sich an die Vorschriften halten. Das ist aber nicht Gegenstand meiner Befragungen. Haben sie verstanden?“

„No klar.“

„Also, sie kamen vom Kaffeetrinken“ - der Polizist hob die Hand, als er bemerkte, dass sein Gegenüber wieder mit einer Sprechblase dazwischenreden wollte. „Beschreiben sie einfach, wie das so war, als sie zu ihrem Arbeitsplatz zurückkamen.“

„Ich hob mein Reche gsucht. Ich konns awer net leide, wann jemand de Gießkann braucht, unn se wieder net zurickbringt. So hab ich se zurickgebrunge. Ich hett se awer aach stehe losse kenne. Unn ...“

„Moment, Herr Franz, machen sie doch einmal schön der Reihe nach.“

„Dös hann ich doch gmocht.“

„Dann also nochmals. Sie kamen zurück vom Kaffeetrinken. Dann stand da die Gießkanne. So war es doch?“

„Genau. Unn des kann mich fuchsdeiwelswild mache, wann die Leit net lese kenne.“

„Wer konnte was in diesem Fall nicht lesen?“

„Nu, ewe der Mann, der da laach. Der ... der ... Unn dann wollt ich jo mein Reche widder hawe.“

„Wir waren doch bei der Gießkanne. Was haben sie dann gemacht?“

„Jo Ordnung nadeerlich, wie sichs geheert. Ich hob die Gießkann zurickgebroocht. Awer des war noch net alles.

Ich bin dann des Blut abwäsche gange."

„An der Gießkanne war also Blut?"

„Ach woher dann. Am Stiel. Wie hett ich dann met meinr Arweit weitrmache kenne met Blud am Stiel."

„Jetzt erklären sie mir einmal ob und wo die Gießkanne einen Stiel hatte."

Franz schaute etwas verdutzt den fragenden Beamten an. Hatte der vielleicht noch niemals eine Gießkanne gesehen? Eine Gießkanne hat doch keinen Stiel. „Aane Gießkann hott doch kaan Stiel net."

Der Beamte schaute zunächst intensiv auf seinen Schreibblock. „Wo war ein Stiel, was für ein Stiel, wo war Blut."

„Nu, am Reche nadeerlich, wu dann sunscht?"

„Ja, das ist es ja gerade, was ich von Ihnen wissen möchte."

„Der Mann laach uff meinm Reche. Ich hon ihn dann rausgezooche. Ganz vorsichtich, damit der Mann net wach werre sollt. Ich wollt jo widder an mei Arweid."

„Aber der Mann war doch tot. Er hat nicht geschlafen oder war er in diesem Augenblick noch nicht tot?"

„Kann ich doch net wisse. Ich bin jo keen Dogder. Wie ich vum Kaffeedrinke kumme bin, hat er ..."

„Nun, was hat er?"

„Also ich bin verschrogge. Nee, awer vorher, zuerscht hunn ich gemeend, der deet schloofe. Ich hunn dann gedengt, muss der sich ausgerechnd dordhin leeche, wu ich des Gras mähe musst. Unn jetzt iss des Gras verdrampeld."

„Das Gras war also zertrampelt, als sie den Mann am Boden liegen sahen?"

„Des Gras war net vertrampelt. Des ware ehre Kolleche. Ich wees genau, dass ich den Reche in des Gras geleecht hunn, wo des Gras noch net gemäht war. Ich wolltne jo verschteggele.

„Moment mal. Sie sind zum Kaffeetrinken gegangen und haben ihren Rechen im Gras versteckt. Warum?"

„Ich bin jo schließlich fer des Werkzeich verandwordlich. Ich muss doch uffbasse, dass es net geklaut werd."

„Gut. Nein, noch nicht gut. Aber wir kommen voran. Als sie vom Kaffeetrinken zurückkamen lag der Rechen unter dem Schlafenden, der aber gar nicht schlief, sondern, naja, das konnten sie aber nicht wissen."

„Sie kenne sich uffm Büro erkundiche, meer därfe Nochmiddags een Kaffee drinke gehe."

„Es geht doch nicht ums Kaffetrinken."

„Awer sie reite doch laufend do druff erum."

„Dann missverstehen sie mich. Mich geht ihre Kaffeepause nichts an und es geht auch nicht um ihre Kaffeepause."

„Na, dann bin ich jo beruhicht."

„Stimmt es", der Polizist sah ein, dass er mit seinen Fragen anders umgehen musste. Er würde versuchen müssen diesem Franz Blauth - natürlich mit <th>am Ende, Fragen so zu stellen, dass der Mann die Antwort bereits in ihnen sehen konnte. „Stimmt es also, dass, als sie vom ... als sie zurückkamen, der Mann bereits im Gras lag und das auch noch auf ihrem Rechen."

„Ah joo schdimmt des. Ich hann noch gedenkt, was will dann der uff meinm Reche.?

„Und sie haben ihn dann unter seinem Körper herausgezogen?"

„Ich wolld ihn jo ned wecke. Ich han gedenkt, dass der fescht schloofe dut. E paar mol hann ich versuchd ihn anzuspreche. Ich hun beinah laud gerufe. E paar mol. Na ja, so laut aach wieder net, uffm Friedhof kann mer doch net die Dodenruhe störe. Er hod awer ned reagierd."

„Konnten sie nicht sehen, ob oder dass der Mann schon tot war?"

„Ich hun doch schun gsaachd, dass ich keen Dogder bin. Ich war halt aach e bissche schdingisch, weil ich mein Reche hawe wollt."

„Was soll das heißen, schdingich?"

„Sann sie niemols schdingisch. Man äärchert sich doch manchmol, odder?"

„Ach so, ja, da haben sie Recht. Und dann haben sie an dem Rechen gezogen bis er unter dem Körper des - des Mannes heraus war?"

Franz wurde immer gereizter von seinem Magen an das fällige Abendbrot erinnert. Aber er musste ja noch durchhalten. Die Autoritäten brauchten ihn. „Des hab ich doch aach schun schun gsaacht. Ich han dann den Schdiel abwäsche misse. Der war med Blud veschmeert. Unn des hod mich noch schdingischer gemacht."

„Ach so, ja." Der Beamte musste noch mehr Nachsicht walten lassen. Ob der, ob dieser Gärtner den Mann erschlagen haben konnte? War er vielleicht der Täter? Mit dem Motiv einer Verärgerung, dass der ihm seinen Rechen vorenthielt? Und eben dieser Rechen als Mordwaffe - Mordgerät? Über sein Gesicht huschte ein Lächeln. <Im Zweifelsfall war der Gärtner immer der Täter>. Aber hier? Mein Gott, das zu glauben, es anzunehmen, wäre kompletter Schwachsinn gewesen. Franz? Nun ja, der Typ war auch - recht arm im Geiste, schwach.... Und dann faselte der noch verschiedene Male von seinem Rechen. Rechen kommt bei ihm vor Mensch. Eine vielsagende Einstellung. Nun, wenn er denn in seinem Beruf tüchtig war?

Einer der an der Untersuchung beteiligten Experten kam an den Wagen. Er winkte den Vernehmer heraus.

„Vorläufiger Befund", sagte er leise, „der Mann ist von dem Rechenstiel erschlagen worden."

„Also, das heißt"?, fuhr der Vernehmer fort. „Jemand hat ihm mit dem Rechenstiel eine über die Birne gehauen?"

„Nein, so kann niemand zuschlagen. Von der Position und der Lage des Schlages am Kopf des Opfers abgeleitet, würde ein Schläger höchstens ein paar Schrammen verursachen, da käme keine Wucht hinter den Schlag. Der Mann muss auf die Zinken des Rechens getreten sein und den Rest kannst du dir denken. Er muss schon mit schöner Wucht auf das im Gras liegende Werkzeug getreten sein, denn es hat ihm, beim Hochschnellen, die Stirnseite zertrümmert. Sogar der Backenknochen hat etwas abbekommen, über die wirkliche Schwere werden wir aber erst nach der Autopsie Bescheid wissen. Klar erscheint, dass die Wucht bis ins Stammhirn hineinwirkte. Der Tod muss fast augenblicklich eingetreten sein."

„Also ist keine Fremdeinwirkung zu vermuten?"

„Nach allem, was wir gesehen und untersucht haben, das ist natürlich noch nicht endgültig, war das Opfer ganz allein an der Tat gegen sich beteiligt. Die Spuren im Gras zeigen es eindeutig. Der Rechenstiel musste noch teilweise in seinem Schädel gesteckt haben, als er ins Gras fiel. Die daraus resultierenden Blutspuren sind eindeutig. Daran gibt es kaum einen vernünftigen Zweifel. Und Suizid ist auch ausgeschlossen. Das wäre ja einmal eine ganz originelle Selbsttötung. Was die Staatsanwaltschaft aus dem Befund einer Fahrlässigkeit macht, will ich nicht beurteilen. Es kann sein, dass die zu dem Schluss kommen, dass es unverantwortlich war, den Rechen einfach ins Gras zu legen. Jemand kommt, tritt auf die Zinken und patsch."

„Ich würde gerne meinen Gast, den Gärtner zum Teufel jagen. Kann ich das verantworten? Der Kerl schafft mich sonst noch mit seiner außergewöhnlichen Geisteskraft."

„Du musst wissen, wann und ob deine Daten gerichtsverwertbar sind. Dann kannst du ihn entlassen."

„Huch", seufzte der Vernehmer, „noch einmal davongekommen. Gibst du mir dann die Daten seiner Identität? Die habt Ihr doch."

„Alles paletti."

Das Verhör

Sebastian wurde auf eine Pritsche geschnallt. Mittlerweile hatten sie über seine persönlichen Dokumente seine Identität festgestellt. In den Akten war er mit zwei Bußgeldern eingetragen. Einmal musste er sich wegen Randalierens vor einem Richter verantworten. Sonst nichts Auffälliges.

Der hinzugekommene Arzt legte eine Kanüle und hing eine Infusionslösung an. Dann gab er ihm noch eine Injektion.

Nach zehn Minuten begann Sebastian an seinen Gurten zu zerren. Er schlug die Augen auf.

Der Arzt sprach mit ihm einige beruhigende Worte. Die bereitstehenden Polizisten hörten etwas von ... in zehn Minuten ... Kanüle...

„Herr Müller, sind Sie bereit mit der Polizei zu kooperieren? Wenn Sie keine Dummheiten machen, schnallen wir Sie los."

Bastian schaute total irritiert von einem zum Anderen.

Einer der Beamten, mit hochgekrempelten Ärmeln, sagte dann: „Er ist noch nicht so weit."

Sebastian hätte aber am liebsten die Augen wieder zugemacht. Lauter Bullen um ihn herum. Konnte es sein, dass er träumte? Oder war das bereits die Hölle?

Er schloss die Augen, doch die wollten nicht zubleiben.

„Lasst ihm Zeit", sagte Schigulla, der sich ein wenig im Hintergrund auf einen Stuhl gesetzt hatte.

„Sie sind doch Herr Sebastian Müller?"

Woher hatten sie seinen Namen?

Wieder presste er die Augenlider fest zu. Vielleicht war alles vorbei, wenn er sie wieder öffnete.

„Wir haben Zeit", sagte der gleiche Polizist. Sie wussten aus Erfahrung, dass es nicht mehr lange dauern und der Verhaftete würde kooperieren.

„Hallo, Herr Sebastian Müller!"

Sebastian schlug jetzt die Augen entschlossener auf. Dann hörte er: „Sie sind vorläufig festgenommen wegen dem Verdacht der räuberischen Erpressung und Menschenraub, einer Entführung. Möchten Sie, dass wir Ihnen einen Anwalt kommen lassen oder wollen Sie einen ihrer Wahl bestimmen? Alles, was Sie zu der Anschuldigung sagen, wird gegen Sie verwendet werden. Haben Sie das verstanden?"

Sebastian schloss wieder die Augen. Es war eine Flucht vor der Realität. Aber es nutzte nichts. Die letzte Frage wurde wieder gestellt.

Er vermerkte, dass es absolut nichts brachte, wenn er die Augen weiter verschloss. Die um ihn herum waren hartnäckig. Und sie waren echt. Und er hatte in seiner Position absolut keine Chance.

Sebastian nickte. Aber, was er mit einem Menschenraub zu tun haben sollte, das wollte ihm noch nicht einleuchten. Sonja, ja Sonja, aber er hatte sie doch nicht geraubt. Oder, wie war das, bevor er ohnmächtig wurde. Der gute Schampus!

„Gut. Abschnallen. Ins Verhörzimmer mit ihm."

Dort saß er, in einem kahlen Raum mit viel Licht, auf einem unbequemen Hocker. Vor ihm stand ein Tisch und gegenüber saßen zwei Herren, die sich mit einem Gerät zu schaffen machten.

„Herr Müller, wir informieren Sie, dass wir alle ihre Aussagen auf Band aufnehmen werden. Dazu haben wir eine Erlaubnis vom Richter. Zudem ist ein Haftbefehl gegen Sie beantragt.

„Was soll das? Weshalb bin ich hier? Wie lange wollen Sie mich hierbehalten?"

„Das hängt - zunächst - ganz von ihrer Mitarbeit ab. Sie können in fünf Minuten schon wieder das Zimmer verlassen, wenn Sie uns ganz schnell erzählen, wo das Opfer versteckt ist."

Wo er dann hinkommen würde, wenn er dieses Zimmer verlassen konnte, das unterschlug der Vernehmungsbeamte wohlweislich.

„Opfer, Opfer, ich höre nur wieder Opfer. Das ist doch scheiße. Ich habe kein Opfer. Was soll ich denn mit einem Opfer?"

„Also Herr Müller, zunächst werden wir sie hinreichend aufklären, Ihnen damit beweisen, inwieweit wir über ihre Aktivitäten der vergangenen Tage informiert sind."

„Was soll denn *der* Scheiß schon wieder?"

„Sie haben vor vier Tagen den Sohn des Industriellen Herrn Benno-Boss entführt und zwei Millionen Euro erpresst, zuzüglich einer Million an Inhaberaktien." Der Beamte hatte von einem Zettel abgelesen.

„Sie haben das Geld erhalten, haben sich dann in ein Hotel, in das Kammerlunder, eingemietet. Dann haben Sie sich betrunken und nun sind Sie hier, vollkommen nüchtern, so wie es ein Amtsarzt bestätigt hat. Sie sollen uns sofort und auf dem kürzesten Wege mitteilen, wo wir das Entführungsopfer finden können. Sie würden sich ihre Situation erleichtern."

„Jetzt schlägt's dem Fass den Boden aus. Hat das Luder dies behauptet?"

„Herr Müller, es hat keinen Zweck nun auf andere zu schimpfen. Sie sollten an die Menschen denken, denen Sie großes Leid zugefügt haben. Sie erwarten, dass sie so schnell wie möglich wieder ihren Sohn zurückbekommen."

„Ich hab' keinen Sohn. Von niemandem. Ich habe niemanden entführt."

Sebastian hatte es hinausgeschrien.

„Brüllen hilft nichts. Sie sollen kooperieren. Wir können auch anders."

„Was heißt hier anders, Ihr Scheißbullen wollt mich reinlegen. Nicht mit mir, verdammt nochmals. Ich habe niemanden entführt. Geht das in Eure Schädel oder meinetwegen auch in dieses Scheißtonbandgerät?"

„Herr Müller. Wir wollen doch vernünftig bleiben."

„Wer von uns ist denn hier unvernünftig? Sie halten mich hier grundlos fest und wollen mir einreden ich solle vernünftig bleiben. Scheiße. Nur weil ich ein paar Schampusflaschen gekippt habe, bin ich doch noch kein Verbrecher. Ich habe das Zeugs bezahlt. Scheiße und nochmals scheiße."

„Wir haben den Verzehr von Schampus nicht erwähnt. Das waren Sie. Und Sie haben Recht, derart ist nicht strafbar und Sie sitzen auch nicht deswegen hier. Aber in Bezug auf eine Straftat mit Freiheitsberaubung, Entführung, Erpressung, können Sie von einem Richter mehr Entgegenkommen erwarten, wenn Sie uns rasch mitteilen, wo wir den Entführten Jungen finden können."

Der Vernehmer war sich nicht sicher, ob er damit nicht etwas über das Ziel hinausgeschossen hatte.

Doch Sebastian Müller schien etwas beruhigter. „Entführung, ein Junge in meiner ... sagten sie das? ... in meiner Gewalt? Millionen und ... und Aktien? Scheiße."

„Nun, dann schildern sie uns doch mal den Sachverhalt, das Geschehen aus ihrer Sicht. Ist Ihnen der Junge zugelaufen?"

„Jetzt hören sie endlich auf, sich wie Idioten aufzuführen. Ich habe niemanden entführt. Niemals. Und ich habe auch kein Geld erpresst. Scheiß Tusse. Hatte nichts Besseres zu tun als zu den Bullen zu laufen."

„Nun, wie ist es wirklich gewesen? Sie hatten eine Menge Geld in ihrem Besitz. Woher haben - oder, woher wollen sie das haben?"

Die Beamten schienen alle Zeit der Welt zu haben. Aber sie wussten auch, dass sie nicht mit dem großen Knüppel kommen durften, wenn sie schnelle Informationen wollten. Der Typ würde sich sonst verschließen. Würde nicht mehr mitmachen. Und sie würden nichts mehr erfahren. Wenn sie dies bei ihrem Gegenüber spüren sollten, dann erst müssten sie den Einsatz des großen Knüppels ernsthaft erwägen.

„Darf ich reden?"

„Wir warten sehnlichst darauf."

„Kann ich einen Kaffee haben?"

„Selbstverständlich." Sein Gegenüber ging hinaus, kam

wieder und bestätigte, dass der Kaffee gleich kommen müsste.

Man wartete. Es gab keine Konversation. Der Bursche hatte tatsächlich die Nerven einfach ruhig dazusitzen. Ohne ein Wort zu sagen.

Dann ging der eine Vernehmer wieder hinaus. Er erkundigte sich nach dem Verbleib des Kaffees.

Als der endlich auf dem Tisch stand, jeder hatte jetzt Kaffee vor sich stehen, begann Sebastian zögerlich.

„Ich habe am Nachmittag, war das gestern?"

„Nein, wir sind noch am Abarbeiten der Ereignisse des heutigen Tages."

„Ich bin wieder die Abkürzung auf dem Nachhauseweg von meiner Arbeitsstelle gegangen. Ich gehe in die Lehre beim Meister Klempner Gustav Simmerer. Also ich gehe so durch den Friedhof. Hat ja niemand gestört. Da sehe ich auf einem Grab eine schwarze Tasche. Zuerst wollte ich vorbeigehen, dann dachte ich mir, guckst mal rein. Nun ich nehme also die Tasche. Reingeguckt habe ich später. Da war ein Haufen Geld. Herrenlos, so wie es aussah. Wenn jemand so einen Haufen Geld einfach auf eine Grabstelle stellt, dann darf ich doch annehmen, dass es herrenlos ist. Liege ich da richtig? Soll ja so Narren geben, die den Toten auch Essen auf die Grabstelle stellen oder 'ne Flasche Schnaps. Aber Geld? Was soll schon ein Toter mit Geld? Nun, das ist alles."

„Wo haben sie den Sohn von Herrn Benno-Boss?"

„Hören Sie mal, sind Sie taub? Ich sagte doch, dass das alles war. Ich kenne keinen Benno-Boss. Hab´ schon mal von ihm gehört, stimmt, aber ich kenne ihn nicht. Ich weiß auch nicht, ob oder dass er einen Sohn hat. Hab´ ich mich - ist das klar genug?"

„Was haben Sie dann als erstes gemacht?"

„Hat die Frage wieder etwas mit einer Entführung zu tun? Oder ...?"

„Sie haben uns geschildert, wie Sie an eine Tasche voller Geld gekommen sind. Was haben Sie mit dem Geld gemacht?"

„Das haben sie doch selbst gesagt, dass ich ins Kammerlunder gegangen bin. Na und, jetzt bin ich hier. Filmriss. Was dazwischen passiert ist, daran kann ich mich nicht erinnern."

„Jetzt kommen Sie uns nicht mit solchen Ausflüchten."

„Übrigens, wo ist das Geld, ich meine die Tasche mit dem Geld?"

„Gute Frage, aber das hätten wir dann ebenfalls gerne von Ihnen gehört. Es ist nur so, dass der Verbleib des Entführungsopfers Vorrang hat. Und da vertrauen wir ganz und gar auf die Zusammenarbeit mit Ihnen."

„Das heißt, wenn ich richtig mitgezählt habe, dass kein Geld da ist? Es war in einem schwarzen Pilotenkoffer. Und Sie haben ...?"

„Wenn Sie darauf anspielen wollen, dass wir den besagten Koffer haben sollen, dann müssen wir Sie enttäuschen." Das hatte der zweite Vernehmer gesagt, der bisher geschwiegen hatte.

„Aber ...? Der muss doch da ... sein"

„Bedauere, ich wiederhole. Wir haben keinen Koffer und haben auch keinen gesehen."

„Das ist doch ... Scheiße ist das. Die müssen doch im Hotel ... - Moment, Sonja. Hat die etwas damit zu tun?"

„Wer ist Sonja?"

„Meine ... ist das eine Scheißtusse. Die muss ... ja klar ... ich hatte sie eingeladen ins Kammerlunder zu kommen. Jetzt erinnere ich mich wieder, sie war ja da, sie war bei mir. Und wo ist sie jetzt? Habt Ihr sie im Nebenzimmer versteckt?"

„Bei uns ist keine Sonja. Was sie da als Scheißtusse bezeichnet haben, ist das Ihre Freundin?"

„Scheiße, wieso soll sie meine Freundin sein? Wenn sie mir das Geld geklaut hat. Sie war einmal ... o.k., das ist vorbei. Und wenn sie den Koffer hat, dann ..."

„Machen Sie keine unbedachten Aussagen und drohen Sie niemandem. Sie sagten doch selbst, dass Sie nicht wüssten, wo der Koffer geblieben ist."

„Aber Sie ist die Einzige, nur ..."

Ein Uniformierter mit Schulterklappen auf seinem kurzärmeligen Hemd, kam herein und legte einen Zettel vor den ersten Vernehmer. Er las: <Nicht abschweifen. Es geht um das Opfer.>

„Herr Müller. Wir sind weit vom Thema abgekommen. Wir hatten uns das so vorgestellt, dass wir uns beide nicht die ganze Nacht um die Ohren schlagen wollen."

„Na gut, ich gehe also ... das hat aber in keinem Fall etwas mit einer Entführung zu tun..."

„Sie sind jetzt bei der Schilderung, wie es mit der Tasche weiterging. Ist das richtig?"

„Wenn Sie mich ausreden lassen, dann ergibt sich das von selbst."

„Nun erzählen Sie schon weiter."

„Ich gehe also zum Schneider und lasse mir einen Anzug anmessen. Er hat eine Anzahlung erhalten."

„Und danach?"

„Dann bin ich ins Kammerlunder Hotel. Nehme mir ein schönes Zimmer und das war halt die Scheiße, ich rufe also meine Freundin an. Sie war da ja meine Freundin. Wollte eine schöne Nacht mit ihr verbringen. Und das hätte ich doch besser gelassen. Das blöde Luder hatte scheinbar weiter nichts zu tun als mir etwas anzuhängen. Was bin ich doch für ein Blödmann."

Der Beamte war bereit - beinahe bereit - ihm aufs Wort zu glauben.

„Weiter und dann?"

„Verdammt, was denn, und weiter was? Nichts ist. Nichts ist passiert. Wir haben nicht gevögelt, ich glaub' ich war besoffen und ... und jetzt bin ich hier, wahrscheinlich, weil ich zu viel gesoffen hatte. Oder legen sie mir das nicht zur Last? Hat sich die Hotelleitung beschwert? Habe ich Sauerei gemacht? Das werde ich wieder gutmachen. Das verspreche ich."

Der Beamte entschuldigte sich. Er würde gleich wieder zurück sein. Der andere sah dem Beschuldigten unverwandt in die Augen.

„Was glotzte denn so? Hast´nen Stierblick, wenn Du´s genau wissen willst."

Der Beamte verzog nicht eine Miene.

„Arschloch!" Sebastian fühlte sich jetzt erleichtert!

Noch immer verzog der Beamte keine Miene. Wenn er wenigstens gedroht hätte mit Beamtenbeleidigung oder so ...

Der jetzt abwesende Beamte wollte sich derweil mit Schigulla besprechen, der hinter einer verspiegelten Wand mit von der Partie war.

Schigulla telefonierte gerade. Der Beamte konnte noch mithören ... „also Friedhof? Der Beschreibung nach könnte es dieser Sebastian gewesen sein. Ja, ja."

Schigulla legte auf. Zu seinem Beamten gewandt sagte er: „Dieser Schwager von Benno-Boss hatte den Pilotenkoffer mit dem Geld und den Wertpapieren überbracht. Er bestätigt, dass er einer Anweisung per SMS gefolgt sei und habe die Tasche auf das angegebene Grab gestellt. Dann musste er sich, wieder wie angewiesen, entfernen und beobachtete aus einer verdeckten Stellung, wie ein junger Kerl, der vorher an ihm vorbeigegangen war, die Tasche an sich nahm. So weit gibt es Übereinstimmung mit den Aussagen dieses Burschen. Auch der Beschreibung nach könnte er es gewesen sein."

„Also kann ich härtere Bandagen aufziehen, Chef?"

„Das heißt es auch wieder nicht."

Ein Beamter kam zu ihnen. „Er ist bei diesem Klempner Gustav Simmerer in der Lehre. Das stimmt. Er ist gestern früher weg. Es hatte eine Verstimmung gegeben. Aber an den vorangegangenen Tagen erfüllte er seine Tagesstunden, seine Arbeitszeit voll."

„Was noch nicht heißt, dass er auch zwischendrin Zeit gefunden haben könnte, diesen Benno-Boss zu bearbeiten."

„Aber am Dienstag war er mit auf Montage in Detting. Dort half er einem Monteur beim Installieren in einem Neubau. Der Monteur behauptet, dass er den ganzen Tag bei ihm gewesen sei. Und das Kaff Detting ist schließlich eine Dreiviertelstunde Fahrzeit von hier - wenn man den Verkehr berücksichtigt."

Schigulla schaute seinen Beamten groß an. Er hatte ihn gar nicht beauftragt all diese Einzelheiten zu klären.

„Dann haben wir bei diesem Maß-Schneider recherchiert. Er hat tatsächlich Anzahlungen verlangt und für die Anfertigung von zwei Anzügen und vier Seidenhemden bekommen. Das sei zwar nicht üblich. Aber er sagte auch, dass er gleich das Gefühl gehabt habe, dass da etwas nicht stimmte und wollte sich in der Früh mit der Polizei in Verbindung setzen."

Schigulla sagte dann doch: „Gut gemacht. Gut."

Dann wandte er sich an den Verhörspezialisten: „Sie haben es gehört. Ich habe da so einen Verdacht, dass der nur ein Trittbrettfahrer ist. Und das auch noch aus purem Zufall, wie das Leben so zu spielen beliebt. Sehr wahrscheinlich ist er doch in die Geschichte regelrecht hineingetappt."

„Unter diesen neuen Aspekten und Rechercheergebnissen müsste man diese Möglichkeit in Betracht ziehen."

„Verdammter Mist, was dann?"

Schigulla schien ratlos.

„Er soll die Lage nochmals schildern."

Der Beamte ging und bat Sebastian das vorher Geschilderte nochmals zu wiederholen.

Sebastian blies die Backen auf und kommentierte dann: „Nun, wenn's dem Herrn beliebt." Und er schilderte in seinem organisierten Durcheinander, trotzdem recht gut verständlich, was er erlebt hatte. Dann fügte er aber noch hinzu: „Ja, ich wollte mir ein paar schöne Tage machen und dann das Geld zur Polizei bringen. Ehrlich. Es war doch eine schöne Gelegenheit einmal ein bisschen auf den Putz zu hauen. Ist doch menschlich. Oder?"

Keiner der beiden Beamten sagte etwas dazu. Sie waren sich aber einig, dass dieser Kerl mit der Entführung nichts am Hut hatte. Aber jetzt, wie weiter?

„Das fehlende Geld werden Sie ersetzen. Dazu werden Sie Morgen eine Erklärung unterschreiben. Sie werden zu *Ihrem* Schneider begleitet werden. Versuchen Sie die Anzahlungen wieder zu bekommen. Das erleichtert die Lage etwas. Den Auftrag an sich können Sie ja stornieren, werden Sie wohl müssen, denn wie wollen Sie die Klamotten bezahlen, so ganz ohne den Koffer voller Geld?"

Beide Polizisten grinsten, wahrscheinlich schadenfroh.

Oder sie waren erfreut hier am Ende zu sein. Das Aufnahmegerät wurde abgeschaltet. Dann sagte einer von ihnen: „Blödmann." Und zu seinem Kollegen gewandt: „So ein Idiot."

„Kann ich jetzt gehen?"

Schigulla kam in diesem Moment zur Tür herein. Er flüsterte dem ersten Vernehmer zu, den Kerl noch eine halbe Stunde hierzubehalten.

„Es gibt noch einige Formalitäten zu erledigen, das kann ein bisschen dauern. So lange warten Sie bitte hier. Danach können Sie in Freiheit beginnen ihre Schulden abzutragen."

„Verdammt, was gibt es denn jetzt noch? Ich will hier raus. Das ist Freiheitsberaubung ist das."

Schigulla erwartete in seinem Büro einen vorläufigen Bericht zu einem toten Mann, der auf dem Friedhof mit demoliertem Schädel gefunden wurde.

„Und sie sind sich sicher, dass er keinem Mordanschlag zum Opfer gefallen ist?"

„Wie ich schon sagte, können wir erst hundertprozentig sicher sein, wenn die Autopsie gemacht ist. Aber, ich sage es nochmals, es ist so gut wie unmöglich jemanden die begutachteten Verletzungen so zuzufügen, dass sie tödlich wirken."

„Kann es nicht sein, dass ein kräftiger junger Mann ...?"

„Ich schließe das aus. Der Winkel des Aufschlags mit dem Rechenstiel war einfach zu ungünstig. Das Opfer hätte zunächst auf dem Rücken liegen müssen, jemand hätte sich hinter ihn knien und mit großer Wucht zuschlagen müssen. Der vermutliche Täter hätte das Opfer umdrehen müssen und ihm den Rechenstiel in die klaffende Wunde drücken müssen. Das Gras war aber für einen solchen Umstand nicht so zerdrückt, wie es dann hätte sein müssen. Der Mann ist mitsamt dem Rechen in der Wunde auf sein Gesicht gefallen. Ein Täter hätte dem Opfer fachgerecht eine Liegestellung geben müssen, wie sie nur durch einen freien, unkontrollierten Fall entstehen kann. Dazu hätte der Täter allerhand Gras in der unmittelbaren Umgebung zertreten müssen. Dagegen waren nur die offensichtlichen Fußspuren des Gärtners zu sehen. Und das Blut war an einer einzigen Stelle konzentriert. Zu viele <hätte> und <müssten>, Herr Präsident.

Dieser murmelte zunächst: „Also doch wieder der Gärtner." Laut sagte er. Und alle diese Informationen sind dann im abschließenden Laborbericht beigefügt?"

„So ist es. Ach, natürlich haben wir den Rechen beschlagnahmt. Er wird nach allen Regeln der Kunst untersucht. An Ort und Stelle haben wir dann den ersten Test gemacht. Er wurde zwar vom Gärtner, nach dessen Aussagen gewaschen, aber das Blut ließ sich doch leicht nachweisen."

„Der Gärtner hat das Blut abgewaschen? Könnte es doch ....?"

„Der Gärtner ist ein Schwachkopf. Er behauptete, dass er den Kerl, das Opfer, schlafend glaubte und wollte ihn nicht wecken. Mit blutverschmiertem Stiel wollte er aber nicht seiner Arbeit nachgehen."

Beide Männer waren kurz davor mit einem Lachen zu explodieren. Schigulla biss sich auf die Lippen, sein Besucher presste sich eine Hand auf den Mund.

Niemand stellte einen Zusammenhang zwischen der Leiche und dem Entführungsfall her. Und über die Platznummerierung für den Geld-Koffer und der Lage der Leiche, machte sich niemand ernsthafte Gedanken. Dazu war der Friedhof viel zu groß.

Dann ein Musterbeispiel für das Schriftdeutsch, alias Geschwafel, von Untersuchungsbeamten: Der Koffer hatte auf dem Grab der Reihe 26 B, Nummer 2015 gestanden. Die Leiche war zwischen der Reihe 18 A und 17 A einerseits und den Gräbern 1824 bis 1827, wieder einerseits und 1825 und 1826 andererseits aufgefunden worden.

Das war etwas zu theoretisch. Und einen Lageplan zu erstellen, mit Fähnchen stecken oder so, das wurde entweder vergessen oder nicht für erforderlich gehalten. Der Fall war ja klar. Sie würden noch einen Bericht machen und dann die Angelegenheit zu den Akten nehmen. Die Leiche konnte dann in ein paar Tagen von der Gerichtsmedizin freigegeben und für die Bestattung überlassen werden.

Hätten sie aber Fähnchen gesteckt, und das auf einem maßstabgerechten Plan, sie hätten die dann aufgetauchten Erkenntnisse nicht so einfach vom Tisch wischen können. Jeder hätte auf einen Blick erkannt, dass sich der Platz der Taschendeponie und der Unfallort in Wirklichkeit sehr nahe waren. Verdächtig nahe.

Morgen würden sie sich um die Information der Angehörigen des Verunglückten kümmern.

Ein Telefon summte auf Schigullas Schreibtisch. Es gab eine vorläufige Feststellung, dass der Verstorbene seine Frau Gerlinde hinterließ. Keine Kinder. Also, sie würde die schlimme Nachricht morgen erhalten. Vielleicht würde sie dann auch etwas über den Grund des Friedhofbesuchs ihres Mannes aussagen können.

Weitere Einzelheiten würde man mit dem Einwohnermeldeamt abstimmen.

Sebastian Müller konnte gehen. Er bekam die Auflage

sich am kommenden Tag um zehn Uhr auf dem Präsidium zu melden. „Wenn wir sie holen müssen, gibt´s ein Donnerwetter, das versprechen wir dir."

Sebastian machte noch in Richtung seiner ex-Vernehmer den Stinkefinger und trollte sich.

Und er überlegte, ob er nicht doch zunächst seine Freundin, seine ex-Freundin, auf- beziehungsweise heimsuchen sollte. Sollte er sie überraschen oder anrufen? Er rief sie an - das heißt, er wollte sie anrufen. Nach längerem Rufzeichen gab eine verschlafene Stimme Antwort. „Ja, hier bei Otto Reiche. Egal wer mich aus meinem Schlaf gerissen hat, dem reiße ich bei Gelegenheit den Arsch auf. Ende der Durchsage." Die Verbindung war wieder gekappt und Sebastian muss wohl sehr dumm aus seiner Wäsche geschaut haben. Was aber kaum jemand bemerkt haben dürfte, bei dieser schummrigen Straßenbeleuchtung.

Ärgerlich über sich selbst, steckte er das Handy ein. Er brauchte jetzt Schlaf. Oder sollte doch vorher ... bei dem Gedanken an Alkoholika wurde ihm schlagartig schlecht. Warum wohl?

Die verzweifelte Familie

Es gab keinen Täter.

Als sie die Nachricht aus dem Präsidium im Hause Benno-Boss' erhielten, brach wieder einmal eine Welt zusammen. Sie hatten sich schon so gefreut, dass es nun bald vorbei wäre. Aber mit dieser Wende hatten sie nicht gerechnet - wollten sie auch nicht rechnen. Es war ein harter Schlag. Wie sollte es jetzt weitergehen? Wie würde, wie musste es jetzt weitergehen?

Auch Sonja war tief betroffen. Die Verzweiflung in diesem Familienkreis miterleben zu müssen, ging ihr dann doch sehr an die Nerven, schlug ihr ganz gewaltig aufs Gemüt.

Benno-Boss bemerkte das und meinte, dass er sie nach Hause bringen lasse. So notierte er Name, Adresse und Telefonnummer. Sonja würde auf jeden Fall den ehrlichen Finderlohn bekommen. Und noch etwas mehr, das nahm er sich vor. Für den Augenblick musste er sich weiter um seine Familie kümmern, vordringlich um seine Frau, die mit ihren Kräften nun offenbar vollkommen am Ende war.

Sonja wurde von Arnold in einem Jaguar nach Hause gebracht.

Bei der Familie Benno-Boss stand man wieder ganz am Anfang. Mit all dieser Unsicherheit, mit der Verzweiflung, mit dem Schmerz bei dem einzigen Gedanken, wie es wohl jetzt, in diesem Moment, ihrem Sohn ergehen würde. Wo würde er sich befinden? In welchem Zustand.

Sie wurden in die schrecklichen Stunden zurückgeworfen, so wie es vor einigen Tagen, eigentlich vor einer Ewigkeit war. Nur, dass jetzt kein Anruf kam, wohl auch nicht kommen würde, vielleicht nicht kommen konnte. Die Gefühle aller wurden wild durcheinandergeworfen. Paradox, aber trotzdem fürchteten sie sich alle vor einem möglichen Anruf - der gefürchtet, aber doch unterschwellig sehnlichst erwartet wurde. Der würde, der konnte eigentlich nur fürchterliche Nachrichten bringen. Keiner sprach darüber, aber alle dachten das Gleiche. Und die Zeit machte keine Pause, sie rückte unerbittlich, Sekunde um Sekunde weiter.

Wie würde der richtige Entführer reagieren? Jemand hatte ihm seine Beute geraubt. Wie würde er es verkraften? Benno Boss wagte jetzt nicht mehr eine Analyse zu erstellen oder auch nur darüber nachzudenken oder zu spekulieren, was der wirkliche Entführer, dem er doch recht gute Charakternoten gegeben hatte, nun wirklich tun würde.

Niemand konnte es sich vorstellen, dass der Entführer die Tasche unbeobachtet einfach so da stehen ließ. Und niemand konnte sich auch vorstellen, dass der Entführer diesem Sebastian einfach tatenlos nachgeschaut hatte, als dieser sich mit der Tasche davonmachte. Zumindest war es realistisch denkbar, dass der Entführer um seine Beute gekämpft haben würde. Aber wieso kam es nicht dazu? Es war eine weitere unbequeme Frage, die zu all ihren Überlegungen oder auch quälenden Spekulationen dazukam.

Immer wieder dachten sie darüber nach und äußerten ihre Meinung. Wieso, wieso, wieso? Wieso hatte der Entführer noch nicht angerufen? Wieso ließ er sich die Tasche klauen? Wieso hatte er den Dieb nicht verfolgt? War das überhaupt der Sachstand oder wurden sie hintergangen und wenn, von wem? Gab es etwas, das sie übersehen hatten? Von wem? Von der Polizei? Von Schigulla? Und immer wieder die gleiche Frage: Wieso war Jeremy noch nicht bei ihnen?

Allein Benno-Boss wagte diese schreckliche stille Verzweiflung zu unterbrechen.

„Er wird nicht anrufen. Nicht jetzt. Etwas ist ihm passiert, auf das er keinen Einfluss hatte. Ich meine den Entführer. Alles hatte aus seiner Sicht perfekt funktioniert. Das mit den Handys war gut eingefädelt. Das mit den SMS-Nachrichten ideal, wenn man aus seiner Sicht sprechen wollte. Und ich will mich in seine Situation versetzen. Warum hat er den Burschen nicht verfolgt? Den Kerl, wie hieß er - dieser Sebastian - weshalb hatte er ihn nicht verfolgt, seine Beute verteidigt, sie ihm wieder abgejagt? Er musste doch ganz in der Nähe gewesen sein. Es musste ihm etwas passiert sein. Etwas, das ihn daran hinderte seine Beute wiederzubeschaffen oder zumindest darum zu kämpfen."

Es blieb eine Weile still. Dann fuhr Benno-Boss mit seinen spekulativen Meditationen fort.

„Es ist ein schwacher Trost, aber ich bin überzeugt, dass er uns Morgen anrufen wird. Und dann werden wir mehr erfahren. Und ich glaube nicht, dass er uns schlechte Nachrichten vermittelt. Nur, wie wollen, wie werden wir die kommenden Stunden und auch die Nacht ohne tiefgehende Gesundheitsschäden überstehen können?"

Benno-Boss versuchte mehr selbstsicher zu klingen, zu zeigen. Es war aber nicht die Art und Weise, die seine Frau und auch Richard von ihm gewohnt waren. Außerdem hatte er sich nicht sehr glücklich ausgedrückt. Einesteils, er wird nicht anrufen, heute nicht. Aber dann vertröstete er sie auf den Morgen. Hatten sie ihn nicht richtig verstanden? Aber es war keinem zumute, seine Thesen und Andeutungen zu hinterfragen.

Seine Frau schaute ihn an, als wollte sie damit sagen, dass sie dabei war, alle, aber auch alle Hoffnungen fahren zu lassen.

„Nein", wiederholte Benno-Boss, beinahe wie in einem Selbstgespräch, „der ist nicht so. Der wird anrufen und ich gehe auch nicht davon aus, dass er seine Lösegeldforderung erneuern wird. Nein, er muss jetzt annehmen, ja wissen, dass die Polizei dahintersteckt. Dass die Polizei jetzt eingeschaltet wurde oder sich eingeschaltet hat. Schließlich erwartet er keine Fairness mehr, nachdem er sein Versprechen, Jeremy zurückzubringen, nicht einlösen konnte. Ja, so ist es. Aber, er wird ihm nichts antun. Morgen früh wissen wir mehr. Vertraut mir, bitte.

Richard sah in dem Verhalten seines Schwagers mehr das eines Gesundbeters. Da war kein Schmackes mehr dahinter, keine Spur mehr von reeller Selbstsicherheit. Benno-Boss schien in seinen Augen am Ende seiner Weisheit angekommen. Würde es seine Schwester auch so empfinden?"

Dieses <Bitte> am Ende seiner Ausführungen machte die Sache noch schwerer. Er war bekanntermaßen nicht der Kerl, der um Verständnis *bat*. Er handelte. *Er* sagte, wo es lang ging. Und nun sollten sie ihm vertrauen, nur weil er <Bitte> daran gehängt hatte. Aber genau deswegen war seine Vorhersage relativiert. Was war nur aus ihrem Führer geworden? Plötzlich erwies er sich auch als ein Mensch aus Fleisch und Blut mit all seinen Schwächen.

In der Tat, keiner glaubte ihm. Sie dachten sich ihren Teil, dass Benno-Boss sie nur beruhigen wollte. Aber sie würden sich auf das Schlimmste gefasst machen - müssen. In einer langen Nacht.

Die Witwe Gerlinde

Als Gerlinde nach dem abenteuerlichen Abgang in der Mall wieder in ihren vier Wänden angekommen war, ließ sie sich erst einmal auf ihren Sessel vor dem Fernseher fallen. Nein, nach Fernsehen war ihr nicht zumute. Außerdem würde ihr Mann das Gerät erst wieder instand setzen müssen. Er hatte ihr erklärt, dass er da eine Sicherung entfernt hatte, erinnerte sie sich jetzt an seine Worte.

Sie holte ihr Handy hervor und betrachtete es mehrere Minuten lang. Weshalb rief er nicht an? Weshalb ließ er sie immer noch warten? „Ich kann diese ewige Unsicherheit nicht mehr länger ertragen", sagte sie laut zu sich selbst. Sie wollte sich Mut machen doch noch die Nummern für das Handy ihres Mannes zu drücken - auch gegen sein Verbot. Ihre Anspannung begann so langsam in Verzweiflung umzuschlagen.

Dann drückte sie schließlich doch die Nummer. Es dauerte lange bis eine Männerstimme antwortete. Es war aber nicht ihr Mann. Sie hatte sich offensichtlich verwählt. Hatte sie sich verwählt? Also nochmals. Aber, sie erschrak beinahe bei dem nächsten Gedanken. Sie konnte sich eigentlich nicht verwählt haben, die Nummer ihres Mannes war ja gespeichert. Sie hatte gar keine Nummer drücken müssen, sondern eben nur diesen einen Knopf mit der Durchwahl zu ihrem Mann. Wieso gab ein ihr unbekannter Mann Antwort.

Mit etwas zittriger Hand drückte sie nochmals die gleiche Nummer, den Knopf, der sie direkt mit ihrem Mann verbinden sollte und es in der Vergangenheit auch zuverlässig gemacht hatte. Wieder war es die gleiche Männerstimme und Gerlinde drückte wieder schnell die Austaste. Konnte sie diesen Mann am anderen Ende der Verbindung nach ihrem Mann fragen? In einer so heiklen Situation? Hätte sie es getan, wären alle ihre Fragen beantwortet gewesen. So blieb auch sie noch weiter in der Warteschleife mit ihren Zweifeln und Ängsten hängen.

Der Polizist, der ihren Anruf beantwortet hatte, schaute auf die Nummer des Anrufers. Er notierte sich die Nummer. Im Augenblick war es äußerst ungünstig zurückzurufen. Er befand sich mitten im Abgleichen von Ermittlungen, die die Leiche eines Mannes mit dem Namen Hermenegildo Pizarro betraf. Dann steckte er das Handy wieder in den Plastikbeutel, aus dem er es vorher gefischt hatte und verschloss ihn wieder. Es war Beweisstück Nummer vier.

Gerlinde schaute jetzt wieder wie hypnotisiert auf ihr Handy. Dann begannen Tränen über ihre Wangen zu kullern. Sie fühlte sich so verletzend allein, so alleingelassen, so verzweifelt unfähig zu handeln.

Sie wollte es nicht denken, sie weigerte sich, aber sie fühlte es: Da war etwas passiert. Ihr Mann hätte sonst angerufen.

Schon wieder Schigulla

Benno-Boss war nicht in der Stimmung ein Telefongespräch entgegenzunehmen, nein, gerade nicht von diesem Schigulla.

„Sagen sie dem Herrn - *diesem Herrn*", betonte Benno-Boss nochmals - „dass ich ihn zurückrufen werde."

Die Sekretärin vollzog.

So versäumte Benno-Boss eine Information, die zu einem wichtigen, recht positiven Baustein ihrer aller Überlegungen hätte werden können.

Benno-Boss musste jetzt etwas unternehmen. Die Überlegungen hatten in den letzten endlos langen Stunden zu keinem Ergebnis geführt. Sie hatten die Nacht schlaflos verbracht und entsprechend fühlten sie sich alle gerädert. Die Köchin wollte, trotz der Aufforderung ihrer Herrschaft, ebenfalls nicht schlafen gehen. Immer wieder hatte sie Tee oder Kaffee angeboten. Letztendlich waren sie dann beim Kaffee geblieben.

Lieber etwas Falsches unternehmen, als tatenlos herumzustehen oder zu sitzen. Es gab das Risiko, auch genau das Verkehrte zu unternehmen. Nein - das Argument zog jetzt nicht mehr. So konnte es nicht mehr weitergehen.

Benno-Boss musste handeln. Das erwartete man auch von ihm. Diesen zusätzlichen Druck spürte er. Und dann noch dieser Telefonanruf von Schigulla.

Er musste sich zuerst über den Weg seiner nächsten Aktionen klar werden. Dazu wollte er jetzt keine Unterbrechungen seiner Gedankengänge. Besonders, da sie, wie ihm schien, eventuell doch weiterbringen würden. Er wollte an diesem Entführer irgendwie dranbleiben. Aber dazu musste er noch mehr herausfinden. Er schwamm immer noch, beziehungsweise schon wieder in einem Meer des Nichtwissens.

Was war auf dem Friedhof passiert? Sein Schwager hatte, über das bisher ausgesagte, keine weiteren Erkenntnisse beisteuern können.

So sagte er eben zu diesem seinem Schwager: „Wir fahren zum Friedhof."

Richard war nicht schlecht überrascht.

„Und, was versprichst du dir davon?"

„Komm einfach und lasst uns den Weg gehen, den du gegangen bist."

„Hör mal, vertraust du mir etwa nicht?"

„Jetzt sei nicht kindisch. Ich will mehr herausfinden, als du möglicherweise gesehen haben kannst. Als du vielleicht auch sehen konntest - oder durftest. Das ist alles. Und du bist mir zweifelsfrei eine große Hilfe dabei."

„Mann du kannst einem aber auch mit deinen sprunghaften Entscheidungen ganz schön ins Schwitzen bringen."

„Hab dich mal nicht so. Du kennst mich lange genug, um deine Körpertemperatur entsprechend unter Kontrolle halten zu können. Auch wenn ich noch so ausschweifend werde."

Der Friedhof, offenbart er ein Geheimnis?

Arnold brachte sie zum Friedhof. Anne-Dörthe verweigerte sich. Das hätte ihr gerade noch gefehlt. Sie musste sich so langsam mit dem Ableben ihres Sohnes auseinandersetzen und dann sollte sie auf dem Friedhof Erkundigungen anstellen - oder wenigstens dabei helfen. Nein, das war jetzt nicht der Moment, sich ausgerechnet auf einem Friedhof umzusehen, Gräber zu sehen, frische und auch vor langer Zeit angelegte. Den Geruch von welkenden Blumen in einer kahlen Halle einzuatmen.

Auf der Hauptverwaltung machte sich Benno-Boss schlau. Eine junge Frau bot sich an und fragte nach seinen Wünschen - ob sie helfen könne? Zunächst stellte sich Benno-Boss vor und bat um Unterstützung für sein Anliegen. Er erkundigte sich ob da tagtäglich Wärter unterwegs seien, Angestellte, die für die Einhaltung der Friedhofsordnung sorgen würden, für die Pflege der Wege und Anlagen oder sowas in der Richtung.

Nein, das regele man jetzt, seit drei Monaten anders, erfuhr er, das heißt man hatte in Wahrheit Personal einsparen müssen. Die Stadtverwaltung - nun ja, der Herr Benno-Boss würde das sicher kennen, das Budget wurde verkleinert, und die Friedhofsgebühren konnten nicht erhöht werden. Sie seien doch sowieso schon sehr hoch, für viele schon unerschwinglich, usw. Sie legte noch eine kleine Schippe drauf: <Viele Menschen würden es sich jetzt zweimal überlegen, ob sie sich das Sterben überhaupt noch leisten konnten.>

Dieser als Scherz gemeinte Nachtrag, als Lockerung des Gesprächsthemas gedacht, kam verständlicherweise nicht gut bei Benno-Boss an. Es beeindruckte ihn dann aber doch auch nicht nachhaltig. Er verfolgte jetzt seine eingeschlagene Handlungsrichtung. Und so stellte er seiner Gesprächspartnerin übergangslos weitere Fragen.

Wer denn die Gräber pflege?

Das sei Sache der Angehörigen.

„Gibt es da Ausnahmen?"

„Es gibt Vertragsfirmen. Gärtnereien, die sich darauf spezialisiert haben und ihre Dienste anbieten."

„Toll, und wer weiß darüber Bescheid, wer, wann, welche Dienste angefordert hatte?"

Grundsätzlich würden sich alle verpflichteten Gärtnereien melden müssen, wenn sie Arbeiten auf dem Friedhof durchführten. Aber, wie das so ist....

Also, da war auch nichts zu holen.

Wer denn die Wege oder Freiplätze, so auch zwischen den Gräbern instand halte? Ob das auch Dienstleister machten?

Das war Sache der eigenen Gärtner.

Hallo! Und wer sind die? Könnte man zum Beispiel den oder die Person ausfindig machen, die gestern im Sektor die Reihe 26 b arbeitete?

Die Sachbearbeiterin schaute ihn zunächst regungslos an.

Benno-Boss bat, sie möge doch in Aktion treten.

Die Dame warf ein, dass sie zunächst überlegen wolle, ob ihr das, im Rahmen der Personenschutzdaten überhaupt erlaubt sei.

„Wenn sie sich darauf festlegen, komme ich mit einem Rechtsanwalt wieder, oder Polizei und einem Gerichtsbeschluss. Ich verlange aber doch nichts Unmögliches." Und nach einer kleinen Pause: „Bitte!" Da war es wieder, dieses magische Wörtchen. Es ging ihm aber doch schon wesentlich leichter über die Lippen. Dem wollte sich auch die Sachbearbeiterin nicht weiter verschließen.

„Ich schaue nach. Einen Moment bitte." Die jetzt mehr entgegenkommende Mitarbeiterin rief eine Kollegin an und konnte dann Auskunft geben. „Es war Kollege Blauth, Herr Franz Blauth."

„Kann ich ihn sprechen?"

„Da kommt er gerade." Sie zeigte aus dem Fenster.

„Ich möchte ihn gerne sprechen, dies ohne jeden Hintergedanken. Wo geht das am besten?"

„Sie können in die Cafetería gehen. Ich denke, dass er seine Schritte ebenfalls dorthin lenken wird."

Blauth, mit TeHa

„Herr Franz Blauth?"

Der etwas von harter körperlicher Arbeit gezeichnete Mann mit den großen, schwieligen Händen drehte sich um. Er stand mit einem Tablett in der Hand vor einer Vitrine und wollte sich gerade seinen Lieblingskuchen herausholen.

„Joh, der bin ich. Wos wojjn´s denn?"

„Am besten nehmen wir uns einen Kaffee und setzen uns an einen Tisch. Einverstanden? Ich würde mich gerne ein paar Takte mit Ihnen unterhalten.?

„Joh, ieber wos denn?"

„Aber nehmen sie doch erst einmal ihren Kuchen. Es eilt ja nicht. Nehmen sie gerne auch zwei, ich spendiere ihn Ihnen."

„Sann sie vunn dr Polizei?"

„Ihh wo. Nein. Ich heiße Willi und das ist mein Schwager." Benno-Boss wollte den Mann nicht mit seinem richtigen Namen erschrecken. Möglicherweise war er diesem schlichten Gemüt bekannt und hätte dann vor lauter Respekt und Unterwürfigkeit keinen vernünftigen Ton mehr herausgebracht.

Dann saßen sie zu dritt an einem kleinen runden Tisch. Benno-Boss und sein Schwager hatten sich schwarzen Kaffee aus der Kaffeemaschine mitgebracht.

„Sie kommen bestimmt aus Süddeutschland?"

„Joh, aus Nerrnberch. Awwer net ganz. Eichentlich kumm ich von dr Palz."

„Nürnberg, oh, eine schöne Stadt."

„Dös könns wohl laut saachen."

„Herr Blauth, wir waren im Büro, haben mit den Damen dort gesprochen und erfahren, dass sie gestern im Sektor der Reihe 26 b Dienst hatten. Da hätte ich gern ein paar Fragen an sie. Sie können mir helfen, bitte!"

Franz, der auf seinem schmalen Stuhl eine etwas verrenkte, eine absolut ungemütliche Sitzposition eingenommen hatte, richtete sich langsam auf, setzte sich gerade.

Aha, dachte Benno-Boss, dem das nicht entgangen war, er richtet sich eine Verteidigungsposition oder mindestens auf eine Abwehr ein. Er musste aber für eine gewissermaßen entspanntere Situation sorgen. In sich zurückgezogen, abgekapselt, würde dieser Mann nicht gerade eine Fundgrube an Auskunftsfreude sein.

„Es geht im Grunde um etwas vollkommen Belangloses. Und wir wollen sie keinesfalls kompromittieren."

Gerade dieser Ausdruck <kompromittieren> war es, der Franz am meisten zu schaffen machte. Da steckte also doch etwas mehr dahinter, wenn der schon seine Absichten mit einem Fremdwort - einem für Franz verdächtigen Fremdwort zu verschleiern suchte. Seine Lebenserfahrung signalisierte Vorsicht.

Demonstrativ schaute Franz wortlos in seinen Kaffee.

„Einer meiner Mitarbeiter" - jetzt hatte Benno-Boss doch ungewollt und unvorsichtig eine Andeutung seiner wahren Identität ausgeplaudert - „hat gestern eine Tasche verloren, die für uns wichtig ist. Er hatte sie abgestellt, wollte Wasser in einer Gießkanne für die Blumen holen.

Als er zurückkam, war die Tasche weg. Sie können sich vorstellen, dass er sehr unglücklich darüber ist und Angst hat seine Stelle zu verlieren. Zumal er seinem Chef die Absicht, auch zum Friedhof zu gehen, verschwiegen hatte. Und wir, mein Schwager und ich, wir dachten, dass sie uns vielleicht ein wenig helfen könnten. Denn die Tasche ging in dem erwähnten Sektor verloren. Wir, und bestimmt auch sie, möchten dem armen, verzweifelten Mann helfen."

„Ich hann domit nix ze dun."

„Wollen wir doch auch nicht unterstellen, unter keinen Umständen unterstellen oder annehmen."

„Ich hob nix gseng."

„Herr Blauth, alles, was wir reden, bleibt unter uns. Ich gebe Ihnen mein Wort. Aber wir wollen doch nicht die Polizei mit dem Fall betrauen. Noch nicht", schob Benno-Boss hinterher. „Mir ist das sowieso zuwider, wie die dann vorgeht. Schicken dann eine Vorladung in das Büro. Die Kollegen und Kolleginnen fangen dann an zu tuscheln. Das kann man sich doch sparen. Wir sprechen uns hier aus und die Sache ist erledigt. Ausgestanden und vergessen. Verstehen wir uns?"

Franz schaute langsam hoch und musterte Benno-Boss.

„Wos soll i denn geseng hobn?" Toll, wie dieser einfache Mann gleich einige Dialekte durcheinandermischte. In einer anderen Situation hätte es Benno-Boss belustigt. Nicht aber so hier und nicht jetzt.

„Wir hätten gerne die Tasche wieder. Da waren Papiere drin, die für uns wichtig sind. Ja, und da haben wir gedacht, ein Mitarbeiter der Verwaltung, der gerade in diesem Sektor seine Arbeit verrichtete, könnte etwas gesehen haben. Und da sie gestern hier gearbeitet hatten, ihrer gewiss schweren und verantwortungsvollen Arbeit nachgegangen sind, dachten wir uns direkt mit Ihnen zu besprechen. Und da sie ein ehrlicher Mensch zu sein scheinen, ein ehrlicher Mensch sind, kommen sie natürlich nicht in Frage, etwas mit dem Verschwinden der Tasche direkt zu tun zu haben. Aber gesehen haben sie vielleicht etwas."

„No, i hob nix gseng. I wos vun nix. I hob auch kaane Dasche net gseng."

„Haben sie vielleicht einen Menschen wegrennen sehen? Eine Person, die sie sonst noch niemals auf dem Friedhof gesehen haben? Eine Person mit einer großen, schwarzen Tasche? Sie haben doch sicherlich ein gutes Personengedächtnis und eine Person, die sich außergewöhnlich benimmt, die wäre Ihnen doch sicherlich aufgefallen? Daran würden sie sich doch erinnern. Oder schätze ich sie da falsch ein?"

Die Schleimerei wirkte offenbar. Benno-Boss vermerkte mit Zuversicht, dass aus dem Gärtner doch noch der eine oder andere brauchbare Hinweis zu entlocken sein würde.

Franz bewegte sich, sichtlich verlegen oder auch nervös auf seinem Sitz hin und her, schaute aber immer noch in seinen Kaffee oder was noch davon übrig war. Dann schaute er auf.

„Jo, wie ich vumm Kaffee zruckkumma bin, unn Kaffee drinke iss uns Gärtnern erlaabt, do iss een junger Kerl zum Ausgang gange. Er hott sich immer umgschaut. Hätt mich glatt umrenne kenna. Mit aaner schwarzen Dasche underm Arm."

„Na sehen sie Herr Blauth, da habe ich sie doch richtig eingeschätzt. Sie haben einen guten Blick für das Außergewöhnliche und ein prima Gedächtnis. Wie alt könnte denn der Mann gewesen sein?"

„Dr wor jung. Bschdimmt net amol zwanzich. Uff kenne Fall driwer."

„Wie war er gekleidet?"

„Oh - oh, ich glaab, dass ich mer des net genau angeguckt hob. E junger Kerl also, wie die sich heitzedach anziehe. Ach, des kennt sei, dass er son Ding aangehabt hot wo so en Kapuz dran iss. Nö, awer die Kapuz hotr net uffghabt. Dodefor war der Daach zu warm."

Benno-Boss bemerkte, dass er hier nichts mehr weiter von Wichtigkeit erfahren konnte. Er würde sich jetzt mit Richard langsam verabschieden.

„Sie haben uns viel geholfen. Ohne ihre Mitarbeit wüssten wir immer noch nicht, wie die Tasche verschwinden konnte. Und sonst haben sie niemanden gesehen?"

„Do wor dr Annere noch."

Aha, dachte Benno-Boss, sicher kommt's. Sicher beschreibt er jetzt Richard. „Ist diese Person auch weggerannt oder hatte sie sich versteckt?"

„No. Die konnt net meh renne."

„Hatte sie sich also versteckt?"

„Aach net. Dr wor schun dood. Zuerscht hunn ich gedengt, dass er schlooft. Awer dr war werklich schun dood. Mein Reche ..."

„Der war tot? Ein Mann war tot. Wo denn?"

„Jo, dös hot doch d´Polizei schu in Ordnung brocht. Zerscht iss dr Krankewaache kumme, dann sinn die wiedr weggfahre weil dr Mann ja schun dood wor. Dann iss die Polizei kumme."

„Und wissen sie woran der Mann ums Leben - äh gestorben iss?"

„No klar doch. An meim Reche. Ich wor beim Kaffeedrinke, do iss der uffn Reche getrete. Ich bin awer net schuld. D Polizei hatt´s mer gsaacht. Nor, ich musste mein Reche abwäsche wäche dem Blud."

„Moment, Herr Franz - Herr Blauth. Da ist ein Mann auf ihren Rechen getreten und ...“

„Ich hob ihn hingleecht ghatt, so wie ich 'n immer hinleeche du, e bissche versteckt, damit er mer net geklaut werd, weil ich aan Kaffee trinke gange bin ...“

„... Und als sie zurückkamen, lag der Mann - war er schon tot?“

„Mausedod, der hod net gschloofe. Des hot mr sehe kenne in seim Gsicht. Dös war ganz kabudd.“

„Und das war, nachdem sie den jungen Mann mit der Tasche gesehen hatten?“

„Jo nadeerlich, i bin doch grad zruckkumme vumm Kaffeedrinke unn wollt mei Arbeit schaffe.“

„Und was ist mit der Leiche, mit dem toten Mann dann passiert?“

„D Polizei hot ne metgnomme, awer do war ich schunn widder net mee uffm Friedhof.“

„Wo waren sie dann?“

„Na, dhoim.“

„Ach ja, klar doch. dumme Frage. Entschuldigen sie.“

„Ich deet Ihne jo den Platz zeiche, awer der isss immer noch abgschberrt. So muss isch heit woannerschd mei Arwet schaffe.“

Benno-Boss bedankte sich dann noch höflich bei Franz und versicherte ihm, dass er viel geholfen habe.

Franz wollte aber noch einen draufsetzen:

„'S hot mich halt geärchert, doss mein Recheschdiel versaut war. Unn jetzt hann se den aach noch medgnomme. Ich soll heit noch e neier krieche.“

Na, wenn es weiter nichts ist, dachte sich Benno-Boss und sein Begleiter in gleicher Weise.

Die Lage ist festgefahren

Während seiner Abwesenheit, seinem Besuch auf dem Friedhof, waren keine weiteren Telefonanrufe hereingekommen.

Benno-Boss ließ sich mit Schigulla verbinden.

„Was haben sie rausgefunden?"

„Ja, genau deswegen wollte ich sie vor einer knappen Stunde sprechen. Da waren sie aber entschuldigt."

„Ja, nun sind sie ja mit mir verbunden. Nun können sie sprechen."

„Zügeln sie doch bitte für ein paar Momente ihre Ungeduld. Die können sie noch ausleben. Ich habe nämlich keine guten Nachrichten. Den Kerl, den wir gestern im Hotel abgeholt haben, hat nichts mit der Entführung zu tun. Er ist ein Abstauber, ein Trittbrettfahrer und hat sich saublöd verhalten. Was sagen sie jetzt?"

„Nun, dass es mir im Nachhinein ziemlich klar wurde. Welcher Erpresser würde sich in der gleichen Stadt, nach dem Empfang seines Lösegeldes, immerhin eine erkleckliche Summe, ganz öffentlich und unter seinem richtigen Namen, in eines der besten Hotels der Stadt einmieten? Und sich dann auch noch sinnlos besaufen. So blöd kann dann doch niemand sein. Da würde ich eher darauf tippen, dass ein Täter sich auf dem kürzesten Weg auf und davonmacht. Da dies nicht geschehen ist, muss ich davon ausgehen, dass wir wieder ganz am Anfang stehen."

„Wir hätten wenigstens das Geld retten können, wenn sie sich nicht so stur gestellt hätten."

„Erstens, mein wohlwollender Freund, erstens war es der ausdrückliche Wunsch meiner Frau, dem ich nach den bekannten Misserfolgen, auch ihrer Behörde, gerne entsprochen habe. (Am anderen Ende der Verbindung war ein Stöhnen zu vernehmen) Und zweitens geht es nicht ums Geld, sondern ganz besonders und immer in erster Linie um unseren Sohn und der ist ...."

„... Ja, ja, soweit kann ich schon folgen. Ich entschuldige mich auch, wenn ich mich verkehrt ausgedrückt haben sollte. Aber das mit den Misserfolgen lasse ich nicht so ohne weiteres auf mir sitzen."

„Dann teile ich Ihnen als drittes mit, dass das Geld wieder zurück in meinen Besitz gelangt ist, aber das habe ich Ihnen ja bereits gesagt."

„Können sie mir jetzt Einzelheiten mitteilen?"

„Ja, die Tasche mit dem Geld ist also wieder bei mir. Eine junge Dame hat sie mir zurückgebracht."

„Als Polizist kommt mir als Erstes in den Sinn, dass diese genannte junge Dame mit dem Entführer unter einer Decke stecken müsste, na sagen wir einmal, könnte. Sind sie sich da sicher, dass dem nicht so ist? "

„Ganz sicher."

„Es soll ja vorkommen, dass sich eine Bande nicht über die Aufteilung der Beute einigen kann, dann besteht die Möglichkeit, dass der eine oder andere aussteigt. Vielleicht fällt die Dame unter diese Kategorie. Denken sie nocheinmal darüber nach. Vielleicht nehmen sie ihre Meinung ein bisschen zu apodiktisch. Übrigens, sie haben doch sicher den Namen und die Adresse dieser jungen Frau festgehalten?" Es war eine Frage, keine Feststellung.

„Herr Präsident, Schigulla, wir wollen uns wieder vertragen. Es gibt offensichtlich noch eine Menge zu tun. Und meine Frau ist einverstanden, wenn sie sich jetzt mit ihren Leuten einschalten würden."

„Sind wir ja auch schon. Aber, haben sie weitere Anhaltspunkte, etwas woran wir anknüpfen könnten? Und rund um die Geldrückgabe, wollen sie mir dazu einige Details geben? Ich bitte sie darum."

„Gerne. Über die junge Frau haben wir bereits kurz gesprochen. Es ist die, nun, wahrscheinlich ehemalige Freundin dieses Typen, den sie im Hotel im Vollrausch aufgelesen haben. Sie hatte den Mut mir die Tasche zurückzubringen, nachdem sie meine Visitenkarte im Umschlag der Tasche gefunden hatte. Sie wird eine Belohnung bekommen. Ich würde es nicht gerne sehen, wenn sie mit besonderen Umständen rechnen müsste."

„Ich würde sie aber gerne trotzdem anhören."

„Wenn sie das möchten, schlage ich vor, wir treffen uns hier bei mir im Haus. Dann sprechen wir über alles, was sie interessieren könnte."

„Danke für das Angebot, ich ziehe es aber vor solche Gespräche hier im Präsidium zu führen. Nichts für ungut. Ach, und im Grunde genommen wissen wir ja bereits alles oder brauchen nur noch das eine mit dem anderen zu verbinden. Dieser Sebastian Müller war dann, als wir seine direkte Beteiligung an der Entführung nicht mehr aufrecht hielten, richtig gesprächig. Aber er ist stinkesauer auf sie, ich meine auf die Freundin. Ehemalige Freundin. Übrigens haben wir ihn verdonnert, seine Vorauszahlungen für Maßanzüge und Seidenhemden zurückzuholen und die Aufträge zu stornieren. Sie bekommen also auch dieses Geld."

„Ja, das war mir gestern Abend bereits klar. Trotzdem danke, dass sie daran gedacht haben."

„Aber die Hotelkosten werden sie abschreiben müssen."

„Von dem bisschen, was er als Vergütung von seinem Lehrmeister bekommt, wird er ja wohl kaum etwas abzweigen können. Also werde ich es vergessen müssen."

„Na, na, na, mal nicht zu schnell und voreilig. Einen Denkzettel wird er bekommen."

„Er gehört Ihnen, dem Gesetz."

„Schön gesagt, Benno-Boss. Ich halte sie auf dem Laufenden, sobald wir weiterkommen. Und ich erwarte, dass sie mich ebenfalls informieren, wenn sich eine neue Situation ergibt. Ich kann sie ja jederzeit erreichen?"

„Das können sie."

„Wir wünschen uns jetzt viel Erfolg, mehr als bisher."

„Ich stehe auf ihrer Seite."

Hermenegildo - die schlechte Nachricht

Neun Uhr.

Zu behaupten Gerlinde habe eine schlechte Nacht verbracht, wäre stark untertrieben gewesen. Am Ende war sie am Phantasieren und stand kurz davor durchzudrehen. Dann standen da zwei Polizisten vor der Tür. Ihr erster Gedanke war, dass es jetzt vorbei sein musste. Das würde das Ende sein. Das musste das Ende sein. Sie war bereit das Urteil, jedes Urteil entgegenzunehmen. In ihren nicht mehr normal funktionierenden Gedankengängen glaubte sie, dass die beiden Uniformierten gleich eine Entscheidung des Gerichtes mitbringen würden. Sie würde ihrem Mann ins Gefängnis folgen und fühlte sich bei diesem Gedanken regelrecht erleichtert.

„Sind sie Frau" ... der eine schaute auf ein Papier und las ab, „Frau Pizarro? Frau Gerlinde Pizarro?"

„Ja."

„Dürfen wir hineinkommen?"

„Ja."

Dann: „Wir haben einen sehr traurigen Auftrag zu erfüllen. Möchten sie sich nicht setzen?"

„Ja."

„Es geht um ihren Mann. Sein Name ist doch Herme-negildo?" Er musste den ungewöhnlichen Namen buchstabieren.

„Ja."

„Frau Pizarro, ihrem Mann ist etwas Schlimmes zugestoßen."

„Ja?"

„Er ist ..."

„... Im Gefängnis?"

„Nein Frau Pizarro. Er ist gefallen. Er ist auf...."

„... Ach so. Ich dachte schon es wäre etwas wirklich Schlimmes."

„Frau Pizarro, es ist schlimm, denn ihr Mann ist tot." Jetzt war es heraus. Bei der Überbringung einer solchen Nachricht halfen Übungen in der Ausbildung nur sehr begrenzt. Denn üben war nur begrenzt hilfreich, schließlich gibt es zwischen den einzelnen Fällen kaum einen der dem anderen gleicht.

Das war die absolute Kehrseite ihres im Ganzen doch respektablen und auch respektierten Berufes - zumindest in weiten Kreisen der Bevölkerung. Von solchen schweren und auch persönlich belastenden Botengängen wusste die Bevölkerung recht wenig.

„Es tut uns leid", sagte der andere Polizist.

„Ja, es tut uns leid", sekundierte sein Kollege.

Gerlinde sagte zunächst nichts. Sie hatten mit der Standardszene gerechnet, die Frau bricht in einen Schreikrampf aus. Und sie waren darauf gefasst sie aufzufangen, falls sie ohnmächtig werden sollte. Aber nichts von alledem geschah. Sie schaute nur ausdruckslos zwischen den beiden Polizisten vorbei ins Leere.

Nach einer Weile räusperte sich einer der Besucher. Gerlinde reagierte nicht. Dann noch einmal vernehmlicher. Der andere sagte dann doch: „Können wir Ihnen irgendwie behilflich sein?"

„Ja", sagte Gerlinde.

„Bitte!"

Dann war die Frau wieder stumm.

Schließlich entschloss sich einer der Polizisten und brachte sein Anliegen vor. Frau Gerlinde, hören sie?"

„Ja."

„Wir sind beauftragt sie zu bitten ihren Mann in der Gerichtsmedizin zu identifizieren. Wann können sie kommen oder wären sie bereit mit uns zu kommen? Sie bräuchten dann nicht selbst zu fahren. Es wäre vielleicht so klüger. Und die erforderlichen bürokratischen Abwicklungen, könnten verkürzt werden. Wir bringen sie danach auch gerne wieder in ihr Heim zurück."

„Ja."

Wieder Stille. Gerlinde blieb still und starrte wieder wie gedankenverloren irgendeinen imaginären Punkt an.

Die Polizisten wollten es aber jetzt hinter sich bringen.

„Frau Gerlinde - äh, Frau Pizarro. Würden sie dann bitte mitkommen?"

„Ja."

Die Polizisten standen auf und seltsamerweise stand die Frau auch auf, schaute sie aber immer noch nicht an.

„Unser Wagen steht vor der Tür. Kommen sie bitte mit oder möchten sie noch etwas anderes anziehen?"

„Ja."

Sie hatten da an etwas Dunkles gedacht. Aber Gerlinde lief einfach los in Richtung Tür. Die beiden Überbringer der Hiobsbotschaft folgten ihr.

Die Gedächtnislücke
Eine Anomalie klärt sich auf

Wieder ein Anruf.

Der wievielte für heute Morgen?

Hatte der überhaupt mit der Entführung zu tun?

Es war jetzt halb elf.

Das Frühstück stand noch unberührt auf dem Tisch.

Die Köchin sorgte sich um ihre Arbeitgeber. Aber auch um ihre eigene Person und um ihren Arbeitsplatz. Was würde werden?

Benno-Boss saß auf der Couch, den Kopf über die Lehne nach hinten gelehnt. Die Beine hatte er von sich gestreckt, seine Hosen waren unüblich zerknautscht. Die weit geöffneten Augen starrten den gleichen Fleck an der Decke an. Seine Kaumuskeln mahlten unaufhörlich. Hin und wieder konnte man das Knirschen der Backenzähne hören.

Von Zeit zu Zeit zuckten seine Mundwinkel nervös.

Richard saß auf einem Stuhl, vorübergebeugt, den Kopf in die Hände gestützt. Gerade wäre er beinahe vornüber gestürzt. Offenbar war er kurz eingeschlafen.

Anne-Dörthe drehte etwas in ihren Händen. Es kam ja nicht darauf an was, sondern, dass sie ihre Hände überhaupt beschäftigte. Wo sie doch sonst, wie alle, zur Untätigkeit verurteilt waren. Sie schaute ins Leere.

Es war bezeichnend für das, was sie fühlte. Nämlich nichts. Sie war ausgebrannt. Die Tränen waren versiegt. Sie hatte sich in den letzten Tagen sehr verändert.

Es klopfte. Erst beim dritten Mal bewegte sich Richard wie erschreckt.

„Ja, bitte!"

Die Sekretärin avisierte einen Anruf. Wer geht, wer nimmt den Hörer?

Müde streckte Benno-Boss den Arm aus. Die Sekretärin legte ihm das schnurlose Telefon in die Hand.

„Ja, was gibt´s?" Es war eine - seine - müde, mutlose Stimme. Auch nach dem Besuch des Friedhofs hatte er keine neuen Erkenntnisse. Dementsprechend war er gelaunt. Auch er war ausgebrannt. Kein Entführer und keine Nachricht von oder über Jeremy. Der fehlende Schlaf, die Anspannung, die Sorge. Alles blieb ja nicht in den Kleidern hängen.

„Ja, hier ist das Abenteuercamp, mein Name ist Elisabeth Storrer."

Die Stimme klang so fröhlich, derart ungewohnt fröhlich, so absolut der Situation unangemessen, dass Benno-Boss sich in eine aufrechte Position auf der Couch hochruckelte, er gab seinen starren Blick zur Decke auf. Starr und beinahe leblos blieben seine Augen dennoch.

„Sie sind die eingetragene Kontaktperson einer unserer Feriengäste, Herr Benno-Boss?" Es war nicht zu unterscheiden ob es eine Frage war oder eine simple Feststellung.

„Ja ... wo bitte?"

„Im Abenteuercamp. Spreche ich mit Herrn Benno?"

Die Stimme war unverändert freundlich.

„Ach ja, bin ich, ich ... was gibt´s?"

„Ich habe die Aufgabe die wöchentliche Verbindung zu den Eltern oder Beauftragten der Jungens aufzunehmen, die bei uns im Camp sind. Ich möchte sie informieren, dass es ihrem Sohn gut geht."

Benno-Boss rückte mit seinem Sitzfleisch bis zur Kante des Sofas. In seinem Gesicht machte sich ein Ausdruck des Unglaubens breit. Er fühlte die Situation als irreal. Er war unwirklich weit davon entfernt zu explodieren. Er bewegte kein Körperteil. Er bewegte, nein er rollte mit seinen Augen. Und er war drauf und dran irgendetwas Unfreundlichen zu sagen. Das Fräulein fuhr unterdessen mit unveränderter Freundlichkeit, ja sogar fröhlich, fort.

„Er erlitt zwar gleich am ersten Tag einen Stich in den kleinen Finger der linken Hand. Es dürfte ein Insekt gewesen sein. Da wir nicht wussten, um welche Art Verletzung es sich handelte haben wir ..."

„Moment - Moment - Moment! Wovon sprechen sie überhaupt?" Benno-Boss machte dreimal eine Bewegung, und ein Beobachter hätte vermutet, dass dieser Mann aufspringen wollte. Aber auch, dass ihm dazu die Kraft fehlte. Und in der Tat, Benno-Boss hatte wirklich die Absicht aufzuspringen, aber er war nicht in der Lage die dafür nötige Energie in seinem Körper zu mobilisieren.

„Nun, äh, sie sind nicht der Vater oder wenigstens die autorisierte Person, die ...?"

„ ... Nochmals, zum Mitschreiben. Wovon sprechen sie eigentlich?"

Nun war es einen Moment still, das kleine Gerät in der Hand von Benno-Boss blieb stumm.

„Nun, ich sagte es bereits", die Stimme war unverändert fröhlich und freundlich, „ich bin beauftragt worden die wöchentliche Information über unsere Camp-Bewohner an die Eltern, beziehungsweise den von ihnen Beauftragten zu geben. Das ist so eingerichtet, weil manche Eltern selbst, vielleicht wegen einer Reise, nicht direkt zu erreichen sind. Und ich kann Ihnen berichten, dass es Christian Cohen gut geht."

„Was soll ich damit? Ich kenne ...."

„Jetzt sprang Benno-Boss wie von einer Schlange gebissen hoch. Plötzlich hätte er die Energie mobilisieren können, um ihn senkrecht hoch und durch die Decke springen zu lassen.

„Wie sagten sie, heißt mein Sohn?"

„Entschuldigen sie bitte. Kann es sein, dass ich falsch verbunden bin?"

„Neinneinneinnein - bitte bleiben sie dran. Bitte! Bitte! Wie sagten sie gerade über wen sie informieren?" Benno-Boss drehte sich plötzlich, wie aufgedreht, um sich selbst. Anne-Dörthe und ihr Bruder hatten die seltsamen Bewegungen des Hausherrn bis zu diesem Moment nur so aus den Augenwinkeln mitbekommen.

Die freundliche Dame am anderen Ende der Telefonverbindung hörte einen Seufzer, der ihr unter anderen Umständen vorgekommen wäre, wie der letzte und sehr schmerzhafte Atemzug eines gequälten Mannes.

„Habe ich etwas falsch gemacht?" Ihre Stimme klang jetzt etwas kleinlaut, ja unsicher. „Bei Christian Cohen steht die Telefonnummer, die ich gewählt habe. Es kann natürlich sein, dass ich - vielleicht die falsche ...."

„Neinneinneinneinneinnein" ... rief Benno-Boss noch erregter, noch lauter. „Sie haben die richtige Nummer. Bitte, wie sagten sie, geht es meinem Sohn?"

Anne-Dörthe schaute ihren Mann missbilligend und mehr ungläubig an. Wirre Gedanken bauten sich in ihrem Kopf auf und es schwirrten alle möglichen und auch unmöglichen Vermutungen in ihren Gedankengängen. War das eine Nachricht von ihrem Sohn. Oder vom Entführer? Aus dem Gestammel ihres Ehemannes war nichts zu entnehmen, was ihr hätte Mut machen können. Aber auch nichts, was auf eine endgültige Katastrophe hingewiesen hätte. So verharrte sie nun in einer spannungsgeladenen Erstarrung.

Richard war aufgestanden, stand am Fenster und schaute scheinbar ungerührt hinaus. Hinter seinem Rücken spielte sich offenbar ein Theater, vielleicht auch das endgültige Trauerspiel ab. Das Drama näherte sich scheinbar einem Ende im letzten Akt. Und Benno-Boss schien übergeschnappt zu sein. Armer Schwager.

Das Fräulein, oder die Dame war auch verwirrt und versuchte sich aber zu konzentrieren: „Christian Cohen - Verzeihung, dem Jungen, ihrem Sohn geht es gut. Er hat sich nur diesen Stich ...“

„ ... Gutgutgutgut, sie haben ihn verarztet. Vielen Dank. Ist alles wieder gut?“

„Nein, das heißt doch, ich wollte nur sagen, dass nicht ich ihn verarztet habe, sondern eine dafür zuständige, kompetente Fachkraft. Er ...“

„Eine bescheidene Frage“ - Benno-Boss rief laut, sehr laut, ja er schrie es mehr heraus - : „Darf .. ich .. sie .. küssen, darf ich sie umarmen? Wären sie doch hier, ich würde ... mein Gott, unser Sohn ist wohlauf.“

Benno-Boss warf den Hörer in die Luft. Es krachte einmal an der Decke und dann platzte die dicke Glasscheibe auf dem Beistelltisch, als der Hörer wieder, den Erdan-

ziehungskräften folgend, ungünstig und heftig drauf-
klatschte.

„Benno-Boss, ich bin deine Frau, was ist mit dir los?"
Die Hausfrau Anne-Dörthe hatte jetzt mit harscher Stimme Auskunft verlangt. So wie es aussah, würde sie vielleicht die Psychiatrie ... Noch war sie nicht in der Lage
und bereit die Nachricht in ihrer vollen Bedeutung aufzunehmen - einfach anzuerkennen.

Ihr Mann hatte den Wunsch geäußert jemand zu küssen,
jemanden zu umarmen und zu küssen, es musste sich um
eine Sie handeln - weiter kam Anne-Dörthe nicht.

Benno schaute sie, wie aus einer anderen Welt an.
Benno-Boss schüttelte mit geschlossenen Augen vehement
seinen Kopf, stieß dabei beide Fäuste über seinem Kopf in
die Luft, dann holte er tief Luft und brachte etwas wie einen Stoßseufzer aus seiner Brust „Christian lebt."

Anne-Dörthe näherte sich ihrem Mann und rief dann
mit brechender Stimme: „Benno, ich verspreche dir, ich
lasse mich scheiden und ich schaue dich niemals mehr an,
wenn dieses Schauspiel nicht sofort aufhört."

Benno-Boss schaute seine Frau an, als sähe er sie zum
ersten Mal. Aber er hatte sich wieder in der Gewalt. Er
war wieder Benno-Boss - nun ja, mit kleinen Einschrän-
kungen. Er ahnte, dass es etwas schwierig werden würde,
die Vorstellung zu Ende zu bringen. Aber sein Körper hatte sich wieder mit Energie gefüllt. Im Verhältnis zu der
fast unabwendbar geglaubten Tragödie, war das, was er jetzt
klarstellen musste, vergleichbar mit einem Frühlingstraum.

Richard, der mehr auf das Wort Scheidung reagiert hatte, veränderte seine Körperhaltung und stand jetzt mit dem
Rücken zum Fenster.

Benno-Boss wurde sehr ernst, mehr feierlich. Er schaute seiner Frau in die Augen. Seine Stimme klang wie damals bei seiner alles umfassenden Liebeserklärung, als er um die Hand Anne-Dörthe anhielt: „Liebste, mein Alles, was ich habe? Ich bin ein Idiot, ich bin an Allem schuld ...“

„Gut, die Erkenntnis kommt oft ein wenig spät, Aber du erzählst mir damit ja nichts Neues. Was steckt dahinter, hinter diesem Christian?“

Benno-Boss war jetzt die Ruhe und Geduld in Person.

„Ja, ich bin ein überglücklicher Idiot. Liebste, ich habe dich verletzt, ich bin schuld an deinen Qualen, aber Christian ist *unser* Sohn ...“

„ ... Von dem ich eigentlich wissen sollte ... müsste. Und den du mir bis heute verheimlicht hast.“ Sie hätte es nicht mit größerem Genuss sagen können. Denn innerlich schmunzelte sie wieder. Sie hatte mit der Müttern eigenen Intuition bereits erkannt, wenigstens in groben, aber durch-aus konkreten Konturen, worauf die Vorstellung ihres Mannes hinauslief. Anne-Dörthe war jetzt wieder ganz bei der Sache. Aber doch nicht ganz. Denn ... ein Sohn, von dem sie nichts wusste, bis heute nichts wusste!? Sie ließ ihren Mann nichts von ihrem Schmunzeln erkennen oder erraten. Sie würde im geeigneten Moment rechtschaffen reagieren.

Benno-Boss jetzt ganz kleinlaut, ruhig und sachlich, begann mit seiner Klarstellung: „Ich habe Christian - ich meine Benno-Quacks, unser Kind, unter einem anderen Namen angemeldet, eben, um der Gefahr einer Entführung aus dem Weg zu gehen. Vorbeugend sozusagen. So jetzt ist es heraus. Nun könnt ihr mich kreuzigen. Und, es würde mir gar nichts ausmachen. Ich muss, ja ich verspreche, dass ich jedes Urteil tapfer ertragen werde. Und, nachdem ich jetzt weiß, dass unser Kind niemals in Gefahr war, mein Gott, was soll ich noch sagen?“

Es blieb still. Für wie lange, konnte hinterher niemand von den Dreien mehr nachvollziehen.

Dann klatschte es vernehmlich. Anne-Dörthe hatte ihrem Mann eine geklebt. Richtig ausgeholt und mit der flachen Hand auf seine Wange zugeschlagen.

Benno-Boss, der sich entspannt gesetzt hatte, sprang auf und schrie überglücklich: „Danke. Danke, dass du mich noch liebst."

„Ich hasse dich - ich hasse dich - ich hasse dich, das ist die Tatsache. Du Verrückter, du Scheusal, du Ekel, du Mistkerl, du - du - du ..."

Dann fiel sie ihm um den Hals, drückte fest zu und sie konnte wieder weinen. Es waren aber diesmal Tränen der Erleichterung - und der Freude.

Lange standen sie da in ihrer Umarmung. Richard hatte wieder seine Kontemplation aufgenommen und starrte aus dem Fenster. Er konnte einfach nicht glauben, was er gerade erlebt hatte.

„Die Sekretärin stand in der Tür und machte sich durch auffälliges Räuspern bemerkbar.

„Da ist nochmals das Camp. Sie sagten, es sei sehr wichtig."

Anne-Dörthe ließ sich in die Couch fallen und stöhnte: „Nicht schon wieder, nicht nochmals, nicht ..."

Zögernd nahm Benno-Boss den neuen Hörer, den ihm die Sekretärin entgegenhielt.

Er begann mit - „Es ..."

„Hallo Herr Benno, ich bin die Leiterin des Abenteuercamps - Luisa Benz - es tut mir leid ...."

Benno-Boss ließ sich jetzt ebenfalls wieder auf das Sofa sinken. Jetzt ja keine neuen schlechten Nachrichten. Kein Widerruf.

„ ... es tut mir leid. Meine Mitarbeiterin hat mir von einem Missverständnis berichtet" - alles Blut schien Benno-Boss aus den Adern zu entweichen, jeder Widerstand, jede Kraft, von der er bisher lebte, ja überlebte, brach augenblicklich zusammen - „und dass sie sie, nun was soll ich davon halten? Weshalb, ich sage es frei heraus, weshalb wollten sie sie küssen? Das arme Mädel ist ganz verwirrt und dann waren sie weg, einfach aus der Leitung."

Genauso schnell wie seine Widerstandskraft verschwunden war, stellte sie sich explosionsartig wieder bei Benno-Boss ein. Das volle Leben kam schlagartig zurück. Er fühlte sich wieder in sich selbst gefestigt. Soeben noch halb tot und jetzt, nur wenige Sekunden waren verstrichen, schon wieder mit übermenschlicher Kraft und den wunderbarsten Gefühlen ausgestattet. *„Schluss - Schluss - Schluss mit diesen verdammten Wechselbädern der Gefühle"*, wollte er sich und der ganzen Welt zurufen, doch eben das Gefühl, das ihn durchströmte, war so wunderbar weich, sanft, angenehm, dass er wenigstens einen Moment noch darin baden wollte.

Benno-Boss stand auf, strahlte über das ganze Gesicht und Anne-Dörthe wusste in diesem Moment, dass es keine schlechte Nachricht geben würde.

„Ach wissen sie, Frau, Moment, jetzt habe ich mir ihren Namen nicht gemerkt, ich bin untröstlich ..."

„Luisa Benz, ich bin die Leiterin des ..."

„Danke, Frau Luisa Benz. Es war einfach wegen des Anrufs ihrer Mitarbeiterin. Es war der Schönste, den ich in letzter Zeit, ich weiß nicht seit wann, vielleicht in meinem ganzen Leben erhalten habe. Wenn ich die Gelegenheit erhalten sollte, werde ich, nun ja, ich werde zuerst meine Frau fragen. Es könnte nämlich sein, dass sie etwas gegen das

Küssen anderer Mädchen haben wird. Doch ich könnte mir vorstellen, dass sie diesmal eine Ausnahme machen würde. Mein Gott, was für ein Tag. Bitte sagen sie ihrer Mitarbeiterin, dass ich untröstlich bin, wenn ich sie erschreckt haben sollte. Es ist alles gut, alles in bester Ordnung."

Das Gespräch war noch nicht zu Ende und Benno-Boss legte für einen Moment den Telefonhörer auf die Sitzfläche der Couch. Dann sagte er halblaut, mehr wie zu sich selbst, trotzdem für die Anwesenden verständlich: *„Was für ein herrlicher Scheiß, was für ein wunderbarer Scheiß."*

Das Gesicht seiner Frau war jetzt nah an seinem. Was sollten oder wollten diese wunderbaren Augen denn nun eigentlich ausdrücken?

Dann hatte er den Hörer wieder aufgenommen und hörte: „Herr Benno-Boss, ich kann also beruhigt sein. Es geht Ihnen gut?"

„Es geht mir jetzt blendend, seit ihre Mitarbeiterin angerufen hat. Sagen sie ihr bitte, bitte, dass ich mich entschuldige. Sie konnte ja nicht ahnen, dass ich aus purer Freude über ihre Nachricht so - nun ebenso begeistert war und, dass ich sie wirklich geküsst hätte, wenn sie greifbar gewesen wäre. Nichts für ungut. Und nochmals danke."

Darauf kam keine Antwort.

Benno-Boss gab das Gerät zurück.

Als Richard sich wieder ihnen, seiner Schwester und seinem Schwager zuwandte, sah er sie, sich bei beiden Händen halten. Sie standen sich gegenüber. Sie strahlten ein unwirkliches Glück aus.

Die Karriereleiter ist aufgestellt

Die Sekretärin sollte Sonja ausfindig machen. Benno-Boss und seine Frau wollten unbedingt ihre Freude mit ihr teilen. Sie hatten bereits vereinbart, dass es eine Art Familienfeier geben sollte. Mit Sonja als Ehrengast.

Das, was man dafür braucht, vor allem für eine solch übersichtliche Personenzahl, war ganz schnell organisiert. Es hatte sich in Windeseile herumgesprochen, wie die Sache jetzt stand. Die Sekretärin hatte dafür gesorgt, dass sich diese gute Neuigkeit von Mund zu Mund, von Handy zu SMS, kurz, über alle Medien der Neuzeit verbreitete.

Kein Wunder also, dass jeder dem Boss, ihrem Benno-Boss, gerne die Hand geschüttelt hätte. Der Frau des Hauses hätten liebend gern viele Menschen, im Salär dieses Unternehmers, wenigstens die Hand geküsst.

Benno-Boss hatte alle Mühe, den Umfang der Feier auf den geplanten kleinen Kreis zu begrenzen. Versprach aber, dass er am nächsten Wochenende alles nachholen werde. Mit vollem Haus.

Im Augenblick wollte Anne-Dörthe niemanden unter die Augen treten. Sie hatte sich gewandelt in den vier Tagen, und beachtlich an Aussehen und Ausstrahlung verloren. Bis zu dem angekündigten Termin würde sie wieder alles Verlorene aufgeholt haben. Sie würde ihre Augen wieder zum Strahlen bringen. Sie würde erst einmal Schlaf nachholen müssen. Und auch ihr in mancher Hinsicht erstarrtes Inneres wieder auflockern müssen.

Benno-Boss schickte Arnold zum Abholen mit dem Jaguar. Sonja war ihr Ehrengast und die Person, um die sich alles drehen würde. Das ergab sich schon von selbst, denn außer ihr waren bei dieser Zusammenkunft nur noch die Sekretärin, die so aufopferungsvoll ausgehalten hatte, und natürlich die Köchin.

Der Hauptakteur, um den sich in den vergangenen Tagen alles gedreht hatte, war nicht dabei. Er wurde vermisst, aber nicht in einem tragischen Sinn. Jeremy, dessen waren sich nun alle sicher, hatte es im Abenteuercamp gut getroffen.

Benno-Boss verfolgte bei dieser Zusammenkunft da so eine ganz bestimmte Absicht und ließ Sonja so gut wie keine Minute aus den Augen. An Themen schien es ihm nicht zu mangeln. Aber auch Anne-Dörthe und Richard wollten sich so viel von der Seele reden. Und immer wieder besprachen sie Details des Durchlittenen. Das in einem fast total Banalen endete - doch davon wollte niemand jetzt noch etwas wissen. Dem Gefühl nach war es eben ein grandioses Finale in einem überaus dramatischen Schauspiel.

Für Freude sorgte nicht unbedingt das Feinste vom Feinen an Getränken. Niemand von ihnen brauchte alkoholische Anregung und so nippte eigentlich jeder im Kreise ein wenig an den fein ziselierten und geschliffenen Kristallgläsern, mehr um den Schein des Genusses zu wahren.

Benno-Boss setzte sich immer mehr unter Druck. Er hatte Wichtiges mit Sonja zu besprechen.

Dann war es endlich so weit. Benno wurde ernst. „Und jetzt komme ich mit meiner, bis jetzt unter Spannung aufgesparten Frage: Was machen sie denn so im Leben? Wissen sie Sonja", und er fuhr, ohne eine Antwort abzuwarten fort, „ehrliche Menschen gibt es ziemlich selten auf der Welt. Ich würde mich freuen, wenn ich das mit Sicherheit auch nur von einer Handvoll meiner Mitarbeiter sagen könnte. Was machen sie denn so? Welche Pläne haben sie so für ihr Leben?"

„Ich bin im dritten Semester BWL. Ich weiß aber noch nicht, ob ich weitermachen kann. Mein Vater hatte einen Arbeitsunfall und mit seinem Einkommen kann er mich, zumindest zurzeit, nicht unterstützen. Ich kann ihm nicht ständig auf der Tasche liegen. Nebenher arbeiten ist auch nicht ideal, bei dem Lernpensum, das wir durcharbeiten müssen. Und dann noch diesen Nichtsnutz von Sebastian am Hals. Liebe kann aber auch so blind sein, so dumm. Von dem kann ich schon gar nichts erwarten. Ich will es aber auch nicht ... mehr. Es sieht also nicht gut aus."

„Es sieht gut aus, Sonja, das kann ich Ihnen versprechen. Vom Finderlohn können sie das eine *oder* andere finanzieren. Vielleicht sogar das eine *und* das andere. Aber was halten sie davon, wenn ich Ihnen ihr Studium finanziere, unter der Bedingung, sehen sie so bin ich, ich stelle schon Bedingungen, unter der Bedingung, dass sie nach Abschluss in meinen Betrieb kommen."

„Ich, - nun, ich weiß nicht, was ich dazu sagen soll."

„Wir unterhalten uns noch eingehend darüber. Einverstanden? Details können wir in nächster Zeit, in allernächster Zeit besprechen und festlegen. Erwarten sie bitte von mir, dass ich jederzeit sehr gerne bereit bin mit ihnen zusammenzukommen. Wenn Sie glauben, dass ihnen ihr Vater eine Unterstützung sein kann, bringen sie ihn bitte mit."

Sonja versuchte vergebens Tränen des Glücks zu unterdrücken.

Benno-Boss, dem das natürlich auch nicht entgangen war, erhob sich setzte sich zu ihr auf das Sofa. „Darf ich", fragte er und legte ganz vorsichtig seinen Arm um ihre Schulter. „sie gehören jetzt zur Familie, zu meiner Familie. Ich möchte sie im Namen meiner Frau und meines Sohnes herzlich willkommen heißen."

Anne-Dörthe und Richard klatschten, dezent, wie es sich in einer so vornehmen Familie gehört, in die Hände.

„Darf ich Sie mit Du anreden?"

Sonja brachte nur ein Nicken zustande. Ihre Stimme hatte wegen eines Knotens im Hals versagt.

„Sonja, deine Sorgen sind damit auch unsere Sorgen, unter einer Bedingung" - aha jetzt kommt´s, dachte sich Sonja, wie sollte sie auf das Ansinnen einer Adoption reagieren? - „unter der Bedingung, dass wir auch an ihrer Freude, an den freudigen Ereignissen ihres Lebens Anteil nehmen dürfen. Sind ... äh, bist du damit einverstanden?"

Jetzt fühlte Sonja eine Last von Verantwortung auf ihr drücken. Wie sollte sie jetzt reagieren? Was erwartete man von ihr? Dann tat sie einfach das, was ihr spontan einfiel, das Gefühl leitete sie regelrecht zu diesem Schritt.

Sonja stand auf, ging zuerst zu Anne-Dörthe und umarmte sie, lange und herzlich. Dann kam Benno-Boss dran und Richard bekam auch eine Umarmung.

„Das ist allerdings jetzt ein Ereignis, zu dem wir nicht nur an unseren Gläsern nippen dürfen." Benno-Boss hob sein Glas und anschließend leerte jeder seines, mit Champagner, Jahrgang 37.

Es wurde spät an diesem Abend und es wurde noch viel gelacht. Es war die Freude über die Wiedergeburt Jeremys und sie hatten eine Tochter gewonnen. Es war dies aber nicht der einzige Grund der Freude. Dem 37-er kam ebenfalls ein gewichtiger Impuls zu.

Der Präsident

„Herr Präsident Schigulla, ich möchte sie davon in Kenntnis setzen, dass mein Sohn Jeremy wieder wohlbehalten in der Familie ankommen ist. So als wäre er niemals weggewesen. Sie können also die Hatz nach dem Entführer und die Suche allgemein beenden. Ich werde gegen niemand eine Anschuldigung erheben, also keine Anzeige gegen und wegen auch immer erheben."

„Moment, habe ich richtig verstanden, dass ihr Sohn wieder aufgetaucht ist?"

„Mein Sohn ist unversehrt und befindet sich im Moment im Abenteuercamp. Dort wo er seine Ferien verbringen wird."

Bisher, so sagte sich Benno-Boss, habe ich den Präsidenten ja nicht belogen. So soll es bleiben. Es ist ja so, dass ich diesen Freund noch brauchen kann. Also er hatte nicht zu viel gesagt und hatte auch die Frage Schigullas korrekt beantwortet.

Schigulla ließ Benno-Boss nicht lange Zeit zum meditieren.

„So-so. Aber, über das wann, wie und wo ich die Suchaktion beenden werde, darüber entscheide ich. Da lasse ich mir nichts vorkauen. Die Sonderkommission werde ich erst auflösen, wenn der Täter gefasst ist. Dieses Versprechen gebe ich dir mit Brief und Siegel."

Keiner der beiden störte es, wenn sie mit dem *du* und dem *sie* abwechselnd und durcheinanderredeten.

„Herr Präsident, mein Freund, sie haben natürlich ihren Stolz und die verpflichtende Aufgabe Bösewichte zu fangen. Sie können sich aber viel Zeit und dem Steuerzahler viel Aufwand sparen, wenn sie in diesem Fall davon ausgehen, dass niemand zu Schaden gekommen ist. Sie könnten als Vertreter des Gesetzes die - na, sagen wir mal, die Angelegenheit als beendet ansehen. Ich, als Betroffener plädiere sogar dafür. Sie könnten also mit gutem Gewissen und auch vor dem Gesetz die Verantwortung übernehmen und den Fall als gelöst ansehen."

Er konnte doch diesem Gesetzeshüter nicht mit der Wahrheit kommen, der ganzen Wahrheit, wie sie sich ihm erschlossen hatte. Diese aber mit riesengroßen Lücken, Wissenslücken, Kenntnislücken. Und der Herr Polizei-Präsident brauchte nicht alle Details seiner eigenen Schwäche kennenzulernen - die er dann bei Gelegenheit seinem Freund Präsident bei einigen guten Tropfen trotzdem beichten würde.

Der Entführer existierte nicht mehr. Und es gab noch so viele Unbekannte und auch Widersprüche.

Benno-Boss war sich sicher, dass der Unglückliche auf dem Friedhof der Entführer gewesen sein musste. Der „Entführer" natürlich in Anführungszeichen. Denn, und das war auch für ihn ein Rätsel. Wenn sein Sohn ohne Unterbrechung im Camp war, wer war dann das Entführungsopfer? Warum hatte man ihn und seine Familie gequält? Gab es überhaupt ein Entführungsopfer? Diese Fragen konnte er in keinen logischen Zusammenhang mit seiner Lösegeldzahlung bringen. Rätsel über Rätsel. Im Angesicht dieser Ungereimtheiten konnte er vor Schigulla leicht unglaubwürdig wirken und würde sich mit großer Wahrscheinlichkeit lächerlich machen. Was einer Freundschaft nicht unbedingt zuträglich ist.

Konnte überhaupt ein potentieller Entführer wissen, dass er Jeremy unter einem anderen Namen eingeschrieben hatte? Und wenn schon! Er hätte keine großen Sprünge machen können mit dieser Erkenntnis. Er wäre ein untragbar hohes Risiko eingegangen. Was aber kein Entführer der Welt wissen konnte war, dass sich der eigene Vater nicht mehr an diese vorsorgende Lösung erinnerte. Wieso konnte ihm das passieren? Mehr oberflächlich suchte er sich vor sich selbst zu rechtfertigen. Denn, als die Geschichte richtig zum Kochen kam, war er unterwegs in den Orient. Um ein bedeutendes Geschäft zu besiegeln. Das viel Vorbereitungszeit erforderlich gemacht hatte. Es stand schon *Etwas* auf dem Spiel. Und das Geschäft war nun fraglich geworden.

Er hatte selbst das Pseudonym ausgesucht, Christian gegen Jeremy getauscht. Wäre dem nicht so gewesen, der erste Anruf im Camp hätte Klarheit gebracht. Jede Art von Erpressung wäre ins Leere gelaufen, jede Drohung nur ein dummer, trotzdem nicht ungefährlicher Scherz gewesen.

Aber - wie ein Streiflicht huschte es am Bewusstsein von Benno-Boss vorbei: Da gab es einen Brief und ein Video. Wie hängt .... Was war ....

Unter anderen Vorzeichen hätte er die Entwicklung über die Untersuchungen der Polizei mit Spannung mitverfolgt.

Aber jetzt? Jetzt konnte und wollte er seinem Freund nur raten die Akte zu schließen. War das fair, fragte sich Benno-Boss?

Schigulla dachte selbstverständlich nicht daran die Akte zu den anderen ungelösten Akten zu geben. Dieses Ansinnen seines Freundes spornte ihn nur noch mehr an. Mochte der Freund es noch so gut mit seinem Ratschlag meinen, aber hier sprach das Gesetz. Er würde die Sache im Namen des Gesetzes zu Ende bringen und nicht ein bisschen anders. Die Akte würde nicht eher geschlossen werden können, bis der oder die Täter gefasst waren. Den oder die würde er hinter Schloss und Riegel bringen, *unschädlich* machen.

Wenn der ehrenwerte Polizeipräsident Schigulla gewusst hätte, wie unabänderlich *unschädlich* der Gesuchte bereits war, Schigulla hätte - möglicherweise - aufgeatmet. Oder er wäre enttäuscht gewesen. Bei Schigulla wusste man das nie so genau.

Die Unterhaltung zwischen dem Präsidenten Schigulla und Benno-Boss wurde fortgesetzt.

„Also, Benno-Boss, nur, dass das vollkommen klar ist, Wann die Aktion als beendet angesehen werden kann, darüber entscheide ich. Und ich lasse mir doch einen solchen Fall nicht vermiesen. Ich will meinen Namen in der Zeitung sehen."

„Gegen eine solche persönliche und professionelle Einstellungen bin ich natürlich machtlos ..."

„ ... Und ich handle dabei auch noch voll und ganz in Übereinstimmung mit dem Gesetz. Während ihr Ratschlag doch etwas anrüchig ist, wenn ich das einmal so formulieren darf."

„Verstanden."

„Wir sehen uns ja Übermorgen auf der Sitzung. Dann kann ich vielleicht schon Vollzug melden."

Nee, das wirst du nicht können. Das aber dachte sich Benno-Boss nur: *<Mit an Sicherheit grenzender Wahrscheinlichkeit nicht>*. Benno hatte bewusst den Jargon der Gesetzeshüter für diesen Gedankengang gewählt.

Auf der anderen Seite der Verbindung stand Schigulla bereits unter Strom. Er würde es diesem - diesem - diesem ... Schigulla beließ es dann doch bei einem mehr versöhnlichen Spruch ... diesem besonderen Freund zeigen.

Zielstrebig drückte er einen Knopf. Es kam die gewünschte Verbindung zustande.

„Stellen sie mir eine Verbindung in das Abenteuercamp her."

„Die gleiche Nummer, wie letztes Mal?"

„Wenn ich es anders gewollt hätte, dann hätte ich das auch gesagt. Also dalli." *<Was man doch so manchmal aushalten muss, bei diesem Personal>* - das dachte Schigulle natürlich nur.

Ach, die angesprochene Dame kannte ja ihren Pappenheimer. Als die Verbindung stand beließ sie die Mithörsperre in der Schaltung: Aufgehoben. Es war nicht das erste Mal, dass sie gegen die Vorschriften ihres Präsidenten verstieß. Und so hörte sie:

„Hier der Polizeipräsident Schigulla. Habe ich mit Ihnen vor ... vor ... ach ist ja auch egal. Ich hatte doch mit Ihnen gesprochen?"

„Um was geht es denn Herr Präsident Schigulla?"

„Es geht um ihren Gast Jeremy Benno. Können Sie mir sagen, ob er sich im Camp befindet - der Anruf ist amtlich, Sie sind auskunftspflichtig, Datenschutz hin, Datenschutz her."

Die Dame im Camp sagte zunächst nichts. Sie hätte

auch am liebsten aufgelegt.

„Hallo, ich habe Sie etwas gefragt oder soll ich mit einem amtlichen Schrieb kommen?"

Es dauerte wieder lange Sekunden bis die Dame antwortete. „Darf ich Sie daran erinnern, dass ich Ihnen diesbezüglich bereits die Antwort beim letzten Anruf gegeben hatte. Ich kann mich gut an diese Angelegenheit erinnern, zumal Sie ja nicht der Einzige waren, der nach ihm fragte. Er befindet sich nicht hier. Reicht das jetzt?"

„Nein, jetzt möchte ich wissen, wer, wann noch nach ihm gefragt hat. Ich leite eine Untersuchung und die Antwort auf diese Frage ist mir sehr wichtig."

„Aber mehr werde ich Ihnen nicht mitteilen, wenigstens nicht am Telefon. Wäre ja noch schöner, wenn ausgerechnet Sie mir etwas anhängen würden von wegen Datenschutzverletzung usw. Wenn sie sonst noch Fragen haben, kommen sie vorbei, natürlich mit einer richterlichen Vollmacht oder Sie fragen schriftlich an."

Das jetzt folgende Geräusch kannte die Sekretärin Schigullas nur zu gut. Die Dame im Camp hatte den Hörer mit Schwung aufgelegt - aufgeknallt. Auf ein altertümliches Telefon. Sie grinste. Der Chef hatte mal wieder eine draufgekriegt. Grobian, wie der sich wichtig machen wollte.

Schigulla brüllte unterdessen dreimal hintereinander: „Unverschämtheit..."

Was aber jetzt? Der Vater des entführten Kindes war glücklich. Das Kind nicht entführt und doch nicht im Camp, obwohl er seine Anwesenheit behauptete. Von einem Kidnapper war weit und breit nichts zu sehen und zu hören. Eine Tasche voll mit Lösegeld wurde postwendend wieder an den Absender zurückgegeben. Lösegeld wurde für was bezahlt? - Aha, da haben wir es wieder. Steuerhinterziehung! Natürlich musste da Steuerhinterziehung dahinterstecken. Na warte, alter Bursche. Ich kriege dich. Schwarzgeld, ich kann dich riechen, Du stinkst.

Er ließ Bosch rufen. Er käme in etwa einer halben Stunde.

„Ich will ihn sofort sehen", brüllte Schigulla.

„Der Herr Bosch sitzt gerade mit dem Finanzminister im Besprechungszimmer. Ein offizieller Besuch."

„Bin ich denn immer der Letzte, der von so etwas erfährt"?, stöhnte Schigulla.

Er sah die Akte über den Toten auf dem Friedhof auf der großen Arbeitsfläche seines Tisches.

Auf dem Papierbündel war ein Stempel mit dem Schriftzug <abgeschlossen> zu sehen.

Schigulla schaute sich das Bündel etwas länger an, weshalb, das wusste er selbst nicht. Aber er konnte sich ja auch nicht konzentrieren, denn die Geschichte mit dem Anruf im Camp wurmte ihn immer noch. Diesem Weib würde er gerne .... dann ließ er doch den Sachbearbeiter für diesen Friedhofsfall rufen.

„Ich will informiert werden, hier." Schigulla hatte das Papierbündel in Richtung des Mitarbeiters geschoben.

„Hat der Tote möglicherweise etwas mit dem Entführungsfall zu tun?"

„Dazu kann ich mir kein Urteil erlauben. Mir sind Einzelkenntnisse dazu nicht bekannt. Aber der verunglückte Mann war offensichtlich ein Besucher, der Blumen gegossen hatte. Alle diesbezüglichen Indizien weisen darauf hin. Entsprechendes gab auch der Friedhofsgärtner zu Protokoll. Er hatte ihn gefunden, da hatte der Verunglückte noch die Gießkanne in der Hand."

„Wie ist der Mann ums Leben gekommen?"

„Nun, er ist auf die Zinken eines im Gras liegenden Rechens getreten. Der Stiel schnellte folgerichtig hoch und schlug ihm ins Gesicht. Er zertrümmerte Teile seines Schädels. Wie die Spezialisten festgestellt haben, handelt es sich zweifelsfrei um einen tragischen Unfall. Die Gerichtsmedizinische Abteilung stellte an dem besagten Rechenstiel die zu dem Toten gehörenden Knochensplitter fest. Ach ja - der Gärtner hatte den Rechen wegen einer Kaffeepause im Gras liegen lassen. Steht aber alles im Bericht."

„Na gut, so soll es ja auch sein. Aber was ist mit dem Gärtner geschehen?"

„Wir haben die Aussagen des Gärtners, ich glaube, dass sein Name Kraus ... nein, er heißt Blauth, aufgenommen. Es gab keinen Anlass an seinen Aussagen zu zweifeln."

„Das meine ich nicht. Der Mann hat fahrlässig gehandelt, indem er den Rechen so achtlos auf dem Boden oder im Gras liegen ließ. Ich würde einmal auf fahrlässige Tötung tippen."

Das weitere Gespräch drehte sich immer mehr um die individuelle Schuld des Gärtners und die kollektive Verantwortung der Friedhofsverwaltung. Da müsse man doch jemanden festnageln können. Zunächst den Gärtner, danach die nächste Ebene der Verantwortlichkeit - usw.

Der Gedankengang, dass der Tote vielleicht etwas mit der Entführung zu tun hatte, hätte haben können, verschwand immer mehr im Hintergrund. Schigulla ordnete eine Untersuchung über die möglichen Verantwortlichen an. Das würde man dann zur weiteren Begutachtung an den Staatsanwalt weiterleiten.

An einem anderen Gedankengang kam er aber wieder nicht vorbei: <Im Zweifelsfall ist es immer der Gärtner>.

Das hatte er doch in einem guten Kriminalroman vor gar nicht langer Zeit, wieder einmal gelesen.

„Ich will, dass dieser Gärtner noch einmal befragt wird. Aber gründlich. Und ich will dabei sein. Und jetzt kommen sie mir nicht mit ihrem berühmten <aber>."

„Aber ja Chef, geht in Ordnung."

Die Leichenschau

Die beiden Polizisten führten Gerlinde in die Katakomben der forensischen Medizin. Sie hatten kurz vorher telefoniert und den Besuch bei dem Pathologen angekündigt. Sie baten ihn den Leichnam vor ihrem Eintreffen doch bitte aus dem Kühlfach holen. Sie wollten der Witwe ersparen, dass man in ihrer Gegenwart die sterblichen Reste aus einem Kühlfach herauszog. Das wirkte immer so schockierend.

Gerlinde erkannte ihren Mann, trotz der Flickschusterei in seinem Gesicht. Sie wollte in einer Ohnmacht versinken aber die beiden Begleiter hatten damit gerechnet und fingen sie auf.

Nachdem die Frau wieder ansprechbar war, wurde sie belehrt, dass sie eine Nachricht erhalten werde, wann der Leichnam freigegeben werden konnte. Dann würde sie sich um die Beerdigung kümmern müssen.

Die beiden sie begleitenden Polizisten zeigten weiterhin Mitgefühl. Als sie von Gerlinde ratlos angeschaut wurden, von wegen Beerdigung, da stürzten plötzlich die Erkenntnisse auf sie ein. Da stand ein gewaltiger Berg Probleme an, um die sich doch ihr Mann gekümmert hätte ...

Beide Begleiter bemerkten diese Art Verzweiflung und

waren auf die nächste Ohnmacht vorbereitet.

Dann sagte der eine, dass dies doch ein Unfall gewesen war. Dafür müsste für die Kosten irgendeine Versicherung aufkommen. Und er riet ihr dringendst deswegen einen Anwalt aufzusuchen. Schließlich seien ja die Beerdigungskosten gewaltig. Die müsste ein Unfallverursacher tragen. Bei einem Unfall gab es immer einen oder mehrere schuldige Verursacher. Und, dass es ein Unfall war, das würde dann in der offiziellen Nachricht stehen. Dessen seien sie sich sicher.

„Gehen sie damit schnellstens zu einem Anwalt. Der wird dafür sorgen, dass Ihnen keine Kosten zufallen."

Tage später sah sich Gerlinde zum ersten Mal in ihrem Leben einem Anwalt gegenüber. Schnell kam sie auf die Beratungskosten zu sprechen, dem Honorar des Anwalts.

Der Anwalt schaute sich die Dokumente an und konnte sie beruhigen. Er beschrieb ihr die Verantwortlichkeit der Friedhofsverwaltung und dass er auch von dieser sein Honorar bekommen werde.

„Ja, und dann sollten sie eine Klage erwähnen, Frau Pizarro. Bei Ihnen fällt der Ernährer aus. Sie sind Witwe und wenn sie nichts unternehmen, werden sie eine sehr arme Witwe sein. Das muss aber nicht so kommen....."

Gerlinde bekam, nach einem Schadensersatzprozess, so beschloss es das Gericht, alle Kosten erstattet und eine lebenslange Leibrente in Höhe des letzten Gehaltes ihres Mannes zugesprochen. 1 675,oo Euro netto. Jedes Jahr um die Inflationsrate zu erhöhen.

Sie konnte optimistischer in die Zukunft schauen.

Familie Nicolson

Mike Nicolson hatte sich in Ostasien niedergelassen oder war dort verblieben, verschwunden, vielleicht auch verschollen. Nach einer seiner Geschäftsreisen kam er nicht wieder.
Jeremy war inzwischen elf und besuchte das Gymnasium. Das gleiche, wie sein guter, alter Freund Jeremy.
Zu Hause sah er sich in einer unwirklichen Welt. Es mangelte, dank einer üppigen Erbschaft seiner Mutter nicht an Geld. Dagegen aber am familiären Ambiente. An häuslicher Wärme und Geborgenheit. Er bekam kein Gefühl zu Hause zu sein, er konnte mit dem Begriff Familie nichts anfangen. Mit zunehmendem Alter erkannte und fühlte er die familiäre Verkorkstheit in seinem Umfeld. Immer wieder erinnerte er sich an die schöne Zeit bei den ... wie hießen sie noch? Bei Hermenegildo ... Was aus ihm und Gerlinde wohl geworden war?

Die beiden Schwestern waren unterdessen zusammengezogen in dem, was für Jeremy einmal eine Wohnung, ein Zuhause war. Er erlebte tagtäglich den Wahnsinn pur. Nur, wenn seine Mutter einmal wieder auf einer Verjüngungskur weilte, konnte er das Zusammenleben mit seiner Tante als erträglich bezeichnen. Aber nur als erträglich, keinesfalls als ein Glück.

Wenn sie aber dann zum Abnehmen außer Haus war, er allein mit seiner Mutter, ließ diese Mama ihrem ganzen angestauten Frust freien Lauf - ihr fehlte der (oder ein) Mann. Sie ließ ihre schlechte Laune am Sohnemann aus. Er brachte schlechte Noten aus der Schule. Jeremy brauchte die Belehrung seines dazu abgestellten Profs eigentlich nicht. Er wusste selbst, wo der Schuh drückte. Es war einfach unmöglich die Hausaufgaben ordentlich zu machen. Es war manchmal zum Schreien. Oder zum Ko .... Scheiße, was er da von seinem Vater geerbt hatte. So dachte er immer öfter an ... ja, an Gerlinde. Ihretwegen konnte er sich wenigstens eine halbwegs vernünftige Mahlzeit machen, dann, wenn seine Mutter einmal wieder bei einem Coiffeur nicht wegkam.

Eines Tages machte er sich auf und radelte zu dem Haus, in dem er so interessante Tage verbracht hatte. Doch, da wohnten fremde Menschen und eine Gerlinde Pizarro war unbekannt. Sie wohnten erst seit zwei Jahren hier und von den Vormietern wussten sie lediglich, dass sie Bäcker hießen. Jeremy war traurig, hatte er doch einen Lichtblick erkennen wollen. Er hätte wenigstens Gerlinde sein Leid beichten können.

Nach kurzer Resignation kam er auf die Idee ... wozu gab es Internet, Auskunfteien, Adressbuch der Post und privater Firmen?

Als er dann vor der Tür von Gerlindes adrettem Appartement stand, klopfte im dann doch das Herz. Was würde Hermenegildo und Gerlinde für Augen machen?

Hermenegildo war nicht mehr. Jeremy erfuhr vom Unfalltod seines Freundes. Gerlinde fühlte sich einsam, war aber glücklich, weil sie über keine Gesundheitsprobleme klagen konnte.

Zwei Wochen später zog Jeremy bei ihr ein. Sie hatte das zweite Schlafzimmer, für das sie sowieso keine Verwendung hatte, für Jeremy hergerichtet. Er richtete sich ein und konnte in Ruhe seinem Studium nachgehen.

Und Gerlinde erst! Jetzt hatte sie doch noch den ersehnten Sohn, fast genauso, wie sie ihn sich gewünscht hatte.

Im Hause Nicolson vermisste man Jeremy nur bei besonderen Anlässen. Wo der sich wohl herumtreiben mochte? --- Und schon war wieder das Stichwort für das allgemeine Gezeter und den üblichen Schuldzuweisungen ausgesprochen.

Weitere Bücher von Kurt Koch

1. **Die Festung Weilerbach**
550 Seiten - Autobiografisches, Kriegskindertage des
Autors - Erinnerungen, Erlebnisse und Interpretationen
eines Kindes aus der schwierigsten Zeit des vergangenen
Jahrhunderts. Am 19. März 1945 erklärte in Weilerbach
eine versoffene deutsche Führungsriege der Deutschen
Wehrmacht, das Dorf Weilerbach zur Festung.

Softcover, ISBN **978-3-7597-5335-9**

2. **Riobamba**
   Familiensaga in drei Bändern.
   Roman und das wirkliche Leben - Ein
Familienschicksal. Großgrundbesitzer in der
Extremadura Spaniens gegen Leibeigene, die Heilige
Inquisition und die Leibeigenen unter sich und
gegeneinander - das Leben in einer erbarmungslosen
Gesellschaftsform in benachteiligter Landschaft.

   Softcover, ISBNs:
   Band 1: **978-3-7597-7511-5**
   Band 2: **978-3-7693-1950-7**
   Band 3: **978-3-7693-2721-2**

3. Satans Geile Träume

Thriller in zwei Bändern.

Drogenhandel, Drogenbarone, brutale Geschäftspraktiken. In Europa wird tonnenweise Kokain angelandet und großflächig vermarktet. Ein absolut tödliches Spiel mit wechselnden hochseetüchtigen Yachten und den mit allen Wassern gewaschenen „honorigen" Alten Herren. Die DEA der Amis greift mit Undercovers und wechselndem Erfolg in „das absolut tödliche Spiel" ein. Hochspannung.

Softcover, ISBNs:
Band 1: **978-3-7693-0573-9**
Band 2: **978-3-7693-2685-7**

4. Ecuador, mein Leben in den 50-er Jahren

471 Seiten - Autobiografisch.

Koch in einer Bananenrepublik. Von Weilerbach nach Quito/Ecuador, Kochs erste Station in 3000 Meter über NN auf dem Äquator, bei „meinen" Indios. Ihre täglichen Demütigungen durch die weißen „Eroberer", ihr Elend, Deutsche Pädagogen sind die Plünderer Nummer eins der uralten Kulturgüter. Und vieles andere aus einer erwachenden Welt.

Softcover, ISBN: **978-3-7597-9702-5**

5. **Ein Sarg für die Tante**
444 Seiten - Krimi über Habgier und Erpressung.
Ein Bankangestellter erbeutet und veruntreut eine
Datenliste mit tausenden von Steuerhinterziehern. Seine
Frau erpresst hinter seinem Rü-cken unehrliche
„Sparer". Als Deckung inszeniert sie den Tod und
Beerdigung ihrer Tante. Der Sohn mischt dann mit.
Kann das gutgehen?

Softcover, ISBN: **978-3-7583-4001-7**

6. **Finderlohn**
Roman in 9 spannenden Episoden über zwei Bänder.
In Chile die Revolution, das Ende Allendes. Der junge
Raúl Rivera muss den barbarischen Folterungen seiner
Eltern durch Schergen der Militärdiktatur beiwohnen,
kommt dann nach Deutschland. Als erfolgreicher
Erfinder verteilt er nachgemachtes Geld mit
Verfallsdatum und erlebt bei seinen Beobachtungen die
haarsträubendsten Überraschungen.

Softcover, ISBNs:
Band 1: **978-3-7583-5152-5**
Band 2: **978-3-7693-0954-6**

7. Höllenbrut

438 Seiten - Thriller mit Staatsterrorismus.
Staatlich gesteuerter terroristischer Hintergrund.
Urlauberpaar aus Deutschland gerät in die perfidesten
Machenschaften von korrupten Putschisten und
Erpressern zwischen die Fronten einer zutiefst
unmo-ralischen Diktatur und Freiheitskämpfern in
einem gescheiterten Staat.

Softcover, ISBN: **978-3-7693-0958-4**

8. Heiße Latinaliebe im Abseits

423 Seiten - hochemotionaler Erotikroman
Eine Jungvermählte entdeckt, dass ihr frisch
angetrauter Ehemann impotent ist. Sie muss sich ihren
Weg im damaligen, prüden Peru selbst suchen -
Scheidung gibt es nicht. Sie lässt sich auf eine Affäre
mit einem Deutschen ein. Mit verhängnisvollen Folgen.

Softcover, ISBN: **978-3-7597-7568-9**

9. Zahlbar in Diamanten

532 Seiten - Thriller

Blutdiamanten finanzieren in Afrika Kriege. Ein kriminell strukturiertes Kartell in den USA hat sich auf Waffen- und Diamantenschmuggel spezialisiert. Machtkämpfe werden mit Mafia-methoden ausgetragen. Eine Diamantenlieferung geht „verloren". Es kommt zu dramatischen Szenen, in denen auch ein skrupelloser und korrupter Sheriff eine bedeutende Rolle spielt. Die Welt, wie sie ist.

Softcover, ISBN: **978-3-7693-0611-8**

10. ...nicht begehren Deines Freundes Frau

496 Seiten - Kriminalroman

Zwei Geschäftsfreunde haben viele Gemeinsamkeiten bis einer des anderen Frau für sich beansprucht. Die Freundschaft zerbricht und das Trio gerät in einen Wettlauf, wer wen zuerst beseitigen kann. Schließlich kann nur einer gewinnen - und dann aber gleich alles.

Softcover, ISBN: **978-3-7693-0994-2**

11. Dein Kind zurück für 2 Millionen

349 Seiten - Drama, Krimi, Hochspannung

Der einzige Sohn eines Konzernleiters wird aus einem Feriencamp entführt. Die Familie verzweifelt an unvorhersehbaren Ereignissen und Missverständnissen. Die Polizei versucht in groß angelegten Aktionen die Befreiung des Jungen, verbockt die Initiative und büßt mit Kompetenzverlust. Es endet alles mit einem riesengroßen Missverständnis.

Softcover, ISBN: **978-3-7597-7855-0**

12. Das Paradies

198 Seiten - Ein humorvoller Roman.

Die Kreationisten werden sich in dieser Schrift bestätigt fühlen. Die Niederschrift zum Handlungsablauf könnte ihr „Katechismus" werden. Der HERR hat Himmel und Erde in 6 Tagen erschaffen. Dann kam die Geschichte mit Adam und Eva und ihrem geklauten Apfel.

Softcover, ISBN: **978-3-7693-2746-5**

Mehr auf www.kurtkoch.com!